KB053821

역사 속의 나그네

복거일 장편소설

역사 속의 나그네

제6권 넋이 흩어진 골짜기에서

초판 1쇄 발행 2015년 6월 30일
초판 2쇄 발행 2015년 7월 8일

지은이 복거일
펴낸이 주일우
펴낸곳 ㈜문학과지성사
등록번호 제1993-000098호
주소 121-894 서울 마포구 잔다리로7길 18(서교동 377-20)
전화 02) 338-7224
팩스 02) 323-4180(편집) / 02) 338-7221(영업)
전자우편 moonji@moonji.com
홈페이지 www.moonji.com

ⓒ 복거일, 2015, Printed in Seoul, Korea

ISBN 978-89-320-2738-8
ISBN 978-89-320-2732-6(세트)

이 도서의 국립중앙도서관 출판예정도서목록(CIP)은 서지정보유통지원시스템 홈페이지(http://seoji.nl.go.kr)와
국가자료공동목록시스템(http://www.nl.go.kr/kolisnet)에서 이용하실 수 있습니다.
(CIP제어번호: CIP2015016342)

복 거 일 장 편 소 설

역사 속의 나그네

제 6 권 넋이 흩어진 골짜기에서

문학과지성사
2015

꿈속에서 책임은 비롯한다.

　　　―델모어 슈워츠

이 작품은 1991년에 먼저 세 권을 내고 중단되었다. 이어 쓸 기회가 곧 오려니 생각했었는데, 기회는 좀처럼 오지 않았고, 이제야 세 권을 더해서 일단 매듭을 짓게 되었다. 스무 해가 넘는 공백기가 너무 길어서, 독자들과의 약속을 늦게나마 지켰다는 홀가분함보다 사라진 가능성에 대한 아쉬움이 훨씬 크다.

앞의 세 권은 초판과 내용이 똑같다. 표기가 달라진 곳들이 있을 따름이다. 따라서 전에 졸작을 읽어주신 독자들께선 '제4권 꿈의 지평 너머로'부터 읽으시면 된다. 그동안 졸작을 읽어주시고 속편에 대한 기대를 말씀해주신 독자들께 고마움의 말씀을 드린다.

2015. 봄.

복거일

다른 상품들과는 달리, 책은 내용과 성격을 소비자들에게 쉽게 알릴 길이 없다. 그런 사정은 모든 저자들에게 곤혹스럽겠지만, 소설가들에게는 특히 그렇다. 책을 낼 때면, 그래서 내 책을 고른 독자들이 자신이 생각했던 것과 다른 책임을 발견하게 되는 모습이 마음에 얹힌다.

이 소설은 21세기에 태어나서 16세기에서 살아가는 어느 조선 사람의 얘기다. 그는 시낭(時囊)을 타고 6천5백만 년 전의 백악기로 시간여행을 떠나는데, 시낭이 고장 나서, 16세기에 불시착한다. 자신이 태어난 때보다 5백 년 전에 존재한 세상에 혼자 좌초하여 살아가는 일은 누구에게나 쉽지 않을 것이다. 그러나 그는 아주 큰 이점을 지녔으니, 바로 뛰어난 지식이다. 21세기에서 자라난 사람이 지닌 지식은, 특히 과학적 지식은, 대단할 것이다. 16세기 사람들이 지닌 지식에 비기면, 더욱 그럴 것이다.

그래서 이 작품은 과학소설이라고 볼 수 있다. 미래소설의 모습을 많이 지닌 역사소설이라고 볼 수도 있다. 그러나 더 적절한 이름은 아마도 무협소설일 것이다. 주인공이 영웅적 삶을 꾸려가기 때문이다. 그는 16세기의 조선 사회에 수동적으로 적응하는 것이 아니라 그것을 자신의 이상에 맞춰 바꾸려고 애쓴다. 여느 무협소설들과 다른 점은 주인공이 뛰어난 근육의 힘이 아니라 발전된 지식의 힘에 의존한다는 점뿐이다.

이 작품은 1988년 가을부터 세 해 동안 『중앙경제신문』에 연재되었다. 『중앙경제신문』의 직원들과 독자들에게 고마움의 말씀을 드린다. 연재가 시작될 때부터 격려해주신 『문학과지성』 동인 다섯 분 선생님들께, 그리고 세 권을 한꺼번에 내느라 수고하신 '문학과지성사'의 직원들께, 좀 새삼스럽지만, 고마움의 말씀을 드린다.

1991. 10.
복거일

차례

제2판 서문
책머리에

행정가

제15부

1

갑자기 바람이 거세어지고 빗줄기가 굵어졌다. 비가 정색하고 내릴 모양이었다. 챵의군 행렬이 보령현(保寧) 읍성(邑城)을 나설 때만 해도, 검은 구름이 잔뜩 끼었지만, 비는 내리지 않았다. 행렬이 쳥소면(靑所面)에 들어서자, 비가 뿌리기 시작했다. 이곳은 보령과 광천의 중간쯤 되는 곳이어서, 비를 만나면, 꼼짝없이 맞아야 했다.

속으로 혀를 차면서, 언오는 녀군들을 둘러보았다. 비행복에 운동모자를 쓴 터라, 그 자신은 비교적 나았다. 녀군들은 너무 젖어서 걷기도 힘들어 보였다. 홈빡 젖은 치마가 다리에 달라붙었고 무명 모자는 무거워 보였다. 더 큰 문제는 미투리가 물에 젖은 것이었다. 다행스럽게도, 불평하거나 힘들어하는 사람은 없었다. 모두 몸놀림이 가벼운 편이었고 비가 너무 세차게 내린다고 불평하는 목소리에도 짜증은 배지 않았다. 녀군들의 사기는 남군들의 사기보다 늘 높은 편이었지만, 지금은 더욱 그러한 듯했다.

'흠. 녀군들의 사기가 높은 한……' 졈백이의 젖은 갈기를 무심코 쓸어내리면서, 그는 속으로 웃음을 지었다.

녀군들의 존재는 챵의군의 사기를 한결 높였다. 녀군들이 해준 뜨스운 밥과 국을 먹으며 옷도 제때 빨아 입으니, 밖에 나와서도 큰 고생이 없었고 체력이 오히려 늘어났다. 녀군들이 곁에 있으면, 남군들은 자연스럽게 더욱 사내다워지는 듯했다. 평시엔 부드럽고 전시엔 용맹스러운 사내들로 언행도 순화되었다. 녀군에 대한 인식도 빠르게 바뀌었다. 다치거나 아파서 녀군들의 간호를 받은 병사들은 태도가 눈에 뜨이게 달라졌다. 하긴 새로운 문명이나 문화를 정착시키고 퍼뜨리는 데는 병영이 가장 좋은 학교라고 했다. 남녀평등의 이상과 자유로운 남녀 교제라는 문화를 도입하는 데 챵의군은 벌써 큰 공헌을 한 셈이었다.

그가 이끈 챵의군 본대는 셔쳔군에 닿았을 때 장마를 만났다. 그래서 비인, 남보, 보령 세 고을을 공략할 때는 빗속에 움직여야 했다. 비 뿌리는 밤에 단단한 읍성을 공격하는 일이 쉽지 않아서, 텬안을 떠난 뒤론 가장 어려운 싸움을 해야 했다. 예상대로, 남보 읍성이 얻기가 가장 힘들었다. 오랫동안 왜구들의 침입에 맞서 싸운 곳인지라, 남보는 성도 튼튼했고 군대도 강력했다. '비인 싸홈'에 선 둘이 죽었고 '남보 싸홈'에선 다섯이나 죽었다. 보령은 비교적 쉽게 얻어서, 전사자는 나오지 않았다. 오늘의 행정(行程)은 3월 28일에 홍쥬성을 나와 두 달 넘게 작전을 하고서 홍쥬성으로 돌아가는 긴 여정의 마지막 구간이었다. 그 여정에서 챵의군은 튱청우도의 영역을 다 정복한 것이었다. 비바람이 아무리 거세다 해도, 챵의군의 높은 사기를 꺾을 수는 없었다.

행렬의 선두인 쳑후들을 이끌던 황구용이 되돌아와서 말에서 내렸다. "챵의. 원슈님, 뎌 앒애셔 리산웅 총참모쟝이 기다리고 이시압나니이다."

"아, 그러하나니잇가?"

"뎌긔 산모롱이까쟝 보령현이고 그 너머는 홍쥬목이압나니이다. 뎌 산모롱이 바로 뒤헤 리 총참모쟝이 기다리고 이시압나니이다."

"슈고하샸나이다." 다시 선두를 향해 말을 모는 황을 바라보면서, 그는 속으로 고개를 끄덕였다.

총참모쟝인 리산웅은 지금 홍쥬류도대쟝(留都大將)의 임무를 맡고 있었다. 그의 허락 없이 홍쥬목 지경을 벗어날 수 없었다. 그래서 홍쥬목 경계까지 와서 그를 영접하려는 것이었다. 그는 리의 그런 분별을 높이 평가했다. 향반이었고 글을 좋아하는 사람이었는데도, 리는 실제적인 면도 있어서, 자세한 사항들까지 찬찬히 살피고 일상적인 일들을 꼼꼼히 챙기는 성격이었다. 그래서 총참모쟝의 일을 더할 나위없이 잘 수행했다. 지휘관들 사이의 미묘한 관계들도 잘 살펴서, 알력이 일어나지 않도록 조정했다. 지금 주요 지휘관들은 다수가 대지동 사람들이었는데, 그들은 리를 무척 어려워했다. 리가 직책이나 품계도 높았지만, 그들에겐 리는 아직도 '한산댁 쟉안 얼우신'이었다.

뒤쪽에 있던 셕현공이 그를 따라잡았다. 황이 다녀가는 것을 보고 그가 찾기 전에 그에게로 온 것이었다. 챵의군은 5월 22일에 공쥬셩을 나와, 귀환 길에 올랐다. 그 길에 비인, 남보, 보령의 세 고을을 얻어야 했으므로, 그는 귀환 행진을 '삼태셩(三台星) 작젼'이라 명명하고 셕현공을 작젼 사령으로 임명했다. 은산에서 뗏목을 마련하는 과정에서 셕이 보여준 지도력을 높이 평가해서, 공병정대쟝이었지만, 이번에 작젼을 총지휘하는 자리에 발탁한 것이었다.

"셕 대쟝, 뎌긔 산모롱이 너머에 리산응 총참모쟝이 기다리고 이시다 하나이다."

"아, 네, 원슈님. 이대 알겠압나니이다."

"광쳔에셔 옷알 졈 말리고 뎜심을 드사이다. 군사달히 옷알 말릴 곳알 찾아야 하난데, 리 총참모쟝과 샹의하쇼셔."

"녜, 원슈님. 이대 알겠압나니이다."

비에 젖은 장삼을 휘저으며 급히 앞쪽으로 가는 셕을 바라보면서, 그는 자신이 이끈 군대가 하층 계급들로만 이루어진 군대임을 새삼 깨달았다. 양반이나 중인으로 챵의군에 스스로 들어온 경우는 한산댁 형제뿐이었다. 어쩔 수 없어서 합류한 양반들은 군사(軍師)들에 임명되었고, 부대들을 실제로 지휘하는 대쟝들 가운데 미천한 신분이 아닌 사람들은 리산응과 채후신뿐이었다. 동서양을 가릴 것 없이, 고대 사회에서 군대의 높은 직책들은 모두 귀족들로 채워졌다. 이 철칙이 처음 깨진 것은 나폴레옹의 군대에서였다. 프랑스 혁명으로 군주제가 폐기된 덕분에, 프랑스의 귀족들은 군대의 중요한 직책들에서 배제되었다. 루이 14세의 군대에서 기껏해야 하사관이 되었을 사람들이 나폴레옹의 군대에서 원수의 지위까지 올랐다. 지금 그의 군대가 그랬다. 그의 기병이 본질적으로 시골 농민들이 일으킨 반란이었으므로, 그의 군대는 하층 계급들에서 충원될 수밖에 없었다. 셕현공은 조선조에서 철저하게 소외된 계층인 불승들을 대표한 셈이었다. 그리고 농민, 백정, 관노와 같은 가장 비천한 계급들에서 나온 사람들이 단 석 달 만에 훌륭한 군사 지휘관으로 자라난 것이었다. 김항텰, 윤삼봉, 김을산, 황구용, 천영세, 황칠성, 박우동 그리고 셕현공은 이제 무슨 임무를 맡겨도 잘 해낼 수 있는 지휘관들이었다.

마침내 그도 산모롱이를 돌았다. 비바람 속에서도 절로 한숨이 나왔다. 먼 곳에 갔다가 집에 돌아온 기분이었다. 면천군 원정군을 거느리고 홍쥬셩 동문을 나설 때는 이리 긴 전역(戰役)이 될 줄 몰랐다. 시간을 내어 면천군을 점령하고 례산현에 방어선을 쳐서 한성에서 내려올 관군을 막는 것만 생각했었다. 이제 튱쳥우도 땅을 다 얻고 개선하는 것이었다.

그를 보자, 리산응이 급한 걸음으로 다가왔다. "챵의."

"챵의." 그는 두 손을 내밀어 리의 두 손을 잡았다.

"원슈님끠셔 이리 돌아오시니……" 빗물에 젖은 리의 눈에 눈물이 어렸다.

속에서 감정들이 들끓어서, 말이 목에 걸렸다. 원래 대지동에서 가까운 사이였고 함께 기병했고 리산구의 죽음으로 더욱 가까워진 사이였다. 두 달 넘게 그가 밖으로 원정하는 사이, 리는 근거인 홍쥬셩을 혼자 지킨 것이었다.

"그동안 혼자셔 홍쥬셩을 디킈노라 슈고랄 참아로 많이 하샀나이다."

"아니압나니이다. 우리 챵의군이 션젼한다는 쇼식이 들려온 덕분에 인심이 우리 편이 다외얐압나니이다. 챵의군에 응모하난 사람달토 많아셔, 외롭디 아니하얐압나니이다."

"아, 다행이니이다."

리가 주먹을 입에 대고 헛기침을 하더니, 은근한 목소리로 말했다. "원슈님, 귀금 아씨끠셔도 잘 겨시압나니이다."

그는 싱긋 웃었다. 자기 부인의 몸종이었던 귀금이를 깍듯이 귀금 아씨로 높이는 것이 그로션 깊이 고마울 수밖에 없었다. "총참모쟝끠셔 잘 보살펴주신 덕분인 줄로 아나이다."

"아니압나니이다, 원슈님. 귀금 아씨끠셔 음젼하셔셔, 사람달히 모도 칭슝하압나니이다. 다틴 군사달 이바디를 열심히 하셔셔, 원슈님 배필다온 분이시라난 녜아기 자자하압나니이다."

"다행이니이다." 가볍게 말했지만, 그는 마음이 무척 흐뭇했다. 귀금이의 신분이 신분인지라, 사람들이 이런저런 얘기를 할 터였다. 귀금이가 사소한 잘못을 해도, 사람들은 그녀의 신분을 들먹일 터였다. "죵년이 별 수 있겠나" "근본이 쳔한데, 당연하디" 따위 소리를 할 터였다.

귀금이 얘기는 그로션 어색할 수밖에 없는 터라, 그는 화제를 돌렸다. "요행히, 때랄 놓티디 아니하고 금강알 건넜나이다. 하마트면, 쟝마로 금강 믈이 불어나셔, 강알 건너기 어려웠을 새니이다."

"녜, 원슈님." 리가 고개를 끄덕였다. "쇼쟝안 하날이 우리 챵의군을 돕난다는 생각이 들곤 하압나니이다."

그들은 함께 서서 지나가는 군사들을 격려했다. 그리고 후위를 맡은 긔병대 바로 앞에 서서 걷기 시작했다.

리가 그동안 일어났던 일들을 보고했다. 중요한 일들은 긔병들을 통해서 보고를 받고 지시를 내렸지만, 나머지 일들은 그로선 알 수 없었다. 리가 보고한 사항들 가운데 두드러진 것은 그동안 홍쥬 지역에서 모집한 군사들로 홍쥬셩을 지킬 부대를 만들었다는 것이었다. 3백 명이 넘는 군사들을 3개 대대로 편성해서 훈련을 시켰는데, 그대로 보병졍대로 편성해도 무리가 없다는 얘기였다. 그가 대대쟝들의 능력에 대해 묻자, 리는 셋 다 능력이 있다고 했다. 셋 가운데 하나는 함경도 북쪽에서 오랑캐들과 싸운 군사여서 싸움에 관해서 많이 안다고 했다.

"그리하고, 원슈님," 보고가 다 끝났을 때, 리가 좀 무거운 목소리로 말했다. "박초동이 죽었압나니이다."

"박초동이?"

"녜. 그것긔 례산현텽에셔 죽었다 하압나니이다."

상황을 들어보니, 박이 '신례원 싸홈'에서 입은 가벼운 부상이 결국 문제가 된 듯했다.

"그러하면 박우동 대쟝애게 긔별해야 하난듸……"

"녜, 원슈님. 몬져 박 대쟝의 후임을 뽑아야 할 새압나니이다."

그는 고개를 끄덕였다. "셔남방면군은 홍쥬와 공쥬를 잇는 곳이니, 긔병대쟝알 사령으로 임명하야도 다외알 새니이다. 황칠셩 대쟝알 셔남방면군 사령으로 임명하려는데, 총참모쟝 생각안 엇더하시나니잇가?"

"황칠셩 대쟝이 맞다면, 일알 이대 쳐티할 새압나니이다."

"그러하면 그리하사이다."

"녜, 원슈님. 내일 황 대쟝이 셔쳔으로 가도록 하겠압나니이다."

"그리하쇼셔." 그는 박초동의 모습을 떠올렸다. '착한 사람이었는데. 대지동 출신 대쟝들 가운데 맨 먼저 죽었구나.'

행렬의 머리가 광천에 닿았을 때, 빗발은 가늘어져 있었다. 병사들이 여러 집들로 흩어져 배치되느라, 행렬이 느리게 움직이기 시작했다.

"오날 원슈님끠셔 홍쥬로 돌아오신다난 말쌈알 안핵사끠 올이왔압나니이다." 리가 말하고서 흘긋 그의 얼굴을 살폈다.

"잘하샸나이다." 그는 고개를 끄덕였다. "안핵사끠셔는 엇더하시나니잇가?"

"늘 밧바시압나니이다. 별의별 것들흘 다 살피시압나니이다." 리의 목소리에 불만이 살짝 어렸다. 안핵사가 많은 것들을 묻고 살피면, 귀찮을 수밖에 없었다.

"안핵사이 원래 사졍을 살피난 임무랄 띤 직임이니이다." 그는 부드럽게 말했다.

"안핵사끠셔 원하시난 바랄 딸오라난 원슈님 말쌈을 받고 그리하얐압나니이다. 그러하디마난, 우리 챵의군도 디킈여야 할 비밀이 이시난 것을 아실 샌듸, 모란 체하고 밧긔 알리고 식브디 아니한 것들흘 물으시니, 쇼쟝도……"

그는 소리 내어 웃었다. "자셔히 살피난 안핵사랄 졉대하나라 총참모쟝끠셔 슈고랄 많이 하샸나이다. 안핵이란 말이 죄랄 자셔히 살핀다난 뜯 아니니잇가? 죠졍에션 발셔 우리 죄랄 디은 백셩들히라 녀기고 사졀을 보낸 것이니이다. 그러하니, 안핵사끠션 자신이 모단 것들을 살펴야 한다고 녀기실 새니이다."

리가 무겁게 고개를 끄덕였다. "녜, 원슈님. 이대 알겠압나니이다."

그러나 그는 알았다. 리가 입 밖에 내지 않은 물음이 있다는 것을. 안핵사가 챵의군을 속속들이 알고 나면, 나중에 관군이 그 지식을 이용할 것 아니냐는 물음이었다. 리의 걱정은 당연했다. 아마 안핵사 리쥰민 자신도 챵의군이 자신이 마음대로 캐묻고 다니도록 한 것을 어리석다고 여길 터였다. 그러나 그는 챵의군에 관한 정보가 됴뎡이나 관군에 알려지는 것을 크게 걱정하지 않았다. 중요한 지식은 그의 머리에 들어 있었다. 21세기의 지식은 16세기 사람들에겐 해독할 수 없는 상형문자로 쓰인 책과 같았다. 그가 지닌 지식은 현대의 방대한 지식 체계 안에서 뜻을 지니고 해독될 수 있었다. 아서 클라크의 말대로, "충분히 발전한 기술은 마법처럼 보이게 마련"이었다. 그가 현대의 지식을 써서 무슨 일을 하면, 사람들은 결과에 감탄하지만 그것을 이론적으로 설명할 수는 없었다. 그런 자신감은 물론 그의 오판일 수도 있었지만, 그는 그럴 위험은 작다고 여겼다. 그는 안핵사가 사정을 조사한다는 사실이 됴뎡의 위기감을 조금이나마 가라앉히기를 바랄 따름이었다. 지금 그에게 필요한 것은 무엇보다도 시간이었다. 그와 안핵사 가운데 누가 계산을 잘했느냐 하는 것은 뒤에 밝혀질 터였다.

"안핵사끠셔는 엇던 사람달할 만나시나니잇가?"

"여러 사람달할 만나압시나니이다. 텬안애셔 여긔까장 나려오시면서, 고을마다 좌슈, 별감, 권농 같안 사람달할 만나샸다 하압나니이다."

"아, 그러하샸나니잇가?"

"안핵사라난 직임이 사졍을 살피난 것인데, 안핵사끠션 냥반달해게 이상한 녜아기랄 하신다 하압나니이다."

"므슴 녜아기랄 하신다 하더니잇가?"

"챵의군이라 자칭하난 무리는 삼강오륜을 모라난 것들힌데, 냥반달히 가만히 이시느냐 하난 녜아기랄 하샸다 하압나니이다."

"아, 그러하샸나니잇가? 사람달히 므슴 대답알 하얐다 하더니잇가?"

"아모도 말알 하디 못하얐다 하압나니이다."

웃음기 없는 웃음을 얼굴에 올리면서, 그는 고개를 끄덕였다. 지배 계급인 양반들이 호서챵의군에 대해 적대적인 것이야 당연했고 안핵사는 그 점을 이용하려 했을 터였다. 그러나 안핵사는 이미 그가 그 위험을 제거한 것을 몰랐다. 챵의군이 점령한 고을마다 챵의공채로 군량미를 몇백 섬씩 사들이고 사노를 몇십 명씩 속량한 터라, 양반의 힘이 적잖이 약화되었다. 애초에 양반들이 움직이려면, 그들이 거느린 사노들과 소작인들이 따라야 했다. 그러나 지금은 바로 그들이 챵의군에 들어오거나 지지하는 것이었다. 양반 계급이 반혁명을 일으킬 가능성은 아주 작았고, 반혁명이 성공할 가능성은 전혀 없었다. 실은 그는 은근히 기대했었다, 그런 사정을 안핵사가 깨닫기를. 됴뎡과의 긴 대결이 끝나려면, 됴뎡이 깨달아야 했다, 호셔챵의군이 주민들의 확고한 지지를 받는다는 사실을.

"내 전에 이런 녜아기랄 들었나이다." 웃음을 지으면서, 그가 말했다.

리가 그에게로 고개를 돌렸다.

"도작애게 짐을 앗기고도 웃는 사람안 그 도작애게셔 므슥을 일 웠은 것이니이다."

"녜, 원슈님." 리가 심각한 얼굴로 그의 말뜻을 새겼다.

그는 먹장구름 몰려가는 하늘을 먼 눈길로 올려다보았다. 신혼 여행 길에 런던에서 아내와 함께 본 「오셀로」의 장면들이 눈앞으로 스치면서, 아릿한 그리움이 가슴을 적셨다.

2

　귀금이가 젓가락으로 굴비를 발라서 접시에 놓고서, 그를 흘긋 올려다보았다. 정이 담긴 눈길이 그의 얼굴을 어루만졌다.

　그 눈길을 바로 받기가 어려워서, 언오는 접시에서 굴비 한 조각을 집어 들면서, 애써 심상한 말씨로 한마디 했다. "굴비 맛이 됴한듸."

　그녀 얼굴이 환해졌다. "원슈님, 많이 드쇼셔."

　두 달 만에 그녀가 차린 밥상으로 아침을 드는 참이라, 마음이 밝고 입맛도 좋았다. 그사이에 귀금이는 어엿한 아낙이 되어 있었다. 자리가 사람을 만드는 것이었다. 신분이 천했고 나이도 적었지만, 원슈와 정혼한 여인의 귀티가 났다. 그러나 그는 그녀와 눈길을 마주치기가 어려웠다. 물론 부여에 두고 온 묘월 때문이었다. 어젯밤에 귀금이를 안았을 때도, 머리 뒤쪽에선 묘월과 잤다는 생각이 맴돌아서, 두 달 만에 사랑하는 여인과 재회한 즐거움이 온전하지 못했었다.

구수한 콩나물국을 거듭 들면서, 그는 그런 생각을 밀어냈다. 풀길 없는 문제였다. 저 세상에 두고 온 아내, 여기서 정혼한 귀금이, 그리고 이틀 밤에 만리장성을 쌓고 헤어진 묘월 ─ 세 여인을 동시에 사랑한다는 노릇이 가슴 평온한 일일 수는 없었다. 어차피 풀길 없는 문제라면, 시간에 맡기는 것이 나았다.

그녀가 굴비 한 조각을 손으로 집어, 그의 입 앞으로 내밀었다.

그 굴비 조각을 입으로 받아먹으면서, 문득 몸을 가득 채운 즐거움에 밀려 그는 그녀 허리에 팔을 둘렀다.

그가 밥을 다 먹자, 그녀가 상을 들고 나갔다. 이곳 풍습이 그래서, 그녀는 그와 마주앉아 밥을 먹으려 하지 않았다. 내내 그의 시중을 들었다. 그 일에서만은 그는 그녀 고집을 꺾지 못했다.

내아에서 나오자, 언오는 바로 동헌으로 향했다. 오래 떠나 있었던 터라, 성안을 한 바퀴 둘러보고도 싶었지만, 행정 일들이 너무 많이 밀려서, 잠시도 틈을 내기 어려웠다. 동헌에 닿았을 때는 이미 리산응을 비롯한 총참모부 요원들이 서류들을 쌓아놓고 그를 기다리고 있었다.

리산응이 일들을 꼼꼼히 처리해서, 그는 마음이 적이 놓였다. 경상적 일들을 처리하고 나자, 그는 가장 큰 일인 쌀어음 관리를 살폈다. 그의 예상대로 상황은 상당히 심각했다. 병사들의 봉록으로 발행된 쌀어음이 거의 다 쌀로 바꾸어지고 있었다. 이대로 나가면, 머지않아, 쌀어음을 쌀로 바꾸어주기 어려울 것이었다. 한번 쌀어음의 태환성에 문제가 생기면, 쌀어음의 신용은 땅에 떨어질 터였다. 그리고 쌀어음의 신용이 떨어지면, 챵의군의 위신도 많이 깎이고 챵의군의 운영도 지금보다 상당히 옹색해질 수밖에 없었다.

해결책이 없는 것은 아니었다. 물자들과 서비스들이 많이 생산되면, 보다 많은 돈이 필요하니, 사람들이 굳이 쌀어음을 쌀로 바꾸려 하지 않을 것이었다. 결국 경제 발전이 해답이었다. 그러나 경제 발전은 어렵고 더딘 일이었다. 농업에 의존해서 공업도 상업도 원시적인 이 사회에서 경제 발전의 동력을 찾기는 정말로 어려웠다.

당장 할 수 있는 일은 사람들이 쌀어음을 쌀로 바꾸는 대신 홍쥬식화셔에 예금을 하도록 하는 것이었다. 그러면 태환성의 문제도 좀 누그러지고 투자할 자원도 늘어날 터였다.

"원슈님." 마루에 선 셩묵돌이 열린 문으로 말했다.

"녜, 셩 대쟝."

"졍언디 군사끠셔 원슈님을 뵈압고져 하압시나니이다."

"아, 녜." 그는 잠시 생각했다. 이미 어젯밤에 졍에게서 안핵사를 접대한 일에 관해 보고받은 터였다. "오시라 하쇼셔."

곧 졍이 들어왔다. 졍은 안핵사와 함께 객사에 머무는데, 이리 빨리 온 것을 보니, 가까이서 기다렸던 모양이었다.

"안핵사끠셔 원슈님을 뵈압고져 하압시나니이다." 인사가 끝나자, 졍이 말했다.

그는 한참 생각했다. 이미 안핵사와 직접 만나지 않기로 작정한 터였다. 지금 그런 생각을 바꿀 이유는 없었다. "안핵사끠셔 우리

챵의군에 하실 말쌈이 겨시면, 군사끠 하시면, 다외난 것 아니겠나
니잇가?"

"안핵사끠셔는 그리 생각하디 아니하압시나니이다. 님굼끠셔
보내신 사신이시니, 종요로온 녜아기난 원슈님끠 손조 말쌈하시겠
다난 생각이압시나니이다."

천천히 고개를 끄덕이면서, 그는 정의 낯빛을 살폈다. 여느 때보
다 낯빛이 어둡고 몸에 기운이 없어 보였다. 안핵사는 정언디가 자
신보다 격이 낮다고 보는 것만이 아니라 정이 반적에게 투항해서
그 대리인 노릇을 하는 것을 경멸하는 듯했다. 정이 안핵사에게 수
모를 당했다는 느낌이 들었다.

그가 말이 없자, 정이 그를 흘긋 살폈다. 마음이 흔들리는 듯, 여
느 때와는 달리, 정의 눈길이 또렷하지 못했다.

그는 마음을 굳혔다. 여기서 안핵사의 주장을 받아들이면, 정은
설 땅이 더욱 좁아지는 것이었다. "안핵사끠 말쌈드리쇼셔, 쇼쟝
안 됴뎡과 상대하난 일달한 모도 정 군사끠 맛디았노라고. 나이 안
핵사랄 만날 필요 없노라고. 군사끠셔 가셔셔 그리 말쌈드리쇼셔."

"녜, 원슈님." 정의 낯빛이 좀 밝아졌다.

밤새 내린 비가 그치면서, 서쪽 월산 허리를 감은 안개가 위로
몰려가고 있었다. 남쪽 오셔산(烏棲山)이 안개 속에서 웅장한 몸매
를 드러내고 있었다. 날씨가 이대로 갤 모양이었다. 장마 전선이
일단 남쪽으로 물러가는 듯했다.

"셩 대쟝."

"네, 원슈님."

"리 총참모장끠 가셔셔 비가 갤 닷하니 래일 개션식을 하도록 쥰비하라 말쌈드리쇼셔."

"네, 원슈님. 이대 알겠압나니이다." 성이 성벽에서 내려갔다.

그는 가슴을 펴고 시원한 공기를 한껏 들이쉬었다. 얼떨결에 시작한 반란이 고비를 맞은 것이었다. 지금까지 위기들을 여러 번 겪었지만, 정말로 큰 위기는 지금 맞은 것인지도 몰랐다. 지금까지 그가 이룬 것들은 어지간한 반란 지도자면 이룰 수 있는 것들이었다. 정작 중요한 일은 경제를 안정시키고 발전시켜 민중들의 지지를 계속 얻는 일이었다.

"결국 경제 발전에 달렸단 얘기지," 그는 소리 내어 생각했다.

새로운 얘기는 아니었다. 경제 발전은 그가 이미 대지동에서 만난 문제였다. 그가 새로운 위생 관습과 의학 지식을 도입해서 인구가 늘어나면 식량이 부족해서 새로운 문제를 낳을 터였고, 그 문제에 대비해서 저수지를 쌓기 시작한 것이었다. 그리고 저수지를 쌓기 시작한 것이 지난봄에 곳뜸 사람들과의 물꼬 싸움을 불러, 끝내 이번 모반으로 이어진 것이었다.

경제 발전은 어려운 과제였지만, 다행히 그에겐 참고할 역사적 선례들이 있었다. 지금 그의 처지에 가장 적절한 선례는 20세기 후반 남조가 가난한 농업 사회에서 역동적 산업 사회로 단숨에 도약한 경험이었다. 그는 그 힘찬 역사에 대해 알 만큼 알았다.

그는 다시 가슴을 펴고 시원한 공기를 한껏 들이쉬었다. 그리고 탄력 있는 걸음으로 성벽에서 내려왔다. 할 일들이 많았다.

3

"원슈님, 졍언디 군사끠셔 오압샸나니이다." 마루에 선 채 열린 문으로 리산응이 말했다. 뒤에 졍언디가 서 있었다.

"어셔 오쇼셔." 그는 일어나서 졍을 맞았다.

"쇼쟝이 안핵사랄 뵈온 일알 원슈님끠 보고하고져 하압나니이다."

"아, 네. 앉아쇼셔." 그는 졍에게 자리에 앉으라고 손짓하고서 방문을 닫으려는 리에게 말했다, "총참모쟝끠셔도 함끠 말쌈알 들어보사이다."

"아참애 원슈님 말쌈알 안핵사끠 뎐하얐압나니이다," 모두 자리에 앉자, 졍이 말했다. "그러하얐더니 안핵사끠셔 '실은 이번에 국왕 젼하의 륜음(綸音)을 받들어 디니고 나려왔다'고 하압샸나니이다."

"님굼님의 글을 디니고 나려왔다는 녜아기이니잇가?"

"녜, 원슈님. 그러하압나니이다. 안핵사꾀셔는 원슈님을 만나보시고셔 손조 륜음을 원슈님끠 슈교하셔야 도리애 맞다고 하압샸나니이다."

"안핵사꾀셔 륜음을 디녔다는 녜아기난 언제……? 오날 처엄 밝히신 것 아니니잇가?"

"녜, 원슈님. 오날 처엄 밝히압샸나니이다."

그는 바삐 생각했다. 안핵사가 내려온 지 한 달인데, 이제야 국왕의 륜음을 지녔다는 사실을 알린다는 것은, 그것도 그가 만나주지 않으니까 강요하는 뜻에서 알린다는 것은, 신의에 어그러지는 처신이었다. 엄밀히 따지면, 안핵사라는 말 속엔 됴뎡이 챵의군에게 죄가 있다고 미리 단정했다는 뜻이 담겼다. 그래도 그는 모른 척하고 넘어갔고 졍언디를 보내서 접대했다. 자유롭게 챵의군이 점령한 지역을 돌아보고 사람들을 만나고서, 이제 와서 느닷없이 국왕의 륜음을 내놓고 그를 만나야겠다고 고집하는 것은 챵의군을 우롱하는 짓이었다.

"우리는 신의로 대해드렸는듸, 안핵사꾀션 우리 챵의군에 그리하디 아니하신 모양이니이다."

"녜, 원슈님." 졍이 무겁게 고개를 끄덕였다.

속에서 끓어오르는 뜨거운 기운을 지그시 누르면서, 그는 상황을 살폈다. 안핵사는 자신이 칼자루를 쥐고 있다고 여기는 듯했다. 챵의군은 천하고 어리석은 자들이고, 그런 자들 앞에선 됴뎡이 보낸 사신의 위엄을 지키는 것이 무엇보다도 중요하다고 생각하는지도 몰랐다. 그는 한숨을 길게 내쉬었다.

두 사람이 놀란 얼굴로 그를 살폈다.

"안핵사끠 말쌈드리쇼셔, 나난 안핵사랄 만날 생각이 전혀 없다고. 님굼님의 륜음을 우리에게 뎐하기 싫으시면, 그냥 갖고 돌아가시라고. 륜음을 뎐하라난 임무를 띠고 이곳아로 나려온 안핵사이 뎐하디 아니하고 그냥 갖고 돌아가면, 됴뎡이 임무를 이대 수행하얐다고 칭챤할 새니이다."

그의 얼굴에 어린 싸늘한 웃음을 보고서야, 두 사람은 낯빛을 풀고 웃음기 없는 웃음을 조심스럽게 올렸다. 칼자루를 안핵사가 쥔 것이 아니라는 것을 깨달은 것이었다.

"두 분끠 나이 할 녜아기 이시나이다." 그는 방 밖을 향해 소리쳤다. "셩 대쟝."

이내 방문이 열렸다. "녜, 원슈님."

"내아에 가셔셔 복심이 어마님끠 수울상알 졈 부탁하쇼셔. 나이 군사님하고 총참모쟝님하고 함끠 이시다고."

셩이 방문을 닫자, 그는 서안에 두루마리를 펼쳐놓았다. 그가 그동안 구상한 경제 개발 계획이 적힌 두루마리였다.

내보인민졍부 경제개발 계획

인민돌히 모도 사롭다히 살려면, 몬져 믈쟈이 넉넉ᄒ여야 ᄒ도다. 이에 내보인민졍부는 왼녁과 곧히 경제개발 계획올 준비ᄒ야 실행ᄒ노라.

흐나. 농업 생산성을 높인다.

    쟝려: 모내기, 이모작(논보리), 온샹, 비료(두험과 재), 유축농
          스, 누에치기(뽕나모 재배), 됴림, 여름나모.

    금지: 화뎐(다른 생업을 쥬션).

   이번 계획을 마련하면서, 그가 먼저 부딪친 문제는 이곳 사람들에게 낯선 개념들을 쉽게 풀어 쓰는 일이었다. 그것이야 물론 이 세상에 나온 뒤 줄곧 부딪친 문제였지만, 경제개발 계획은 워낙 크고 복잡한 사업이라, 낯설고 어려운 개념들이 유난히 많았다. 당장 생산성이란 개념 앞에서 졍언디와 리산응이 막혔다. 현대에선 일상적으로 쓰인 낱말이 이곳 사람들에겐 긴 설명을 거치고서야 어렴풋이 모습을 드러냈다.

   그래도 농사에 관한 얘기라, 두 사람은 관심이 컸고 진지하게 자신들의 의견을 내놓았다. 모내기는 아직 덜 보급된 터라, 사람들에게 모내기가 좋다는 것을 널리 알리기로 했다. 나머지 방안들도 좋았지만, 시간이 오래 걸릴 터였다. 화뎐민들이 고기잡이에 나서도록 주선하겠다는 그의 얘기에 두 사람 다 찬동했다.

   둘.   어업을 킈운다.

    어션 제죠 밀 대여(보령, 아산, 부여에 죠션쇼 셜티). 그물 밀
    낛 제죠. 해상보험 도입(초긔에는 경부이 보험료 대납). 해산
    믈 슈매 밀 가공올 맛달 공소 셜립. 태풍 경보롤 위흔 봉슈
    체계 운영.

보험이란 제도는 두 사람의 이해 능력을 넘어선 것임이 드러났다. 아무리 자세히 설명해도, 그들은 보험의 원리를 이해하지 못했다. 정언디는 보험 사기의 가능성을 제기했다. 물에 빠져 죽었다고 거짓으로 신고하면, 현실적으로 확인이 어렵다는 얘기였다. 관찰사를 지낸 사람다운 얘기였다.

    세.   광업을 발전시킨다.
        쇠굴 개발. 홍쥬졔텰공소 확쟝. 졔텰 기술의 개발과 대쟝의 확츙. 셩쥬 탄광 개발.

두 사람 다 석탄에 대해 아는 바가 없었다. 중국 사람들이 석탄을 맨 먼저 쓰기 시작했고 우리 사신들이 중국에 다녀오면서 석탄 때는 것을 보았으므로, 경은 석탄 얘기를 들었음직한데, 정도 석탄에 대해 전혀 몰랐다.

술상이 들어왔다. 술을 마시면서, 그는 자신이 그리는 내보인민 정부의 모습을 얘기했다. 두 사람은 그저 감탄하기만 했다.

정언디를 마당까지 배웅하고 나서, 그는 다시 방 안으로 들어와 자신이 만든 계획을 흐뭇한 마음으로 살폈다.

    네.   졔염업을 발전시킨다.
        염뎐 개발.
    다숫. 화쟝품 산업을 발전시킨다.

비누. 향슈.

납 함유 화장품의 위험 경고.

여슷. 의류 산업을 발전시킨다.

여성용 모자. 염료 개발(쪽 재배).

닐굽. 봉수 산업을 세운다.

연예단 셜립(남사당패. 화랑이). 군현마다 샹셜 댱올 셜티.

셔젹 발간 믿 보급.

여듧. 군현마다 이동 학교롤 셜티혼다.

셔쳔군의 실험을 평가혼 뒤.

아홉. 보건을 위해 투쟈혼다.

온쳔 디역(온양. 신챵. 덕산)에 의원 믿 료양소롤 세움.

구츙졔 개발. 위생 디식 보급(민물고기 생식올 금홈).

열. 홍쥬의 인구이 늘어날 것에 대비혼다.

공즁변소 셜티. 샹슈도 믿 하슈도 셜티.

샹슈원 디역 관리. 디하 우슈 져쟝디 셜티.

열호나. 농한긔에 사회 긔반 시셜을 확츙혼다.

도로. 두리. 졔방. 겨슈디.

조림올 위혼 식목.

열둘. 회사 셜립을 장려혼다.

회사 셜립 신고졔. 복식 부기 교육. 정부의 모험 자본.

그는 경제나 산업에 대해 아는 것이 적었다. 그는 군인이었다.
그래도 그는 자신이 만든 경제개발 계획이 상당히 현실적이라고 생각했다. 당장 효과를 내긴 어렵더라도, 꾸준히 추진하면, 자신이 다스릴 퉁청우도 지역의 생활 수준을 상당히 빠르게 높일 수 있으리라고 자신했다.

그가 은근히 흐뭇하게 여기는 것은 그의 계획이 품은 문화적 함의였다. 중국 문명의 두드러진 특질들 가운데 하나는 학자 관리들이 권력을 장악했다는 점이었다. 학문에 대한 소양이 있는 사람들이 통치 기구를 채워서 권력을 쥔 왕이나 황제를 보좌했다. 뒤에 과거 제도가 정착한 뒤엔, 과거에 합격한 지식인들이 통치 기구에 참여할 수 있었다. 이런 전통은 관리로서 출세하는 것을 유일한 성공의 기준으로 만들었다. 조선에선 이런 경향이 더욱 두드러졌다. 그래서 지배 계급인 양반들은 오로지 과거에만 매달렸다. 이런 전통은 세상이 바뀌어도 그대로 이어져, 일본 식민지 시기엔 고등 문관(高等文官) 시험에 합격하는 것이 최고의 영예였고 남조에선 고시에 합격하는 것이 신분 상승의 지름길이었다. 그런 풍토는 필연적으로 사회의 활력과 창의성을 억압했다. 이제 퉁청우도에서 경제개발이 제대로 이루어지면, 기업가들과 발명가들이 우대받고 관리에 대한 선망을 줄일 터였다.

물론 과거를 아예 없앨 수는 없었다. 그로선 정부 조직을 채울 사람들을 선발하는 일이 시급했고 그 일은 어떤 형태로든지 시험을 통해서 이루어질 수밖에 없었다. 그가 구상한 것은 산업에 종사한 경험이 있고 행정 실무에 필요한 지식들을 갖춘 사람들을 뽑는 과거였다. 그런 사람들로 통치 조직을 채우면, 관직을 숭상하는 풍토가 조금은 바뀔 터였다. 조선조의 과거는 『논어』 『맹자』 『중용』

『대학』의 사서(四書)에 관한 지식을, 그것도 주희(朱熹)의 해석만을, 시험했다.

그는 경제개발 계획 두루마리를 다시 말아 쥐고서, 마루로 나섰다. 마루엔 문셔참모부 요원들이 바쁘게 문서들을 만들고 있었다.

"심 정병."

"녜, 원슈님." 필사를 잘하는 심한셩이 대답하고서 일어섰다.

"이 문셔를 세 부 맹갈아쇼셔."

"녜, 원슈님. 이대 알겠압나니이다."

"그리하시고, 시방 부여로 가난 인편이 이시난디 알아보쇼셔. 부여에 전할 녜아기 이시나이다."

당장 쌀어음의 관리가 시급한지라, 쌀어음관리부를 설치할 생각이었다. 원래 식화셔에 쌀어음의 발권 업무도 맡기려 했었는데, 생각해보니, 쌀어음을 발행하는 기관과 그것을 다루는 기관이 달라야 상호 검증이 될 수 있었다. 새 기구는 당연히 믿을 만한 사람에게 맡겨야 했는데, 둘레에 그럴 만한 사람이 눈에 뜨이지 않았다. 그래서 부여현 도성면 권농인 죠담에게 그 일을 맡기려는 것이었다. 죠는 저번에 벌목을 하는 과정에서 잘 알게 되었는데, 사람이 능력도 있고 믿고 일을 맡길 만했다. 그리고 묘월의 외당숙이었다. 외당숙이 홍쥬에 있으면, 나중에 그녀에게 도움이 될 수도 있었다.

묘월에 대한 그리움이 문득 일어서, 그는 잠시 추녀 아래 하늘을 바라보았다. 그녀는 멀리 남쪽에서 혼자 조용히 기다리고 있었다. 다시 찾아오라는 눈길도 그에게 보내지 않았다. 이상하게도, 그녀의 그런 태도가 그를 거부할 수 없는 힘처럼 그를 끌어당기고 있었다. 그는 천천히 고개를 저었다, 왜 젓는지도 모른 채.

4

고개를 천천히 끄덕이고서, 언오는 웃음 띤 얼굴로 사람들을 둘러보았다. "그러하디 아니하야도, 병원을 따로 지을 생각알 하얐나이다."

"아, 네. 이대 알겠압나니이다." 최월매가 말을 받았다.

"원슈님, 병원은 어듸에 지으실 생각이시압나니잇가?" 자세를 고쳐 앉으면서, 우츈이가 물었다.

"아모리 하야도 셩안에 짓기는 어려울 새니이다. 병원을 지으려면, 너른 따히 이셔야 하난듸, 시방 셩안애난……" 언오는 고개를 저었다.

우츈이가 고개를 끄덕였다. "녜, 원슈님. 알겠압나니이다."

내아에서 의약참모부장 최월매, 2의약대대장 신쇼용, 그리고 우츈이에게서 의약참모부의 현황에 대해 보고를 받는 참이었다. 최월매는 의약참모부 요원들 대부분을 이끌고 그의 원정에 참가했었다. 그동안 신쇼용이 잔류 요원들을 지휘해서 홍쥬 내아에서 치료받는 병자들을 돌보았다. 우츈이는 나이가 어려서 별다른 직책을 받지는 못했지만, 그에게서 의약과 위생에 관한 지식을 배운 터라, 일을 처리하는 데 나름으로 공헌했다. 녀석은 두 달 남짓한 기간에 부쩍 식견이 높아져서, 어른 대접을 받았다.

의약참모부의 현황에 대해 얘기하다 보니, 따로 의원을 마련하면 좋겠다는 얘기가 나온 것이었다. 내아에서 병자들을 치료하는 것은 여러모로 불편했으므로, 의원을 따로 마련하는 것이 시급했다. 그로선 정치적 이유에서도 의원을 빨리 세우고 싶었다. 튱청우도를 장악한 터라, 사람들에게 빨리 업적을 보여야 했다. 눈에 이내 뜨이고 효과도 이내 나오는 것으론 번듯한 의원만한 것도 드물었다. 그래서 의원 건립이 그의 사업 계획에서 맨 윗자리를 차지한 터였다.

"홍쥬에 의원을 셰우고 나면, 온쳔이 이시난 고을들헤도 의원을 셰울 생각이니이다. 병자들이 몸을 추스릴 수 이시난 툐양원도 셰울 생각이니이다. 온양애난 온궁이 잇난듸, 거긔에 의원과 툐양원을 셰우면, 아조 툐할 새니이다. 뜨거운 믈을 많이 쓸 수 이시니, 위생애 툐코, 그 믈에 목욕하면, 병을 치료하난 대 툐코. 온쳔은 신챵과 덕산애도 이시나이다."

듣는 사람들의 얼굴이 환해졌다.

"우리 의약참모부 소속 요원들흔 모도 의녀들히 다외야셔 의원에셔 일할 새니이다. 알판 사람달할 돌보난 일이 얼마나 툐한 일이니잇가?"

"녜, 원슈님. 참아로 그러하옵나니이다." 최가 받았다.

"우리 챵의군은 약사여래(藥師如來)의 대자대비하신 뜻을 받들어 알판 사람달할 돌보고 병에 걸위는 사람달히 격도록 할 새니이다. 약사여래끠션 보살로 슈행하실 적에 중생알 위하야 열두 가지 셔원을 셰우셨다 하나이다. 약사십이대원이라 하나이다. 의약참모부 요원 여러분들흔 모도 약사십이대원을 셰운 보살텨로 앓안 사람달할 보살펴야 하나이다. 므슴 녜아기인디 아시겠나니잇가?"

"녜, 원슈님. 이대 알겠압나니이다." 세 사람이 엄숙한 얼굴로 대답했다. 그들이 자신들의 대답에 담긴 뜻을 진지하게 새기는 동안, 방 안엔 잠시 정적이 자리 잡았다.

"이제 쟝마이 오면, 돌림병이 돌기 쉬우나이다." 그는 늘 마음에 얹혀 있던 이야기를 꺼냈다. 장마철에 갑자기 몇천 명의 병사들이 홍쥬셩 안의 좁은 공간에 모였으니, 수인성 전염병이 돌기 좋은 조건이 마련된 것이었다. 전염병이 생길 위험을 줄이려면, 되도록 빨리 병력을 분산해야 했지만, 개선식을 거를 수 없어서, 속이 타는 참이었다.

한참 논의한 끝에, 의약참모부 요원들이 조를 짜서 군사들이 머무는 곳을 점검하기로 했다. 물을 끓여 먹고, 손을 자주 씻고, 파리를 잡으라고 늘 얘기해도, 잘 지켜지지 않는 실정이었다.

"그러한듸 녀군들히 부대달해 나가셔 뎜검하면, 군사달히 이내 딸오디 아니하난 일도 이시나이다?" 눈에 웃음을 담고 그가 물었다.

"녜, 원슈님. 실로난 그것이 졈⋯⋯" 최가 웃음 띤 얼굴로 대답했다.

"이것이 잘몯다외얐다 뎌것을 고텨라 하면, 나도 반갑디 아니할 새니이다." 그는 몸을 돌려 방문을 향해 말했다. "셩 대쟝."

"녜, 원슈님." 셩묵돌이 방문을 열고 안을 들여다보았다.

"셩 대쟝, 침션졍대 리슌매 대쟝끠 잠시 이리 오시라 하쇼셔."

"녜, 원슈님."

셩이 방문을 닫자, 그는 자신의 생각을 세 사람에게 설명하기 시작했다. "위생뎜검관안 몬져 위엄이 이셔야 하나이다. 그러하여야, 사람달히 위생뎜검관의 녜아기랄 듕히 녀기고 딸올 새니이다."

사람들이 열심히 고개를 끄덕였다.

"녜, 원슈님. 그러하압나니이다." 최가 받았다.

"위엄을 세우는 대난 위생뎜검관이라난 보람알 디니는 것이 됴하나이다. 그러하야셔 팔에 두르는 완쟝알 차도록 하면, 사람달히 위생뎜검관의 녜아기랄 듕히 녀길 새니이다."

제복의 효과는 잘 입증된 터였다. 사람들은 제복 입은 사람의 얘기를 잘 따르는 경향이 있었다. 완장은 권위를 높이는 데 특히 효과적이었다. 그래서 전체주의 사회에선 관리들이 늘 완장을 찼고 사람들은 그들의 권위를 이내 인정하고 그들의 지시를 그대로 따랐다.

방문이 열리더니, 연락듕대쟝 림형복이 조심스럽게 들어왔다. "챵의."

"챵의. 림 대쟝, 어셔 오쇼셔."

"졍언디 군사끠셔 원슈님끠 급히 올일 말쏨이 이시다 하얏압나니이다. 시방 동헌에 겨시압나니이다."

"아, 그러하나니잇가?" 그는 자리에서 일어셨다. "그러하시면 세 분끠셔 리슌매 대쟝과 샹의하셔셔 완쟝알 맹갈도록 하쇼셔."

졍언디는 동헌 앞마당에서 기다리고 있었다.

"군사, 어셔 오쇼셔."

"녜, 원슈님. 안핵사끠셔 디니고 오신 륜음을 받았압나니이다." 두루마리를 들어 보이는 졍의 얼굴에 득의의 웃음이 어렸다. 자꾸 까탈 부리는 안핵사와의 겨루기에서 이긴 것이었다.

"슈고 많이 하압샸나니이다."

"원슈님, 륜음을 받아쇼셔."

"아, 녜." 무심코 손을 내밀다가, 그는 손을 거두었다. 임금의 글을 그냥 받는 것이 예의에 어긋날지 모른다는 생각이 들어셔였다. "님굼님의 글이온데, 그냥 받아도 다외나니잇가?"

"원래 님굼님의 글을 받알 때난 무릎 꿇고 궁궐을 향하야 절하고 받아야 하압나니이다. 그러하오나, 시방 사졍이 사졍인디라……" 잠시 뜸을 들인 다음, 졍이 말을 이었다. "원슈님끠셔 뇨량하셔셔……"

"그러하오면, 격식을 딸오사이다. 우리 챵의군이 님굼님끠 튱셩하난 군대 아니니잇가? 군사끠셔 가라쳐주쇼셔." 이제 와서 격식을 어그러뜨려 챵의군이 님굼에게 충성하고 묘명의 간신들을 제거하려 일어선 군대라는 명분을 스스로 훼손할 이유는 없었다.

느닷없는 행사 하나가 끝나고, 마침내 동헌 안방 서안에 륜음이 펼쳐졌다.

호기심과 기대로 문득 달아오른 마음을 다잡으면서, 그는 글을 살폈다. 맨 오른쪽에 '諭忠淸右道大小人民等綸音'이라 씌어 있었다. 그는 서안 바로 건너편에 앉은 경에게 물었다, "경 군사, 륜음은 므슴 글이니잇가?"

"륜음은 님굼님끠셔 백성들헤게 나리시난 글이압나니이다."

"님굼님의 글은 죠셔(詔書)라……?"

경이 희미한 웃음을 얼굴에 띠었다. "녜, 원슈님. 님굼님의 글은 죠셔라 하압나니이다. 륜음은 님굼님끠셔 관리나 백성을 훈유하는 글을 뜯하압나니이다."

그가 고개를 끄덕이자, 경이 덧붙였다, "례긔(禮記)에 '왕언여사(王言如絲) 긔츌여륜(其出如綸)'이라난 구절이 이시압나니이다. 왕의 말쌈안 실과 갇하셔, 굵은 실텨로 나온다'난 뜯인데, 거긔셔 륜음이란 말이 나왔압나니이다."

"아, 그러하나니잇가?" 고개를 끄덕이면서, 그는 두루마리를 읽었다. 그리 길지 않은 두루마리의 오른쪽은 한문으로 씌어 있었고 왼쪽엔 언문으로 씌어 있었다. 그의 상소가 언문으로 된 것에 대한 배려 같았다.

유틍청우도대소인민등륜음

륜음 굴♀샤대

내 튱청우도도민의게 니ᄅ노라

너희 어려운 ᄉ경을 밝힌 소ᄂᆞᆫ

　내 잘 닐것노라

　　　이에

　내 안핵ᄉᆞ롤 보내셔 너희 ᄉ경을 ᄉᆞᆯ피다록 ᄒᆞ얏ᄋᆞ니 그리 알고셔
　　　안핵ᄉᆞ의 인도롤 ᄯᅩᆯᄋᆞᆯ디어다 백셩이 어려운 ᄉ경이 이시면 나
　　　라히 그러ᄒᆞᆫ ᄉ경을 알외ᄂᆞᆫ 것이 당연ᄒᆞ디마ᄂᆞᆫ 그러ᄒᆞᆫ 일에도
　　　법도가 잇도다 믈을 지어 관원들홀 업시너기는 것은 텬하의
　　　도리이 어긋나도다 너희 튱쳥우도대소인민등은 이러ᄒᆞᆫ 리치
　　　를 명심ᄒᆞ야 안핵ᄉᆞ의 인도롤 ᄯᅩᆯ와 모도 즈갸 자리로 돌아가셔
　　　ᄉᆡᆼ업에 죵ᄉᆞᄒᆞ기롤 ᄇᆞ라노라

　라고 니르시니 웃을 ᄀᆞ다둡고 너비

　　　펴노라

　　　　　　　　　　　　　　　만력 칠 년 사 월 이십이 일

　그는 그 글을 거듭 읽었다. 기대감이 차츰 실망감으로 바뀌었다.
그가 소를 올렸는데, 륜음은 그에게 온 것이 아니라 튱쳥우도 사람
들 모두에게 보내진 것이었다. 그를 상대하지 않겠다는 뜻이 분명
했다. 원래 튱쳥우도라는 지역은 공식 명칭이 아니었다. 경상도와
전라도는 공식적으로 좌도와 우도로 나누었지만, 훨씬 작은 튱쳥
도는 좌우도로 나눈 적이 없었다. 그는 자신이 점령한 지역의 공식
명칭이 마땅치 않아서 튱쳥우도란 이름을 썼는데, 국왕의 륜음이
그것을 그대로 쓴 것이었다. 그를 따르는 사람들이 튱쳥도 전역이

아니라 일부에 국한되었다는 점을 강조하려는 뜻인 듯했다.

내용도 그의 기대에 크게 어긋났다. 호셔챵의군이나 내보인민졍부의 실체를 선뜻 인정해주리라 기대한 것은 아니었지만, 그래도 그가 상소에서 언급한 일곱 가지 사항들에 대해서 한마디도 하지 않은 것은 모욕적이었다. 거두절미하고 "모도 자갸 자리로 돌아가셔 생업에 종사하기를 바라노라"는 말을 들으리라곤 정말로 생각지 않았었다. 그리고 흩어지라고 했으면, "죄를 묻지 않겠다"는 정도의 언질이 나오는 것이 상례였다. 반군이 흩어지면, 바로 문책하겠다는 됴명의 의도가 글에 짙게 배어 있었다.

그는 말없이 두루마리를 졍 앞으로 돌려놓았다.

졍이 일어나더니 공손히 무릎을 꿇고 읽기 시작했다.

'무엇을 믿고 이리 모욕적인 글을 보냈을까?' 그는 자신에게 물었다. 안핵사의 거만한 행태에서 그는 됴명의 분위기를 읽은 터였지만, 됴명이 이처럼 드러내놓고 그를 모욕할 줄은 몰랐었다. 시간을 끌기 위해서라도, 됴명으로선 그를 달래야 했다. 군사들을 모으고 군량미를 조달하려면, 시간이 필요할 텐데, 륜음의 내용은 그런 예상과 너무 어긋났다.

졍도 륜음의 내용이 좀 뜻밖이었는지, 어두운 낯빛으로 글을 거듭 읽었다.

"군사끠셔는 엇디 생각하시나니잇가?"

고개를 숙이고 한참 생각한 다음, 졍이 고개를 들어 그를 바라보았다. 눈길에 힘이 실려 있었다. "쇼쟝의 생각애난 시방 됴명은 원슈님을 샹대하디 아니하려는 닷하압나니이다."

얼굴에 희미한 웃음을 띠고서, 그는 천천히 고개를 끄덕였다.

"님굼님끠셔 우리에게 륭음을 나리셨으니, 나이 감샤하다난 소랄 올이란 것이 도리이니이다. 군사끠셔 소랄 지어주쇼셔."

"녜, 원슈님."

"나로션 됴뎡에 할 말이 없으니, 그저 공순한 글을 지어주쇼셔."

"녜, 원슈님. 이대 알겠압나니이다."

"그리하시고……" 그는 생각을 가다듬었다. "나이 마암이 쓰이는 것은 이번에 리졍란 현감끠 나이 인사랄 차리디 못한 것이니이다. 뎌번에 나이 올이난 샹소랄 디니고 셔울헤 가셨고 이번에도 안핵사랄 딸와 나려오샸난듸, 나이 아직 만나디도 아니하얏나이다. 리 현감끠셔 나랄 만났다난 것이 알려디면, 리 현감끠셔 화랄 입을 위험이 이셔셔, 나이 수울 한잔 대졉하디 못하얏나이다. 군사끠셔 그러한 사졍을 리 현감끠 말쌈드려주쇼셔."

5

쌀어음에 번호를 매기던 손길을 멈추고, 언오는 손등으로 침침한 눈을 가볍게 쓰다듬었다. 하품이 나왔다. 시계를 보니, 11시 20분이었다. "벌써 열한 시가 넘었나?"

하긴 바쁜 하루였다. 새벽부터 지금까지 쉴 틈이 없었다. 긴 원정에서 돌아온 터라, 행정 일들이 쌓여 있었다. 저녁을 먹고 난 뒤에도, 일에 파묻혀 산보도 나가지 못했다. 귀금이와 시간을 가질 생각이었지만, 자리에서 일어설 수가 없었다.

저녁을 먹는데, 옹기를 굽는 사람이 왔다. 그가 만나자고 한 터였다. 병원과 공중변소를 지으려면, 당장 벽돌이 필요했다. 벽돌을 굽는 것이야, 대단한 일이 아니어서 얘기가 간단할 터였지만, 그가 바라는 벽돌은 좀 특별했다. 그가 바라는 것은 레고형 벽돌이었다. 레고형 벽돌은 따로 회를 바르지 않고 그대로 조립할 수 있어서, 집을 무척 효율적으로 지을 수 있었다. 20세기에 가장 높은 인기를 누린 아이들 장난감은 실은 고대의 벽돌에서 유래했다. 고대 그리스 사람들은 레고형 벽돌로 성벽을 쌓았다. 레고형 벽돌을 만들려면, 표준 규격에 정확하게 맞게 벽돌을 구울 수 있어야 했다. 그래서 가마 주인과 시험 생산에 관한 협의를 한 것이었다.

가마 주인과는 물시계를 만드는 일에 관해서도 협의했다. 시계야 일상적으로 필요했지만, 그로선 서로 떨어진 부대들이 시간을 맞추기 어려워 정교한 작전을 펴지 못하는 것이 특히 아쉬웠다. 예를 들면, 특공대로 적군의 지휘부를 기습해서 마비시킨 뒤 바로 전군이 공격하는 작전을 펴려면, 상당히 정확한 군용 시계가 필요했다. 만일 믿을 만한 시계가 있다면, 그가 쓸 수 있는 작전들의 폭이 크게 늘어날 터였다. 그래서 오지 물동이의 바닥에 가는 구멍을 내고 밑에 원통형의 측정기를 놓아서 시간을 재는 원시적 물시계를 만들어볼 생각이었다.

가마 주인이 나가자, 바로 정언디가 류음에 대한 상소의 초안을 들고 들어왔다. 상소처럼 격식을 차리는 공문이야 정이 그보다 사뭇 나았으므로, 초안을 그대로 보내도 되었는데, 막상 초안을 살피다 보니, 그의 계획에 맞도록 몇 가지를 주문하게 되었고, 그래서 정이 두 번 고쳐 써야 했다. 정은 그의 상소를 갖고 안핵사에게 건네기 위해 객사로 갔다.

다음엔 총참모장 리산웅, 행군참모부장 손향모, 특공로사장 김을산, 10특공정대장 경희영, 23특공정대장 명준일, 32특공정대장 우만석, 11궁수정대장 림치욱, 그리고 28궁수정대장 김영춘과 함께 야간 훈련에 대해 의논했다. 그동안 점령한 고을들에서 백정들이 사는 곳들을 찾아 군사들을 모집해서 특공대로 편입했다. 이번에 주로 백정들로 충원된 특공정대를 새로 편성해서 원래 덕산의 백정이었던 우만석에게 지휘를 맡겼다. 그리고 3개 특공정대들을 총괄하는 특공로사를 만들어 김을산에게 지휘를 맡겼다.

류음은 관군과의 싸움이 피할 수 없음을 확인해주었다. 그 글의 어조와 내용으로 보아, 됴명은 군사를 보낼 준비를 거의 다 마친 듯했다. 그리고 그와 졍언디가 예상한 대로, 됴명이 동원할 군대의 주력은 전라도 군사일 터였다. 전라도 군사는 병력도 많고 훈련도 잘된 군대였으므로, 이전 싸움들보다 훨씬 어려울 터였다. 그는 이번에도 야간 전투를 시도할 생각이었고 특공대를 작전의 핵심으로 삼을 계획이었다. 이전과 다른 점은 이번엔 궁슈들이 합세해서 적병들을 사살한다는 계획이었다. 그래서 궁슈들에게 야간에 특공대와 함께 훈련하면서 어둠 속에서 화살을 쏘는 훈련을 하라고 지시했다. 이번 훈련에 참가한 궁슈들은 11궁슈정대의 2개 대대와 28궁슈정대의 1개 대대라 실병력은 1개 정대였다.

이어 리산응과 함께 내일의 개선식에 대해서 얘기를 나누었다. 큰 행사라 어쩔 수 없이 준비가 부족하고 혼란스러웠지만, 날씨만 궂지 않다면, 아쉬운 대로 식은 열릴 것 같았다. 전사한 병사들이 박초동을 포함해서 여덟인데, 연락받고 참석하는 유족들은 셋뿐이었다.

"자아, 조금만 더 하면……" 그는 힘을 내어 나머지 쌓어음에 번호를 매겼다. 그리고 이내 일어났다. 동헌엔 총참모부 요원들이 잤다. 길텽을 다른 부대들에 내주고 이리로 밀려온 것이었다. 그가 자리를 비켜줘야, 총참모부 요원들이 쉴 수 있었다.

내아로 향하면서, 그는 자신의 행정 업무를 줄일 길에 대해 생각했다. 길은 물론 단 하나였다. 다른 사람들에게 업무를 위임하는 것이었다. 실제로 그는 그렇게 하고 있었다. 챵의군의 행정은 일단 총참모장 리산응이 관장했다. 그리고 군사적 요충들엔 동북, 동남, 셔남, 셔북의 네 방면군들을 두었다. 문제는 그가 끊임없이 새로운 아이디어들을 실행하고 혁신적 조치들을 도입하고 있으므로, 무슨 일이든 처음엔 그가 직접 해야 한다는 점이었다.

'어쨌든, 일에 치이지 않도록 해야지. 자칫하면, 옹정제처럼……' 그는 야릇한 웃음을 지었다.

청(淸) 세종(世宗) 옹정제(雍正帝)는 가장 열심히 일한 임금이었다. 거실에 '임금 노릇은 어렵다(爲君難)'고 써 붙이고 일했다 한다. 덕분에 강희제(康熙帝)에서 옹정제를 거쳐 건륭제(乾隆帝)까지 백 년 넘게 이어진 청 제국의 융성기가 나왔다. 그는 아버지 강희제의 치세 말년에 나온 문제들을 과감하게 풀고 잘못들을 바로잡아서, 아들 건륭제에게 튼튼한 기반을 가진 제국을 넘겨주었다. 그러나 과도한 업무로 건강을 해쳐, 겨우 13년 동안 통치했다. 아버지 강희제가 61년 동안 그리고 아들 건륭제가 60년 동안 재위한 것에 비기면, 너무 짧았다. 중국 대륙의 대제국을 통치하는 일과 작은 지역의 반란 정권을 이끄는 일을 비교하는 것은 어쭙잖은 짓이었지만, 옹정제의 삶은 그에게 새길 만한 교훈을 주었다.

그가 내아로 들어서자, 마루에서 기다리던 귀금이가 반갑게 신을 꿰고 달려 나왔다. "원슈님, 이제야 일이 끝나압샸나니잇가?"

웃음 띤 얼굴로 고개를 끄덕이면서, 그는 그녀 손을 잡았다. "일이 하도 하야셔……"

"그리 일하시다…… 몸 생각도 하셔야디요."

가볍게 나무라는 그녀가 너무 귀여워서, 그는 사람들이 보고 있다는 것도 잊고서 그녀에게 키스할 뻔했다.

그가 방으로 들어서자, 그녀가 마루에서 셰슈대야를 들고 들어왔다.

"원슈님, 셰슈하쇼셔."

그는 겉옷을 벗어 그녀에게 넘기고 속옷 바람으로 세수했다. 그리고 그녀가 건네준 수건으로 얼굴을 훔쳤다. "어, 쇠흰하다."

그녀가 배시시 웃으면서 셰슈대야 앞에 방석 둘을 겹쳐놓았다. "여긔 앉아쇼셔."

그가 눈으로 묻자, 그녀가 정이 가득 담긴 눈으로 받았다. "나이 원슈님 발알 싯겨드리려고……"

그는 고개를 끄덕이고 방석에 앉았다. 그리고 손에 수건을 든 채 조심스럽게 왼발을 대야에 담갔다.

그녀가 대야 옆에 쪼그리고 앉더니, 그의 발을 조심스럽게 잡았다. 그녀의 손길은 애무에 가까웠다. 아니, 어떤 애무보다도 더 관능적이었다.

그녀가 쓰다듬는 발에서부터 욕정의 더운 기운이 올라와 그의 몸속으로 퍼져나갔다.

발을 다 씻자, 그녀가 대야를 들고 밖으로 나갔다. 그가 이불을 펴자, 그녀가 물을 다시 채운 대야를 들고 들어왔다. 정사가 끝난 뒤 그를 씻어줄 물이었다.

그녀가 발을 씻겨주어 일깨워진 욕정이 문득 솟구쳤다. 그녀 속옷을 벗기는 그의 손길이 좀 거칠었다. 그의 몸속에서 일렁이는 욕정을 느꼈는지, 그녀의 몸짓도 어제보다 대담했다.

대야의 물로 땀을 씻고 다시 눕자, 그녀가 그의 품속으로 파고들었다. "원슈님."

그는 대답 대신 그녀를 조심스럽게 안고서 그녀 얼굴을 부드럽게 쓰다듬었다.

"원슈님," 그의 가슴을 쓰다듬으면서, 그녀가 다시 불렀다.

"녜?"

"뎌긔……" 그녀가 머뭇거렸다.

"므슴 일이니잇가?" 그녀 등을 문지르면서, 그는 부드럽게 물었다.

"뎌긔…… 원슈님, 나이 아기랄 가졌압나니이다," 그녀가 힘들게 말을 입 밖으로 밀어냈다.

마음이 한번 크게 출렁였지만, 그는 그녀 등을 문지르는 손길을 멈추지 않았다. 뜻밖의 얘기였지만, 그렇게 뜻밖이었던 것도 아니었다. "아기?"

"녜. 원슈님 아기."

그의 손길이 스스로 움직여서 그녀 배를 찾았다.

그녀가 몸을 움직여 그가 배를 쓰다듬기 좋게 했다.

보드랍고 촉촉한 그녀 배를 쓰다듬으면서, 그는 온 세상이 불러주는 송가가 마음을 가득 채우는 것을 느꼈다. 이 세상에 나온 뒤

늘 마음 한구석에 얼어붙었던 외로움이 녹고 있었다. 얼음이 녹은
자리에서 뿌리가 자라나 그녀 배 속으로 뻗어나가 이 세상의 흙 속
으로 들어가 든든하게 자리 잡았다.

"원슈님."

"녜?"

"그냥 불러보고 식브어셔 불러보았압나니이다."

그는 소리 죽여 웃었다. "귀금 아씨."

"녜, 원슈님."

"그냥 불러보고 식브어셔 불러보았압나니이다."

두 사람은 서로 꼭 껴안고서 소리 내지 않으려 애쓰면서 웃었다.

6

"이제브터 호셔챵의군 개션식을 거행하겠압나니이다." 쟝대 한 쪽에 선 최복만이 우렁찬 목소리로 외쳤다. "몬져 원슈님끠 대한 경례 이시겠압나니이다."

셕현공이 병사들을 향해 돌아서서 명령을 내렸다. "원슈님끠 대하야 경례."

"챵으이." 병사들이 구호를 외치고 손을 들어 경례했다.

"챵의." 돌아선 셕이 경례했다. 불승의 복색에다 칼을 차서 아무래도 낯선 모습이었지만, 정작 셕 자신은 개의치 않는 듯했다.

'하긴 내 행색도……' 한가로운 생각을 끊고, 그도 손을 들어 빨강 운동모자 챙 끝에 댔다. "챵의."

바파 바파 바파…… 군악대가 「원슈에 대한 경례」를 연주하기 시작했다.

련병쟝에 모인 병사들과 성벽을 따라 늘어선 구경꾼들 바라보면서, 그는 지난번 여기서 열렸던 개선식을 떠올렸다. 그때가 3월 21일이고 오늘이 6월 7일이니, 두 달 반이 지난 것이었다. '그 두 달 반 동안 얼마나 세상이 변했나!'

"이제 군긔에 대한 경례 이시겠압나니이다." 원슈에 대한 경례가 끝나자, 최가 다시 외쳤다. "이 자리에 참예하신 래빈달끠셔도 호셔챵의군긔에 대하야 경례하야주시기 바라압나니이다. 모도 쟝대 뒤헤 이시난 군긔를 바라고 셔쇼셔. '군긔에 대하야 경례'하난 구령이 나리면, 래빈달끠셔는 모도 올한손알 가삼 왼녁에 다히쇼셔. 쇼쟝이 한번 시범을 보이겠압나니이다. 이리 다히시면, 다외압나니이다."

그도 뒤로 돌아서서 깃발을 향했다. 호셔챵의군긔와 내보인민경부긔가 나란히 걸려 있었다. 바람이 없어서, 깃발이 처진 것이 좀 아쉬웠다.

"군긔에 대하야 경례." 셕현공이 외쳤다.

"챵의." 그도 구호를 외치고 깃발에 대해 경례했다.

병사들의 구호가 묵직한 파도로 밀려왔다. 군악대가 울리는 가락이 뒤따랐다.

"이어 「호셔챵의군가」 제창이 이시겠압나니이다."

「호셔챵의군가」가 된 「잠수함대가」의 귀에 익은 선율이 나왔다. 전주가 끝나자, 병사들이 노래 부르기 시작했다. 뻐근한 가슴으로 그도 부르기 시작했다.

깃발이 펄럭인다

깃발이 펄럭인다
힘차게 나아가자
힘차게 나아가자
호셔챵의군
호셔챵의군
모도 잘사난 셰샹
모도 편안한 셰샹
우리 힘으로
우리 힘으로
여긔 셰우고져
여긔 셰우고져
우리 니러셧노라
우리 니러셧노라
아아아아아아아
아아아아아아아
호셔챵의군
호셔챵의군

깃발 너머 비 개인 맑은 하늘을 우러르며, 그는 다짐했다, '이 노래가 그저 빈 약속으로 끝나도록 하진 않겠다. 무슨 일이 있어도.'
이어 분열 행진이 시작되었다. 쟝대 옆에 섰던 군악대가 타악을 울리면서 앞으로 나왔다. 대열이 오른쪽으로 틀더니, 군악대쟝 한정희가 빨간 술이 달린 지휘봉을 한 번 크게 흔들자, 뒤쪽에서 젓대들과 날라리들이 합세했다. 「그리운 내 고향」의 빠르고 가벼운 가락이 올랐다. 「딕시랜드」를 편곡한 것이었다.

"우로 봣," 군악대를 뒤따르는 셕현공이 외치고 칼을 빼어 오른쪽 땅바닥을 가리켰다. 앞에 선 류군긔가 고개를 숙이자, 호랑이의 모습이 드러났다. 저번 개선식에선 급히 만들어져 좀 어색했는데, 그사이에 세월의 손길이 묻어서, 제법 군기다웠다.

부대들은 건제 순서대로 쟝대 앞을 지났다. 5열 종대를 이룬 류군 본부대대가 지나가자, 쟝춘달이 이끈 8공병졍대가 다가왔다.

그의 가슴속에 시린 물결이 일었다. 지난번엔 박초동이 이끈 1보병졍대가 선두였었다. 이제 박초동은 죽고 1보병은 김항텰이 지휘하는 동북방면군에 속해서 텬안 지역에 있었다. 박초동의 모습이 눈앞에 떠올랐다. 조용하고 착한 사람이었다. '부대 극락왕생하쇼셔.'

8공병이 선두라는 사실은 그동안 그가 장악한 지역이 빠르게 늘었음을 유창하게 말해주었다. 지금 2보병은 청양과 대흥에 머물고, 3보병, 5보병, 6긔병은 동북방면군 소속이었다. 7보병은 윤삼봉이 지휘하는 동남방면군에 속해서 부여에 머물고 있었다.

뒤따르는 9보병은 긔슈와 졍대쟝 류종무뿐이었다. 9보병은 '신례원 싸홈' 뒤 쭉 례산에 머물었다. 9보병이 상징하는 충성과 용기를 고려해서, 대쟝과 긔슈만 개선식에 참가하도록 그가 특별히 지시한 것이었다.

이어 10특공, 11궁슈, 12공병, 13운슈, 15보병, 17긔병, 18포병, 20보병, 21보병, 22긔병, 23특공, 그리고 31보병이 행진했다. 31보병은 그동안 리산웅이 홍쥬에서 모집해서 조련한 병사들로 이루어진 부대였다. 륙군의 뒤를 총참모부 부대들이 따랐다. 보급정대, 침선정대, 의약정대의 녀군들이 행진하는 모습은 영화 장면 같았다. 곱게 차려입고 군모를 쓰고 조신하게 움직이는 녀군들의 행렬은 구경꾼들의 찬탄을 자아냈다. 이어 각 참모부들이 행진했다. 총참모부 대열의 마지막은 황구용이 이끈 척후정대였다. 그 뒤를 구경꾼들 가까이서 연주하던 군악대가 따랐다.

"이제 경과 보고이 이시겠압나니이다." 부대들이 다시 제자리에 들어서자, 최복만이 외쳤다.

손에 두루마리를 든 문셔참모부쟝 하균이 옆 계단을 올라왔다. 그에게 경례한 다음, 하는 두루마리를 펼쳤다. "쇼쟝이 경과랄 보고하겠압나니이다. 경과 보고. 우리 호셔창의군은 모단 사람달히 사람다이 살 수 이시게 하져 디난 삼월 칠일에 례산현에셔 긔병하얐도다……"

그동안 있었던 일들을 모두 열거하느라, 경과보고가 꽤 길었다. 석 달이 지났는데, 꼭 3년은 지난 것처럼 느껴졌다.

"이제 '비인셩 싸홈' '남보셩 싸홈' '보령셩 싸홈'에서 공이 컸던 부대달콰 군사달해 대한 표창이 이시겠압나니이다." 하의 보고가 끝나자, 최가 외쳤다.

세 싸홈 모두 힘들었고, 전사자들도 일곱이나 나왔지만, 표창식은 간략했다. 연락을 받지 못해서, 홍쥬 사는 유족들 세 집안만 참석했기 때문이었다. 원래 표창식이 개선식의 절정인지라, 그로선 좀 아쉬웠다.

"이제 원슈님 훈시 이실 새압나니이다." 최의 외침에 그는 마음을 다잡고 바로 섰다.

"부대 차렷." 셕현공이 구령을 붙이고 돌아서서 그에게 경례했다. "챵의."

"챵의. 부대 열중쉬엇."

"부대 열중쉬엇." 셕이 복창하고 돌아섰다. "열중쉬엇. 쉬는 채로 원슈님끠 쥬목."

그는 마음을 가다듬고 연설을 시작했다. "여긔 모호이신 튱청우도 도민 여러분, 유족 여러분, 호셔챵의군 군사 여러분, 이 개선식은 우리 호셔챵의군이 디난 두 달 동안 여러 차례 싸홈애셔 이긔어셔 튱청우도랄 얻은 것을 긧거하난 자리이압나니이다. 디난 삼월 바로 이곳애셔 개선식을 거행했을 때난 우리 챵의군은 계오 네 고을흘 다살였압나니이다. 이제 우리 챵의군은 셜흔네 고을흘 다살이고 이시압나니이다. 「챵의문」에셔 너비 알외얀 바텨로, 우리 챵의군은 모단 사람달히 사람다이 살 수 이시난 셰샹알 맹갈고져 니러셨압나니이다. 이제 그런 셰샹알 맹갈알 터를 닥은 혜옴이압나니이다. 모도 여러분들끠셔 용맹하게 싸호신 덕분이압나니이다."

그는 잠시 말을 멈추고 수첩을 꺼내 들었다.

"싸홈안 목숨을 건 일이라셔, 우리 챵의군에셔도 전사쟈달히 나왔압나니이다. 우리는 비인셩 언덕에 송동규 전우와 김신우 전우를 묻었고 남보셩 밧긔 산기슭에 엄승훈 전우, 유명한 전우, 림셕형 전우, 경슈용 전우, 박한돌 전우를 묻었압나니이다. 이별할 때 사람안 넋이 죠곰 죽는다고 녯날 엇던 시인이 말하얏압나니이다.

그러하야셔 견우들히 묻힌 곳에 우리 마암도 죠곰 묻혔압나니이다. 우리 마암 한 조각안 늘 비인셩 언덕과 남보셩 밧긔 산기슭에 머믈 새압나니이다."

그는 잠시 고개를 가볍게 숙이고 눈 감은 채 죽은 전우들의 명복을 빌었다.

"그리하고 몬져 가신 견우들홀 디킈디 못한 쟝슈로셔 유족들끠 머리 숙여 깊은 사죄 말쌈 올이압나니이다." 그는 쟝대 오른쪽 차일 아래 앉은 유족들을 향해 허리 굽혀 사죄의 인사를 했다.

"쟝의군은 유족달할 힘까장 보살펴셔 뎌셰샹에 겨신 견우들희 넋을 편히 하고져 하압나니이다." 사람들이 자신의 얘기를 새길 틈을 준 다음, 그는 좀 밝은 목소리로 말을 이었다. "이번 원정에셔 우리 쟝의군이 새로 가촌 텩셕긔라난 긔계 큰 공알 셰웠압나니이다. 텩셕긔는 큰 돌달할 젹군에 날려 보내난 긔계이온대, 이 긔계랄 맹갈려면 말의 갈기나 사람의 긴 머리채 이셔야 하압나니이다. 우리 쟝의군이 긴 머리채랄 구한다는 녜아기랄 들으시고 선뜻 쟈갸 머리채랄 헌납하셔셔 우리 쟝의군이 텩셕긔를 맹갈아셔 싸홈애셔 이긔도록 하신 분들이 여긔 겨시압나니이다."

그는 손을 뻗어 쟝대 오른쪽 유족들 옆에 앉은 부인들을 가리켰다. 모두 머리에 화사한 모자를 쓰고 있었다. 그와 침션경대 사람들이 오래 논의해서 만든 '화심모(花心帽)'였다. 녀군들이 그 부인들이 일어나도록 도왔다.

"쟝의군을 도와주신 여러분들끠 쟝의군을 대표하야 깊은 감샤의 말쌈알 올이압나니이다." 그는 고개 숙여 인사하고 손뼉을 쳤다.

부인들이 황급히 인사하자, 사람들이 모두 손뼉을 쳤다.

"디난 오월 초칠일 우리 챵의군 쥬력은 부여현 은산면에셔 금강알 건널 쥰비를 하고 이셨압나니이다. 초칠일이니, 단오 다담다암 날이었는듸, 한 녀군이 연못가애 흐드리 핀 챵포랄 보고셔 탄식하얐압나니이다, '올해난 챵포탕아로 머리도 못 감았고나.' 그 탄식이 쇼쟝의 가삼애 아프게 들어왔압나니이다. 우리 챵의군이 셜흔네 고을흘 얻은 것은 챵의군 여러분들 모도 애쓰신 덕분이디마란, 쇼쟝안 이 자리애셔 특별히 녀군들희 노고랄 치하하고져 하압나니이다. 싸홈터는 녀자달히 나셔기 어려운 곳이디마란, 우리 녀군들흔 흔쾌히 찬 이슬, 세찬 비바람을 무릅쓰고 싸홈터로 나셨압나니이다. 연장알 잡고 싸우려 나션 남자 군사달할 위하야 밥알 짓고 다틴 군사달할 보살피고 옷알 맹갈고 더러워딘 옷알 빨아셔 깨갓한 옷을 닙다록 하얐압나니이다. 우리 녀군들희 로고이 없었다면, 우리 챵의군이 이텨로 큰 공알 셰우기 어려웠을 새압나니이다."

잠시 말을 멈추고, 그는 손으로 녀군들이 선 곳을 가리켰다. "호셔챵의군 원슈로셔 보급졍대, 침션졍대, 의약졍대 여러 녀군들끠 감샤 말쌈알 드리압나니이다."

그가 손뼉을 치기 시작하자, 사람들이 차츰 그를 따라 손뼉을 치기 시작했다. 녀군들이 수줍어셔 어쩔 줄 몰라 하는 모습이 그의 마음을 발그스레하게 했다. 그 너머 보얀 속살을 드러낸 하늘이 내려다보고 있었다.

'내가 다시 이 자리에 설 날이 있을까? 그때는 세상이 어떻게 바뀌었을까?' 한가로운 생각이 흰 구름으로 그의 파란 마음을 스쳤다.

7

"이제브터 호셔챵의군 총참모부 연예참모부이 쥬관하난 위문 공연이 이시겠압나니이다." 객사 토방에 선 최복만이 외쳤다.

웅성거리던 소리들이 뚝 그치고 기대 어린 정적이 마당에 모인 사람들 사이에 어렸다.

"몬져." 최가 손에 든 종이를 보면서 외쳤다. "오월션 딕병이 「양산도」랄 브르겠압나니이다. 반쥬는 신효슌 딕병이 맏닫압나니 이다. 여러분, 오월션 딕병과 신효슌 딕병을 큰 박슈로 맞아주쇼 셔."

녀자 대기실로 쓰이는 객사 오른쪽 방에서 노랑 저고리에 다홍 치마를 입은 오월션이 나왔다. 사람들이 환호했다.

"예쁘다." 그는 탄식처럼 뇌었다. 셕셩현텽 도원슈 방에서 처음 보았을 때의 그녀 모습이 겹쳤다. 그녀가 지금 처지를 만족스럽게 여기는 것처럼 보여서, 그는 마음이 흐뭇했다.

이어 오른쪽 방에서 흰 저고리에 쪽빛 치마를 입은 신효슌이 해금을 들고 나왔다. 그녀는 보령 슈영 근처에서 슈군들을 상대로 영업하던 녀사당패에 속했다. 챵의군이 슈영을 공격한 뒤 슈영이 비자, 녀사당패가 어려움을 겪는다는 얘기를 듣고, 그가 챵의군으로 받아들인 터였다.

두 사람은 무대인 객사 마루 한가운데 서더니 맵시 있게 허리 숙여 인사했다. 박수와 환호가 마당을 가득 채우고 하늘로 넘쳤다.

해금 전주가 나오고 오월션이 노래를 부르기 시작했다. 가사가 한문투라서, 이내 알아듣기 어려웠다. 가락은 귀에 익었지만, 가사는 좀 다른 듯했다.

"……셰월아 츈졀아 오고 가디랄 말아라.
쟝안 호걸이 다 늙어간다."

"다암애난 오호용 부병이 노래랄 브르겠압나니이다. 「반달」이라난 노래이압나니이다. 반쥬는 역시 신효슌 딕병이 맛닫압나니이다. 여러분, 오호용 부병과 신효슌 딕병을 큰 박슈로 맞아주쇼셔."

남자 대기실로 쓰이는 객사 왼쪽 방에서 울긋불긋한 옷을 차려입은 오호용이 버선발로 가볍게 뛰어나왔다. 오는 그가 광쳔에서 만나 챵의군으로 받아들인 남사당패에 속했는데 음악적 재능이 있었다.

박수 소리가 컸다. 누가 손가락을 입에 넣어 휘파람 소리를 냈다.

토방 반대쪽에서 서서 바라보던 언오는 천천히 고개를 끄덕였다. 이번 공연이 잘 풀릴 것 같은 느낌이 들었다.

오가 가벼운 기침으로 목청을 가다듬었다. 해금 전주가 나오고, 오가 노래를 부르기 시작했다.

"푸른 하날 은하슈
하야한 쪽배애
계슈나모 한 나모
톳기 한 마리
돗대도 아니 달고
사아때도 없이
가기도 잘도 간다
셔녁 나라로."

원래는 민요를 먼저 여러 곡 부른 다음에 그가 가르친 노래들을 부를 생각이었다. 그러나 사당패들이 아는 노래들을 들어보니, 부를 만한 것들이 없었다. 대부분 고부간의 갈등이나 시집살이를 주제로 삼았다. 아니면, 너무 음란해서 녀군들이 많은 챵의군엔 맞지 않았다. 동요들을 고른 것은 가르치기 쉽다는 점도 있었고, 앞으로 학생들에게 가르칠 수 있다는 점도 있었다.

그는 마당의 청중을 살폈다. 오후에 비가 갠 틈을 타서 하는 공연이라, 매끄러운 진행을 기대할 수는 없었다. 마당에 멍석을 몇 개 깔아놓고 녀군들이 그 위에 앉았고 그 뒤로 남군들이 서서 구경했다. 청중의 반응은 가늠하기 어려웠다. 박수 소리는 컸지만, 장마에 좁은 집 안에서 지내던 터라, 모두 공연을 반길 터여서, 실제로 노래가 마음에 들었는지 알 수는 없었다.

'현대 조선에서 가장 널리 불린 동요들이 중세 조선에서도 널리 불릴까?' 그로선 흥미로울 뿐 아니라 실제적이기도 한 물음이었다.

"다암안 「꿈꾸는 백마강」이압나니이다."

한밤에 백마강을 건너 관군과 싸워 이긴 부대에게 어울리는 곡이라고 고른 것이었다. 20세기에 남조에서 크게 유행한 대중가요니, 여기서도 널리 불릴 만했다.

해금의 애끓는 전주가 나오고, 이어 오가 노래를 부르기 시작했다.

"백마강 달밤애 믈새도 울어
일허버린 넷날이 애달브고나.
저어라 사공아 일엽편쥬 두둥실
낙화암 그늘 아래 울어나 보세."

반응은 기대를 넘었다. 어깻짓으로 노래를 따라가는 사람들이 많았고 박수 소리에 "됴오타"와 "이대 한다"는 외침들이 섞였다.

가수도 반주자도 신이 났다. 가수는 거듭 허리 굽혀 인사했고 간주를 켜는 해금 주자의 손길도 활발해졌다.

그는 구름장 몰려가는 하늘을 우러렀다. 모임에서 그 노래를 부르던 기억들이 마음을 스쳤다. 노래에 어울리는 애달픈 해금 소리가 가슴을 그리움과 서글픔으로 적셨다.

"고란사 종 소래 사못디는듸
구곡간쟝 오로시 끈허디난닷
뉘라셔 알리오 백마강 탄식알
깨여딘 달빛만 녯날 갇하리."

"다암안 김강선 연예참모부쟝이 노래랄 브르겠압나니이다. 「동
심초」라난 노래이압나니이다. '마암이 갇한 플'이라난 뜻이압나니
이다." 박수와 환호가 쟟아들기를 기다려, 최복만이 외쳤다.

한 줄기 아픔이 그의 가슴을 스쳤다. '신례원 싸홈'을 앞두고 강
선이 그를 위해 이백의 '쟝진쥬'를 부르고서 술잔을 올렸을 때, 그
는 답례로 '동심초'를 불렀었다. 그러자 그녀는 그 노래가 마음에
깊이 스며들어왔다면서 배우고 싶다고 했다. 그가 가사를 적어주
고 몇 번 부르자, 음악적 재능이 있는 그녀는 이내 배웠다. 그 노래
가 당(唐)의 시인 설도(薛濤)의 「춘망사(春望詞)」를 옮긴 것이며 설
도는 원래 기생이었다는 얘기를 듣더니, 그녀는 며칠 뒤 설도의 시
를 써서 그에게 건넸다.

風花日將老
佳期猶渺渺
不結同心人
空結同心草

바람에 날린 꽃잎 시들어가고
인연 맺을 날 아직 멀고 머느니
한마음 사람과 맺지 못하고
헛되이 풀잎으로 동심결만 맺느니

해금 가락에 실린 그녀 목소리가 마음속으로 들어왔다.

"곳닢안 하욤없이 바람애 디고
만날 날안 아득타 긔약이 없네."

그는 알았다, 그녀의 노래는 온 청중에게로 향하지만 노래에 실
린 마음은 그에게로만 향한다는 것을. 맺을 수 없는 정의 슬픔으로
씻긴 그녀 얼굴은 청초했다.

"므어라 마암과 마암안 맺디 못하고
한갓도이 풀닢만 맺아려는고.
한갓도이 풀닢만 맺아려는고."

온 마음이 담긴 노래임을 느낀 듯, 청중의 반응은 뜨거웠다. 손
이 아프도록 힘껏 손뼉을 치면서, 그는 물기 어린 눈으로 그녀를
바라보았다. 그러나 그녀는 그에게 눈길을 주지 않았다. 하고 싶은
말도 주고 싶은 눈길도 모두 노래에 담은 것이었다. 그녀는 청중에
게 허리 굽혀 인사하고 무대를 떠났다.

다음 노래는 「라 쿠카라차」와 「베사메 무초」였다. 남자 둘이 이중창으로 부르고 여자 둘이 춤을 추었다. 반주는 해금에 날라리, 장구, 소고가 더해졌다. 흥겨운 가락에 맞게 그가 붙인 가사들은 가벼운 사랑 얘기들이었다. 당연히 듣는 사람들이 좋아했다. 그러나 청중의 폭발적 반응을 이끌어낸 것은 춤이었다. 그가 가르친 대로, 무녀들은 하늘거리는 치맛자락을 쥐고 흔들면서 라틴 아메리카의 고혹적인 춤을 추었다.

'오늘 내가 조선 사회의 문화를 단숨에 오백 년 앞으로 이끌었구나.' 그의 입가에 야릇한 웃음이 어렸다.

"이제 노래 순셔는 긑났압나니이다. 묘한 노래랄 들려준 연예참모부 요원들끠 힘찬 박슈를 한 번 더 보내주쇼셔." 최의 얘기는 그가 써준 것이었다.

사람들이 손뼉을 치고 소리를 질렀다. 현대의 대중음악 콘서트와 다를 바가 없었다.

그는 자신에게 고개를 끄덕여 보였다. 공연은 잘 풀리고 있었다. 지금 꼭 해야만 해서 하는 공연은 아니었다. 장마 때문에 다른 일들을 하기 어려워서 공연을 하기로 결정하고 급히 마련한 것이었다. 개선식이 끝나자, 그는 홍쥬셩의 혼잡을 덜기 위해 부대들을 인근 현들에 주둔하도록 했다. 그리고 모든 야전 부대들이 수레를 만들어서 단대마다 수레 한 대씩 갖추라고 지시했다. 수레가 당장 필요하기도 했지만, 한가한 병사들이 문제들을 일으킬 여지를 줄이려는 뜻이 더 컸다. 병원을 짓는 일도 장마로 진행이 어려웠다. 다행히, 레고형 벽돌의 시험 제작은 그런대로 만족스러웠다.

'장마만 끝나면, 본격적으로 벽돌을 생산해서, 병원과 공연장을 짓고……'

"다암안 오늘의 본 공연입니다. 연극「아리바바와 마안 도작」이 압나니이다." 최가 외쳤다.

도포를 걸치고 쥘 부채를 한 손에 든 김맹면이 나왔다. 김은 삼십대의 사내로 남사당패의 위두였는데, 변사(辯士)로 연극의 해설을 맡았다. 김은 허리 굽혀 인사했다. 이어 쥘부채를 휘둘러 폈다가 다시 접었다. 그 간단한 동작으로 사람들의 눈길을 끌어 모으더니, 김이 입을 열었다, "녯날도 아조 머언 녯날, 디난 해랄 딸와 한 해 두 해 세 해를 걸어야 닿을 수 이시난 머언 머언 서녁 따힌 페르시아에 형데 살았나이다."

김이 마루 왼쪽으로 물러서자, 배우 둘이 나와서 인사했다.

"형은 가심이," 김이 부채로 왼쪽에 선 배우를 가리켰다.

그 배우가 허리 굽혀 인사했다. 박수가 터졌다.

"아아난 아리바바."

다른 배우가 허리 굽혀 인사하자, 더 큰 박수가 터졌다. 아리바바 역은 남장한 여배우였는데, 앳되고 고운 얼굴이 사람들의 마음을 끈 모양이었다.

"형인 가심안 가아멸았나이다. 가심안 쟝남이어셔 부모끠 재산알 많이 믈려받안 것이었나이다. 집은 큰 기와집이고 논밭도 많았나이다. 쇼도 돝도 닭도 개도 염쇼도 많았나이다. 그러하야셔 됴한 옷알 닙었나이다."

가심이 자신의 좋은 옷을 관객들에게 보이면서 한껏 뽐냈다. 그의 몸짓이 관객들의 웃음을 자아냈다.

"아리바바난 아조 가난하얐나이다. 아리바바난 지차여서 부모 끠 재산알 죠곰 밧긔 믈려받디 못하얐나이다. 아리바바난 쟉안 초 가애 살면셔 나모랄 하야 댱애 디고 나가 팔아셔 계요 입에 플칠을 하얐나이다. 그러하야셔 해야던 옷알 닙었나이다."

아리바바가 다 떨어진 옷을 관객들에게 보이면서 수줍은 웃음을 지었다. 관객들의 호응이 컸다. 관객들은 벌써 아리바바에게 마음을 줄 준비가 된 듯했다.

마음이 좀 놓여서, 한숨이 저절로 나왔다. 무대 장치는 고사하고 소도구조차 쓸 수 없는 처지라서, 무성 영화처럼 변사를 쓰는 판소리 비슷한 연극을 하는 판이었다. 공연이 되리라는 자신도 없이 시작한 것이었다.

'내가, 연극에 뭐 특별한 관심이 없었던 내가, 혼자서 각색하고 제작하고 연출했으니⋯⋯' 그는 야릇한 미소를 얼굴에 올렸다. '이 세상에 나온 뒤론 내가 별일들을 다 한다.'

"가심안 가난한 자갸 아아랄 돌볼 생각이 없었나이다. 그러하야 셔 아리바바와 자조 만나디도 아니하얐나이다. 날마다 가아면 동 모달콰 만나셔 놀고 술 마시면셔 디냈나이다." 김이 분개한 목소리로 말했다.

가심이 술 마시고 춤추는 시늉을 하자, 웃음이 터졌다.

"하라난 아리바바이 아조 먼 산아로 나모랄 하러 갔나이다. 그 산안 읍내애셔 멀리 떨어딘 곳이라, 사람달히 다니디 아니 하난 곳 이았나이다. 아리바바이 도채로 큰 나모랄 직어 넘기고 숨을 돌리난듸……"

아리바바가 도끼질을 하는 시늉을 했다.

"믄득 나귀 울음소래 들려왔나이다."

마루 건너편 구석에 선 광대가 나귀 울음 흉내를 잘 내서, 웃음이 터지고 더러 손뼉 치는 소리도 났다.

"읍내애셔 멀리 떨어디고 사람달히 다니디 아니하난 곳애셔 나귀 울음이 들렸다면, 므슴 녜아기이니잇가?" 관객들이 생각할 시간을 주려고, 변사가 뜸을 들였다. "아리바바난 이내 알아차렸나이다 ─ 도작달히구나!"

관객들 사이에 팽팽한 정적이 내렸다. 이곳은 도적들이 실제로 횡행하는 세상이었다.

"아리바바난 살금살금 산등어리로 기어 올아가셔 고개만 살짝 내밀고 나귀 울음이 난 곳알 살폈나이다."

아리바바가 살금살금 기어가서 고개만 내미는 시늉을 했다.

"아리바바이 가만히 살펴보니, 골애 나귀 두 마리와 많안 사람달히 이셨나이다."

대기실에서 배우들이 몰려나왔다. 긴 치마를 둘러쓰고 나귀로 분장한 배우를 나무칼을 찬 배우들이 둘러쌌다.

"나귀 등엔 짐이 많이 실려 이셨나이다. 그 사람달한 도작달히 분명하얏나이다. 아리바바이 혜아려보니, 도작달한 모도 마안이었나이다."

배우들이 아리바바 쪽으로 움직였다. 아리바바가 놀라서 뒷걸음질 쳤다.

"도작딸한 아리바바이 숨어 이시난 곳아로 올아왔나이다. 아리바바난 두려워셔 고개랄 숙이고 살폈나이다. 도작딸한 아리바바이 숨은 곳 바로 아래애 솟안 큰 바회 갓가이 올아왔나이다. 그리하더니 위두로 보이는 키 큰 도작이 혼자 바회 갓가이 와셔 다란 도작딸히 듣디 못하개 쟉안 소래로 쥬문을 외왔나이다, '열려라 참깨.' 그러하자 집채만 한 바회 스르르 옆으로 믈러났나이다. 도작딸한 나귀 등에 실린 짐들을 내려셔 바회 안아로 들어갔나이다. 도작딸히 들어가자, 바회난 다시 스르르 닫혔나이다."

나귀로 분장한 배우만 남겨놓고, 다른 배우들이 방으로 들어갔다.

"죠곰 디나자, 도작딸한 다시 바회 안애셔 나왔나이다. 이번에는 모도 엇게에 빈 자라랄 얹었나이다. 맨 내죵애 위두이 나오고 바회난 다시 스르르 닫혔나이다."

아리바바가 나왔다.

"도작딸히 골애셔 나려가자, 아리바바난 그 바회로 나려갔나이다. 위두 도작이 셨던 곳애 셔셔 위두이 외왔던 쥬문을 외왔나이다."

"열려라 참깨," 아리바바가 외쳤다.

"그러하자 바회 스르르 열렸나이다. 바회 뒤헤는 큰 굴이 이셨나이다. 아리바바난 조심하면셔 안아로 들어갔나이다. 죠곰 들어가니, 굴이 넓어뎌셔 큰 방이 여럿 이셨나이다. 아리바바난 숨이 막히난 닷하얐나이다. 방마다 도작딸히 도작질해셔 가자온 묘한 것들이 가덕가덕 싸여 이셨나이다. 금반지, 금목걸이, 금귀걸이, 금팔찌, 은슈져, 비단 치마조고리…… 금돈 은돈이 든 자라들히 가덕가덕 사여 이셨나이다."

뵤한드르에서 사람들에게 이 이야기를 들려주던 때가 생각났다. 그는 문득 깨달았다, 이 공연이 이 세상에서의 그의 행적을 말해준 다는 것을. 즉석에서 번안해서 낯선 사람들에게 이야기를 들려주 던 처지와 이렇게 정식으로 공연하는 상황 사이의 차이만큼 그동 안 그가 이룬 셈이었다.

여기서 한 보름 공연하면서, 챵의군만이 아니라 홍쥬 사람들에 게도 볼거리를 제공할 계획이었다. 그리고 장마가 끝나면, 여러 고 을들에 주둔한 부대들을 찾아서 위문 공연을 할 셈이었다. 언젠가 싸움이 끝나고 그의 정권이 안정되면, 홍쥬에 상설 극장을 세울 생 각이었다. 새로운 서비스 산업을 일으켜 사람들의 삶을 풍요롭게 하고 적잖은 일자리를 만들어내는 것이었다. 게다가 이런 서비스 산업의 발전은 쌀어음의 유통을 촉진할 터였다. 공연료는 쌀어음 으로 내는 것이 자연스러웠다.

사람들이 환호하고 손뼉을 쳤다.

살펴보니, 아리바바가 지게에 보물들을 싣고 나오는 장면이었 다. 힘껏 손뼉을 치면서, 그는 자신에게 웃음을 지어 보였다. '마침 내 내가 연출가로 데뷔했구나. 십륙세기의 조선 땅에서.'

8

"쟝마쳘에 멀리 다녀오시느라 두 분 군사끠셔 슈고랄 많이 하샸나이다." 자리에 앉자, 그는 다시 치하했다.

"아니압나니이다. 안핵사 일행알 호슝한 긔병들히 슈고랄 많이 하얏압나니이다." 졍언디가 매끄럽게 받았다. 졍은 졍응쇼와 함께 안핵사 일행을 직산까지 배웅하고 돌아온 참이었다.

"안핵사끠셔는 심긔 졈 풀리셨나니잇가?" 그는 눈에 웃음을 담고서 졍을 살폈다.

"녜, 원슈님. 우리 챵의군의 뜯을 알게 다외시면셔, 안핵사끠셔도 생각이 졈 달라디신 닷하압나니이다. 원슈님끠셔 하신 일달해 대하야 자셔히 믈으압샀나니이다," 졍이 웃음 띤 얼굴로 대답했다.

그는 소리 내어 웃었다. "튱쳥도 산골애셔 니러션 백셩 한 믈이 관군들홀 거듭 깨티니, 굼굼하샸알 새니이다. 우리 챵의군의 사졍을 살피시면셔, 우리를 깨틸 방도랄 찾아보샸겠디만, 나난 관계티 아니하나이다."

두 사람이 어색한 웃음을 얼굴에 올렸다.

"리경란 현감안……?"

"해미현감도 잘 올아갔압나니이다. 쇼쟝애게 원슈님 은혜 백골 난망이라고 거듭 녜아기하얐압나니이다." 경언디가 경응쇼에게 눈짓했다.

"해미현감이 헤여디기 젼에 쇼쟝애게 죵용히 녜아기한 바 이시압나니이다." 경응쇼가 조심스럽게 말했다.

"아, 녜. 그러하얐나니잇가?"

"해미현감이 녜아기하기랄, 남녁에셔 므슴 일이 이실 닷하다, 그리 녜아기하얐압나니이다."

"아, 녜. 그런 녜아기랄 하샀나니잇가?" 그는 잠시 생각해보았다. 남쪽에서 무슨 일이 있을 듯하다면, 전라도 군사가 금강 남쪽의 튱쳥우도 지역을 공격한다는 얘기였다.

그는 경응쇼에게 물었다, "해미현감끠셔 우리에게 죵요로온 녜아기랄 하신 닷한듸, 군사끠션 엇디 생각하시나니잇가? 므슴 녜아기랄 우리에게 하신 것이라 너기시나니잇가?"

수염을 쓰다듬어 내리면서, 경응쇼가 생각을 가다듬었다. "쇼쟝 생각애난 해미 현감이 우리에게 금강 남녁을 이대 방비하라고 녜아기한 닷하압나니이다."

"아, 녜. 알겠압나니이다." 고개를 끄덕이면서, 그는 경언디를 바라보았다. "군사끠션 엇디 생각하시나니잇가?"

"쇼쟝 생각도 젼의현감 생각과 갇하압나니이다. 뎌번에 원슈님끠 말씀 올인 바텨로, 시방 우리 챵의군에 대격할 군사난 젼라도 군사뿐이압나니이다. 경샹도 군사랄 뮈는 대난 날이 많이 걸월 새고 븍녁 함경도 군사난 뮈기 어렵나이다."

"내 생각도 그러하나이다. 젼라도 군사이 곧 움즉인다 녀기고셔 쥰비를 하겠나이다." 그는 두 사람의 얼굴을 살폈다. "먼 길을 단녀오샷아니, 많이 시드러우실 샌듸……"

"아니압나니이다." 졍언디가 고개를 저었다. "오날안 비도 맞디 아니하얏압나니이다."

"그러하시면 수울 한잔하시겠나니잇가? 나도 목이 마라던 참인듸……"

"감샤하압나니이다."

"셩 대쟝."

셩묵돌이 방문을 열었다. "녜, 원슈님."

"수울상알 졈……"

셩이 방문을 닫자, 그는 옆에 놓인 두루마리를 집어 서안 위에 펴놓았다.

호셔챵의군 군령 데칠십륙호

호셔챵의군의 군법을 시행홀 군법재판부를 왼녁과 곧히 셜티하노라.

하나. 원슈부 아래애 군법재판부를 둔다.

둘. 군법재판부는 호셔챵의군에 관계둣외는 모든 범죄둘홀 재판훈다.

세. 군법재판부는 군수부(軍師部)의 션임 군수룰 재판쟝ᅌ로 ᄒ고 추셕 및 삼셕 군수룰 배셕 재판관ᅌ로 ᄒ야 구셩훈다.

네. 재판은 재판쟝이 주재훈다. 감찰관은 죄룰 지은 사룸을 긔쇼ᄒ고 변호인은 변호ᄒ고 배심원들히 죄의 유무를 판명훈 다암, 재판부가 판결훈다. 판결은 원슈의 재가룰 받아셔 집행훈다.

다ᄉ. 감찰관의 임무는 군법참모부쟝이 맛다 슈행훈다. 감찰관은 오직 증거로 피고의 죄룰 립증ᄒ여야 훈다. 고신은 금ᄒ며 고신에 의해 얻은 증거는 재판애 쓰이디 못훈다.

여ᄉ. 변호인은 피고와 갓가온 사룸이 맛다 슈행훈다. 피고이 변호인올 션임ᄒ디 아니ᄒ면, 재판부는 군수부 소쇽 군수돌 가온듸 격졀훈 사룸올 변호인돌로 션임한다. 변호인이 피고와 샹의ᄒ면셔 알게 둣외얀 소실둘홀 다른 사룸둘해게 알외알 수 없고, 뉘도 그 소실둘홀 붉히라고 변호인애게 요구홀 수 없다.

닐굽. 배심원들혼 듕대쟝돌과 대대쟝돌 가온듸 격졀한 사룸돌홀 골라셔 재판쟝이 임명훈다. 배심원들혼 모도 여듧로 훈다. 만일 피고나 피해자돌 가온듸 녀자이 이시면, 배심원들회 반안 녀군들히어야 훈다.

여듧. 재판은 긔묘 삼월 이십이일자 '효셔챵의군 군령 뎨삼십삼호'의 형률을 똘온다.

"그리 명하얐아니, 군사끠셔 군법재판부를 맛다주시기 바라나이다. 사람달회 죄랄 다살이난 일이 참아로 어려운 일인듸, 이믜 많안 숑사달할 다루신 군사끠셔 군법재판부를 맛다주시면, 쇼쟝 마암이 놓이겠나이다." 두 사람이 군령을 읽기를 기다려, 그는 간곡히 말했다.

"원슈님 뜯을 이대 알겠압나니이다. 원슈님께셔 쇼쟝애게 베풀어주신 은혜를 죠곰이라도 갚난 긔회로 삼겠압나니이다."

"정응쇼 군사끠셔도 쇼쟝알 도와주시기 바라나이다."

"녜, 원슈님. 불민한 쇼쟝애게 이리 즁요로온 임무를 맛뎌주시니, 쇼쟝안 그저 감읍할 뿐이압나니이다." 정응쇼가 매끄럽게 받았다.

그가 군법재판부를 새로 만들고 정언디 군사에게 재판 업무를 맡긴 것은 그가 처리해야 할 업무를 줄이기 위한 조치였다. 그가 맡은 업무들은 이미 지나치게 많았고 점점 더 많아지고 있었다. 그래서 그가 꼭 처리해야 할 일들이 아니면, 과감하게 위임하는 참이었다. 군법에 따른 재판은 쉽게 위임할 수 있는 일이었다. 이미 처벌을 가볍게 하는 형률을 만들었고 군법재판부를 만든 데다, 튱청도 관찰사를 지내서 경험이 많은 정언디에게 재판을 맡겼으니, 그로선 범죄 처리 업무로부터 풀려난 셈이었다.

"먼 길을 닫녀오셔셔 시드러우실 새디마난, 급히 쳐티하여야 할 사건이 하나 이시나이다." 그는 례산에서 일어났던 녀군 겁탈 사건을 설명했다.

"녜, 원슈님. 이대 알겠압나니이다. 빨리 쳐티하야, 군긔랄 바로 잡겠압나니이다." 그의 긴 설명이 끝나자, 경언디가 힘주어 말했다.

"그 일로 마암이 므거웠는듸, 군사끠셔 쳐티해주신다니, 마암이 가배야와뎠나이다. 그러하면……"

그가 옆에 놓인 술상을 쳐다보자, 셩묵돌이 술상을 한가운데로 옮겨놓았다.

"참아로 슈고랄 많이 하샸나이다. 안핵사랄 졉대하난 일이 참아로 어려운듸, 군사끠셔 이대 하셔셔……" 그는 두 사람 술잔에 술을 채웠다.

"쇼쟝이야 별로 한 것이 없압나니이다." 경언디가 겸양하면서 술병을 받아 그의 잔에 따랐다.

그는 마음이 정말로 가벼웠다. 이번 겁간 사건은 합리적으로 처리하기 어려운 사건이었다. 이런 일을 많이 해본 경언디가 처리하면, 그로선 큰 짐을 더는 것이었다.

근본적 문제는 지금 챵의군은 감옥을 운영할 능력이 없다는 사실이었다. 감옥에 죄수들을 가두고서 먹이고 보살피는 일은 중세 사회의 능력을 훌쩍 벗어난 일이었고 막 반란을 일으킨 군대로선 상상할 수 없는 사치였다. 중국의 형법을 따라, 조선에선 5형으로 죄인들을 벌했으니, 태형이나 장형으로 매질하거나 도형으로 강제 노역을 시키거나 유형으로 멀리 추방하거나 사형으로 목숨을 앗았다. 현대의 법체계 아래서 자란 그에게 매질이나 강제 노역은 끔찍했다. 그렇다고 다른 방안이 있는 것도 아니었다.

게다가 성범죄는 다루기가 유난히 어려운 범죄였다. 성범죄를 낳은 성욕은, 비록 뒤틀린 욕구였지만, 삶의 본질적 부분이었다. 그래서 성범죄는 처벌만으로 줄어들 범죄가 아니었다. 당연히, 정부는 성범죄를 저지른 사람의 존재를 널리 알려서 재범의 피해를 줄여야 했다. 그러나 이곳에선, 정보의 전달이 쉽고 빠른 현대와 달리, 그렇게 할 길이 없었다. 죄인들의 이마에 자자(刺字)하는 묵형(墨刑)에 대해 읽었을 때, 그는 그것을 야만적 관행으로 여겼었다. 막상 이곳에서 성범죄를 다스리다 보니, 생각이 상당히 달라졌다.

어쨌든, 이제 그런 문제들은 경언디가 주재하는 재판정이 다룰 터였다. 어지간하면, 그는 거기서 나온 판결을 그대로 받아들일 생각이었다. 중세 사회에서 현대인의 감수성을 고집하는 것은 어리석었다.

술자리의 화제는 자연스럽게 두 사람이 안핵사를 수행한 일로 흘렀다.

"나난 안핵사끠셔 감긔라도 걸위시는 것 아닌가 걱뎡하얏나이다. 나이 많이 드신 분끠셔 빗속애 먼 길을 가시니……"

"아닌 개 아니라, 안핵사끠셔 감긔에 걸위셨압나니이다." 경언디가 대꾸하자, 가벼운 웃음이 터졌다.

"아, 그러하샷나니잇가?" 그는 딤채 한 조각을 집어 들었다. "앗가 군사 말쌈알 들으니, 안핵사끠셔 우리 챵의군에 대하야 마암이 졈 풀리신 닷하신듸……"

"녜, 원슈님. 쇼쟝 생각애난 안핵사끠셔 우리 챵의군을 아조 낫반 쟈달로 녀기디는 아니하시난 닷하압나니이다. 그러나 안핵사끠셔는 아직 원슈님이 엇더하신 분이신디 잘 모라시난 닷하압나니이다. 쇼쟝도 원슈님을 갓가이셔 뫼시고셔야 비르소 원슈님의 높아신 덕과 크신 뜯을 죠곰 알게다외얐압나니이다. 안핵사끽션 원슈님을 만나시디 못하샸아니, 원슈님이 엇더하신 분이신디 아실 수는 없압나니이다."

그는 고개를 끄덕였다. "그럴 만도 하나이다. 됴뎡에셔는 엇디 생각하실디 모라겠나이다."

졍언디가 잠시 생각을 가다듬었다. "안핵사끽셔 복명하신 뒤헤도, 됴뎡에셔는 쉬이 결뎡하디 못할 새압나니이다. 안핵사끽셔 한 달 넘게 살피시고셔도 우리 챵의군을 알디 못하샸난듸, 됴뎡의 듕신들이 엇디 우리를 알겠압나니잇가?"

"그러할 새니이다." 그는 무겁게 고개를 끄덕였다. "시방 됴뎡은 동인이 권셰를 잡고 이시나니이다?"

"녜, 원슈님. 그러하압나니이다."

"사람달히 군사끽션 동인에 쇽한다 하더이다." 그는 가벼운 웃음을 얼굴에 띠고, 졍을 바라보았다.

"녜, 원슈님," 역시 가벼운 웃음을 띠고, 졍이 대꾸했다.

화제는 자연스럽게 동인에 쇽한 관리들의 얘기로 흘렀다. 졍의 인물평이 재미있고 유익해서, 술자리가 길어졌다. 마침내 졍언디와 졍응쇼가 일어섰다.

그들을 마당까지 배웅하고서, 그는 잠시 리졍란의 얘기를 음미했다. 챵의군을 돕고자 한 얘기가 분명했지만, 그는 짐짓 리가 그를 속이기 위해서 그런 얘기를 했을 가능성에 대해 생각해보았다. 그럴 가능성은 없었다. 그는 마음을 굳히고 옆에 선 리산웅을 돌아보았다. "작전 회의를 열도록 하사이다."

"녜, 원슈님."

"부대달할 부여로 보낼 일을 샹의하려 하나이다. 시방 홍쥬에 이시난 대쟝달한 모도 참예하도록 하쇼셔."

9

"시방 상황을 살피면, 우리 챵의군에 대한 위협은 남녁에 이시나이다." 그는 둘러앉은 지휘관들 앞에 지도를 펴놓았다.

사람들의 눈길이 지도로 쏠렸다. 공쥬에서 얻은 조선의 전도(全圖)였다. 「동국여디도(東國輿地圖)」라는 이름을 가졌는데, 필사본이어서 좀 거칠었다.

"한셩에서 나려온 경군은 '신례원 싸홈'애셔 우리 챵의군에 패하야 흩어뎠나이다. 여긔 북녁에 이시난 군사난 움즉이기 어렵나이다." 그는 뚜껑을 씌운 붓을 지시봉 삼아 함경도 지역을 가리켰다. "딸와셔 시방 됴뎡에서 움즉일 수 이시난 군사난 여긔 남녁 젼라도와 경샹도의 군사달히니이다."

지도에 눈길을 준 채, 사람들이 고개를 끄덕였다.

"경샹도난 멀어셔 군사달히 여긔 튱쳥도에 니르르는 대난 날이 많이 걸월 새니이다. 그러나 젼라도난 바로 이웃이나이다. 젼라도

감영이 이시난 전쥬에셔 우리 디경까장안 이틀 걸음이니이다. 그
러모로 우리는 전라도 군사와 대젹할 쥰비랄 하여야 하나이다."

"녜, 원슈님," 리산응이 대답했다. 다른 대쟝들이 따라서 웅얼거
렸다.

"우리 따한 여긔 금강이 이셔셔 둘로 난호아던 혜옴이니이다.
젹이 긔습하면, 여긔 홍쥬에 이시난 우리 군사달히 이내 구원하기
어렵나이다. 시방 윤삼봉 대쟝이 동남방면군을 거느리고 남녁을
디킈고 이시난듸, 군사달히 젹어서, 강한 전라도 군사달할 막아내
기 어렵나이다."

사람들이 무겁게 고개를 끄덕였다. 그러나 그리 걱정하는 낯빛
은 아니었다. 이미 어려운 싸움들에서 이긴 터여서, 모두 속에 차
분한 자신감을 품은 듯했다.

"젹군이 우리 따하로 침노하면, 우리 동남방면군은 믈러나셔 여
긔 부여로 모호일 새니이다. 젹군이 나타나면, 몬져 우리 군사달콰
관원들회 권쇽달할 부여 녁으로 보낸 다암, 젹군이 나오난 것을 다
외다록 늦추면셔 부여로 믈러나다록 다외얐나이다. 그리하야 우리
군사달히 모도 부여에 모호야셔 젹군을 막아내나이다. 부여는 금
강이 삼면을 둘어셔 디킈기 묘한 형셰이니이다. 이믜 우리 군사달
히 부여 앒애 긴 토셩을 사아 방어션을 틔고 이시나이다. 그 방어
션 뒤헤셔 젹군을 막아내난 사이, 우리 군사달히 금강알 건너셔 구
원할 새니이다. 그리하고셔 젹군이 시드러워디면, 우리 나아가셔
젹군을 틸 새니이다."

"녜, 원슈님. 이대 알겠압나니이다," 리가 대답했다. 사람들의

낯빛이 밝아지고 분위기가 좀 가벼워졌다.

　"이제 쟝마도 긑나가니, 젼라도 군사이 움즉일 것이 분명하나이다. 이제 우리 챵의군도 급히 쥰비하여야 하나이다. 우리는 밤애 이대 싸호난 군사이니이다. 밤애 긔습하면, 젹군이 우리에 맞서기 어렵나이다. 우리 밤애 긔습한다난 것을 젹군 쟝슈이 알아도, 엇디 할 길히 없나이다." 사람들이 야습으로 이긴 싸움들을 떠올릴 틈을 준 다음, 그는 말을 이었다. "이번에도 우리는 밤애 젹군을 틸새니이다. 그러하니, 여러 대쟝달끠셔는 군사달히 밤애 이대 싸홀 수 이시게 훈련하시기 바라나이다."

　"녜, 원슈님. 이대 알겠압나니이다." 사람들이 모두 결의가 담긴 목소리로 대답했다.

　"부대달히 부여로 가난 행군도 됴한 훈련이니이다. 시방 금강 북녁에 이시난 부대달히 부여로 움즉일 때난 모도 밤애 행군하도록 하쇼셔. 낮애 자고 밤애 행군하야 부여로 가난 것이니이다. 아시겠나니잇가?"

　"녜, 원슈님. 이대 알겠압나니이다." 이번엔 목소리가 우렁찼다. 구체적 지침을 받았을 때, 사람들은 기운이 솟게 마련이었다.

　"맨 몬져 출발할 부대난 특공대와 특공대에 배쇽다외얀 궁슈부대달히니이다. 김을산 로사쟝 지휘 아래, 경희영 대쟝의 십 특공, 명쥰일 대쟝의 이십삼 특공, 우만셕 대쟝의 삼십이 특공, 림치욱 대쟝의 십일 궁슈는 래일 밤애 보령으로 떠나쇼셔. 보령에셔 하라를 묵고 다암 날 밤애 남보로 가쇼셔. 남보애셔 하라를 묵고 다암 날 밤애 홍산아로 가쇼셔. 홍산애셔 하라를 묵고 다암 날 낮애 금

강알 건너쇼셔. 모도 팔일 만애, 그러하니까 이십팔일까장, 금강알
건너셔 윤삼봉 사령의 졀계를 받아쇼셔."

"녜, 원슈님. 래일 밤애 홍쥬를 떠나셔 팔일 안애 금강알 건너
면, 다외압나니잇가?"

"그러하나이다. 그리하고," 그는 28궁슈졍대쟝인 김영츈에게로
고개를 돌렸다. "김 대쟝. 이십팔 궁슈는 내죵애 나와 함끠 움즉일
새니이다."

"녜, 원슈님. 이대 알겠압나니이다." 28궁슈졍대는 특공대와
함께 야간 훈련을 해온 터였는데, 그로선 예비 궁슈들이 있어야
했다.

"다암아로 움즉일 부대난 십이 공병과 이십구 공병이니이다. 셕
현공 로사쟝끠셔 잇그쇼셔."

"녜, 원슈님. 이대 알겠압나니이다." 셕이 불승다운 낭랑한 목소
리로 대답했다.

특공졍대을 묶어 특공로사를 만들 때, 공병졍대들을 묶어 공병
로사로 만든 것이었다.

"셕 로사쟝끠셔는 십이 공병과 이십구 공병을 잇그시고셔 래일
밤애 홍쥬를 떠나 대흥으로 가쇼셔. 거긔셔 류갑슐 대쟝의 이 보병
을 배쑉받아쇼셔. 그리 삼개 졍대를 잇그시고셔 쳥양을 것쳐셔 경
산아로 가쇼셔. 이십구 공병은 경산 사람달로 이루어졌으니, 경산
애 니르르면, 이십구 공병 사람달해게 이틀 휴가랄 주쇼셔." 그는
웃음 띤 얼굴로 덧붙였다, "휴가 갔다가 아조 돌아오디 아니하난
사람이 없도록 하쇼셔."

웃음판이 되었다.

"그리하시고 은산역으로 가셔셔 떼달히 엇더한디 살피쇼셔. 이제 우리 군사달히 금강알 건너려면, 떼 많이 이셔야 하난듸, 이번 쟝마에 무사한디 살피시고, 브쪽하면, 새로 맹갈아쇼셔."

"녜, 원슈님. 이대 알겠압나니이다."

"이 보병에 배쇽된 이십이 긔병의 일개 듕대, 이십팔 궁슈의 일개 듕대, 그리고 십구 운슈의 일개 대대도 셕 로사쟝 부대에 함끠 배쇽다외나이다." 그는 셕과 행군참모 손향모를 번갈아 보면서 말했다.

"녜, 원슈님. 이대 알겠압나니이다." 두 사람이 확인했다.

"그리하야셔 셕 로사쟝끠셔 잇그시는 부대난 밤애 행군하야 이십륙일까장 은산역에 니르르면 다외나이다. 대흥에서 쳥양까장이 길이 먼듸, 힘든 훈련 한번 해보자고 군사달할 독려하쇼셔. 녯날 엇던 뛰어난 쟝슈이 말하얏나이다, '훈련에셔 흘리는 땀 한 방올안 싸홈터에서 흘릴 피 한 방올알 막아준다.' 군사달게 그 녜아기랄 하야주쇼셔."

"녜, 원슈님. 분부하신 대로이 거행하겠압나니이다."

"공병대 특공대보다 하라 몬져 금강에 니르르니, 떼에 므슴 일이 이셔도, 쳐티할 수 이실 새니이다. 행군 날짜랄 꼭 디킈도록 하쇼셔. 물어보실 일이 이시나니잇가?"

갑작스러운 행군에 따르는 문제들이 많을 수밖에 없어서, 오래 얘기들이 오갔다. 마침내 행군 명령을 받은 특공대와 공병대 지휘관들이 떠났다. 어느 사이엔가 해가 기울어, 방 안이 어둑했다. 근위병들이 촛불을 켜서 들여놓았다.

"그러하면 다란 부대달희 행군에 대하야 녜아기하사이다." 그는 숭능을 한 모금 마시고서, 남은 사람들을 둘러보았다.

"손 부쟝."

"녜, 원슈님."

"특공대 보령에 니르르기 젼에, 시방 보령에 주둔한 십오 보병이 몬져 움즉이는 것이 됴할 새니이다. 김갑산 대쟝끠 행군 명령을 바로 보내쇼셔, 래일 뎜심 먹고 바로 남보로 출발하야 비인, 셔쳔, 한산, 림쳔을 거쳐셔 부여에 니르르라 하쇼셔. 이십륙일까쟝 금강알 건너셔 윤삼봉 사령의 결졔랄 받아라 하쇼셔."

"녜, 원슈님. 십오 보병은 낮애 행군하압나니잇가?"

"녜. 시일이 촉박하니, 낮애 행군해서 다외다록 빨리 부여에 니르르다록 하쇼셔."

"녜, 원슈님. 이대 알겠압나니이다." 손이 죵이에 그의 지시 사항을 적었다.

"시방 부여에 가장 갓가온 부대난 셔쳔의 셔남방면군이니이다. 황칠셩 사령끠 즉시 부대를 잇글고셔 부여로 가라 하쇼셔. 부여의 방어션을 티난 일을 도와야 하니, 다외다록 빨리 금강알 건너셔 윤삼봉 사령의 결졔를 받아라 하쇼셔."

손향모가 지시 사항을 다 적기를 기다려, 그는 말을 이었다, "셔산의 셔븍방면군도 미리 움즉이도록 하사이다. 채후신 사령에게 이리 전하쇼셔. 첫재, 셔븍방면의 확보애 꼭 필요한 사람달만 남기고 남아지 군사달한 모도 홍쥬로 나려올 것. 둘재, 다외다록 빨리

90

군사달할 움즉일 것. 셋재, 행군 일정은 채 사령이 결명할 것."

손의 붓끝이 빠르게 움직였다.

"그리하고 하 부쟝."

"녜, 원슈님." 문셔참모부쟝 하균이 몸을 앞으로 내밀었다.

"박우동 대쟝끠 뎐하쇼셔, 원슈의 명에 딸와 즉시 긔복(起復)하라고."

"녜, 원슈님. 이대 알겠압나니이다."

"박우동 대쟝의 새 직책안 궁슈로사쟝이니이다. 십일 궁슈와 이십팔 궁슈로 궁슈로사랄 셜티하고 박 대쟝알 로사쟝아로 임명하쇼셔."

싸움에서 궁슈들이 워낙 중요했으므로, 원졍군이나 방면군이 편성되면, 궁슈 듕대나 대대를 배쇽시키곤 했다. 그러다 보니, 궁슈정대의 일체성이 적잖이 허물어졌다. 궁슈들에 대한 보급과 훈련도 비효율적이 되었다. 그래서 궁슈로사를 편성하기로 한 것이었는데, 마침 박우동이 형의 상을 당해서 직책을 내놓았다 복귀하는 판이라, 아예 로사쟝으로 임명한 것이었다.

"녜, 원슈님. 말쌈대로이 거행하겠압나니이다."

"남아지 부대달해 내릴 명령은 래일 작셩하사이다."

10

"여긔니이다." 언오는 앞쪽 야트막한 산등성이를 가리켰다. "나이 의원 터로 갈해얀 곳안 여긔니이다."

"아, 녜, 원슈님." 그가 가리킨 곳을 살피면서, 최월매가 고개를 끄덕였다.

"의원은 사람달히 많이 모호이난 곳애셔 너모 갓가와도 아니 다외고 너모 멀어도 아니 다외나이다. 여긔 쟝쥰리(長準里)는 남문에셔 오리가 채 아니 다외나이다. 산등어리가 높디 아니하야 집들흘 짓기 됴코 앒아로 시내 흘러셔 믈도 많고 남향이라 별도 들어셔 의원을 셰우기 딱 됴한 곳이나이다. 둘에에 밭도 젹어셔, 따값이 많이 들디도 아니할 새니이다." 얼굴에 가벼운 웃음을 띠고서, 그는 김병룡을 돌아다보았다.

민사참모부쟝인 김은 챵의군과 민간인들 사이의 교섭을 관장했다. 그래서 챵의군이 이곳에 의원을 짓게 되면, 필요한 터는 김이 땅 임자들에게서 사들일 터였다.

"녜, 원슈님. 그러하압나니이다," 김이 얼굴에 느긋한 웃음을 올리면서 대답했다.

"한번 올아가보사이다." 그는 냇둑에서 내려서서 밋밋한 산자락을 오르기 시작했다.

잘 가꾼 소나무들이 들어선 야산이었다. 곧게 솟은 소나무들을 올려다보면서, 그는 김에게 말했다. "김 부쟝, 이 소나모달할 많이 버혀내야 할 샌듸, 나모 값이 젹지 아니할 닷하나이다."

"녜, 원슈님. 그러하야도 우리 챵의군이 여긔 사람달할 위하야 의원을 짓는단 것을 알게 다외면, 너모 많안 값알 브드디는 아니할 새압나니이다. 만일 산 임자이 뜯이시난 사람이라면, 산알 우리 챵의군에 헌납할 새압나니이다," 김이 대답했다.

"그러한 사람이 이시면, 참아로 됴티요. 그러나, 김부쟝, 사람달해게 우리 챵의군을 위하야 므슥을 내놓아라 하야셔는 아니 다외나이다. 우리에게 필요한 것이 이시면, 챵의공채랄 발행하면, 다외나이다."

그의 진지한 얘기에 김이 좀 당혹스러운 낯빛이 되었다. "녜, 원슈님. 이대 알겠압나니이다."

조금 올라가니, 펑퍼짐한 곳이 나왔다. 소나무 대신 무덤들이 있었다. 어느 집안의 묘지 같았다. 그가 의원 자리로 잡은 곳이었다.

"바로 여긔니이다." 그는 무덤들이 자리 잡은 곳을 가리켰다. "여긔에 의원을 세울 생각이니이다."

사람들이 그가 가리킨 곳을 둘러보고 이내 그를 살폈다. 무덤들이 자리 잡은 곳에 병원을 짓는다는 얘기가 이상하게 느껴진 모양이었다.

"이믜 묘들이 들어셔셔, 이쟝알 해야 하디마난, 의원 터로난 이만한 곳이 없나이다." 그는 예닐곱이나 되는 무덤들을 이장하는 일이 별일 아니라는 투로 가볍게 말했다.

"녜, 원슈님. 이대 알겠압나니이다." 김병룡이 말을 받았다.

"그러하오나, 원슈님, 여긔 이시난 묘달희 쥬인들히 슌슌히 이쟝하려 하겠압나니잇가?" 우츈이가 조심스럽게 말했다.

사람들이 고개를 끄덕였다. 사람들의 마음속에 든 생각을 녀석이 대변한 셈이었다.

"시방 묘션 턴디에셔 큰 집알 지을 만한 곳이면, 다 묘달히 들어셨나이다. 비탈이 가파라디 아니하고 햇볕이 바라고 경관이 묘한 곳이면, 모다 명당이라 하야 묘랄 쓰기 밧바나이다. 서르 명당알 차지하야 부모 묘랄 쓰려고 다투고 숑사이 끈치디 아니하나이다. 그러하디 아니하나니잇가?"

"녜, 원슈님. 그러하압나니이다." 김과 최가 받았다. 다른 사람들이 고개를 끄덕였다.

"사람달히 그리 명당알 찾난 것은 사람달히 풍슈디리셜(風水地理說)에 혹하얏기 때문이니이다. 풍슈디리셜이라 하난 것은 그른 녜아기이니이다." 진지하게 말하고서, 그는 사람들을 둘러보았다.

이 세상에 나온 뒤 그가 따른 처세의 지침들 가운데 하나는 이곳 사람들이 깊이 믿고 자연스럽게 따르는 신조들과 맞부딪치지 않는다는 것이었다. 거대한 관성을 지닌 그런 신조들에 맞서면, 자신만

지치고 위태로워질 수밖에 없었다. 그래서 현대 의학 지식의 전파에서도 그는 되도록 이곳 사람들의 상식에 맞춰 설명하려 애썼고, 반란을 일으키고도, 임금에 대한 충성을 내세웠다.

그러나 풍수지리설만큼은 맞서서 부수기로 마음먹은 터였다. 그 미신의 해악이 너무 컸으니, 묘지를 놓고 다투는 산송(山訟)이 송사의 큰 부분을 차지하는 형편이었다. 두 문중이 여러 대에 걸쳐 싸우는 경우엔, 수령도 손을 대지 못했고, 그래서 공동체의 형성에 장애가 되었다. 그리고 그는 풍수지리설에 맞서 이길 자신이 있었다.

"풍슈디리셜을 믿난 사람달한, 명당애 부모 묘랄 쓰면, 후손달히 복알 받난다 하나이다. 만일 참아로 그러하다면, 어느 산 어느 곳이 명당인디 가장 잘 아난 디사(地師)달희 후손달히 모도 명문거족이 다외얐알 새니이다." 사람들이 그의 말을 새길 틈을 준 다음, 그는 목소리에 힘을 주어 말했다. "디사의 자손달 가온대 홍문관(弘文館) 교리(校理)나 평안도(平安道) 관찰사이 된 이를 몇이나 보았나니잇가?"

방금 그가 입 밖에 낸 말은 실은 다산(茶山) 선생의 말씀이었다. 그 말씀을 처음 대했을 때, 그는 가슴이 시원해지는 느낌을 받았다. 세상을 덮은 미망을 탄탄한 논리로 깨뜨린 촌철살인(寸鐵殺人)이었다.

"자갸 힘까장 일하야 잘살려 하디 아니하고 이믜 죽어셔 흙이 다 된 부모 시신에 의지하야 잘되려 하난 사람달히 엇디 잘살 수 이시겠나니잇가? 우리 챵의군이 다살이난 따해션 그리 사람달할

미혹하야 나라랄 망티난 풍슈디리셜을 몰아내겠나이다. 므슴 네아
기인디 아시겠나니잇가?"

"녜, 원슈님. 이대 알겠압나니이다." 그의 진지한 얘기에 마음이
움직인 듯, 사람들이 확신에 찬 목소리로 대답했다.

"뉘 명당이 엇더하고 풍슈이 엇더하고 하면, 그 사람애게 물어
보쇼셔, '명당알 가장 잘 아난 디사의 자손달 가온대 홍문관 교리
나 평안도 관찰사랄 몇이나 보았나니잇가?' 풍슈디리셜은 사람달
할 미혹하난 그른 녜아기라고 단단이 말해주쇼셔."

"녜, 원슈님. 이대 알겠압나니이다."

그는 다산 선생의 말씀이 빠르게 퍼져나가리라고 믿었다. 그렇
게 멋진 촌철살인은 큰 생명력을 지닌 밈meme이었다.

"내죵애 이 따할 쥬인에게셔 살 때 됴건을 됴케 하쇼셔," 그는
김에게 말했다. "여긔 묻히신 분들혼 모도 우리 챵의군을 위한 챵
의 묘역으로 이쟝할 새고 이쟝 비용은 우리 챵의군이 다 부담하고
이쟝할 때 재랄 셩대히 올여드린다고 녜야기하쇼셔." 그는 싱긋
웃었다. "따값도 후히 쳐주쇼셔."

"녜, 원슈님. 분부대로이 거행하겠압나니이다."

"뎌 묘달할 이쟝한 뒤헤, 여긔 의원을 셰우는디, 의원은 벽으로
지을 새니이다. 벽으로 지어야, 믈로 자조 싯을 수 이실 새니이다.
벽으로 지으면, 집이 튼튼해서 오래 가고 블이 나도 모도 타버리디
아니하야, 안전하나이다," 그는 이곳에 벽돌로 지을 의원에 대해
설명하기 시작했다.

그가 구상한 의원은 물론 현대의 병원과는 거리가 멀었다. 대지

동에서 사람들을 치료하고 의학 지식을 퍼뜨리면서, 그는 중세 사회의 제약에 대해 절감한 터였다. 그가 본받으려는 것은 서양 중세의 병원기사단Knights Hospitallers이 말타에 세운 병원이었다. 십자군을 위한 의료를 목적으로 설립된 병원기사단은 당시로선 혁명적 의료 관행들을 도입했고 현대 의술의 발전에 결정적 기여를 했다.

그가 병원기사단의 의료 활동에 대해 알게 된 계기는 역사상 가장 유명한 공성전(攻城戰)들 가운데 하나인 '말타 공성전'을 주제로 한 토론에 참여한 것이었다. 병원기사단은 11세기에 예루살렘을 찾는 기독교 순례자들을 치료하기 위해 세워진 병원에서 기원한 수도회로 의료와 전투를 겸했다. 초기의 명칭은 '예루살렘의 성 요한 병원 수도회Order of the Hospital of Saint John of Jerusalem'였는데, 병원이 예루살렘의 '세례자 성 요한 성당'에 가까웠던 사실을 반영했다. 병원기사단은 십자군 운동에서 팔레스타인의 기독교 세력의 핵심 역할을 했지만, 13세기에 회교도가 팔레스타인을 되찾자, 지중해 동부의 키프로스와 로도스에 자리 잡았다. 16세기 초엽에 흥륭하는 오스만 튀르크 제국의 압박에 로도스를 포기하고 지중해 서부의 말타로 이주했다. 1565년 5월 술탄 술레이만 1세가 보낸 군대는 말타를 포위하고 공격하기 시작했다. 기사단과 말타 원주민으로 이루어진 수비군은 6천 명에서 8천 명으로 추산되고, 회교도 공격군은 2만 2천 명에서 4만 8천 명으로 추산되어서, 공격군이 대략 4배 많았다. 공격군은 4개월이 넘는 기간에 13만 발의 포탄을 퍼부어 요새들을 파괴했지만, 수비군은 기사단의 수

장인 장 파리조 드 라 발레트의 유능한 지휘 아래 요새들을 지켜냈다. 말타 공성전에서의 승리로 기독교 세력은 회교 세력이 지중해 서쪽으로 진출하는 것을 막을 수 있었다.

병원기사단이 말타에 세운 병원은 여러모로 혁신적이었다. 먼저, 병원이 무척 커서 길이가 150미터나 되었다. 그리고 환자들을 정성껏 보살폈다. 환자마다 침대를 혼자 쓰도록 배려했는데, 당시엔 이런 관행이 혁신적이었다. 환자들의 식사도 합리적 식단에 따라 제공되었다. 정신병을 앓는 환자들도 마구 묶어놓거나 가두는 관행에서 벗어나 인간적 대접을 받았다. 내과적 치료를 받는 환자들과 외과적 수술을 받는 환자들을 분리해서 치료했다. 17세기엔 기사단의 의사들에게 해부학과 의학 지식을 가르치는 학교를 열었다. 그 학교에선 죽은 기사들과 환자들의 시신을 이용해서 해부학을 연구하고 가르쳤다. 당시 세계의 거의 모든 사회들에서 시신의 해부가 금지되었다는 사실을 생각하면, 이것도 혁신적이었다.

그는 병원기사단의 혁신적 병원을 이곳 사정에 맞게 다듬어서 도입할 생각이었다. 물론 그가 지닌 현대 의학 지식이 궁극적 판단 기준이 될 것이었다. 중세의 의사들은 병원체들에 대한 지식이 없었으므로, 효과적인 전염병 예방책을 쓸 수 없었다. 이미 대지동에서 해온 것처럼, 그는 전염병 환자들을 격리하고 전파를 막는 위생 지식을 널리 퍼뜨릴 생각이었다. 그리고 병원에서 좀 떨어진 곳에 말기 환자들을 위한 병동과 화장장을 세워서, 화장과 수목장을 장려할 계획이었다. 이런 혁신들은 작은 것들이었고 큰 자원이 들지 않았지만, 이곳의 완강한 고정 관념들과 풍습들을 깨뜨려서 합리적 관행들이 나오도록 도울 터였다.

장마가 물러간 하늘에서 내리는 따가운 햇살을 말없이 받는 무덤들을 보자, 한순간 미안한 마음이 일었다. 무슨 일을 하더라도, 아무리 좋은 일이라도, 그 일로 손해를 볼 사람들이 있다는 사실은, 그 사람들이 이미 죽은 사람들이라 하더라도, 가슴을 무겁게 했다.

"여긔에 셰워딜 의원은 두 채이니이다. 한 채난 병쟈달할 살피고 고티난 곳이고 또 한 채난 의원에셔 일하난 사람달히 사난 곳이니이다." 그는 그가 세우려는 병원의 모습을 차근차근 사람들에게 설명했다. 의원은 그가 그동안 거의 맨손으로 병자들을 치료하면서 다듬어온 계획이었다. 그래서 다른 꿈들보다 생생하고 구체적이었다. 얘기를 하다 보니, 아픈 사람들을 치료하는 일에 대한 열정이 새삼 솟구쳤다. 따지고 보면, 지금 그가 하는 모든 일들이, 엉겁결에 일으킨 반란까지도, 아픈 사람들을 치료하는 일에서 비롯했다. 그가 먼 대륙으로 가는 대신 이곳에 머물게 된 계기가 봉션이의 열병을 고쳐준 일이었다. 병자들이 제대로 치료받을 수 있는 의원이 세워질 자리에 서서 사람들에게 자신의 꿈을 설명하자니, 가슴이 벅찰 수밖에 없었다.

그가 워낙 열심히 설명하니까, 사람들도 그의 얘기 속으로 빨려든 듯했다. 얘기가 길어졌어도, 모두 꼼짝하지 않고 그의 얘기를 마음에 받아들이고 있었다.

설명을 마치자, 그는 다짐하는 어조로 말했다. "의원을 세우는 일안 어렵고 오래 걸위는 일이니이다. 그러모로 그 일알 하난 사람

달한 마암이 굳어야 하나이다. 잘 모라난 사람달해게 의원이 므슥
인디 므슴 일알 하난디 알리고 반대하난 사람달할 셜득하면서, 하
나식 차근차근 일알 하여나가야 하나이다. 여긔 겨신 분들끠셔 바
로 그리하셔야, 여긔 의원이 셰워딜 수 이시나이다. 므슴 녜아기인
디 아시겠나니잇가?"

"녜, 원슈님. 이대 알겠압나니이다." 최와 김이 함께 대답했다.

우츈이가 싱긋 웃었다. 사람들을 번갈아 보던 순우피가 꼬리를
흔들었다.

"의원을 셰우려면, 돈이 많이 들 새니이다. 필요한 돈안 홍쥬식
화셔에셔 빌이다록 하사이다. 최 대쟝과 김 대쟝끠셔 이대 샹의하
샤 일을 쳐티하쇼셔."

"녜, 원슈님. 이대 알겠압나니이다." 두 사람이 대답하고서 서로
흘긋 쳐다보았다.

병원 터에서 내려오면서, 그는 최를 슬쩍 한쪽으로 이끌었다.
"최 대쟝, 나 졈 보사이다."

"녜, 원슈님."

사람들로부터 좀 떨어지자, 그는 얘기를 꺼냈다. "귀금 아씨 아
기랄 가졌으니, 혼례를 올여야 하난듸, 최 대쟝끠셔 졈 쥬션하야주
쇼셔."

"녜, 원슈님. 이대 알겠압나니이다." 그녀 얼굴이 밝아졌다.

"아마도 나이 곧 부여로 나려가야 할 새니…… 가알해 례를 올
이개 쥰비하야주쇼셔."

"녜, 원슈님."

"나이 불뎨자이니, 혼례난 불가의 례식대로이 하려 하나이다. 향천사 쥬디 쇼능 스승님이 덕이 높아시니, 그분끼셔 집젼하시면 됴티마난, 너모 멀어셔…… 어느 뎔이 됴할디 최 대쟝끼셔 죵용히 알아보쇼셔. 갓가온 뎔들 가온대 쟉안 뎔로 하쇼셔."

"녜, 원슈님. 이대 알겠압나니이다."

"최 대쟝끼셔 일알 잘 쳐티하시디마란, 이 일안 각별히 마암알 써주쇼셔. 시방 우리 챵의군이 목숨을 걸고 싸호난듸, 원슈이 혼례를 화려하개 올이난 것은 사리애 맞디 아니하나이다. 모단 일달할 죵용히 쳐티하야주쇼셔. 그리하시고……" 그는 잠시 뜸을 들였다. "혼례는 호셔챵의군 원슈이 아니라 불뎨자 리언오이 올이난 것이니이다. 챵의군의 공사이 아니라 나 리언오의 사사이니이다. 그러하니 모단 비용안 나이 뎌야 하나이다. 므슴 녜아기인디 아시겠나니잇가?"

"녜, 원슈님. 이대 알겠압나니이다." 그녀가 진지한 얼굴로 대답했다.

"혼례 비용아로 나이 최 대쟝끼 돈알 드릴 새늬, 그 돈아로 일알 치르쇼셔."

그날 밤 잠자리에 들자, 귀금이가 그의 품속으로 파고들었다. "원슈님."

물기 밴 목소리에 그는 본능적으로 그녀를 조심스럽게 껴안았다. "녜, 귀금 아씨."

"원슈님." 그가 실제로 있는지 확인하려는 것처럼, 그녀가 그의 얼굴을 조심스럽게 만졌다.

그는 그녀의 작은 몸을 두 팔과 두 다리로 감쌌다. 무슨 위협으로부터 그녀를 보호하려는 것처럼. "네, 귀금 아씨."

"원슈님, 앗가 최 대쟝끠 녜아기랄 들었압나니이다."

"아, 최 대쟝이……"

"가알해……"

문득 그녀의 물기 밴 목소리에서 그리고 그의 얼굴을 어루만지는 손길에서 그의 몸과 마음으로 무엇이 전해왔다. 이어 깨달음 한 토막이 그의 살을 아프게 할퀴었다. 그녀가 얼마나 어렵게 나날을 보내는지, 그녀가 얼마나 외롭고 불안한지, 그는 제대로 가늠하지 못했던 것이었다. 그녀에 대한 자신의 사랑이 굳다는 사실만으로 모든 일들이 풀리고 그녀가 행복하게 지내리라고 여겨온 것이었다. 무엇보다도, 그녀가 남의 여종이었다는 사실이 그리 쉽게 잊힐 리 없었다. 사람의 눈길을 받을 때마다, 그녀는 느꼈을 터였다, 자신의 이전 신분을 떠올리고 경멸하거나 시기하는 마음을. 어쩌면 그녀는 늘 생각했을 터였다, 그의 마음이 바뀔 수도 있다는 것을, 하루아침에 원슈의 정인(情人)에서 아무것도 아닌 여인으로 전락할 수 있다는 것을. 그리고 지금 그는 그녀에게 그런 걱정은 할 필요가 없다고 확신에 차서 말할 수 없었다. 시방 은산엔 묘월이 그를 생각하면서 혼자 잠자리에 들었을 터였다.

'진작 혼례 애기를 꺼냈으면……' 자신의 무심에 대한 뉘우침이 긴 한숨으로 나왔다.

그의 얼굴을 조심스럽게 애무하던 그녀 손길이 멈췄다.

그녀를 안심시키려고 그는 그녀를 꼭 껴안았다. "귀금 아씨."

"녜, 원슈님." 그녀 목소리가 가늘게 떨렸다.

"모단 일달히 잘 다외얄 새니이다. 아모것도 걱정하디 마쇼셔."
어느 사이엔가 자신의 가슴속에도 퍼진 정체 모를 걱정을 몰아내
려고, 그는 어린 정인의 작은 몸을 안은 팔다리에 힘을 주면서 다
짐하듯 말했다. "아모것도 걱정하디 마쇼셔. 모단 일달히 잘 다외
얄 새니이다."

11

"총재 말쌈대로 쟝사군이 므슴 믈건을 맹가난 것은 아니이다. 녀름지어 쌀알 맹가난 것도 아니요 베를 짜난 것도 아니이다. 그러나 쟝사군이 아모것도 하디 아니하난 것은 아니이다. 새오젓 쟝사이 이셔야, 새오젓을 제때에 먹을 수 이시고, 굴비 쟝사이 이셔야, 굴비를 쉬이 구해 먹을 수 이시나이다. 새오젓 쟝사난 새오젓이 혼한 보구에 가셔 새오젓을 사셔 지게에 디고 먼 길 걸어셔 해믈이 귀한 산골애 가셔 파나이다. 갇한 새오젓이디만, 새오 잡난 배달히 많이 드나드는 보구에셔는 값이 젹고, 바다해셔 멀리 떨어딘 산골애션 값이 싸나이다. 그러모로 새오젓 쟝사난 새오젓의 가티랄 높인 혜옴이니이다." 언오는 말을 마치고 숭늉 사발을 집어 들었다.

"녜, 원슈님. 므슴 말쌈이신디 알겠압나니이다," 최한죠가 대답하고서 고개를 끄덕였다.

"새오젓 쟝사난 그리 새오젓의 가티랄 높이고셔, 높인 만큼 리문을 연나이다. 그것이 바로 쟝사의 리치이니이다." 숭늉을 한 모금 마시고서, 그는 덧붙였다.

"원슈님, 어믈젼 쥬인은 그 자리애서 새오젓을 파난듸, 그 사람도 새오젓의 가티랄 높인 것이니잇가?" 김진팔이 조심스럽게 물었다.

"김부쟝끠셔 아조 어려운 것을 물으셨나이다." 그가 웃자, 사람들이 따라서 웃었다. 좀 지루해졌던 분위기가 좀 가벼워졌다.

지금 그는 자신의 경제개발 계획을 금융 업무와 관련된 사람들에게 설명하고 있었다. 쉬운 일이 아니리라고 생각했지만, 막상 해보니, 생각보다 훨씬 어려웠다. 경언디와 리산응에게 설명할 때보다도 힘들었다. 그때는 주로 생산을 늘리는 정책들을 논의했었는데, 지금은 금융에 관한 얘기를 하고 있었고, 당연히, 사람들이 알아듣게 설명하기가 어려웠다.

이곳 사람들이 지닌 경제학 지식은 거의 없었다. 설명에 쓸 만한 개념들도 없었다. 원래 경제학 지식이 어렵고 반직관적(反直觀的)인 면도 있어서, 지금은 서양에서도 경제학 이론이라 할 만한 것이 없는 시기였다. 애덤 스미스는 두 세기 후에 활약할 터였다.

하긴 경제학 지식을 들먹이기가 뭣한 상황이었다. 이곳의 경제 체제는 본질적으로 자급자족 체제였다. 사는 데 필요한 것들을 대부분 집 안에서 마련했다. 그렇게 마련할 수 없는 것들은 닷새마다 서는 댱에서 구했는데, 화폐가 쓰이지 않았으므로, 실질적으로 물물 교환에서 크게 벗어나지 못했다. 당연히, 상업에 대한 이해는 없었고 편견만 널리 퍼졌다. 사농공상(士農工商)의 엄격한 신분 질서 아래서, 상업은 천시되었을 뿐 아니라, 적극적으로 억제되었다. 상업을 발전시켜야 사람들이 풍족한 삶을 누릴 수 있다는 그의 얘기를 사람들이 알아듣지 못하는 것이 이상하지 않았다.

그는 잠시 생각을 가다듬었다. 김의 물음은 쉽게 설명하기 어려운 것이었다. "이리 생각해보쇼셔. 김부쟝 댁애 새오젓이 이실 때난 새오젓은 김부쟝 댁에는 쟉안 가티만 이시나이다. 그러나 새오젓이 떨어디면, 새오젓은 큰 가티 이시나이다. 어플젼 쥬인은 김부쟝 댁알 위하야 가티 쟉안 새오젓을 가티 클 때까장 보관한 혜옴이니이다. 새오젓 쟝사난 보구의 새오젓을 산골로 가져가셔 가티랄 올렸나이다. 어플젼 쥬인은 손님들이 찾디 아니할 때 새오젓을 구하야 손님들이 찾알 때 내놓아서 가티랄 올렸나이다. 므슴 네아기인디 아시겠나니잇가?"

"녜, 원슈님. 이대 알겠압나니이다." 김은 냉큼 대꾸했지만, 얼굴과 목소리엔 자신감이 없었다.

사람들이 고개를 끄덕였다. 낯빛을 보니, 그들도 제대로 이해한 것 같지 않았다.

여기 모인 사람들이 그래도 그의 얘기를 잘 이해할 만한 사람들이었으므로, 그로선 좀 실망스러웠다. 그는 마음을 다잡고 말을 이었다. "그러모로 쟝사랄 할 밑돈알 빌리려 하난 사람이 이시면, 빌여주쇼셔. 믈론 그 사람의 네아기랄 듣고셔 참아로 쟝사랄 하려는 것인디, 사람안 믿을 만한디, 확인해야 하디마난, 다외다록 밑돈알 빌여주다록 하쇼셔. 보로 잡알 것이 이시면 됴티마난, 설령 보로 잡알 것이 없더라도, 쟉안 돈이면, 션뜻 빌여주쇼셔."

106

"녜, 원슈님. 이대 알겠압나니이다." 최가 대답했다. "쟝사하려는 사람이 이시면, 잘 살펴셔, 식화셔 돈알 빌여주겠압나니이다."

"녜, 그리하쇼셔."

"그러한듸, 원슈님, 쌀어음이 더 이셔야 하겠압나니이다. 식화셔에 쌀어음이 얼머 남디 않아셔, 많안 사람달해게 빌여주기 어렵나이다." 최가 조심스럽게 덧붙였다.

"아, 그러하나니잇가? 급히 이셔야 할 금액알 산졍하여 죠 부쟝과 쌀어음을 쌀어음관리부에서 식화셔로 이체하난 졀챠랄 샹의하쇼셔."

"녜, 원슈님. 이대 알겠압나니이다."

"죠 부쟝끠셔는 최 총재끠셔 말쌈하신 금액만큼 쌀어음을 맹갈아쇼셔. 마련다외난 대로 나이 번호랄 매기겠나이다." 쌀어음을 인쇄한 뒤로, 그는 슈결은 두지 않았다. 그러나 쌀어음의 발행고를 확인하기 위해, 번호는 매기고 있었다.

"녜, 원슈님. 분부대로 거행하겠압나니이다." 허리를 굽히면서, 죠담이 대답했다.

그의 부름을 받자, 죠는 이내 홍쥬로 왔다. 그는 바로 죠를 쌀어음관리부쟝에 임명해서 쌀어음의 발행과 관리에 관한 업무를 맡겼다. 며칠 동안 눈여겨보니, 죠는 일을 그런대로 처리하고 있었다. 그는 묘월의 안부가 궁금했지만, 죠에게 묻지는 않았다. 죠도 스스로 그녀 얘기를 꺼내려 하지 않았다. 그는 그 점이 마음에 들었고 죠에 대한 믿음이 깊어졌다.

"쌀어음을 맹가난 일은 어렵디 아니하나이다. 죠해애 글씨를 쓰면 다외나이다. 그러나 쌀어음을 너모 많이 쓰면, 탈이 나나이다. 쌀어음은 우리 챵의군이 그것을 디닌 사람애게 바로 쌀알 내주겠다난 약속알 한 것이니이다. 쌀어음을 많이 쓰면, 내죵애 사람달히 쌀어음을 쌀로 밧고려 할 때, 우리 약속한 대로이 쌀로 밧고아줄 수 없나이다. 창고애 쌀이 만 셕밧긔 없는데, 사람들이 디닌 쌀어음이 십만 셕이 다외면, 엇디 다외겠나니잇가? 사람달히 우리 쌀어음을 받고 믈쟈랄 우리에게 내주는 것은 사람달히 쌀어음은 곧 쌀이라 녀기는 덕분이니이다. 쌀어음을 너모 많이 쓰면, 사람달히 쌀어음을 믿디 아니할 새니이다. 그리다외면, 쌀어음은 죠해 조각애 디나디 아니하나이다."

사람들이 생각에 잠긴 얼굴로 고개를 끄덕였다.

"녜, 원슈님. 원슈님 말쌈알 듣잡아니, 깊이 깨닫난 바이 이시압나니이다." 최가 대답했다.

"여러분들토 잘 아시겠디마난, 태종대왕 시절에 나라해셔 뎌화(楮貨)라 하난 죠해 돈알 펴냈나이다. 뎌화 한 쟝이 베 한 필이나 쌀 두 말 값이었나이다. 나라해셔 뎌화랄 쓰라 하니, 처엄에는 사람달히 썼나이다. 그러나 나라해셔 뎌화랄 베나 쌀로 밧고아주디 아니하니, 사람달히 뎌화랄 멀리하얐나이다. 나라도 뎌화보다난 베나 쌀알 가지려 할 새니이다. 그러하디 아니하겠나니잇가?"

"녜, 그러하압나니이다," 최가 대답하자, 사람들이 고개를 끄덕여 동의했다.

"사람달히 뎌화랄 멀리하니, 뎌화의 값이 떨어딜 수밧긔 없었나이다. 그러하야셔 이십 년 뒤헤는 됴화 석 쟝의 값이 계요 쌀 한 되밧긔 아니 다외얐나이다. 삼십 분지 일로 떨어딘 것이니이다. 그리 다외니, 나라희 말쌈알 믿고셔 뎌화랄 쓴 사람달만 손해랄 보았나이다."

"원슈님 말쌈알 듣잡아니, 나라희 법도도 백성들히 믿어야 비르소 셜 수 이시다난 리치랄 깨오치게 다외얐압나니이다." 최가 매끄럽게 대꾸했다.

"나라희 법도도 백성들히 믿어야 비르소 셜 수 이시다난 총재 말쌈이 참아로 됴한 말쌈이시니이다. 우리 챵의군의 약속달한 므슥이든디 사람달히 믿다록 하여야 하나이다. 딸와셔 우리 챵의군이 쌀어음을 마고 펴낼 수는 없나이다. 우리 창고애 이시난 쌀알 살펴셔 펴내야 하나이다."

"녜, 원슈님. 이대 알겠압나니이다. 쇼쟝이 항상 살펴셔, 사람달히 쌀어음을 믿디 아니하난 일이 없도록 하겠압나니이다," 죠가 받았다.

"녜, 그리하쇼셔. 돈알 쓸 대난 많고 돈알 마구 펴낼 수는 없으니, 일이 어려운 것이니이다. 그러하야셔 식화셔이 나셔야 하나이다. 사람달히 디닌 쌀어음을 식화셔에 맛디면, 그 사람달한 리자랄 받아니 됴하나이다. 식화셔이 그 쌀어음을 쟝사하려는 사람달해게 리자보다 죠곰 높안 리자랄 받고 빌려주면, 식화셔는 리문을 보나이다. 쟝사하려는 사람달한 밑돈을 얻어셔 쟝사랄 하야 돈을 버나이다. 두루 됴한 일이니이다. 사람달히 식화셔에 쌀어음을 맛디도록 렬심히 셜득하쇼셔."

은행원들이 예금을 유치하기 위해 애쓰던 모습을 떠올랐다. 자

신이 은행을 설립하고 예금 권유에 나서게 될 줄은 몰랐다는 생각
에 그는 야릇한 웃음을 지었다.

"녜, 원슈님. 이대 알겠압나니이다. 사람달히 식화셔를 믿고 쌀
어음을 맛디도록 진력하겠압나니이다." 최가 다짐하듯 말했다.

"녜, 그리하쇼셔. 시방 쌀어음이 많이 플린 고을흔 여긔 홍쥬하
고 례산하고 텬안이니이다. 텬안안 동북방면군이 쥬둔하고 이시
니, 군사달희 봉록아로 쌀어음이 많이 플릴 새니이다. 딸와셔 그
세 고흘에 식화셔의 지점을 내난 것이 식화셔의 져금을 늘리는 대
됴한 길이니이다."

그렇게 식화셔의 지점들을 내고 군사들의 져금을 받는 일에 관
한 실제적 논의가 이어졌다. 모두 그의 얘기를 열심히 듣고 잘 모
르는 것들을 물으면서 은행 업무에 대해 배우려 했지만, 논의는 더
디게 나아갔다. 상업이 아주 원시적이고 금융업은 아예 없는 사회
에서 살아온 사람들에게 근대적 은행의 구조와 기능을 설명하는
일은 당연히 어려울 수밖에 없었다. 그래도 한 시간 넘게 이어진
논의가 끝나자, 사람들은 모두 밝은 얼굴로 일어섰다. 이곳에서 처
음으로 은행 업무를 시작하면서 지적 자극을 받았다는 사정도 있
을 터이고 자신들이 하는 일이 처음 생각보다 중요하다는 사실을
깨달았다는 사정도 있을 터였다. 그로선 과거에 합격하여 홍쥬 판
관까지 지낸 최가 조선 사회에서 멸시받아온 상업 활동을 진지하
게 자기 일로 받아들이고 일을 배우려 애쓴다는 사실이 특히 흐뭇
했다.

식화셔와 쌀어음관리부 사람들을 배웅하고서, 그는 객사로 향했다. 새로 올릴 연극 「신드바드의 모험」의 연습을 살피려는 것이었다. 그의 희망대로, 연예참모부의 공연은 성공적이었다. 날마다 객사 마당이 관객들로 가득했다. 읍내 사람들만이 아니라 2, 30리 떨어진 곳에서도 사람들이 공연을 보러왔다. 관람료는 쌀 한 되였지만, 실제로 관람료를 내는 사람은 없었다. 챵의군 가족은 무료라고 했더니, 모두 친척 가운데 챵의군 군사가 있다고 주장했다. 공연이 챵의군의 성가를 높이고 있었다. 물론 평판이 마냥 좋기만 한 것은 아니었다. '남녀칠세부동석(男女七歲不同席)'이 관행인 세상에서 어른들이 한마당에 모여 공연을 즐기는 것은 전통을 고집하는 사람들에겐 추문일 수밖에 없었다. 그런 실정을 고려해서, 그는 앞쪽에 멍석을 깔고 여성 관객들이 앉도록 하고 남성 관객들은 뒤에 서서 보도록 했다. 이제 「신드바드의 모험」이 완성되면, 챵의군 부대들을 찾아 위문 공연에 나설 계획이었다.

그를 보자, 마루 한쪽에서 배우들의 연습을 지켜보던 김강션이 급히 내려왔다. "원슈님, 어서 오쇼셔."

"김 대쟝 슈고랄 많이 하나이다." 일부러 사무적인 말투로 대답했지만, 속마음이 배어 나온 얼굴엔 웃음이 어리는 것을 그는 느꼈다.

"아니압나니이다, 원슈님." 그녀가 의젓하게 대답했다. 그녀는 얼굴도 목소리도 밝았다. 천직을 찾은 사람의 모습이었다.

그는 그녀가 대견스러웠다. 나이도 어린데, 갑자기 연예참모부쟝이 되어 세파를 겪어 억센 사당패들을 이끌고 공연을 하는 것이 그로선 정말로 흐뭇하고 안심이 되었다.

"새 연극은 언제 공연할 수 이시나니잇가?"

"김맹년 위두 녜아기로난 래일이면 공연할 수 이시다 하압나니이다."

그가 김강선에게 순회 위문 공연 계획을 얘기하는데, 리산웅이 급한 걸음으로 다가왔다. 뒤에 긔병 둘이 따르고 있었다. "원슈님."

"어셔 오쇼셔," 문득 거세게 뛰기 시작한 가슴을 진정하려 애쓰면서, 그는 심상한 목소리로 말했다.

"윤삼봉 대쟝이 원슈님께 올인 보고셔를 긔병들이 디참하였압나니이다." 리가 뒤쪽의 긔병들을 가리켰다.

"아, 그러하나니잇가?" 그는 웃는 얼굴로 긔병들에게 말했다, "슈고랄 많이 하샸나이다."

"챵의!" 앞선 긔병이 경례했다. 다른 병사가 따라서 경례했다.

"챵의." 그도 바로 서서 답례했다. "언제 부여에셔 출발하샸나니잇가?"

"어젓긔 아참애 출발하였압나니이다."

그는 고개를 끄덕였다. "먼 길알 급히 달려오시느라…… 말달한디 치디 아니하였나니잇가?"

"녜, 원슈님."

"원슈님, 여긔셔 보고셔를 보압시겠나니잇가?" 리가 물었다.

"그러사이다. 급한 보고인 닷하니." 그는 리에게서 봉투를 받아 보고셔를 꺼냈다.

원슈님젼 샹셔

원슈님 그스이애도 긔톄후 일향 만강ㅎ옵신디 굼굼ㅎ옵ㄴ니이다.
다른 대쟝돌토 모도 무스흔디 굼굼ㅎ옵ㄴ니이다. 쇼쟝도 무스히 동
남 방면을 디킈고 이시옵ㄴ니이다. 다른 일이 아니오라 젼라도 삼례
에 나간 우리 셰작이 보고ㅎ기롤 디난 이십일일애 관군 군사달히 젼
쥬로 모호인다 ㅎ얏옵ㄴ니이다. 그러ㅎ야셔 쇼쟝이 시방 은진으로
출발ㅎ져 ㅎ옵ㄴ니이다. 원슈님끠셔 지시ㅎ신 대로이 각 고을들희
챵의군 가권들홀 몬져 피신식히고 젹군과 싸호디 아니ㅎ면셔 젹군
의 진츌을 늦추고져 ㅎ옵ㄴ니이다. 부여의 성책은 거의 다 밍굴아뎠
옵ㄴ니이다. 계속 셩책올 높이 사하 올일 새옵ㄴ니이다. 피신흔 권쇽돌
히 머믈 집돌흔 모도 지었옵ㄴ니이다. 쇼쟝의 부재듕에는 뎨이십오
보병졍대쟝애게 지휘를 맛디져 ㅎ옵ㄴ니이다. 원슈님 안녕ㅎ시기롤
빌면셔 글월을 줄이옵ㄴ니이다.

긔묘 유 월 이십스 일
동남방면군 스령 딕령 윤삼봉 배샹

그는 한숨을 길게 내쉬었다. 윤삼봉의 보고를 받고 그가 느낀 감
정은 탄식이나 걱정보다는 안도에 가까웠다. 이제 적의 의도와 움
직임이 좀 뚜렷해진 것이었다.
"윤삼봉 대쟝의 보고에 딸오면, 젹군이 디난 이십일일애 젼라도
젼쥬 갓가이 모호이고 이셨다 하나이다. 젼쥬의 젹군이 우리 디경

에 이르려면, 며츨 걸월 새니, 우리가 보낸 부대달히 대격할 수 이
실 새니이다."

"아, 녜, 원슈님." 리산웅이 그의 말을 받고서 천천히 고개를 끄
덕였다. "우리 군사달히 일즉 나려갔아니, 다행이압나니이다. 원
슈님끽셔 앞일알 멀리 내다보신 덕분이압나니이다."

"실로난 졍언디 군사끽셔 몬져 그리 내다보샸나이다. 총참모쟝
끽셔 이 보고셔를 졍언디 군사와 다란 군사달끽 보여드리쇼셔."
그는 보고서를 봉투에 다시 넣어 리에게 건넸다.

"녜, 원슈님. 이대 알겠압나니이다."

"총참모쟝끽셔 류도대쟝 직임알 또 맛다주셔야 하겠나이다."

"녜, 원슈님. 알겠압나니이다."

"나난 래일 아참애 부여로 떠나겠나이다. 근위병들콰 긔병 일개
대대만 다리고 가겠나이다. 남아지 부대달한 모래 츌발하도록 쥰
비하쇼셔."

외
교
가

제 16 부

1

떳목이 서북쪽 강변을 떠나자, 사공들 셋이 동남쪽 강변을 향해 열심히 노를 저었다. 장마가 막 끝난 참이라, 물은 그리 흐리지 않았지만 물살은 거셌다. 강폭이 넓어져 모래밭이 물에 잠겼으므로, 떳목을 강둑에 대야 했다. 그 일이 쉽지 않을 터였다. 그저께 13운 슈정대가 건널 때는 떳목 하나가 선착장에 제대로 매이지 않아서, 군사들이 물에 빠졌다고 했다. 군사들은 무사했지만, 수레 한 대를 잃었다고 했다.

떳목이 강 가운데로 나아가자, 졈백이가 불안한 몸짓을 했다. 떳목 한가운데에 그와 졈백이가 섰고 근위병들이 그를 둘러쌌다. 앞쪽에 성묵돌이 섰고 네 귀에 근위병들이 하나씩 서서 경계했다.

언오는 급히 손으로 말의 머리를 쓰다듬었다. "뎌번에도 이 강알 건넜디. 그것도 한밤듕에."

그때가 5월 9일이었으니, 두 달이 채 못 되었는데, 아득한 옛날

처럼 느껴졌다. 그만큼 사태가 빠르게 바뀌었다는 얘기였다.

뗏목이 선착장에 닿자, 사공들이 밧줄을 강둑으로 던졌다. 강둑에 선 병사들이 밧줄을 강둑에 박은 나무 지주에 맸다. 셩묵돌이먼저 선착장으로 올라섰다.

그는 겸백이를 조심스럽게 강둑으로 이끌었다. 겸백이의 무게에뗏목이 좀 기울었지만, 겸백이는 날렵하게 강둑으로 올라섰다.

"챵의." 그가 강둑으로 올라서자, 국승규가 경례했다. 25보병졍대쟝인 국은 윤삼봉이 부여의 동남방면군 사령부를 비운 동안 사령 임무를 대행하고 있었다.

"챵의." 답례하고서, 그는 밝은 웃음을 지어 보였다. "국 대쟝, 슈고랄 많이 하시나이다. 다란 대쟝달토 슈고랄 많이 하시나이다."

"윤 대쟝안 아직……?" 둘레에 섰던 지휘관과 인사가 끝나자, 그는 국에게 물었다.

"녜, 원슈님. 윤 대쟝안 시방 공쥬에 이시난 닷하압나니이다. 그젓긔 밤알 경텬역(敬天驛)에서 보냈다 하얐압나니이다."

그는 고개를 끄덕였다. 은산역에서부터 그를 수행한 셕현공에게서 이미 사정을 들었던 것이었다.

윤삼봉은 은진으로 떠나기 전에 동남방면군 사령 직무를 대행할국승규에게만 자신의 계획을 밝혔다고 했다. 전쥬에 모인 전라도관군은 삼례를 거쳐 은진으로 올라올 터였다. 은진에선 현대의 논산(論山) 시내인 화지산면(花之山面)에서 공쥬로 가는 길과 셕셩을거쳐 부여로 가는 길이 갈렸다. 관군으로선 부여로 가는 길을 고르는 것이 합리적이었다. 챵의군의 주력이 거기 있었다. 그러나 관군의 지휘부는 아직 그 사실을 모르거나 그다지 중요하게 여기지 않을 가능성이 있었다. 게다가 이 지역의 중심은 공쥬였다. 관군 지휘관의 입장에선 공쥬를 공격하는 것이 자연스러웠다. 공쥬를 얻어야 한다는 선입견이 있을 터였고, 공쥬를 공격해서 얻으면, 부여를 얻는 것보다 훨씬 큰 공을 세운 것으로 됴뎡에 알려질 터였다. 길도 공쥬로 가는 길은 전라도에서 한성에 이르는 한길이고 부여로 가는 길은 아주 좁은 길이었다. 윤은 관군이 자연스럽게 공쥬를 바라고 올라올 가능성에 도박을 건 것이었다. 그래서 관군이 은진에 닿으면, 기병대를 거느리고 관군을 막는 척하면서 공쥬 쪽으로 물러나서 관군을 그리로 유도하겠다는 복안이었다.

공쥬까지 갔다가 부여로 내려오려면 백 리를 더 걸어야 했다. 장마가 막 끝난 무더위에 백 리 길을 걷는 것은 쉬운 일이 아니었다. 적군을 지치게 하고 아군이 시간을 벌도록 하니, 한번 해볼 만한 도박이었다. 그리고 실제로 성공한 것이었다. 경텬역은 공쥬 땅이니, 윤이 그저께 밤을 경텬역에서 보냈다면, 관군의 선두는 이미 공쥬 길로 들어섰단 얘기였다.

"관군을 공쥬 녁으로 유인한 일안 참아로 됴한 계책이었나이다. 그러하야도 셕셩 녁으로 관군의 일부가 올 수도 이시난듸, 뉘 살피고 이시나이다?"

"녜, 원슈님. 쳑후들히 슈탕역(水湯驛)에 나가셔 살피고, 긔병들히 셕셩현텽에 머믈고 이시압나니이다."

"이대 하샸나이다. 자아, 현텽으로 가사이다." 그는 지휘관들과 함께 강둑을 따라 부여현텽으로 향했다.

싸움을 앞둔 터라, 현령 둘레엔 사람들이 바삐 움직이고 있었다. 저녁 지을 때라, 마을마다 저녁연기가 솟고 있었다. 언뜻 보면, 평화스러운 풍경이었다.

"아, 참, 국 대쟝, 젼라도와 이웃하난 고을들헤셔 피난한 사람달한 어디 묵고 이시나니잇가?"

"민가달헤 부탁하야 방알 겸 빌여셔…… 윤 대쟝이 미리 녜아기하야 두었압나니이다."

그는 고개를 끄덕였다. "방알 빌이면, 셰를 내야 할 샌듸, 챵의군에셔 대신 셰랄 내주도록 하쇼셔. 참모부에 녜아기하쇼셔."

"녜, 원슈님. 이대 알겠압나니이다."

강둑에서 내려서서 개울을 건너자, 바로 목책이 쳐져 있었다. 그는 멈춰 서서 목책을 살펴보았다. 개울둑을 따라 흙으로 벽을 쌓고 그 위에 목책을 둘러쳐서, 적군 병사들이 쉽게 넘을 수 없었다. 제대로 된 목책이라면, 끝을 뾰족하게 만들어서 적군이 넘기 어렵게 했겠지만, 물론 지금 그런 것까지 따질 수야 없었다. 그는 적이 안심이 되었다.

"국 대쟝, 목책알 이대 셰웠나이다. 젹군이 쉬이 넘디 못할 새니이다."

"아, 네, 원슈님." 칭찬을 들은 국이 좀 수줍은 웃음을 지었다. "군사달히 겸…… 쟝마라 군사달히 겸 고생알 하얏압나니이다. 목책안 아직 다 맹갈아디디 못하얏압나니이다. 셔녁엔 시방도 군사달히 목책알 셰우고 이시압나니이다."

금강 이남의 영역을 지킬 계획을 세울 때, 그는 처음부터 부여를 방어 작전의 근거로 삼았다. 그리고 부여를 지키는 방어선은 백제에서 만든 부여라성(扶餘羅城)을 그대로 쓰기로 했다. 삼국시대는 세 나라가 얽혀서 전쟁들이 끊임없이 나왔던 시대였다. 특히 백제와 신라 사이엔 실질적으로 영속적인 전투가 벌어졌었다. 자연히, 당시 한반도의 군사력은 이후의 어느 시대보다 높았다. 당시의 무기나 전술은 지금보다 못한 것이 없었다. 6세기 성왕(聖王) 치세에 백제가 수도를 웅진(熊津)에서 부여로 옮겼을 때 축조된 부여라성은 당시의 군사 전문가들이 터를 잡았다. 그가 보탤 것이 없었다. 그리고 라성을 따라 방어선을 치면, 그가 일일이 감독하지 않아도 되었다. 그래서 윤삼봉에게 라성을 충실히 따라서 방어선을 치라고 이른 터였다.

라성은 부소산성의 동문에서 시작해서 5백 미터쯤 떨어진 청산성(青山城)으로 이어졌고 거기서 남쪽으로 휘어져 반월 모양을 했다. 챵의군으로선 좀 버거울 만큼 넓었지만, 그는 라성을 따라 목책을 세우는 것이 가장 낫다고 판단했다. 다행히, 라성의 흔적은 많이 남아 있었다. 그가 부여를 찾았을 때는 몇 군데 흔적만 남았었는데, 5백 년의 세월이 덜 지난 터라, 지금은 흔적이 뚜렷했다. 여기 청산성 근처엔 성벽이 상당히 남아 있었다.

그는 둘러선 지휘관들을 둘러보았다. "나이 시방 목책알 한디위 둘어보고져 하나이다. 밧바신 대쟝달끠셔는 돌아가셔셔 일달할 보시고, 밧바디 아니한 대쟝달끠셔는 나와 함끠 둘어보사이다."

그는 목책을 살피면서, 개울을 따라 동쪽으로 걸었다. 개울 건너편은 다 논이어서, 그리로 적군이 몰려오긴 힘들었다. 좀 걸으니,

백제의 토성인 청산성에 닿았다. 라성은 여기서 꺾여서 남쪽으로 뻗었다. 라성을 쌓았던 백제 사람들은 동쪽의 보루인 청산성이 부소산성의 옹성 역할을 하기를 기대했던 듯했다. 대규모의 수군이 금강을 따라 공격해 올 가능성이 컸으므로, 청산성으로 백마강의 남쪽 강둑을 감제하는 것은 좋은 방안이었다. 지금도 청산성은 강둑을 감제해서 금강을 건너는 사람들을 보호할 터였다. 청산성 바로 아래에서 동쪽과 남쪽에서 흘러온 개울이 합쳐져서 그가 따라온 개울이 되었다. 그래서 이곳에선 그 개울들을 따라 펼쳐진 들판을 감제할 수 있었다.

"국 대쟝."

"녜, 원슈님." 한 발 뒤에서 수행하던 국승규가 옆으로 다가섰다.

"여긔 청산성에셔는 너비 굽어볼 수 이시나이다." 다른 지휘관들도 알아듣게 큰 소리로 말하고서, 그는 손을 들어 가리켰다. "뎌긔 강둑에셔 뎌긔 룡뎐역까장."

"녜, 원슈님."

"딸와셔 여긔 산셩은 젹군의 공격을 막아내기 쉬울 뿐 아니라 우리 젹군을 티기 위하야 나아가기도 묘한 곳이니이다."

"녜, 원슈님." 국이 그가 가리킨 곳을 둘러보았다. "그러하압나니이다."

"그러하니 여긔에셔 우리 군사달히 이내 젹진을 향하여 나아갈 수 이시게 셩문텨로 문을 맹갈아난 것이 묘할 새니이다."

"녜, 원슈님. 이대 알겠압나니이다."

"국 대쟝끠셔 셕현공 로사쟝과 샹의하셔셔 여긔에 문을 내쇼셔."

"녜, 원슈님. 분부대로이 거행하겠압나니이다."

자기 이름을 듣더니, 셕현공이 다가왔다.

"셕 대쟝, 이 쳥산셩에서 젹군을 티러 우리 군사달히 쉬이 나아갈 수 이시게 문을 하나 내쇼셔. 여긔 즈음에 문을 내면," 그는 봉우리 왼쪽을 가리켰다. "비탈이 가파르디도 아니하고 젹군의 눈에도 이내 뜨이디 아니할 새니이다."

"녜, 원슈님. 이대 알겠압나니이다. 여긔 셩문을 하나 내겠압나니이다."

그는 목책을 따라 걸었다. 목책 밖으로 나가 적군을 공격하기 좋은 곳들엔 문을 내라고 셕현공에게 지시했다. 목책은 셕목리(石木里)까지 세워졌다. 셕셩으로 가는 길에 목책을 세우던 병사들이 7보병졍대쟝 백슌홍의 지휘 아래 하루 일을 마감하고 있었다. 긴 여름 해도 기울고 있었다.

병사들이 활기찬 것이 마음을 흐뭇하게 했다. 역시 연장이 부족한 것이 문제였지만, 당장 어쩔 도리가 없었다.

"여러 대쟝달 모도 이리 오쇼셔." 지휘관들을 불러 모은 다음, 그는 말했다. "시방 목책알 세우는 일이 가장 시급하나이다. 여러 대쟝달끠셔는 다란 임무이 없는 군사달한 모도 목책 셰우는 일에 투입하쇼셔."

"녜, 원슈님. 이대 알겠압나니이다." 지휘관들이 대답했다.

"쟝츈달 대쟝끠셔는 팔 공병을 잇글고셔 투셕긔를 더 맹갈아쇼셔. 시방 남갈 구하기 어렵고 떼달히 많이 이시니, 떼 다삿 쳑을 플어셔 투셕긔를 맹갈아쇼셔. 추이 없이 군사달히 팔로 당기도록 하쇼셔. 등대마다 투셕긔 한 대식 가초도록 할 새니이다."

"녜, 원슈님. 이대 알겠압나니이다."

"시방 우리 목책이 백제 라셩을 딸와 셰워디고 이시나이다. 녯날, 그러하니까 천 년 전에 백제의 셔울히었던 이곳 부여를 디킈려고 셰워딘 토셩이니이다." 그는 아직 흔적이 남은 라셩을 가리켰다. "백제의 셔울홀 디킈는 셩이었으모로, 터를 잘 잡았나이다. 우리 챵의군이 여긔 목책알 튼튼히 셰우고 디킈면, 격군이 넘보기 어려울 새니이다. 격군이 몰여오면, 우리는 투셕긔로 셕탄알 쏘아셔 믈리티고, 밤애난 야습을 하야 격군을 깨틸 새니이다. 그리하면 격군은 사기 따해 떨어디여셔 오래 버티디 못할 새니이다. 므슴 녜아기인디 아시겠나니잇가?"

"녜, 원슈님. 이대 알겠압나니이다." 대답이 힘찼다.

2

"나이 한 번 더 녜아기하겠나이다. 로 대쟝안 일대대랄 잇그시고셔 여긔 북녁 길알 딸와 룡뎐역을 디나 여긔 환희원으로 가쇼셔." 언오는 지도에서 길을 가리켰다. 룡뎐역(龍田驛)은 부여현텽에서 8리 떨어진 곳에 있었다.

"녜, 원슈님. 이대 알겠압나니이다." 22긔병졍대 1대대쟝 로현무가 힘이 들어간 목소리로 대답했다.

"류 대쟝안 이대대랄 잇그시고셔 여긔 동녁 길알 딸와 셕셩현텽을 디나 여거셔 북녁을 향하야 환희원에 니르쇼셔."

"녜, 원슈님. 이대 알겠압나니이다." 2대대쟝 류항식이 대답했다.

"진 대쟝안 이대대와 함끠 가시나이다. 환희원에서 두 대대가 만나셔, 숯고개까쟝 올아가쇼셔. 숯고개애셔 살펴셔, 젹군이 보이디 아니하면, 리인역까쟝 가쇼셔. 거긔셔 더 공쥬녁으로 나아갈디 아니할디 진 대쟝끠셔 판단하쇼셔. 하디만 이번 임무는 젹졍을 살피난 슈색 임무이니, 다외얄 수 이시면 격군과 싸호디 마쇼셔."

"녜, 원슈님. 원슈님 말쌈알 명심하겠압나니이다." 진갑슐이 대답하고서 고개를 숙였다. 진은 황칠셩의 후임으로 22긔병을 맡았다.

"만일 윤삼봉 대쟝알 만나면, 윤 대쟝의 절졔를 받고 윤 대쟝의 판단애 딸오쇼셔."

"녜, 원슈님. 이대 알겠압나니이다."

"그러하면 출발하쇼셔."

"녜, 원슈님. 부대 차렷. 챵의."

윤삼봉의 보고로 전라도 군대가 가까이 온 것은 알려졌지만, 지금 관군이 어디에 얼마나 있는지는 제대로 알지 못하는 실정이었다. 그래서 22긔병을 수색대로 내보내는 것이었다. 셕셩 쪽으로 오는 관군은 슈탕현에 쳑후가 있고 셕셩현텽에 긔병이 있으니, 바로 보고될 터였다. 그래서 공쥬 쪽의 적정을 살피려는 것이었다. 다행히, 공주에서 부여로 내려오는 길은 하나뿐이었다. 그 길을 따라, 공쥬 남쪽 25리에 리인역(利仁驛)이 있고 35리 지점에 환희원(歡喜院)이 있었다. 그 사이에 숯고개(炭峴)라는 그리 높지 않은 고개가 있었다.

긔병대가 떠나자, 그는 시계를 보았다. 6시 57분이었다. 햇살이 따가워지기 전에 일찍 내보낸 것이었다.

그는 바로 청산성으로 향했다. 거기엔 오늘 그가 직접 거느리고 환희원까지 수색을 나갈 부대가 기다리고 있었다.

그가 거느린 부대의 크기와 성격, 그가 맞을 관군의 크기와 성격, 그가 고를 수 있는 전술들의 폭, 부여라성을 이용해서 만든 방어선, 그리고 라성 밖의 지형과 같은 요소들은 자연스럽게 그가 고를 작전을 다듬어냈다. 더위 속에 먼 길을 걸어온 터라, 관군은 많이 지쳤을 터이고 병력도 창의군보다 크게 많지는 않을 터였다. 적어도 초기엔 그럴 터였다. 따라서 그는 투석기, 력석기, 활과 같은 미사일 무기들로 관군의 접근을 막아 방어선을 지키면서 관군이 지치기를 기다릴 생각이었다. 그리고 밤마다 라성 밖으로 출격해서 관군을 괴롭힐 참이었다. 그렇게 관군이 약해지면, 특공대를 이끌고 야습해서 관군 지휘부를 마비시키고 진지에서 출격한 본대와 함께 관군을 앞뒤에서 친다는 것이 그의 작전 계획이었다.

특공대의 공격 목표도 분명했다. 부여라성 둘레에서 관군 지휘부가 자리 잡을 만한 곳들은 다섯이었다. 공쥬에서 내려오는 길에 있는 리인역, 환희원, 룡뎐역, 그리고 셕셩에서 오는 길에 있는 슈탕원과 셕셩현텽이었다. 리인역은 공쥬에서 부여를 거쳐 비인에 이르는 리인도(利仁道)의 본역으로 역승(驛丞)이 있었다. 그래서 싸움을 직접 지휘하지 않는 지휘부가 머물 만했지만, 싸움터인 부여현텽에서 너무 멀었고 숯고개까지 가로막아서 교통이 너무 불편했다. 룡뎐역은 싸움터에서 너무 가까워서, 부여현텽을 공격하는 부대들을 직접 지휘할 장수들이 머물 터였다. 슈탕원은 부여현텽에서 너무 멀어서 후방 부대나 머물 터였다. 셕셩현텽은 너무 남쪽에 치우쳐서 주공의 지휘부엔 맞지 않았다. 그리고 윤삼봉의 보고대로 관군이 공쥬를 바라고 올라갔다면, 셕셩 쪽에서 관군의 주력이 올 것 같진 않았다. 남은 곳은 환희원이었다. 환희원은 싸움터에서 너무 멀지도 너무 가깝지도 않았다. 게다가 부여로 가는 두

길이 갈라지는 삼거리에 있었다. 설령 환희원에 관군의 총지휘관이 머물지 않더라도, 중요한 지휘관이 머물 것은 분명했다.

자연히, 그의 작전 계획의 핵심은 환희원에 대한 야습이었다. 마침 환희원에 대한 접근로도 좋았다. 룡뎐역 바로 뒷산에서 환희원까지 꽤 높은 산줄기가 이어졌다. 오늘 그 산길을 실제로 걸어서 지형을 익히고 걸리는 시간을 재려는 것이었다.

청산성에선 32특공정대쟝 우만석과 11궁슈정대 3대대쟝 심항규가 그를 맞았다. 특공대는 백 명이 채 못 되었고 궁슈들은 20명 가량 되었다. 셩묵돌이 이끄는 근위듕대까지 합쳐도 150명을 넘지 않았다.

그는 듕대쟝급 이상 지휘관들을 모아 회의를 열었다. 지도를 펴놓고서, 오늘 수색 작전의 목표와 경로에 대해 설명했다. 물론 환희원에 대한 야습 작전의 예행연습이라고 사실대로 말할 수는 없었다. 대신, 긔병대들이 북쪽과 동쪽의 두 길을 따라 수색하는 동안 산줄기를 따라 혹시 침투했을지도 모르는 적군의 쳑후를 수색하는 작전이라고 설명했다.

그가 출발 명령을 내리자, 수색대는 산성 북쪽에 난 출입구를 통해 목책을 나섰다. 특공 1대대가 앞장서고 궁슈들이 그 뒤에 서고 그와 근위듕대가 그 뒤에 서고 특공 2대대와 3대대가 후위를 맡았다.

반 시간 뒤 수색대는 룡뎐역에 닿았다. 역은 쓸쓸했다. 역리들은 챵의군 긔병들이 되었고 면쳔된 관노들과 관비들도 많이 챵의군에 들어왔다. 역이 싸움터가 될 터였으므로, 그 둘레에 살던 사람들은 모두 라성 안쪽으로 들어왔다. 그는 역 둘레의 지형을 찬찬히 살폈다. 챵의군이 라성을 나와 관군을 공격하면, 이곳이 첫 목표가 될 수밖에 없었다.

룡면역 뒷산에서부터 환희원이 보이는 봉우리까지는 꼭 세 시간 걸렸다. 일찍 나섰고 나무 그늘이 있어서, 그리 힘든 걸음은 아니었다.

그는 쌍안경으로 원 둘레를 찬찬히 살폈다. 수상한 기미는 없었다. 원 앞 빈터에서 개 두 마리가 서로 쫓으면서 놀고 있었다.

그는 우만셕에게 2열 종대로 원을 향해 내려가라고 지시했다. 병사들이 천천히 산비탈을 내려가기 시작하자, 그는 둘레의 지형을 살폈다.

공쥬에서 리인역을 거쳐 숯고개를 넘어 온 길이 서쪽 부여로 가는 길과 남쪽 셕셩으로 가는 길로 갈라지는 삼거리는 산자락들에 끼인 좁은 골짜기에 있었다. 그가 타고 온 산줄기는 삼거리를 향해 내달았는데, 작은 산줄기 하나가 서북쪽으로 뻗어서, 산줄기가 환희원을 품은 형상이었다. 그래서 삼거리를 막으면, 관군이 공쥬 쪽으로 되돌아갈 수 없었고, 서쪽 산줄기를 타고 내려가 길을 끊으면, 부여 쪽으로 나아가기도 어려웠다. 그리고 산비탈을 타고 내려가서 횡대로 서서 개울을 따라 환희원을 정면으로 공격할 수 있었다. 병력만 충분하다면, 지휘부를 남쪽에서부터 포위해갈 수 있었다. 관군 지휘부에게 열린 곳은 북쪽 산줄기뿐이었다. 야습에 더할 나위 없이 좋은 지형이었다.

그는 살 속에 맑은 즐거움이 차오르는 것을 느꼈다. 모든 것들이 여기 환희원에서 결말이 나도록 만들고 있었다. 적군이 아직 모습을 드러내지도 않았지만, 그는 느끼고 있었다. 여기서 적군이 그들의 운명을 맞으리라는 것을. 그것은 거의 관능적 즐거움이었다. 마치 여러 골짜기에 내린 비가 한데 모여 소리치며 흐르듯, 눈에 보이지 않는 여러 요소들이 서로 영향을 미치면서 여기서 극적인 대단원을 만들어내리라는 예감은 거의 관능적 즐거움이었다.

환희원엔 쓸쓸한 기운이 돌았다. 원래 작은 원이었다. 공쥬와 부여를 잇는 길은 큰길이 아니었다. 챵의군이 금강 남쪽을 점령하자, 관원들의 왕래가 끊겼다. 챵의군이 모든 관노비들을 면쳔하였으므로, 원에 딸린 노비들도 챵의군에 들어오거나 흩어졌을 터였다.

"원슈님." 먼저 내려온 우만셕이 원쥬(院主)와 얘기하더니, 그에게 돌아와 보고했다. "사람달히 너모 많아셔, 밥알 짓기난 어려울새압나니이다."

그는 고개를 끄덕였다. "당연한 녜아기요. 이 많안 사람달히 갑작도이 닥뎠는듸……"

"원쥬이 국과 믈을 끓여주겠다 하압나니이다."

"아, 녜. 고마오신 말쌈이니이다. 그리하면 잘다외얐나니이다. 그러한듸, 우 대쟝."

"녜, 원슈님."

"국과 믈을 끓이면, 나모도 들어가고 사람도 써야 하난듸, 쌀어음으로 값알 치르도록 하쇼셔. 쌀어음은 셩묵돌 대쟝애게 이시나이다."

"녜, 원슈님. 분부대로 거행하겠압나니이다."

오후 3시가 지나니, 더위가 좀 수그러들었다. 그는 걸을 만하다고 판단했다. 부여현텽으로 돌아가는 걸음은 제법 큰 시내가 흐르는 골짜기를 따라 난 길을 가는 것이었다. 그는 출발하기 전에 쳑후를 삼거리로 내보내서 둘레를 살피도록 했다.

쳑후가 떠난 지 반 시간이 넘어서 조바심이 일기 시작했을 때, 긔병대가 삼거리 쪽에서 달려왔다. 그는 급히 쌍안경으로 살폈다. 맨 앞에서 달려오는 것은 진갑슐이었다.

"우리 긔병들히니이다." 그는 급히 병사들을 불러 모으는 우만셕에게 말했다.

"아, 그러하압나니잇가?"

"챵의." 진갑슐이 기운차게 외쳤다.

"챵의. 진 대쟝 슈고하샸나이다." 좋은 소식에 대한 기대가 솟는 것을 느끼면서, 그는 웃는 얼굴로 답례했다.

"쇼쟝이 리인역까장 가셔 거긔셔 윤삼봉 대쟝알 만났압나니이다."

"아, 그러하샸나니잇가? 모도 슈고랄 많이 하샸나이다." 그는 땀 젖은 긔병들을 둘러보았다.

"윤 대쟝 녜아기로난 시방 겨들히 공쥬셩에 이시다 하얐압나니이다."

"아, 녜. 윤 대쟝안 아직 리인역에 이시니잇가?"

"녜, 원슈님. 겨이 움즉일 때까장 리인역에셔 살피겠다 하얐압나니이다. 그리하고……" 진이 품에서 봉투를 꺼내 그에게 건넸다. "윤 대쟝이 원슈님끠 올이난 글이압나니이다."

원슈님 젼 샹셔

원슈님 그스이애도 긔톄후 일향 만강ᄒ옵신디 굼굼ᄒ옵ᄂ니이다. 쇼쟝은 긔간 은진현에셔 젹군을 맞아 거즛 도망ᄒ면셔 젹군을 공쥬로 잇글었옵ᄂ니이다. 시방 젹군 션봉은 공쥬셩에 이시는 돗ᄒ옵ᄂ니이다. 디난 유월 이십칠일애 젹군 ᄒ나롤 생포ᄒ야 물었더니 젼라도 광산군에 쇽흔 군스라 ᄒ얏옵ᄂ니이다. 신임 젼라도 관찰스이 군스롤 모호아셔 챵의군을 티러 올아왔다 ᄒ얏옵ᄂ니이다. 새로 온 젼라도 관찰스는 허엽이라 ᄒ얏옵ᄂ니이다. 젹군의 수는 매오 만흔 돗ᄒ옵ᄂ니이다. 자셔히는 모라디마는 뎌번에 한셩에셔 나려왔던 군스보다 만한 돗ᄒ옵ᄂ니이다. 무참 진갑슐 대쟝을 만나 원슈님끠 글월을 올이게 두외야셔 깃그옵ᄂ니이다. 원슈님 안녕ᄒ시기롤 빌면셔 글월을 줄이옵ᄂ니이다.

긔묘 유 월 삼십 일
동남방면군 스령 딕령 윤삼봉 배샹

"허엽이라." 윤삼봉의 보고서를 거듭 읽고 봉투에 넣으면서, 그는 탄식처럼 뇌었다.

새로 전라도 관찰사가 되어 군대를 이끌고 온 사람이 허엽이란 소식은 그의 마음에 미묘한 물결들을 일으켰다. 초당(草堂) 허엽(許曄)은 그도 기억할 만큼 이름난 인물이었다. 당쟁이 막 시작되었을 때, 초당은 김효원(金孝元)과 함께 동인을 이끌었다. 그러나 그는 초당을 주로 뛰어난 자식들의 아버지로 기억했다. 장남 성(筬)은 글이 뛰어났고 성품이 강직했다. 임진왜란 직전에 조선이 일본에 통신사(通信使)를 파견했을 때, 허성은 셔장관(書狀官)으로 일본에 다녀왔다. 정사 황윤길(黃允吉)이 일본은 조선을 침략할 뜻이 있다고 보고했고 부사 김성일(金誠一)이 없다고 보고했을 때, 동인인 허성이 서인인 황윤길의 주장이 맞고 동인인 김성일의 주장이 그르다고 보고한 일은 잘 알려졌다. 차남 봉(篈)은 글이 뛰어났고 당쟁에서 동인의 선봉이었다. 삼남 균(筠)은 설명이 필요 없는 위인이었다. 딸 초희(楚姬)는 난설헌(蘭雪軒)이란 호로 널리 알려진 시인이었다. 역사에 남을 만큼 뛰어난 인물과 싸움터에서 맞서게 되었단 사실이 그의 마음을 팽팽하게 했다.

사람들이 그를 주목하고 있음을 깨닫고, 그는 느긋한 웃음을 얼굴에 띠었다. "윤삼봉 대장끠셔 잘 하셔셔, 우리 챵의군이 싸홈알 쥰비할 날달히 삼기었나이다."

사람들의 낯빛이 풀렸다.

"녜, 원슈님. 그러하압나니이다." 진갑슐이 받았다.

"그러하면 긔병대난 여긔 환희원에셔 졈 쉬었다가 더위 가시면 돌아오쇼셔. 나난 특공대와 함끠 돌아가겠나이다."

3

"모도 먹기 살기 밧바셔…… 글도 모라니, 우리 챵의군이 써붙
인 군령들토 닑디 못하고, 쇼문을 듣고셔 란리 났나보다 생각하압
나니이다." 최만업이 송구스러운 낯빛으로 말했다.

"녀인들흔 엇더하나니잇가?" 언오는 김초례에게 물었다.

최의 얘기에 고개를 끄덕이던 그녀는 무슨 잘못을 들킨 낯빛으
로 고개를 숙였다가 조심스럽게 그를 바라보았다. "녀자달한 더
모라압나니이다. 집안애셔 살림하고 아해달 킈우느라, 밧갓일안
모라나이다."

그는 소리 내어 웃었다. '내가 너무 큰 기대를…… 하긴 이런 얘
기를 들으려고 했던 것 아닌가.'

저번에 금강을 건너 홍쥬로 돌아가기 전에, 그는 원슈부 직속으
로 '민생슌찰과(民生巡察課)'라는 조직을 만들었다. 챵의군이 점령
한 지역에 사는 사람들이 챵의군으로부터 피해를 입지는 않았는지

살피는 일을 맡았다. 아울러, 사람들이 어떻게 살아가고 무슨 생각 들을 하고 챵의군을 어떻게 바라보는지 살피는 임무도 맡았다. 원 슈부 직속이었으므로, 그만이 보고 내용을 알게 되어 있었다. 말하 자면, 지금 조정에서 임금이 내려 보내는 암행어사(暗行御史)와 성 격이 비슷했다. 과쟝엔 최만업을 임명했다. 형 최셩업과는 달리, 최는 수줍고 조심스러웠는데, 그동안 살펴보니, 마음이 곧았다. 부 과쟝엔 김초례를 임명했다. 은산역에서 일하던 부인이었는데, 성 격이 활달했다. 녀군 2명과 남군 2명으로 한 조를 짜서, 3개조를 운용했다. 새우젓이나 굴비 같은 어물 행상을 하면서, 사람들의 삶 을 살피고 얘기를 듣는 일을 하도록 했다. 전라도 군사가 움직여서 고을들에서 챵의군 군사들과 관원들이 물러나자, 따라서 물러난 터였다.

그가 웃는 뜻을 모르는 최와 김이 좀 어색한 웃음을 얼굴에 올 렸다.

"사람이 원 그러하나이다. 자갸 살기 밧바셔, 당쟝 자갸애게 소 용이 다외디 아니하난 것에는 마암알 쓰디 아니하나이다. 그러하 야도 내보 따한 우리 챵의군이 다사린디 졈 다외야셔 사람달히 우 리 챵의군을 딸오디마난, 여긔 금강 남녁이야 한 달밧긔 안 다외얏 아니, 사람달히 우리 챵의군에 대하야 아난 것이 젹을 새니이다." 두 사람이 무슨 잘못을 저지른 것처럼 송구스러워하는 것이 미안 해서, 그는 가슴속의 실망감을 누르고서 태연한 목소리를 냈다. "최 대쟝, 최 대쟝 생각애난 엇디하난 것이 됴할 새니잇가? 「챵의 문」과 군령들홀 더 많이 고을들헤 내려 보내면, 졈 나아딜 새니잇가?"

"녜. 「챵의문」과 군령들흘 많이 브티면, 아모래도 나알 닷하압
나니이다." 최가 조심스럽게 대답했다.

"그리하사이다. 이번에 젼라도애셔 올아온 군사랄 믈리친 뒤혜,
우리 챵의군이 엇던 군사인디 사람달히 모도 알 수 이시게 「챵의
문」과 군령들흘 많이 브티사이다. 김 대쟝 생각안 엇더하나니잇
가?"

"그리하시면, 졈 나아딜 수 이실 새압나니이다. 그리하시고 쇼
쟝 생각애난," 그녀가 흘긋 그의 비행복에 눈길을 주었다. "원슈님
끠셔 원 스승님이샸아니, 뎔에 겨시난 스승님들끠 말쌈알 하셔셔
우리 챵의군이 하려난 일달할 뎔에 오난 사람달해게 알리난 것이
엇더하올디 모라겠압나니이다."

"아, 묘한 생각이외다." 그는 무릎을 쳤다.

어느 사회에서나 종교 조직은 큰 영향력을 지녔고 정치가들은
그런 조직을 이용하려 시도했다. 현대에서도 정치가들은 종교 조
직의 도움을 받으려 애썼고 특히 선거에선 그랬다. 지금 묘션에서
가장 큰 종교 조직은 물론 불교 조직이었다. 그가 이미 향쳔사 스
님들의 도움을 받고 있는데, 불교 조직을 통해서 챵의군이 기병한
뜻과 펼치는 정책들을 널리 알리려 하지 않은 것은 불찰이었다.

"나이 스승님들끠 말쌈알 드리리다."

"녀자달히 뎔에 만히 가니, 스승님들끠셔 챵의군 녜아기랄 툐케
하야주시면, 녀자달토 졈……"

"옳아신 말쌈이외다. 나이 그리하리다."

새로운 생각을 널리 펴는 데는 사회에서 억압받고 가난한 사람들에게 호소하는 것이 좋은 방책이었다. 많은 종교들이 처음엔 그런 사람들 사이에서 자라났다. 기독교는 대표적이었다. 로마를 정복할 때도 그랬고 됴션에 처음 포교할 때도 그랬다. 지금 이곳에선 불교 자신이 억압받고 있었다. 이미 종교적 자유를 사회 원칙으로 삼은 터이니, 불교계는 당연히 챵의군에 호의적일 터였다.

　밖에서 소리가 나더니, 셩묵돌이 방 안을 들여다보았다. "원슈님, 경언디 군사끠셔 오압샸나니이다."

　"아, 네." 그는 두 사람에게 웃음을 지어보였다. "슈고랄 많이 하샀나니이다. 긔간 슌찰하면셔 긔록한 일달할 민사참모부에 넘기쇼셔. 내죵애 모도 변상할 새니이다."

　막걸리를 먹고 돈을 내지 않은 것부터 솥을 망가뜨린 일에 이르기까지, 그동안 민생슌찰과 요원들이 수집한 민생 침해 사건들은 많았다.

　"네, 원슈님. 이대 알겠압나니이다." 최가 대답했다.

　"그리하시고 공쥬에셔 챵의군 군사이 녀인을 겁탈한 일안 듕한 죄이니, 따로 군법참모부에 넘기쇼셔. 이번 싸홈이 끝나면, 나도 그 일알 살펴보겠나이다."

　"네, 원슈님."

　그는 속으로 한숨을 쉬었다. 크고 작은 성범죄는 끊임없이 나왔다. 군기를 엄정히 한다고 성범죄가 아주 없어질 리는 없었다.

　그는 밝은 얼굴을 지었다. "민생슌찰과 요원들 모도 슈고 많이 하샀다고 뎐해주쇼셔."

두 사람을 마루까지 배웅하고서, 그는 마당에서 뒷짐 지고 기다리는 정언디에게 말했다. "정 군사, 어셔 올아오쇼셔."

"녜, 원슈님. 쇼쟝알 브르압샸나니잇가?"

"녜. 나이 군사끠 드릴 말쌈이 이시나이다."

방에 자리 잡자, 그는 조심스럽게 말을 꺼냈다. "앗가 윤삼봉 대쟝이 격졍을 보고하얏나이다. 격군 군사 하나랄 사라잡아 문초하얏더니, 신임 전라도 관찰사의 일홈이 허엽이라 하더라고."

정의 얼굴을 놀라움과 걱정이 스쳤다. "아, 그러하얏압나니잇가?"

"녜. 군사끠셔 허 관찰사와 갓가온 새시니잇가?"

같은 동인에 속하고 나이도 비슷하니, 정과 허엽은 가까울 터였다.

"녜, 원슈님. 쇼쟝과 허엽은 갓가온 사이압나니이다. 실로난," 정이 힘들게 말을 이었다. "쇼쟝이 허엽을 가형텨로 모시압나니이다."

"허 관찰사난 엇던 분이시니잇가?"

정이 잠시 생각을 가다듬었다. "초당안…… 허엽의 호난 초당이압나니이다. 초당안 일세의 인재이압나니이다……"

정이 허엽의 경력과 인품과 학식에 관해 얘기하기 시작했다. 그가 아는 것들도 있었지만, 새로운 얘기들도 많았다.

"군사끠셔 생각하시기애, 나이 엇디하면 됴할 새니잇가?" 정의 얘기가 끝나자, 그가 물었다.

먼 눈길로 옆을 바라보면서, 정이 한참 생각했다. 고심하는 모습이 옆에서 보기 딱할 정도였다. 졍의 처지에선 더할 나위 없이 괴롭고 어려운 일일 터였다.

"쇼쟝의 소견에는…… 초당안 일세의 인재니, 죽어셔보다난 살아셔 원슈님끠 쓸모이 이실 새압나니이다."

그의 얼굴에 맑은 웃음이 배어 나왔다. 졍은 어려운 문제를 깔끔하게 풀어낸 것이었다. 자신의 경우처럼, 생포해서 기용하라는 얘기였다. 그렇게 된다면야, 물론 두루 좋을 터였다.

"이대 알겠압나니이다." 그는 고개를 끄덕였다. "군사 말쌈알 나이 새기리다. 감샤하압나니이다."

4

"채 총독끠셔 하신 말쌈알 참고하야 슈군을 이리 개편하얐나이다. 한번 보쇼셔," 언오는 군령이 적힌 종이를 채후신 쪽으로 돌려 놓았다.

"아, 네, 원슈님." 채가 군령을 들여다보았다. 군령을 다 읽자, 채가 앉은 채로 윗몸을 앞으로 숙였다. "원슈님, 감샤하압나니이다."

"다란 대쟝달끠셔도 보쇼셔," 그는 채 뒤쪽에 둘러앉은 슈군 지휘관들에게 말했다.

채가 종이를 집어 옆에 앉은 민쥰하에게 넘겼다. 사람들이 차례로 군령을 받아서 읽었다.

호서챵의군 군령 데팔십스호

슈군 편졔를 왼녁과 굳히 변경ᄒ노라.

슈 슈군 총독 경위 채후신
    슈군본부대대쟝 딕스 진목하
    슈군군악대대쟝 딕스 강막동
    슈군쳑후대대쟝 딕스 경슈룡
    슈군보급대대쟝 딕스 최옥단
    슈군침션대대쟝 경병 황길슌
    슈군의약대대쟝 경병 왕귀션

데일슈군정대쟝 부스 민쥰하
    데일대대쟝 딕스 김용해
    데이대대쟝 딕스 김한식
    데삼대대쟝 딕스 박동셕
데이슈군정대쟝 딕스 차현듕
    데일대대쟝 경병 송경
    데이대대쟝 경병 셔목항
데삼슈군정대쟝 부스 현듕구
    데삼슈군정대 부정대쟝 겸 데일대대쟝 부스 김홍익
    데이대대쟝 딕스 현진삼
데오슈군궁슈정대쟝 부스 량호근

뎨일대대쟝 딕스 김건식

뎨이대대쟝 졍병 김만금

뎨륙슈군포병졍대쟝 부스 강리셕

　행 뎨일화포대대쟝 부스 강리셕

뎨이투셕긔대대쟝 딕스 맹학무

뎨칠슈군운슈졍대쟝 부스 최칠규

뎨일대대쟝 딕스 문오균

뎨이대대쟝 졍병 리승학

뎨삼대대쟝 졍병 임수홍

뎨팔슈군공병졍대쟝 부스 방학션

뎨일대대쟝 딕스 박한경

뎨이대대쟝 졍병 명완규

긔묘 칠 월 이 일

호셔챵의군 원슈 리언오

　채후신이 셔븍방면군을 이끌고 내려온 김에, 그동안 미루어온 슈군의 확대 개편을 단행한 것이었다. 관군 슈균을 받아들여 챵의군 슈군을 늘리라는 그의 당부를 잘 따라서, 채는 태안, 셔산, 당진의 슈군들을 챵의군에 귀순하도록 설득했다. 마침내 군사들을 거의 다 잃은 튱청도 슈군졀도사는 남은 지휘관들과 군관들을 데리고 경긔도(京畿道)로 가버렸다. 그래서 서북 방면의 근심이 없어졌고 챵의군은 전함들을 갖춘 슈군이 되었다. 셔천에서 항복한 슈군

142

들로 만든 슈군독립대대들은 3슈군졍대로 확대되었다. 궁슈, 포병 및 공병의 졍대들은 실은 대대 규모를 조금 넘은 참이었지만, 앞으로의 확충을 고려해서 아예 졍대로 편성한 것이었다.

"원슈님, 감샤하압나니이다." 3슈군졍대쟝이 된 현듕구가 윗몸을 숙이면서 인사했다. 다른 사람들이 따라서 인사했다. 여기 모인 지휘관들은 모두 승진하고 품계도 올랐다.

"이제 곧 싸홈이 시작다외얄 새니이다. 군사달히 용맹하개 싸화셔 젹군을 믈리치도록 여러 대쟝달끠셔 이대 지휘하쇼셔."

슈군 지휘관들이 나가자, 윤삼봉과 황구용이 들어왔다.

"어셔 오쇼셔."

"원슈님, 젹군이 나타났압나니이다." 윤이 보고했다. "황 대쟝이 내보낸 쳑후 녜아기로난 젹군이 버드랭이 고개 갓가이 왔다 하압나니이다."

"아, 그러하나니잇가?" 그는 잠시 상황을 따져보았다. 버드랭이 고개는 부여현텽에서 동북쪽으로 20리 남짓한 야트막한 고개로 공쥬목과 부여현의 경계였다. "윤 대쟝, 시방 백슌홍 대쟝이 돌뫼애 이시나이다?"

"녜, 원슈님."

"백 대쟝끠 니르쇼셔, 젹군이 다가오면, 투셕긔랄 쏘라고. 그러나 군사달할 몰고 나아가셔 젹군과 싸호디난 마라 하쇼셔."

챵의군의 방어선은 부여라셩을 따라 쳐졌지만, 젹군이 공쥬에서 오므로, 길목인 돌뫼에 7보병을 내보내서 경계하는 참이었다. 돌뫼는 라셩에서 상당히 떨어졌지만, 강둑을 따라 쉽게 물러날 수 있었다. 백순홍은 '믈수릐 작젼'에서 7보병을 이끌고 금강을 건너 바로 돌뫼를 공격한 적이 있어서, 근처 지형에 밝았다.

"녜, 원슈님. 이대 알겠압나니이다." 윤이 일어섰다.

"윤 대쟝, 앉아쇼셔. 연락병을 보내사이다. 작젼 회의를 하려고 주요 지휘관달할 소집할 참이었나이다."

림형복이 그의 지시를 받고 떠나자, 그는 행군참모부쟝 손향모에게 작젼 회의를 소집하라고 일렀다. 작젼 회의에 참석할 사람들은 주요 지휘관들인 윤삼봉, 채후신, 셕현공, 박우동, 쟝츈달과 관련 참모부쟝들이었고, 군사부를 대표해서 졍언디가 나올 터였다.

"작젼 회의를 시작하겠압나니이다." 사람들이 다 모이자, 손향모가 말했다.

모두 긴장한 낯빛으로 그를 살폈다. 적군이 가까이 이르렀단 얘기는 진중에 빠르게 퍼졌을 터였다.

"손 부쟝, 몬져 작젼 명령을 대쟝들끠 난호아주쇼셔."

참석한 사람들에게 명령이 한 쟝씩 돌아간 것을 확인하자, 그는 얘기를 시작했다, "젼라도애셔 올아온 젹군이 드듸여 부여 따하로 들어셨나이다. 그러하야셔 우리 챵의군이 젹군을 믈리칠 계획을 셰웠나이다. 손 부쟝, 작젼 명령을 닑으쇼셔."

"녜, 원슈님." 손이 명령을 읽기 시작했다.

호셔챵의군 작젼 명령 데이십륙호

텬웅셩 작젼에 관ᄒᆞ야 원녁과 곧히 명령을 발ᄒᆞ노라.

흐나. 개황

본 텰옹셩 작전은 부여현을 젹군의 침공으로브터 디킈는
작전임.

둘. 졍셰

젼라도애셔 올아온 젹군은 긔묘년 유월 하순에 튱쳥우도
남녁 챵의군이 다스리는 따롤 침범흐야 칠월 이일 현재 공
쥬에셔 부여로 나오고 있음. 젹군은 젼라도 관찰사 휘하의
젼라도 병력으로 보이며 젹어도 일만이 두외는 것으로 보
임. 챵의군은 현재 부여현텽의 외곽애 방어션을 티고셔 젹
군을 믈리칠 쥰비를 흐얐음.

세. 작전 개념

젹군은 먼 젼라도애셔 올아오노라 곤핍홀 것임. 똘와셔 챵
의군은 방어션을 굳이 디킈면셔 날마다 야습을 흐야 젹군
이 더욱 곤핍흐기 밍근 뒤헤, 일거에 젹군을 텨셔 이긜 계
획임.

"아, 나이 졈……" 그는 손에게 낭독을 잠깐 멈추라고 손짓했
다. "젹군은 젼라도 관찰사이 젼쥬에셔 잇글고 올아왔나이다. 젼
쥬에셔 우리 챵의군 주력이 이시난 부여로 오려면, 은진에셔 셕셩
으로 오난 길을 딸와야 갓갑나이다. 그러나한듸, 우리 윤삼봉 대
쟝끠셔 젹군과 싸호면셔 공쥬로 믈러났나이다. 그러하야셔 젹군은

공쥬를 바라고 올아왔나이다. 윤 대쟝을 쫓아 열심히 공쥬에 가보니, 빈 셩이었나이다." 그는 껄껄 웃었다.

사람들이 따라 웃음을 터뜨렸다. 분위기가 문득 밝아졌다.

"공쥬를 디나 이리로 오난 길안 셕셩을 디나오난 길보다 백 리난 머나이다. 이 더위에 백 리 길을 더 걸었으니, 젹군 군사달히 얼머나 디쳤겠나니잇가? 공쥬 빈 셩을 보고셔, 얼머나 맥이 빠졌겠나니잇가? 우리는 그사이애 방어션을 굳이 맹갈알 틈을 얻었나이다. 이번에 윤 대쟝끠셔 영리한 계책아로 큰 공알 셰우셨나이다. 감샤하압나니이다." 그가 손뼉을 치자, 사람들이 따라서 열심히 손뼉을 쳤다.

"손 부쟝, 니어 닒으쇼셔."

네. 편셩
　　본 작젼을 위ᄒᆞ야 왼녁과 ᄀᆞᆮ히 부대돌홀 네 젼투단돌로 편셩홈.

　　　　데일젼투단　단쟝 딕령 윤삼봉
　　　　　데칠보병졍대
　　　　　데구보병졍대
　　　　　데이십일보병졍대
　　　　　데이십오보병졍대
　　　　　데삼십삼보병졍대
　　　　　데삼십포병졍대
　　　　　데십구운슈졍대

146

데이십팔 궁슈경대의 데이대대 및 데삼대대
군악대대의 데일듕대 밋 데이듕대

데이젼투단　단쟝 경위 채후신
　　　슈군 젼 부대

데삼젼투단　단쟝 부령 셕현공
　　　데이보병경대
　　　데십오보병경대
　　　데십이공병경대
　　　데이십구공병경대
　　　데십삼운슈경대
　　　데이십팔궁슈경대 데오대대
　　　군악대대 데삼듕대

데오젼투단　단쟝 경위 박우동
　　　데십륙보병경대
　　　데이십보병경대
　　　데삼십일보병경대
　　　데륙긔병경대 데팔대대
　　　데십팔포병경대
　　　데십일궁슈경대 데이대대 밋 데오대대
　　　군악대대 데오듕대

군 예비대

    뎨십특공졍대

    뎨이십삼특공졍대

    뎨삼십이특공졍대

    뎨십칠긔병졍대

    뎨이십이긔병졍대

    뎨십일궁슈졍대 뎨일대대 및 뎨삼대대

    뎨팔공병졍대

    총참모부

다솟. 젼투 디역

각 젼투단의 젼투 디역은 왼녁과 곧히 뎡홈.

뎨일젼투단: 방어션 북녁 긑인 금강 강변에셔 방어션 졍문 까장.

(작젼 초기애논 금강 강둑을 뚤와 돌뫼까장 진츌ᄒ고 젼황에 뚤와 방어션으로 믈러날 것.)

뎨이젼투단: 졍문 남녁에셔 필셔봉 북녁 기슭까장.

뎨삼젼투단: 필셔봉 북녁 기슭에셔 필셔봉 북봉까장.

뎨오젼투단: 필셔봉 남봉이셔 방어션 남녁 긑인 금강 강변까장.

뎨팔공병졍대: 예비대인 뎨팔공병졍대논 금강 북안이셔 도강이 필요ᄒ 일돌훌 수행ᄒ면셔 금강 북안올 경계홈.

관군의 주력이 공쥬 쪽에서 오므로, 전투는 자연스럽게 방어선의 북쪽에서 먼저 벌어질 터였다. 그리고 지형도 북쪽이 비교적 적군의 공격에 좋았다. 그래서 그 지역을 동남방면군 사령으로 부여 지리에 밝은 윤삼봉에게 맡기고 믿을 만한 부대들을 배치한 것이었다. 방어선의 반대편 끝에도 병력을 많이 배치했다. 강변은 적군에게 좋은 접근로를 제공했고, 위기가 닥치면, 그가 제때에 원군을 보내기 어려웠다.

방어선은 길었지만, 예비 병력은 넉넉지 못했다. 그래서 특공대와 괴병대로 돌파에 대응하고 반격의 기회를 이용할 생각이었다.

전투단은 급작스럽게 만들어졌지만, 나름으로 유기적인 조직이었다. 방면군에서 함께한 부대들을 되도록 함께 묶었기 때문에 전투단장이 지휘하기 어렵지 않을 터였다.

여슷. 부대 배티

전투단돌콰 군 예비대의 배티는 별첨 디도애 명시두외았음. 부대돌 수이는 취약훈 곳이니, 지휘관돌흔 부대돌히 겹치도록 배티후여야 훔. (각 견투단의 긑 듕대는 이웃 견투단의 첫 듕대와 자리롤 밧고와 방어션을 디킈두록 훔.)

닐굽. 원슈부 위티

원슈부는 뎨이견투단의 지휘소인 금셩산애 있음.

여덟. 데이방어션 셜티

격군이 공격후기 쉬온 곳돌해논 데이방어션을 셰울 것. 데
일전투단과 데이전투단의 경계 뒷녁에 부소산셩과 금셩산
셔녁 기슭을 잇논 목책올 셰우되, 데일전투단과 데이전투단
의 예비대돌히 맛돌 것. 데이전투단과 데삼전투단의 경계인
시내 아랫녁에 목책올 셰우되, 데삼전투단과 데오견투단의
예비대돌히 맛돌 것. 군 예비대애 쇽한 부대돌토 데이방어
션의 셜티에 참가홀 것.

아홉. 보급

믈자참모부쟝은 보급부대돌홀 각 전투단에 배쇽후야 보급
이 항시 이루어디도록 홀 것.

열. 위생

이번 작전은 오래 걸월 새니, 모돈 군스돌히 위생애 무옴올 쓰
도록 지휘관돌흔 술필 것. 각 부대마다 방어션 갓가이 변소롤
셜티후고 비가 와도 넘치디 아니후도록 홀 것. 녀군들홀 위한
변소돌홀 따로 셜티후야 녀군들희 불편이 없도록 홀 것. 식사
전에는 모돈 군스돌히 손올 씻두록 홀 것.

긔묘 칠 월 이 일
호셔챵의군 원슈 리언오

150

손이 낭독을 마치자, 그는 보충 설명에 나섰다. "여슷재 부대 배티에 대하야 나이 말쌈드리겠나이다. 나이 항상 녜아기한 것텨로, 쟝슈는 예비대를 갖고 이셔야 하나이다. 그러하야셔, 각 전투단마다 예비대달할 마련하얐아니, 전투단쟝달끠셔는 예비대를 신듕히 운용하쇼셔."

"녜, 원슈님. 이대 알겠압나니이다."

"그리하시고 전투단과 전투단 사이난 틈이 삼기기 쉬우니, 지휘 관달히 늘 마암알 써야 하나이다. 마지막 듕대랄 서로 밧고와 디킈면, 틈이 삼기디 아니 하나이다. 디도랄 보쇼셔." 사람들이 지도를 펴기를 기다려, 그는 말을 이었다. "뎨일전투단의 남녁 끝은 이십오보병이 디킐 새니이다. 이웃인 뎨이전투단의 븍녁 끝은 일슈군정대 디킐 새니이다. 이십오보병의 맨 남녁 듕대와 일슈군의 맨 븍녁 듕대 서로 자리랄 밧고와 디킈면, 틈이 삼기디 아니할 새니이다. 므슴 녜아기인디 아시겠나니잇가?"

"녜, 원슈님. 이대 알겠압나니이다." 모두 힘이 들어간 목소리로 대답했다.

"물어보실 일이 이시면, 말쌈하쇼셔."

사람들이 서로 쳐다보았다.

"없는 닷하압나니이다." 윤삼봉이 조심스럽게 말했다.

"군사끠셔 하실 말쌈이……"

"쇼쟝도 드릴 말쌈안 없압나니이다."

"그러하시면, 부대달할 디도애 나온 대로이 배티하쇼셔. 그리하시고 군사달히 방어션을 더욱 튼튼히 하도록 하쇼셔."

"녜, 원슈님, 이대 알겠압나니이다."

"그리하시고 윤 대쟝안 나와 함끠 돌뫼애 가보사이다."

5

부소산성 동문에서 돌뫼까지 이어진 강둑은 5리는 착실히 되었다. 강둑을 따라 목책이 세워졌고 그 너머엔 물 찬 논들이 있어서, 공격은 어렵고 방어는 쉬웠다. 원래 강둑과 돌뫼는 방어선에 들어 있지 않았었다. 라셩을 따라 목책을 다 세우고 한숨 돌린 뒤에야, 돌뫼에 눈이 갔다. 라셩과 강둑으로 이어지고 공쥬에서 오는 길목을 감제하는 터라, 돌뫼는 적정을 관측하고 기습하기 좋은 곳이었다. 반면에, 적이 돌뫼를 장악하면, 챵의군 후방을 관측하고 챵의군의 금강 도하 지점을 감제하게 되었다. 돌뫼의 그런 지형적 이점을 버리기 아까워서, 뒤늦게 목책을 세우기 시작한 것이었다. 그래서 돌뫼 둘레엔 아직 목책을 세우지 못하고 야트막한 흉장(胸牆)만 쌓은 상태였다.

언오가 돌뫼 가까이 다가가자, 병사들이 그를 알아보고 '원슈님 끼셔 오샸다'고 외치는 소리가 났다. 그가 말에서 내려 샘골을 지나 산등성이를 오르자, 병사들이 환호했다. 금강을 건넌 '믈수리 작전'이 5월 9일이었으니, 거의 두 달 동안 동남방면군 병사들과 만나지 못했던 셈이었다. 환호는 그가 산봉우리의 지휘소에 오를 때까지 이어졌다.

환호하는 병사들에게 손을 흔들면서, 그는 뼛속까지 스미는 희열을 느꼈다. 싸움터의 병사들로부터 환호를 받는 것은 지휘관에겐 가장 큰 영광이었다. 노병들로부터 환호를 받는 것은 특히 그랬다. 여기 있는 7보병 병사들은 말 그대로 '역전의 용사'들이었다. '일흥역 싸홈'에 참가했던 7등대 시절의 노병들도 있을 터였다. 그의 지휘 아래 여러 번 힘든 싸움들을 치렀고 단 한 번도 물러서지 않은 용사들이었다. 그가 저 세상에서 초급 장교로 복무했을 적에 꾸었던 가장 부푼 꿈속에도 이런 장면은 들어 있지 않았다. 이런 병사들을 이끌고 나선다면, 정복하지 못할 땅이 없을 것만 같았다.

7보병정대장 백순홍이 상황을 보고했다. 열 명가량 되는 적군의 척후는 이미 가까이 다가왔고 션봉은 한 3킬로미터 뒤에서 강둑을 따라 나오고 있었다. 척후는 긔병들이었지만, 션봉엔 긔병이 보이지 않았다. 쟝슈와 군관들만 말을 탔을 따름이었다.

그는 쌍안경을 들어 둘레를 살폈다. 관군 몇이 말을 돌려 달려갔다. 돌뫼의 상황을 보고하러 가는 듯했다. 관군 션봉은 한 줄로 늘어서서 나오고 있었다. 대열의 끝이 보이지 않아서, 규모는 알 수 없었다. 대오를 맞춘 것은 아니었는데도, 행군하는 모습엔 질서가 있었다. 잘 훈련된 부대라는 느낌이 들면서, 그의 몸속으로 전율이 흘렀다.

그는 흘긋 시계를 보았다. 10시 7분이었다. 관군의 주력이 환희원 근처에서 묵었다면, 시간이 맞았다. 더위를 피해, 일찍 출발한 모양이었다.

그는 씁쓸하게 입맛을 다셨다. 계획을 어설프게 짠 것이었다. 큰 군대를 맞아 돋뫼를 굳게 지키기엔 병력도 부족하고 장벽도 허술했다. 그렇다고 적군이 나타나자마자 물러나기도 뭣했다. 그동안 쌓은 방어 장벽이 아까웠고 병사들의 사기에도 나쁜 영향을 미칠 터였다. 결단을 내려야 했다.

"윤 대쟝," 그는 윤삼봉을 돌아보았다.

"네, 원슈님."

"아모리 하야도, 여긔 병력을 보강해야 다외얄 새니이다."

"네, 원슈님." 윤도 같은 생각을 했던 모양으로, 열심히 고개를 끄덕였다.

"뎨일전투단의 예비대난 삼십삼 보병이니이다?"

"네, 원슈님. 그러하압나니이다."

"삼십삼 보병의 일개 대대랄 뎌긔 강둑의 목책션을 디킈게 하난 것이 엇더하겠나니잇가? 칠 보병은 돋뫼랄 디킈노라 강둑까장 맏기난 힘들 새니이다."

"네, 원슈님. 이대 알겠압나니이다."

"림 대쟝," 그는 림형복을 돌아보았다.

"네, 원슈님."

"가셔셔 모경훈 대쟝끽 삼십삼 보병의 일개 대대랄 잇글고 강둑으로 오라 하쇼셔. 그리하고 김을산 대쟝끽 삼십이 특공졍대랄 이리로 보내라 하쇼셔. 그리하고 황칠성 대쟝끠 이십이 긔병을 이리로 보내라 하쇼셔. 나이 명령셔를 쓰리다."

그가 군 예비대를 동원하기로 한 것은 관군이 돌뫼를 공격할지 그냥 지나칠지 모르기 때문이었다. 그래서 빨리 움직일 수 있고 반격에 나설 때 도움이 될 특공대와 긔병대를 부르기로 한 것이었다.

그는 셩묵돌에게서 붓과 종이를 받아 배치 명령을 썼다. 림이 명령셔를 받아 들고 떠나자, 그는 윤삼봉과 백슌홍에게 투셕긔들을 정면에 배치하도록 했다.

척후의 보고를 받자, 관군 지휘관은 바로 부대를 멈췄다. 전투 대형을 갖추느라, 대열이 한동안 시끄러웠다. 마침내 관군이 다시 움직이기 시작했다. 거대한 흑사(黑蛇)가 다가오는 듯했다. 최면에 걸린 듯, 그는 한참 동안 그 거대한 뱀이 꿈틀거리면서 강둑으로 난 길로 다가오는 것을 바라보았다.

마음을 다잡고, 그는 숨을 길게 내쉬었다. 이마에 진땀이 난 것이 느껴졌다. 그는 몸을 돌려 뒤쪽을 바라보았다. 깃발을 앞세우고 한 무리 병사들이 강둑으로 걸어오고 있었다. 쌍안경으로 살피니, 말에서 내려 걸어오는 33보병경대쟝 모경훈의 모습이 들어왔다. 아직 특공대와 긔병대는 보이지 않았다.

그사이에도 관군 행렬은 움직여서, 선두는 강둑에서 벗어나 논 사이로 난 길로 접어들고 있었다. 행렬의 맨 앞에 선 깃발이 강바람에 간간 펄럭였다.

관군이 따라오는 길은 동쪽으로 뻗은 돌뫼 줄기가 낮아지다가 다시 솟은 야트막한 봉우리 너머로 지났다. 관군의 선두가 야트막한 고개로 접어들었다.

졸아든 가슴으로 관군의 움직임을 지켜보면서, 그는 관군 쟝슈의 입장에서 상황을 살펴보았다. 부여현텽으로 가는 길목에 있는 작은 봉우리에 적군이 진을 치고 있다는 상황은 처리하기가 쉽지 않을 터였다. 지형 때문에 공격하기가 쉽지 않았고 병력이 압도적으로 많은 것도 아니었다. 그렇다고 그냥 지나치기엔 마음이 걸릴 터였다. 곧 뒤따라올 듕군이 이르기를 기다려 공격할 수도 있었지만, 그러면 시간이 너무 걸려서, 전체 작전에 차질이 생길 수도 있었다.

관군 대열이 동쪽 야트막한 봉우리를 완전히 감싸자, 대열이 멈췄다. 뒤따르던 병력이 대열 뒤쪽으로 가서 서기 시작했다. 관군 쟝슈는 돌뫼를 공격하기로 결정한 것이었다.

그는 오른쪽을 살폈다. 이제 33보병의 1개 대대는 돌뫼에 다 닿았다. 그 뒤로 긔병들이 달려오고 있었다. 특공대는 선두가 막 강둑으로 올라섰다.

가슴이 거세게 뛰고 있었다. 숨을 깊이 쉬고서, 그는 상황을 살폈다. 관군은 천 명이 넘는 듯했다. 다행히, 후속 부대는 아직 보이지 않았다. 돌뫼를 지키는 챵의군은 7보병, 33보병의 1개 대대와 1개 궁슈듕대였다. 대략 3대 1의 열세였다. 그만하면 해볼 만했다.

관군들이 천천히 동쪽 봉우리를 올라왔다. 양옆은 논이어서, 돌뫼를 완전히 에워싸지 못하고 산줄기를 따라 정면으로 올라왔다. 군사들이 두 봉우리 사이로 난 작은 길에 이르자, 관군 지휘관이 공격 명령을 내렸다. 군사들이 함성을 지르면서 빠른 걸음으로 산비탈을 올라오기 시작했다.

"투셕긔 발샤 쥰비." 백순홍이 명령했다.

"투셕긔 발샤 쥰비." 병사들이 복창했다.

"발샤." 백이 외쳤다.

"발샤." 병사들이 복창했다. 병사들이 투셕긔의 짧은 팔을 힘껏 당기자, 긴 팔에 놓인 셕탄이 하늘로 솟구쳤다. 단대마다 투셕긔를 갖추도록 한 터여서, 한꺼번에 셕탄 30발이 날았다.

느닷없이 날아온 어린애 머리통만 한 돌들에 관군의 대열이 잠시 흔들렸다. 원래 큰 나무들이 드문 야산인 데다, 나무들을 베어 목책을 만들어서, 사계는 좋았다. 셕탄들은 관군들 머리 위에 그대로 떨어졌다. 그러나 뒤쪽 군사들의 관성에 밀려, 관군은 멈추지 않고 올라왔다.

"발샤." 백의 명령이 떨어지고 셕탄들이 날아올랐다. 관군의 대형이 한데 뭉쳐서, 표적을 찾은 셕탄들이 많았다.

공격하는 관군의 선두가 방어선 가까이 올라갔을 때, 흉장 뒤에 숨었던 궁슈들이 모습을 드러냈다. 등대쟝의 구령에 맞춘 일제사에 관군 몇이 쓰러졌다. 궁슈들의 일제사가 몇 번 이루어지자, 관군의 공격 대열이 흔들렸다. 더러 돌아서서 도망치는 군사들이 나오기 시작했다. 그사이에도 투셕긔들은 열심히 셕탄들을 쏘아 올려서 밑에서 올라오는 관군들의 대열을 쳤다.

싸움의 흐름이 바뀌고 있음을 느끼고, 그는 윤삼봉을 돌아보았다. "윤 대쟝, 반격할 때가 다외얐나이다."

"녜, 원슈님." 윤이 싱긋 웃었다.

"나이 긔병들콰 함끠 공격할 새니, 여긔는 윤 대쟝끠셔 맛다쇼셔. 죠곰 더 투셕긔를 쏜 다암애, 나아가쇼셔."

"녜, 원슈님. 이대 알겠압나니이다"

황칠셩이 이끈 긔병대는 샘골에 있었다. 그가 졈백이에 올라타자, 바로 함성이 일었다. "챵의구운. 챵의구운."

그는 칼을 뽑아 들었다. "챵의구운 긔병대, 앒아로."

황칠셩과 진갑슐이 앞장을 선 22긔병은 산기슭을 따라 난 좁은 길로 나아가기 시작했다.

"한길로 나가쇼셔," 그가 황과 진에게 외쳤다.

"녜, 원슈님," 황이 대답하고서 말을 몰았다.

공쥬에서 부여로 오는 큰길에 나서자, 황칠셩과 진갑슐은 바로 관군 병사들을 향해 돌격했다. "챵의구운."

"챵의구운," 그도 두 사람의 구호를 받으며 말을 몰아 관군의 대열을 향했다.

"챵의구우운," 뒤쪽에서 긔병들이 내는 함성이 그를 떠밀었다.

갑자기 긔병이 옆쪽에서 나타나 뒤에서 덮치니, 관군의 대열은 크게 흔들렸다.

정신없이 관군 병사들을 공격하다 흘긋 서쪽 돌뫼 쪽을 올려다보니, 공격하러 올라갔던 관군들이 도망쳐 내려오고 있었다. 챵의군 병사들이 그들을 쫓아 내려왔다.

"항복하면, 살려준다." 그가 외쳤다.

이내 긔병들이 따라서 외쳤다, "항복하면, 살려준다."

곧 모든 관군 병사들이 왔던 길로 도망치기 시작했다.

승기를 잡았다는 생각이 들면서, 그의 몸속을 흥분의 물살이 소리치며 흘렀다. 등을 보인 관군 병사 하나를 지나치며 가볍게 칼로 목을 치고서, 그는 목청껏 외쳤다. "항복하면, 살려준다."

'드디어 긔병들의 사냥이 시작됐구나,' 그는 속으로 탄식처럼 뇌었다. 추격하는 긔병들에게 등을 보이는 것은 치명적이었다. 곳곳에서 긔병에게 따라잡힌 관군 병사들의 비명이 올랐다.

"원슈님, 젹군 죽은 쟈달한 마안이 넘는 닷하압나니이다. 잡히인 쟈달한 열 아홉이압나니이다." 윤삼봉이 보고했다. "우리 군사 달한 여슷이 다텼는듸, 하나난 샹처이 깊어셔……"

언오는 고개를 끄덕이고서 황칠셩에게 물었다. "긔병은?"

"둘이 다텼압나니이다."

"잡히인 쟈달한 다틴 쟈달히 많아나이다?"

"녜, 원슈님. 잡히인 쟈달한 모도 다텨셔 도망하디 못하얏압나니이다. 반안 살기 어려울 닷하압나니이다."

그는 다시 고개를 끄덕이고 싸움터를 내려다보았다. 정오의 햇살 아래 누운 산등성이는 평화로워 보였다. 막 끝난 싸움이 환영처럼 느껴졌다. 싸움은 정사와 같았다. 흥분이 사그라지면, 서글픔이 찾아왔다.

"원슈님, 그리하고……"

윤의 목소리에서 무엇이 느껴져서, 그는 눈길을 들어 윤을 돌아보았다.

"이번에 잡히인 군사달한 모도 경상도 군사달히압나니이다."

160

"경샹도?" 그도 모르게 목소리가 높아졌다.

"녜, 원슈님. 이 길로 오난 군사달한 모도 경샹우도 군사달히라 하압나니이다. 우병사가 거느렸고 션봉쟝안 우후였다 하압나니이다. 앗가 군사달할 지휘한 쟝슈이 우후였다 하압나니이다."

"뉘 녜아기이니잇가?"

"돌애 맞안 군관 한 사람알 잘 보살폈더니, 젹군의 사졍을 녜아기하얐압나니이다."

"이대 하샸나이다." 윤을 치하하고서, 그는 지휘관들을 둘러보았다. "몬져 군사달해게 뎜심을 먹이쇼셔."

지휘관들이 부대를 찾아가자, 그는 쌍안경으로 남쪽을 살폈다. 북쪽 길로 경샹우도 군대가 왔다면, 젼라도 군대는 동쪽 길로 온단 얘기였다. 동쪽 길이 좀 멀었으므로, 비슷한 시각에 출발했다면, 젼라도 군대도 닿을 시간이었다. 이곳에선 능산리(陵山里) 서쪽 길 한 토막이 보였다. 거기 있었다, 막 닿아서 진을 이루는 군대가. 가볍게 펄럭이는 깃발들이 보였다.

그곳을 가리키면서, 그는 윤에게 말했다. "셕셩으로 젼라도 군사달히 온 닷하나이다. 능산리 앞애 군사달히 보이나이다."

"아, 그러하압나니잇가?" 윤의 차분한 목소리엔 걱정 대신 호기심이 어렸다.

"븍녁 길로 오난 경샹도 군사달희 후쇽 부대달한 여긔 돌뫼랄 다시 공격할 수도 이시나이다. 젹군의 쳐디에셔는 경샹도 군사달하고 젼라도 군사달히 빨리 합텨야 하니, 큰 군대로 여긔를 공격할 것 갇하디난 아니 하디만, 준비는 하여야 할 새니이다."

"녜, 원슈님."

"삼십삼 보병을 모도 여긔 배티하쇼셔. 앗가텨로 일개 대대로 강둑의 목책을 디킈고, 남아지 이개 대대난 샘골 갓가이 예비대로 두쇼셔."

"녜, 원슈님. 이대 알겠압나니이다."

"여긔에서 싸홈이 벌어디면, 궁슈들히 종요로올 새니, 군 예비대인 십일 궁슈의 삼대대랄 뎨일젼투단애 배쇽하리다. 진갑술 대쟝의 이십이 긔병과 우만셕 대쟝의 삼십이 특공대난 오날 밤까쟝 안 윤 대쟝이 지휘하쇼셔."

"녜, 원슈님. 이대 알겠압나니이다."

"그러하면 나난 뎌긔로 가보겠나이다."

봉우리에서 내려오면서, 그는 만나는 병사들마다 손을 잡고 치하했다. 더러 아는 병사를 만나면, 잠시 환담했다. 이제 챵의군은 만 명 가까이 되어서, 병사들을 제대로 알기 어려웠다. 병사들은 비행복에 피 칠갑을 한 원슈가 자신들의 손을 잡는 것이 너무 뜻밖이고 황송해서 그의 치하에 제대로 대꾸하지도 못했지만, 그들의 환한 낯빛은 어떤 답변보다도 유창했다.

6

언오는 다시 적진을 살폈다. 여전히 별다른 움직임은 없었다. 적군 지휘부가 자리 잡은 룡뎐역과 능산리에만 고단한 불빛이 어둠을 헤치고 있었다. 쌍안경을 들어 찬찬히 살펴도 적진은 조용했다. 이곳 금성산에서 능산리까지는 10리가량 되었고 룡뎐역은 그보다 가까웠다.

'흐음. 오늘 밤은 그냥 넘어가겠단 얘긴가?' 그는 입맛을 다셨다. 별다른 뜻은 없었다. 어느 사이엔가 입맛을 다시는 버릇이 생겼다는 것을 깨닫고, 그는 야릇한 웃음을 얼굴에 올렸다. 얼떨결에 기병해서 군대를 이끌게 된 뒤, 모든 사람들이 그를 주시하고 그의 사소한 말이나 행동에도 큰 뜻을 부여한다는 것을 알게 되면서, 그는 늘 조심하게 되었다. 그러다 보니, 생각이나 감정을 입 밖에 내는 대신 한숨을 쉬거나 입맛을 다시게 된 것이었다.

지금까지 챵의군은 늘 밤에 관군을 공격했고 그때마다 크게 이졌다. 자연히, 관군 지휘관은 챵의군의 야습에 대비할 전술을 생각했을 터였다. 그가 자신을 관군 지휘관의 처지에 놓고서 생각해낸 대책은 야습하는 챵의군을 붙잡을 덫을 놓거나 먼저 야간 공격에 나서서 챵의군의 야습을 아예 막아버리는 것이었다. 지금 상황에선 야습에 나선 챵의군을 붙잡을 만한 덫을 생각해내기 어려웠다. 지형은 험난하지 않았고 지리는 챵의군이 더 밝았다. 관군이 특별한 무기나 전술을 지닌 것도 아니었다. 따라서 그는 관군이 먼저 야간 공격에 나설 가능성이 크다고 보고서 지휘관들에게 적군의 야습에 대비하라고 지시한 터였다.

그는 관군이 움직이지 않는 까닭에 대해 생각해보았다. 먼 길을 온 터라, 군사들이 피곤해서 바로 공격에 나서기 어려웠을 수도 있었다. 예정에 없던 돌뫼 싸움에서 경상우도 군대의 선봉이 참패한 것이 영향을 끼쳤을 수도 있었다. 실제로 경상우도 군대의 등군은 돌뫼를 다시 공격하지 않고 멀리 돌아서 룡면역으로 갔다. 전라도 병사(兵使)와 경상도 우병사(右兵使)가 작전을 조율하기 어려웠을 수도 있었다. 경쟁하는 사이인 두 관군 지휘관들이 야간 공격처럼 복잡하고 위험한 작전을 협동해서 수행하기는 쉽지 않을 터였다. 어쩌면 경상우도 군대가 합세한 것이 챵의군에게 유리할 수도 있었다.

"젹진이 죵용하압나니이다." 그의 마음을 헤아린 듯, 옆에 선 채 후신이 말했다.

"그러하나이다. 젹군이 오늘 밤애난 뭘 생각이 없난 닷하나이다."

"녜, 원슈님. 그런 닷하압나니이다."

그는 시계를 보았다. 9시 48분이었다. "셩 대쟝."

"녜, 원슈님." 셩묵돌이 가까이 다가섰다.

"젼투단쟝달해게 뎐하쇼셔, 시방 군사달해게 밤참알 들게 하라고. 계획대로 자시애 야간 공격에 나셜 수 이시게 하라 뎐하쇼셔."

관군이 야간 공격을 해오면, 챵의군은 방어션에서 막아내다가 반격하는 것이 그의 계획이었다. 그래서 병사들이 저녁을 일쯕 들게 했고 밤 10시에 밤참을 들 수 있게 준비하라고 지시했다. 야습은 자정에 시작될 터였다. 목표는 경샹우도 병마졀도사가 머무는 룡뎐역과 젼라도 병마졀도사가 머무는 것으로 보이는 능산리였다. 경샹도엔 병마졀도사가 셋이 있었다. 둘이 각기 좌도와 우도를 관장했고 나머지 하나는 관찰사가 겸했다. 젼라도엔 병마졀도사가 둘이었는데, 하나는 관찰사가 겸했다. 그런 사정을 고려하면, 관군의 총지휘관인 젼라도 관찰사는 뒤쪽 리인역이나 환희원에 머물고, 직접 군대를 이끈 병마졀도사들은 각기 다른 길로 진격해서 룡뎐역과 능산리에 머물 가능성이 높았다.

셩이 떠나자, 그는 다시 쌍안경으로 적진을 살폈다. 이상한 움직임은 없었다. 그는 가슴을 펴고 숨을 깊이 쉬었다. 큰 군대와 맞선 터라, 마음이 어쩔 수 없이 긴장되었다.

"채 총독, 우리도 나려가셔 군사달히 엇디 먹는디 보사이다."

언오는 조심스럽게 성냥을 그어 불쏘시개에 불을 붙였다. 둥그런 돌담 안에 사람 키만큼 쌓아 올린 장작더미에 불이 옮겨 붙으면서, 둘레가 환해졌다.

"공격 개시!" 그는 나직하나 힘이 들어간 목소리로 명령을 내렸다.

"공격 개시!" 군악참모부장 한경희가 복창하고 지휘봉을 힘차게 저었다.

슈군군악대가 공격 군호를 올렸다. 「경기병 서곡」의 빠른 가락이 너른 밤하늘로 퍼져나갔다.

"챵의구운 앞아로오." 이곳 금성산 둘레의 방어션에서 지휘관들이 내리는 명령이 들려왔다.

"챵의구운," 곳곳에서 병사들이 화창했다.

드디어 야간 공격의 막이 오른 것이었다. 그는 시계를 보았다. 0시 2분이었다. '예정대로 시작되었구나. 예정대로 끝나야 할 텐데.'

오늘 야간 공격 작전에 대해 그는 크게 걱정하지 않았다. 챵의군이 관군보다 야간 전투를 잘해서 여러 번 이겼다는 사실도 있었고, 관군이 야습에 대비해서 무슨 준비를 하는 것 같지 않았다는 점도 있었다. 무엇보다도, 오늘 야습은 목표가 아주 작았다. 적군이 급히 물러나서 편히 쉬지 못하게 하면, 작전은 성공하는 것이었다. 밤에 숙영지를 빼앗기고 급히 물러난 군대가 다음 날 낮에 공격에 나서기는 물리적으로나 심리적으로나 어려웠다. 그렇게 적군의 균형을 잃게 하는 것이 작전의 요체였다. 그래서 적군 지휘부들을 점령하면, 바로 돌아오도록 되어 있었다. 흥분한 병사들이 도망치는 적군들을 쫓아 멀리까지 나아갈 위험에 대비해서, 결코 5리 넘게 나아가지 말라고 지시했다. 밤에 5리 길을 가늠하는 것이 어려울 터였지만.

하늘과 땅이 소리로 가득했다. 전투단에 배속된 군악대들은 쉬지 않고 연주했고 지휘관들을 계속 호루라기를 불었고 병사들은 쉬지 않고 소리를 질렀다.

그는 싱긋 웃었다. 야간 작전에서 챵의군이 지닌 가장 중요한 이점은 바로 이 소리였다. 군악을 울리고 소리를 지르며 방진을 이루어 다가오는 챵의군에 맞선 관군은 아직 없었다. 그는 오늘도 다르지 않으리라고 예상했다.

불빛을 피해, 그는 아래쪽으로 내려갔다. 사람들의 눈길이 있어서, 태연하게 행동했지만, 어쩔 수 없이 속이 탔다. 긔병들을 이끌고 돌격할 때는 신나고 걱정이 없었지만, 자신의 통제에서 벗어난 상황을 그저 바라보아야 하는 처지는 좀처럼 익숙해지지 않았다. 연신 쌍안경으로 능산리 쪽을 살폈지만, 쌍안경에 들어오는 모습만으론 실제 상황을 알기 어려웠다. 다행히, 예상 밖의 일은 벌어지지 않는 듯했다.

그럭저럭 40분이 흘렀다. 확실치는 않지만, 룡뎐역과 능산리의 두 목표들은 장악한 듯했다. 조급한 마음을 누르고 10분을 더 기다린 뒤, 그는 봉우리로 올라갔다.

"한 대쟝."

"녜, 원슈님." 한 손으로 지휘하던 한이 돌아보았다.

"이제 회군 신호랄 올이쇼셔."

"녜, 원슈님." 손을 휘둘러 부르던 곡을 바로 끝내고, 한은 외쳤다, "회군 신호!"

군악대가 「고잉 홈Going Home」을 연주하기 시작했다. 회군 신호로 쓰이는 곡이었다. 원래보다 좀 빠르게 연주하니, 무곡처럼 경쾌했다.

"진 대장."

"녜, 원슈님." 슈군본부대대장 진목하가 그에게 다가왔다.

"이제 회군 신호랄 보내쇼셔."

"녜, 원슈님. 알겠압나니이다."

진이 손짓하자, 봉화를 보살피던 병사들이 큰 천을 등에 두르고 봉화를 에워쌌다. 이어 천을 내리고 주저앉았다가 다시 천을 두르고 일어섰다. 불길을 보였다 가렸다 하면서, 회군하라는 신호를 보내는 것이었다. 등대의 신호를 흉내 낸 것이었다.

군악대가 서투른 솜씨로 열심히 연주하는 가락이 마음속으로 들어왔다.

> It's not far, jes' close by,
> Through an open door;
> Work all done, care laid by,
> Gwine to fear no more.
> Mother's there 'spectin' me,
> Father's waitin' too...

저 세상의 노래가 이 세상의 병사들을 불러들이고 있었다. 집으

168

로. 언젠가는 돌아갈 집으로. 그러나 그에겐 돌아갈 집이 없었다. 아득한 시공 너머 어쩌면 사라졌을 시간 줄기 속에 있었다. 거기에 어머니도, 끝내 불효자식으로 따뜻한 눈길 한번 드리지 못하고 보내드린 아버지도 있었다. 아내도, 얼굴 모르는 딸도 있었다. 여기엔 아무도 아무것도 없었다. 그는 본질적으로 나그네였다. 낯선 역사 속의 나그네였다.

그는 마음을 다잡았다. 꼭 그런 것만은 아니었다. 여기에도 집이 있었다. 사랑하는 여인과 그녀가 품은 자식이 그를 기다리고 있었다. 따지고 보면 허무한 삶에서, 유난히 허무하게 느껴질 수밖에 없는 그의 삶에서, 닻처럼 그를 붙잡아서 허무의 바람 속으로 사라지지 않게 해주는 존재가 그에게도 있었다. 하긴 그에겐 여기 모인 사람들 모두를 무사히 집으로 돌려보낼 책무가 있었다. 그것보다 더 든든한 삶의 닻은 없을 터였다.

가슴을 펴고 숨을 깊이 쉬었다. 별들이 뿌려진 하늘을 우러르면서, 가슴에 스며든 허무의 잿빛 물살을 밀어냈다.

어둑한 싸움터의 병사들에게로 향하는 회군 신호는 이어지고 있었다.

Goin' home, goin' home,

I'm a-go in' home;

Quiet-like, some still day,

I'm jes' goin' home...

7

"믈이 하나토 없으면, 영시이니이다." 언오는 믈시계의 잣대를 가리켰다. 믈을 받는 원통형의 옹기에 믈이 차오르면, 잣대가 점점 높이 떠올라 흐른 시간을 가리키게 되었다.

둘러선 사람들이 그의 설명을 열심히 들으면서 고개를 끄덕였다.

"시간이 흘러 믈이 고이면, 이 잣대 믈에 떠서 올아와 시간알 가라치나이다." 그는 옆에 놓인 믈동이에서 바가지로 믈을 떠서 믈받이 통에 조금씩 따랐다. 잣대가 차츰 올라와 굵은 금이 자에 걸렸다. "앗가보다 반 시간이 디났다난 녜아기이니이다." 그는 다시 믈을 부었다. "잣대의 시간 금이 여긔 자애 걸위얐아니, 앗가보다 한 시간이 디났다난 녜아기이니이다."

사람들이 감탄하는 얼굴로 고개를 끄덕였다.

"이것이 각루라 하난 것이니이다. 우리 말로난 믈시계라 하나이다."

170

그는 홍쥬의 가마 주인에게 레고형 벽돌을 주문하면서 물시계도 함께 주문했었다. 물동이의 바닥 한가운데에 난 작은 구멍으로 물이 흐르고, 밑에 놓은 원통형 물받이에 고인 물의 양을 재어, 흐른 시간을 재도록 되었다. 잣대는 쟝츈달이 만들었다. 시험 삼아 세 가지 형을 주문했는데, 셋 다 아쉬운 대로 쓸 만했다. 싣고 오다가 깨질 위험을 고려해서, 셋 다 가져왔는데, 셋 다 무사했다. 이제 그가 이끈 부대가 본대에서 멀리 떨어져도, 정교한 합동 작전을 펼 수 있었다.

관군이 닥친 지 닷새였다. 그동안 낮이면 관군이 공격에 나서서 챵의군의 방어선으로 몰려왔다. 목책을 뚫을 만한 병력은 못 되어서, 관군은 한 차례 시도했다가 사상자가 나기 시작하면, 물러났다. 밤이면 챵의군이 공격에 나섰다. 첫날과 마찬가지로, 룡뎐역과 능산리에 이르면, 공격을 멈추고 돌아섰다. 양군의 움직임이 일상적 의식처럼 느껴지는 참이라, 그는 밤에 기습 작전을 펼 상황이 되었다고 생각했다. 그리고 야습을 위한 준비의 하나로 사람들에게 시계를 쓰는 법에 대해 설명하는 참이었다.

너무 원시적이어서, 각루(刻漏)라 하기도 뭣한 기구였다. 물시계가 안은 기술적 문제는 물이 줄어들어 수압이 낮아지면, 흘러나오는 물의 양이 줄어든다는 점이었다. 각루는 층계에 물그릇들을 놓고 위로부터 차례로 물이 흐르도록 해서 그 문제를 해결했다. 야전에서 쓰이는 터라, 그로선 그렇게 거추장스러운 물시계를 쓸 수 없었다. 그렇게 정교한 시계가 필요한 것도 아니었다.

'이 사람들은 물시계를 본 적이 없겠지? 자격루(自擊漏)란 말도 장영실(蔣英實)이란 이름도 들어본 적이 없고?' 그는 윤삼봉, 장춘달, 손향모 그리고 성묵돌을 둘러보았다.

그가 챵의군을 조직하기 전엔 례산현에서 벗어난 적이 드물었던 사람들이었다. 손향모는 모르지만, 나머지 사람들은 한성에 갔던 적도 없었다. 물시계가 신기할 수밖에 없었다. 물론 그들은 시계의 중요성을 알지 못할 터였다. 이곳은 사람들이 시계 없이 살도록, 그런 삶에서 별다른 불편을 느끼지 않도록, 이루어진 사회였다. 시계가 실제로 필요한 경우는 한성에서 셩문을 닫는 인뎡(人定)과 셩문을 여는 바루(罷漏)를 알리는 일뿐이었다.

바로 거기에 이 원시적 시계의 혁명적 중요성이 있었다. 시간을 정확히 재지 않고선, 기술도 과학도 발전할 수 없었다. 우주의 물리적 구조를 알 수도 없었고 정교한 제조 기술을 발명할 수도 없었고 역동적 사회를 만들어갈 수도 없었다. 그는 이 원시적 물시계를 끊임없이 개량해서 근대적 시계로 진화시킬 생각이었다. 편리한 기계적 시계들이 보급되면, 이곳 사람들의 중세적 삶이 차츰 근대적 삶으로 바뀔 터였다.

근대적 기계 시계를 만드는 일도 그리 어렵지 않을 터였다. 비록 두 개의 옹기로 이루어진 물시계와 편리하고 정확한 손목시계 사이엔 엄청난 거리가 있었지만, 그는 자신이 지닌 지식으로 짧은 세월에 실용적 시계를 만들어낼 수 있으리라 믿었다. 어떤 일이 가능하단 지식만으로도 그 일은 쉬워지는 것이었다. 지금 그는 시계가 진화한 역사를 소상히 알고 있었다. 고대 이집트의 원시적 해시계와 물시계에서 중세 유럽의 성당들에 걸렸던 기계시계를 거쳐 현대의 전자시계에 이른 과정을 조감하고 결정적 중요성을 지닌 혁신들을 짚어낼 수 있었다. 기계시계의 출현에 필요한 혁신은 탈진기(脫進機)였다. 휴대 시계의 출현에 필요한 혁신은 태엽이었다. 실은 이곳에 이미 탈진기가 존재했다. 자격루의 물레바퀴는 멋진 탈진기였다. 자격루를 만들기 위해 장영실이 관찰한 중국의 누각은 원대(元代)에 만들어진 것이었는데, 그것은 이미 당대(唐代)에 나타나서 송대(宋代)에 절정을 이루었다.

물론 그런 지식만으로 시계를 이내 만들 수는 없었다. 정교한 기계를 만들 수 있는 공작 산업이 존재하지 않는 곳에선 그것은 그의 머리에 든 꿈에 지나지 않았다. 그가 유럽의 박물관들에서 본, 중세 성당의 시계탑들에서 신도들에게 미사 시간을 알렸던 커다란 시계들은 강철을 잘 다루어 정교한 기계를 만들어낼 수 있었던 사회에서나 나올 수 있었다.

됴션 사회에 정교한 시계에 대한 수요가 없다는 사정은 어쩌면 보다 근본적인 장애가 될 수 있었다. 실용적 수요가 없으면, 기계가 꾸준히 개량될 수 없었다. 지적 열정이 활짝 피었던 셰종 치세에 자격루가 만들어진 뒤로, 시계가 개량되지 못하고 시계 제작 기술이 점점 퇴보했다는 사정은 정체한 됴션 사회에선 필연적이었다. 18세기 유럽에서 휴대용 시계가 갑자기 발명된 것은 큰 수요 덕분이었다. 바다에서 경도를 알려면, 정확한 시계가 필요했는데, 유럽의 해외 무역이 빠르게 늘어나면서, 항해에 쓰일 수 있을 만큼 간편한 시계에 대한 수요도 점점 커졌다. 지금 됴션 사회엔 그런 수요가 존재하지 않았다. 편리하고 정확한 시계에 대한 수요가 나오려면, 먼저 그런 시계가 발명되어 사회를 발전시켜야 했다. 바로 거기 어려움이 있었다. 과학 지식의 발전, 기술의 향상, 사회 제도의 진화, 그리고 경제 발전은 유기적으로 연결된 현상들이었고 어느 하나가 따로 발전할 수 없었다.

"보쇼셔. 여긔 믈받이애 믈이 다 차면, 세시이나이다. 믈이 하나토 없으면, 영시고, 다 차면, 세시이니이다. 나이 군사달할 잇글고 두 시간 걸위는 곳아로 떠났다고 생각하사이다. 두 시간 디나면, 나이 거느린 군사달콰 여긔 본진에 남안 군사달히 함끠 젹군을 긔습하기로 약명하얐다고 생각하사이다. 이 믈시계 없으면, 언제 두 시간이 다외얐난디 알기 어려울 새니이다. 그러나 이 믈시계 이시면, 확실히 알 수 이시나이다. 이 잣대 올아와 두시 금에 닿아면, 두 시간이 디난 것이니이다. 그러하야 본진애셔도 나와 함끠 같한 시각애 젹군을 틸 수 이시나이다. 므슴 녜아기인디 아시겠나니잇가?"

"녜, 원슈님. 이대 알겠압나니이다." 윤이 힘주어 고개를 끄덕이면서 대답했다.

누가 급히 들어오는 소리에 그는 돌아보았다. 슈군쳑후대대쟝 졍슈룡이었다.

"원슈님, 젹군이 많이 몰려오고 이시압나니이다." 졍이 숨찬 소리로 말했다.

가슴이 철렁했다. "젹군이?"

"녜, 원슈님. 셕셩 녁에셔 큰 군사이 와셔 우리 목책아로 달여오고 이시압나니이다."

"뎨이젼투단 앎아로 오나니잇가?"

"녜, 원슈님. 뎨이젼투단과 뎨삼젼투단 앎아로…… 젹군 군사달히 아조 많아셔……"

"가보사이다." 그는 조급한 마음으로 신을 신었다.

"사령님," 누가 동헌 앞마당으로 달려오면서 윤삼봉에게 외쳤다.

"므슴 일인가?" 윤이 대답했다.

"젹군이 몰여오고 이시나이다." 낯이 익은 병사였다. 동남방면군에 속한 쳑후 같았다.

"알았내." 윤이 그의 얼굴을 살폈다.

"가보쇼셔."

"녜, 원슈님. 챵의."

"림 대쟝, 연락병을 황칠셩 대쟝끠 보내쇼셔," 윤이 떠나자, 그는 마당에서 대기하던 림형복에게 말했다. "예비대랄 즉시 출동할 수 이시게 쥰비하라 니르쇼셔."

"녜, 원슈님. 이대 알겠압나니이다."

그의 지휘소가 자리 잡은 금셩산으로 말을 달리면서, 그는 자신을 꾸짖었다, '내가 일을 망치려고 작정했구나. 경적필패(輕敵必敗)라 했는데, 내가 지금……'

사태가 이렇게 위험해진 근본적 원인은 그가 관군을 얕잡아 본 것이었다. 그동안 싸울 때마다 이겨서 그가 자신도 모르는 사이에 오만해진 데다가, 이번에도 관군의 규모나 전투력이 예상보다 작다는 것이 드러나자, 관군을 얕잡아 보게 되었다. 당연히, 그는 모든 일에서 느슨해졌고, 그의 그런 태도는 지휘관들에게 영향을 끼쳤을 터였다. 관군이 으레 오후에 공격해서, 관군은 오전엔 움직이지 않는다는 생각이 어느 사이엔가 그의 마음속에 자리잡고 있었다. 방어션을 믿고서 격군의 동향을 살피는 수색대를 내보내지 않은 것도 그런 태도에서 나왔다.

아직 지키는 병사들이 없는 데이방어션을 지나면서, 그는 씁쓸한 웃음을 지었다. 그 방어션을 세우라고 지시했을 때, 그는 그 방어션을 실제로 지킬 일은 없으리라고 거의 확신했었다. 이제는 달랐다. 설령 관군의 일제 공격에 방어션 한쪽이 뚫려도 후방에 관군을 막아낼 방어션이 또 하나 있다는 사실은 그의 마음을 꽤나 든든하게 했다.

방어션 가까이 가자, 관군이 내는 함성이 들려왔다. 전면 공격이었다.

'내가 허를 찔렸구나.' 그는 관군이 전면 공격을 할 여유가 없다고 확신하고 있었다.

점백이를 끌고 금성산으로 오르면서, 그는 상황을 살폈다. 그의 생각대로, 관군은 챵의군 방어션의 전면에 대해 공격에 나선 것이었다. 북쪽 돝뫼에서부터 남쪽 필셔봉까지 보이는 곳마다 관군들이 몰려오고 있었다. 슈군쳑후대대장이 보고한 대로, 상황은 셕성에서 오는 길 쪽이 위험했다. 엄청난 병력이었다.

그를 보자, 채후신이 급히 내려왔다. "챵의."

"챵의. 엇더하나니잇가?" 가슴속에서 들끓는 자책과 두려움을 누르면서, 그는 웃음을 지어 보였다.

"젹셰 대단하압나니이다, 원슈님."

그는 고개를 끄덕였다. "더리 많안 격군이 갑작도이 어데셔 나타났난디 굼굼하나이다."

"아마도 증원군이 올아온 닷하압나니이다." 채가 조심스럽게 생각을 드러냈다.

수색대를 내보내지 않은 실수를 다시 자책하면서, 그는 고개를 끄덕였다. "그런 닷하나이다."

관군의 기세는 대단했지만, 방어션은 아직 버티고 있었다. 투석긔들은 열심히 셕탄을 쏘아 올렸고 궁슈들은 더 열심히 화살을 쏘았다. 라셩을 따라 세운 터라, 관군 병사들이 단숨에 목책을 넘기는 어려웠다. 그러나 관군이 워낙 많아서, 오래 버티기는 어려울 듯했다.

"아모리 하여도, 예비대랄 투입하난 것이 올할 닷하압나니이다." 시내를 따라 밀려오는 관군을 살피더니, 채가 조심스럽게 말했다.

"시방 예비대난 어디 이시나니잇가?"

"뎨삼경대의 이개 대대난 뎨이방어션 뒤헤 이시고 일개 대대난 뎌 앒애 이시압나니이다." 채가 금성산 남쪽 자락에 모인 병사들을 가리켰다.

그는 쌍안경을 들어 오른쪽 3젼투단과 5젼투단 지역을 찬찬히 살폈다. 3젼투단 정면으로 가는 관군들은 그리 많지 않았다. 5젼투단 정면은 보이지 않았지만, 지휘소가 있는 봉우리 위에선 특별한 움직임이 없었다.

"그러하면, 예비대랄 거긔 그대로 두는 것이 나알 닷하나이다.

내 생각애난 젹군이 길알 딸와 나오다 여긔로 몰이난 닷하나이다. 이러할 때 우리가 정면으로 막아셔면, 군사달히 브쭉한 우리가 밀리나이다. 뎨오젼투단 정면에는 젹군이 많디 아니한 닷하니, 나이 뎨오젼투단과 긔병대랄 잇글고셔 젹군 행렬을 티겠나이다. 그리하면, 우리 젹군을 앞뒤헤셔 협격할 수 이시나이다. 시방 방어션에션 병력으로 막알 때까장 막아보쇼셔. 그리하다, 만일 방어션이 뚫리면, 젹군을 무리하게 막디 마시고 여긔 진디를 디킈면셔 젹군을 투셕긔와 활로 공격하쇼셔. 젹군은 뎨이방어션에서 막아사이다. 나이 황칠셩 대쟝끠 사람알 보내 특공대랄 뎨이방어션에 투입하라 하겠나이다."

좀 밝아진 낯빛으로 채가 열심히 고개를 끄덕였다. "녜, 원슈님. 이대 알겠압나니이다."

"나이 뎨오젼투단과 긔병대로 젹군 행렬을 티면, 채 총독끠셔는 군사달할 모아 뚫린 방어션을 틀어막아쇼셔. 그리하면, 젹군은 세 동아로 난호일 새니이다. 목책 안아로 들어온 젹군은 도망할 대 없고, 목책과 뎨오젼투단 사이에 이시난 젹군은 앞뒤로 공격알 받알 새고, 뒤헤 이시난 젹군 듕군은 우리에게 에워싸인 저희 군사달할 도올 수 없을 새니이다."

채의 얼굴에 웃음이 번졌다. "녜, 원슈님. 이대 알겠압나니이다."

그는 고개를 돌려 셩묵돌을 찾았다. "셩 대쟝, 나이 명령셔를 써야 하난듸……"

"녜, 원슈님." 셩이 배낭에서 지필과 행연을 꺼냈다.

마음을 가다듬고서, 그는 종이에 썼다. '슈신 황칠성 대쟝. 삼개 특공졍대와 이개 궁슈대대룰 필셔봉 뒤 남녁 데이방어션으로 보내셔 디킈게 홀 것. 이 부대는 김을산 대쟝이 지휘홈. 이개 긔병졍대는 황 대쟝이 잇글고셔 데오젼투단 디역으로 나올 것. 원슈 리언오.' 그는 명령서를 림형복에게 건넸다. "림 대쟝이 일개 단대랄 잇글고셔 가쇼셔."

림이 떠나자, 그도 금셩산에서 내려와 바로 필셔봉으로 향했다. 동쪽에서 흘러 내려온 시내엔 축성을 할 수 없어서, 목책뿐이었다. 거세게 밀려오는 적군을 힘겹게 막아내는 병사들을 그는 간절한 마음으로 독려했다. '조금만 더 버티시오. 조금만 더······'

필셔봉 정상 데3젼투단 지휘소에서 살피니, 그의 상황 판단이 대체로 맞았음이 드러났다. 관군은 고개를 넘어 길을 내려오던 관성으로 금셩산과 필셔봉 사이를 공격한 것이었다. 그래서 수가 많았지만, 공격 정면은 그리 넓지 않았다. 데오젼투단 정면으론 아직 가는 군사들이 없었다.

그는 셕현공에게 부대 배치 상황과 자신의 공격 계획을 찬찬히 설명했다. 그가 이끈 데오젼투단과 긔병대가 관군의 행렬을 옆에서 공격하면, 데이젼투단과 데삼젼투단이 동시에 방어선의 뚫린 곳을 틀어막아서 관군을 세 동강 낸다는 작전 개념을 거듭 설명했다.

그가 데오젼투단 지휘소가 있는 필셔봉 남쪽 봉우리에 가까이 올랐을 때, 뒤쪽에서 함성이 올랐다. 돌아보니, 시내를 가로지른 목책이 무너지고 관군 병사들이 거센 물살처럼 시내를 따라 들어왔다. 챵의군 병사들이 산기슭으로 도망치고 있었다.

"챵의." 그를 보고 달려 내려온 박우동이 경례했다.

"챵의." 그는 답례하고 숨을 돌렸다.

박우동이 묻는 얼굴로 그를 살폈다.

"박 대쟝, 나이 반격에 나셔려 하나이다. 오젼투단안 목책알 넘어셔 방어션을 딸와 북녘으로 진군하야 젹군의 행렬을 녑구리에셔 틸 새니이다." 그는 손으로 가리켰다. "나이 오젼투단과 함끠 나아가겠나이다. 쥰비하쇼셔."

"네, 원슈님. 이대 알겠압나니이다." 박이 대답하고서 연락병들을 불러 모았다.

그는 뒤쪽을 살폈다. 특공대의 머리는 데이방어션에 이르러 그곳을 지키는 슈군들에 합류하고 있었다. 좀 뒤쪽에 궁슈들이 선 것을 보고서야, 그는 한숨을 내쉬었다. 일단 응급조치는 한 셈이었다.

황칠셩이 이끈 긔병대도 남쪽 강변에 닿아서 기다리고 있었다. 그는 다시 상황을 두루 살폈다. 데이방어션에 막힌 관군을 챵의군이 삼면에서 공격하고 있었다. 투셕긔 셕탄들과 화살들이 차츰 효과를 내서, 거세게 밀려오던 관군의 물살이 한풀 꺾인 모습이었다.

'역습에 나서기 딱 좋은 때구나.' 자신감이 다시 몸을 채우는 것을 느끼면서, 그는 산등성이를 타고 긔병대가 머문 곳으로 내려갔다.

긔병들을 보자, 그의 자신감은 훨씬 묵직해졌다. 그는 그런 자신감이 반가웠다. 지휘관의 정신 상태에 병사들은 예민하게 반응했다. 지휘관이 자신감을 내뿜으면, 병사들도 이내 자신 있게 행동했다. 지금처럼 많은 적군을 상대로 돌격해야 하는 상황에선, 그런 자신감은 결정적 중요성을 지녔다. 긔병들이 자신이 없어서 마지막 순간에 머뭇거리면, 충격에 의존하는 긔병의 돌격은 효과가 눈에 뜨이게 줄어들었다.

그는 황칠성에게 자신의 계획을 자세히 설명했다. 긔병들은 돌격해서 길을 따라 늘어선 관군의 행렬을 치고 북쪽으로 달려 나간 뒤, 백제 왕릉들이 있는 등성이의 왼쪽 골짜기에서 말을 돌려 다시 공격하는 것이었다. 관군이 완전히 둘로 나뉠 때가지 그렇게 공격을 반복하는 것이었다. 그사이에 5전투단이 방어선을 공격하는 관군을 뒤에서 칠 터였다. 2전투단과 3전투단이 뚫린 데일방어선을 제대로 틀어막아 준다면, 관군은 그의 희망대로 세 동강이 날 터였다.

그는 긔병들을 4열 종대로 편성했다. 가운데 두 열이 관군 행렬을 바로 치고 양옆의 두 열이 측면을 보호하도록 한다는 생각이었다.

출발하기 전, 말을 돌리고서 그는 열을 지어 말 옆에 선 병사들에게 외쳤다, "여러분, 오날 싸홈안 여러분들해게 달렸나이다. 시방 집애셔 기다리난 우리 식구들홀 위하야 용감히 싸호사이다. 아시겠나니잇가?"

"녜에에," 대답이 우렁찼다.

"황 대쟝," 그는 황칠성에게 손짓했다. "가사이다."

"녜, 원슈님." 황이 명령을 내렸다, "부대 승마!"

"부대 승마!" 긔병들이 복창하고 일제히 말에 올라탔다.

"부대 출발!" 황이 다시 외쳤다.

드디어 긔병대가 움직이기 시작했다. 그가 맨 앞에 서고, 양 옆에 황칠성과 성묵돌이 섰다. 긔병대 행렬은 작은 시내를 따라 5젼투단 정면을 바라고 올라갔다. 긔병들을 보자, 목책을 지키던 보병들이 환호했다.

그는 싱긋 웃었다. 어느 사회에서나 긔병대는 구원군을 뜻했다. 우세한 적군에 둘러싸여 위태로운 상황에서 들리는 긔병대의 나팔 소리에 '이제 살았다'고 사람들이 환호하는 장면은 영화에서 무수히 보았다. 그래서 서양에선 긔병대cavalry란 말이 위태로운 상황에서 나타난 구원군을 뜻하기도 했다.

'긔병대 가고 이시니, 죠곰만 더 버티시오.' 그는 방어션에서 힘겹게 싸우는 병사들에게 속으로 외쳤다.

박우동의 지휘 아래, 5젼투단 병사들이 목책 앞으로 나와서 대오를 짓고 있었다. 젼투단의 모든 부대들이 한꺼번에 움직이기엔 상황이 너무 위급했다.

그는 눈길이 마주친 박을 손짓으로 불렀다. 그리고 황칠성에게 그대로 진군하라고 이르고서 박에게로 다가갔다. "박 대쟝, 상황이 급하니, 쥰비다외얀 부대브터 몬져 보내쇼셔."

"녜, 원슈님. 이대 알겠압나니이다."

긔병대의 머리가 5젼투단과 3젼투단의 경계 가까이 갔을 때, 북쪽에서 야트막한 고개를 넘어 3젼투단 정면을 지나 관군 행렬이 급하게 내려왔다. 관군이 전투 정면을 늘리는 모양이었다.

3젼투단 병력에게 바로 앞을 지나는 관군 행렬은 공격하기 좋은 목표였다. 그래도 워낙 수가 많아서, 목책 너머의 챵의군과 싸우면서도 관군 행렬은 밀고 내려왔다. 마침 관군 행렬의 머리는 골짜기가 넓어진 곳으로 나오고 있었다.

그는 황을 돌아보았다. "팔렬 종대로 세우쇼셔. 격군을 티고셔 왼녁으로 돌게 하쇼셔. 틴 뒤헨 더긔셔 말알 돌려셔 다시 티사이다."

긔병대가 돌격하고서 왼쪽으로 도는 것은 상식이었다. 왼쪽으로 도는 것이 자연스러울 뿐 아니라, 오른손에 무기를 들었으니, 왼쪽으로 돌아야 자신들을 보호할 수 있었다.

긔병들이 팔렬 종대로 서는 모습을 그는 조급한 마음으로 지켜보았다. 지금 긔병대는 목책이 뚫린 곳으로 가야 했다. 여기서 싸움의 승패와 별 관련이 없는 관군들하고 싸우는 것이 그로선 답답할 수밖에 없었다.

대열이 갖추어지자, 그는 신호슈 리졍션을 돌아보았다. "리 졍병, 공격 군호랄 올이쇼셔."

빠르고 경쾌한 「경긔병 서곡」 가락이 나오자, 그는 칼을 빼어 들었다. "챵의구운."

"챵의구운." 긔병들의 함성이 묵직하게 따랐다.

갑자기 나타난 긔병들을 보자, 관군 군사들이 놀라서 혼란스러워졌다.

말들이 차츰 속력을 내면서, 그의 마음은 맑아졌다. 원슈로서 하는 계산들과 품는 걱정들은 말을 타고 돌격하는 긔병의 육체적 즐거움에 뒤로 밀려났다. 겁에 질려 흩어지는 관군 군사들을 짓밟고서 긔병대의 행렬은 나아갔다. 집 두어 채가 선 곳 바로 밑에서 그는 칼을 들어 왼쪽을 가리켰다. "왼녁으로!"

육중한 배처럼, 긔병대가 천천히 왼쪽으로 방향을 틀었다. 이어 원을 그리면서 다시 북쪽을 향했다. 돌격하는 긔병대의 충격에 관군 행렬은 무너져서 군사들이 뿔뿔이 흩어지고 있었다. 그사이에 박우동이 이끈 5전투단의 머리가 닿았다.

말들에게 숨을 돌린 시간을 준 다음, 그는 천천히 긔병대를 앞으로 이끌었다. 앞쪽에선 3전투단 병사들이 목책에서 나와 관군을 공격하고 있었다. 전투단장의 명령에 따른 조직적 공격이 아니라, 바뀐 상황에 병사들이 자연스럽게 반응하는 듯했다. 어쨌든, 반가운 일이었다.

고개에 올라서자, 한눈에 전황이 들어왔다. 관군은 빠르게 창의군 방어선 안으로 들어가고 있었다. 아마도 데이방어선이 뚫린 듯했다. 사태는 예상보다 위급했지만, 덕분에 이쪽으로 올라오는 관군의 수는 줄어들어서, 긔병대의 돌격은 수월해진 셈이었다. 돌아보니, 5전투단 병사들이 달려오고 있었다. 주력이 고개에 닿는 데 10분이면 될 듯했다. 보병과 함께 공격하는 것이 좋았지만, 지금 10분은 그냥 보내기엔 너무 긴 시간이었다.

"황 대쟝, 우리가 말알 돌릴 곳안 뎌긔 왕릉들 바로 왼녁이니이다. 왕릉들콰 마알 사이의 밭애셔 말알 돌리사이다."

"녜, 원슈님. 이대 알겠압나니이다."

"다시 팔렬 죵대로 세우쇼셔."

내리막길이라, 말들의 걸음은 자연스럽게 빨라졌다. 1킬로미터 가까이 되는 거리가 이내 좁혀졌다.

"리 졍병, 공격 군호랄 다시 올이쇼셔."

말을 달리면서 날라리를 부는 것이 쉬운 일이 아니었지만, 리경션은 들을 만한 가락을 뽑아냈다.

관군 행렬을 한 3백 미터 남겨두고, 그는 칼을 치켜들었다. "챵의구운."

"챵의구운." 복창하는 목소리들이 그를 밀었다.

"챵의구운." 그가 다시 외쳤다.

"챵의구운." 복창하는 목소리가 관군 행렬을 먼저 덮쳤다.

이어 긔병대가 행렬을 덮쳤다.

겁에 질려 웅크린 관군 병사 하나를 칼로 슬쩍 치고 이어 등을 보인 병사의 어깨를 칼로 슬쩍 쳤다. 그리고 길을 지나 밭 쪽으로 올라갔다. 천천히 원을 그리고서 돌면서, 살펴보니, 긔병대가 지나온 자리가 눈에 이내 띄었다. 긴 뱀의 허리가 잘린 듯했다.

대열이 다시 갖추어지자, 그는 다시 칼을 치켜들었다. "리 경병."

리경션의 날라리에서 다시 빠른 가락이 나오고, 그는 다시 외쳤다. "챵의구운."

"챵의구운." 복창하는 소리가 묵직하게 그를 떠밀었다.

"챵의구운." 다시 외치면서 그는 어쩔 줄 몰라서 주저앉는 관군 병사의 어깨를 슬쩍 찍었다.

긔병대의 공격에 대처하는 훈련을 받지 않은 보병 병사들이 느닷없이 옆에서 들이친 긔병대를 막아낼 길은 없었다. 온 길을 다시 올라가서 필셔봉 산자락 아래 밭에서 말을 돌리면서 살피니, 관군 행렬의 잘린 부분이 훨씬 늘어나 있었다.

긔병대가 다시 대오를 갖추었을 때, 고개 위에서 5전투단 보병들이 달려 내려왔다. "챵의구운." 그들이 내는 전투 함성이 싸움터에 묵직하게 퍼졌다.

8

숨을 돌리면서, 언오는 아래쪽을 내려다보았다. 멀리 불빛이 보였다. 작은 마을이 있는 모양이었다. 5리쯤 되어 보였다.

'이 시간에······' 그는 시계를 보았다. 10시 55분이었다. 여름철이긴 하지만, 기름을 아끼는 이곳에선 불을 켜놓기에 좀 늦은 시간이었다.

그와 함께 올라온 10특공정대 병사들이 아래쪽을 가리키면서 수군거렸다. 이곳은 금강을 따라 부여에서 석성으로 가는 길에 있는 고개였다. 북쪽의 태조봉(太祖峰)에서 금강 바로 옆의 파진산(波鎭山)까지 이어진 꽤 높은 산줄기를 넘는 고개였는데, 『신증동국여디승람』엔 백야현(白也峴)이라 나왔고 이곳 사람들은 회여고개라 불렀다. 고갯길을 내려가서 큰 골짜기를 따라 다시 5리를 가면, 목표인 석성현령이 나올 터였다. 3개 특공정대와 2개 궁슈대대만을 이끌고 관군 지휘부에 대한 기습 공격에 나선 참이었다. 근위병들을 합쳐도, 5백 명이 채 못 되었다.

　5전투단과 긔병대를 이끌고 시도한 그의 반격은 그가 기대한 효과를 냈고, 덕분에 챵의군은 크게 이겼다. 긔병대의 돌격과 뚫린 목책의 복구로 관군은 세 동강이 났다. 뒤쪽에서 밀려오던 관군은 물러나서 앞쪽의 관군을 돕지 못했다. 목책을 지키는 챵의군과 그가 이끈 챵의군 사이에 끼인 관군은 앞뒤로 공격당하자 견디지 못하고 흩어져서 북쪽으로 도망쳤다. 목책 안으로 들어온 관군은 챵의군의 포위를 뚫지 못하고 모두 죽거나 붙잡혔다. 죽은 자들은 확인된 숫자만 3백 명이 넘었고 붙잡힌 자들은 천 명이 넘었다. 반면에, 챵의군의 손실은 비교적 작았다. 14명이 죽고 56명이 다쳤다.

　참패한 관군은 군사들이 흩어져 혼란스럽고 사기가 떨어졌을 터라, 그는 바로 야간 공격에 나서기로 결정했다. 그가 특공대를 이끌고 적진으로 침투해서 적군 지휘부를 마비시키면, 전군이 공격에 나서기로 했다.

　먼저 판단해야 할 것은 적군 지휘부의 위치였다. 지금 관군의 최고 지휘관들이 환희원에 머물 가능성은 낮았다. 관군의 주력이 셕셩 쪽에서 왔으니, 지휘부도 셕셩 쪽에 있으리고 보는 것이 타당했다. 셕셩현엔 역이 없었고 원만 둘이 있었다. 슈탕현은 싸움터에서 너무 멀었고 림강원(臨江院)은 너무 가까웠다. 그래서 그는 셕셩현 텽에 적어도 주요 지휘관 한 사람은 머물리라고 판단했다.

　23특공졍대가 막 고개에 올라와서 숨을 돌리고 있었다.

　"명 대쟝," 그는 졍대쟝인 명준일에게 다가갔다.

　"네, 원슈님."

"나이 십 특공과 함끠 나려갈 새늬. 이십삼 특공은 졈 쉬었다 오쇼셔."

"녜, 원슈님. 이대 알겠압나니이다."

고갯길을 내려가자, 꽤 큰 마을이 나왔다. 길 안내를 맡은 병사는 탑골이라고 했다. 은진에서 셕셩으로 오는 큰길로 접어들어 5리쯤 내려가니, 현텽이 보였다. 셕셩현텽은 둘러싼 성이 없어서, 공격하기 쉬웠다.

시계를 보니, 23시 48분이었다. 예정대로 닿은 것이었다. 야습부대는 새벽 0시 30분까지 현텽을 장악하기로 되었다. 본진의 전면 공격은 1시에 시작될 것이었다. 윤삼봉이 이끄는 1젼투단과 채후신이 이끄는 2젼투단은 적군을 북쪽으로 밀어붙이면서 환희원을 장악할 것이었다. 이어 1젼투단은 북쪽 공쥬로 진군하고 2젼투단은 남쪽 셕셩으로 내려오기로 되었다. 박우동의 5젼투단은 동쪽으로 공격해서 셕셩으로 올 것이었다. 젼투단마다 긔병 1개 대대가 배속되었다. 셕현공은 부여류도대장(扶餘留都大將)으로 3젼투단을 이끌고 부여를 지키면서 싸움의 뒤처리를 할 것이었다. 관군 사망자와 포로가 많아서, 뒤처리가 간단치 않았다. 3젼투단의 주력이 공병이었고 셕현공이 이미 뗏목을 만드는 일에서 관리 능력을 보인 점을 고려한 것이었다. 작전의 기본 개념은 강력한 1젼투단과 2젼투단으로 관군 부대들 가운데 비교적 약한 경샹우도 관군을 먼저 깨트리고 공쥬까지 추격해서 분산시킨 뒤, 2젼투단과 5젼투단이 관군 주력인 전라도 군대를 협격한다는 것이었다.

5백 가까운 병력이 움직였지만, 셕셩현텽에선 그들이 가까이 온

줄 모르는 듯했다. 그는 지휘관들을 불러서 임무를 부여했다. 10특공은 현령의 동쪽에서 외삼문까지 맡았다. 23특공은 서쪽에서 외삼문까지 맡았다. 11궁슈 1대대가 그들을 지원했다. 그는 32특공과 11궁슈 3대대를 이끌고 현령 북쪽을 맡았다. 심항규가 이끄는 3대대는 홍쥬에서부터 특공대와 함께 야간 훈련을 한 터였다. 각 정대마다 특공대 1개 듕대와 궁슈 1개 단대로 이루어진 쳑후가 먼저 나아가서 살피고 초병들을 없애기로 했다.

특공 요원들은 높지 않은 북쪽 담을 가볍게 넘었다. 활시위 소리가 났다. 근위병들의 도움을 받아 그도 담을 넘었다. 살에 맞고 땅에 누운 초병들이 보였다. 그는 근위병들을 데리고 동헌으로 보이는 건물로 향했다.

동헌 앞에도 죽은 초병들이 있었다. 그는 성큼 마루로 올라섰다.

그 순간 방문이 열리면서, 누가 맨상투 바람으로 나왔다. 그의 손전등 빛을 받자, 그 사람이 팔로 눈을 가렸다.

"셩 대쟝."

성묵돌와 근위병 둘이 날쌔게 그 사람에게 다가가서 줄로 묶기 시작했다. 경언디의 조언도 있었던 터라, 그는 전라도 관찰사 허엽을 생포하기로 마음먹고 준비한 것이었다.

다시 그 사람 얼굴에 손전등을 비추면서, 그는 한 걸음 다가섰다. 술 냄새가 훅 끼쳤다.

두 팔이 뒤로 묶인 터라, 그 사람은 눈을 꼭 감고서 몸을 떨고 있었다.

"나난 호셔챵의군 원슈 리언오이압나니이다." 그는 부드러운 목소리로 말했다.

그 사람은 잠시 말이 없었다. 그가 손전등을 끄자, 그 사람이 삐걱거리는 목소리를 냈다. "쇼인안 도원슈 졍유길이압나니이다."

"도원슈?" 뜻밖의 얘기에 그는 자신도 모르게 되물었다.

"녜. 도원슈 졍유길이압나니이다."

9

"시방 여긔 튱청우도에 군사다안 관군은 없나이다. 우리 챵의군 뎨일젼투단안 여긔 환희원을 디나 공쥬로 나아간 뒤헤 니산알 졈령하얐나이다. 뎨오젼투단안 여긔 련산알 되찾았나이다." 언오는 붓대로 지도를 가리켰다. "이번에 튱청우도로 올아온 젼라도와 경상도의 군사달한 모도 흩어뎌 도망하얐나이다. 우리 챵의군에 잡히힌 군사 천 명을 빠혀놓고난, 쇼쟝이 다사리난 튱청우도 따해 군사다안 관군은 없나이다."

잠시 무거운 정적이 내렸다. 퍼붓는 빗발 소리가 빈자리를 채웠다.

"녜, 원슈님. 그러하압나니이다." 경언디가 가볍게 고개를 숙여 동의하면서 말을 받았다.

"녜, 원슈님. 그러하압나니이다." 경유길이 윗몸을 숙이면서 잠긴 목소리로 뒤따랐다.

"맞난 말쌈이시니이다." 허엽의 목소리엔 여유가 좀 있었다.

셕셩현텽에서 그는 도원슈 정유길과 전라도 관찰사 허엽을 붙잡았다. 챵의군에 뜻밖의 참패를 당하고, 충격과 두려움을 가라앉히려고 술을 들고 기생과 함께 자리에 들었다가 챵의군 특공대의 기습을 받자, 두 사람은 저항 한번 못 해보고 고스란히 줄에 묶였다. 게다가 챵의군의 야간 공격에 관군의 전열이 무너진 뒤, 보고하기 위해 달려온 전라도 병마우후(兵馬虞侯)도 사정을 모르고 현텽 안으로 들어왔다가 붙잡혔다. 경샹우도 병사(兵使)와 전라도 병사는 그대로 도망쳤다. 관군 지휘부가 완전히 마비된 것이었다.

챵의군의 야간 공격은 기대보다 성공적이었다. 낮에 참패한 데다 야간 전투의 경험이 없는 병사들로 이루어진 터라, 군악 소리를 내고 전투 함성을 지르면서 방어션을 나선 챵의군의 공격에 관군은 저항할 생각도 못했다고 했다. 윤삼봉이 이끈 1전투단은 룡뎐역 둘레의 경샹우도 관군을 깨트리고 공쥬를 거쳐 회덕현(懷德縣)까지 쫓아갔다. 관군들은 동쪽으로 도망쳐서 고향인 경샹도로 갔다고 했다. 윤삼봉은 내쳐 진잠현(鎭岑縣)까지 점령한 다음 런산현을 수복했다. 박우동이 이끈 5전투단은 전라도 관군의 저항을 깨트리고 셕셩현텽에 닿았다. 그래서 환희원에서 1전투단과 헤어져 남쪽으로 내려온 채후신의 2전투단은 적군의 저항을 받지 않았다. 셕셩현에서 만난 두 전투단들을 이끌고 그는 다음 날 이곳 은진으로 진군했다. 이어 박우동으로 2개 경대를 이끌고 니산을 수복하도록 했다. 이제 튱쳥우도 지역에 조직된 관군은 존재하지 않았다.

"이제 우리 챵의군은 전라도로 진군할 수 이시나이다. 이제 전

라도애도 우리 챵의군에 맞셜 군대난 없나이다." 그는 사무적인
어조로 말했다. 이 자리에 모인 사람들은 모두 아는 사실이었다.

"녜, 원슈님. 그러하압나니이다. 젼라도 군사달히 모도 흩어뎠
으니, 이제 젼라도애 우리 챵의군에 맞셜 만한 군대난 없압나니이
다. 쇼쟝의 소견에는 경샹도애도 군사다안 군사난 없을 닷하압나
니이다." 졍언디가 다짐하는 듯한 어조를 그의 말을 받았다.

"녜, 원슈님. 쇼쟝이 남안 군사달할 다 잇글고 와셔 젼라도 따해
난 군사달히 없압나니이다." 졍유길이 탄식하듯 말하고 고개를 무
겁게 수그렸다. 도원슈로 관군을 이끌고 와서 끝내 패배했다는 책
임이 감당하기 어려운 듯, 어깨가 처져 있었다.

"원슈님 말쌈대로 젼라도 따해난 챵의군에 대항할 군사이 없압
나니이다." 허엽이 담담하게 말했다.

관군 지휘관들을 문초해서 얻은 정보들로 그는 관군의 움직임을
소상히 재구성할 수 있었다. 한성에서 내려간 경군이 패하자, 됴뎡
에선 젼라도와 경샹도의 군대를 모두 동원하기로 했다. 졍유길을
도원슈(都元帥)로 삼고 젼라도 관찰사 허엽을 원슈로 삼아 진압군
을 지휘하도록 했다. 허엽은 원래 경샹도 관찰사로 발령이 났는데,
부임하는 길에 젼라도 관찰사로 직책이 바뀌었다고 했다. 졍유길
은 바로 진쥬(晉州)로 내려가서 경샹우도의 군대를 모아 젼쥬로 보
냈다. 경샹우도 군대가 예상보다 빨리 도착하자, 혀엽은 급히 젼쥬
진관과 남원(南原) 진관의 군사들을 모아 튱쳥도로 올라왔다. 이어
졍유길은 경샹도 관찰사 졍지연(鄭之衍)이 모은 경샹좌도 군사들
과 젼라도 남부 슌쳔(順天), 쟝흥(長興), 라쥬(羅州) 진관의 군사들

을 이끌고 올라온 것이었다. 허엽이 이끈 관군이 성과를 내지 못하던 차에 증원군이 오자 함께 나흘 전의 공격에 나선 것이었다. 셕성에서 아침 일찍 공격에 나선 덕분에, 관군은 기습적으로 챵의군 진지로 닥쳤고 크게 이길 뻔했었다.

"사졍이 그러하나, 쇼쟝안 챵의군을 잇글고 젼라도 따해로 진군할 마암이 없나이다."

세 사람이 동시에 고개를 들어 그를 쳐다보았다.

"뎌번에 님굼님끠 올인 샹소애셔 말쌈 올인 대로, 쇼쟝안 튱쳥우도 디경 밧가로 나갈 마암이 없나이다. 쇼쟝이 군사달할 잇글고셔 젼라도 따해로 들어가면, 님굼님끠셔 얼머나 근심이 크시겠나니잇가?"

세 사람이 동시에 고개를 끄덕였다.

"원슈님 말쌈이 지당하압시니이다." 그의 낯을 살피면서, 졍언디가 조심스럽게 말을 받았다.

"원슈님끠셔 그리 마암알 뎡하샸아니, 쥬샹 젼하끠셔 큰 근심알 덜었압나니이다." 졍유길이 말을 받았다.

그는 싱긋 웃었다. 졍유길은 아예 그의 얘기를 기정사실로 만들려고 하는 것이었다.

허엽이 눈치를 채고서 그를 따라 옅은 웃음을 얼굴에 올렸다. "원슈님끠셔 비범하신 분이시다난 것이야 쇼쟝도 이믜 알고 이셨압나니이다. 졍언디 군사이 원슈님의 높아신 뜻과 크신 덕을 쇼쟝달해게 이대 녜아기하야셔 쇼쟝달할 셜복하얏압나니이다. 그러하야도, 원슈님끠셔 이리 쥬샹 젼하끠 튱셩하실 줄은 몰랐압나니이다. 원슈님끠셔 그리하시면, 쥬샹 전하끠셔 크게 깃거하실 새압나니이다. 아울아셔 패군지장인 쇼쟝달토 죄이 졈 가벼워딜 새압나니이다. 원슈님, 참아로 감샤하압나니이다."

"두 분끠셔 쇼쟝의 마암을 잘 알아주시니 참아로 감샤하압나니이다. 쇼쟝의 뜻을 님굼님끠 말쌈 올이난 샹소랄 썼나이다." 그는 옆에 놓인 두루마리를 들어 서안에 펴놓았다. "도원슈끠셔 이 샹소랄 디니시고 한셩으로 올아가셔셔 됴뎡에 뎐해주쇼셔."

"아, 녜. 이대 알겠압나니이다."

"한번 닑어보쇼셔."

"녜, 원슈님." 경유길이 무릎걸음으로 서안 앞에 다가서서 두 손으로 방바닥을 짚고 읽기 시작했다.

이번 상소는 4월에 리졍란을 통해 올린 상소와 내용이 비슷했다. 다만, 안핵사가 이미 실정을 파악하고 돌아갔는데, 갑자기 전라도와 경상도의 군사들이 침공해서, 그와 튱쳥우도 신민들로선 당혹스럽다는 점을 덧붙였다. 불행 중 다행으로, 관군이 군기가 엄정해서 백성들이 해를 입지 않았다는 점을 언급했다. 이것은 물론 경유길과 허엽의 입장을 고려한 외교적 언사였다. 그리고 령의졍(領議政), 좌의졍(左議政), 우의졍(右議政)을 파면하라는 요구에 이번 출병의 책임을 물어 병조판셔(兵曹判書)도 함께 파면하라는 요구를 더했다.

세 사람이 긴 샹소를 읽을 동안, 그는 마루로 나왔다. 비가 시원스럽게 쏟아지고 있었다.

"원슈님, 로인알 쵸하얐압나니이다." 마루에서 문셔참모부 요원들을 지휘하던 하균이 보고했다.

"보사이다."

로인(路引)은 여행 허가증이었다. 병조에선 휴가를 받은 군사들에게 발행했고 호조와 지방 관청에선 세금을 거두려고 행상들에게 발행했다. 외국인들에게도 발행했으니, 일본의 사절이 한성으로 올라올 때는 그 노선(路線)을 기재한 로인을 먼저 발급받았다.

그는 하에게서 문서를 받아 읽어보았다. 왼쪽엔 한글로 적혀 있었고 오른쪽엔 한문으로 적혀 있었다.

로인(路引)

본 특별 로인을 소지혼 딕군수 강슈돌과 다른 칠백십일 인은 모도 호셔챵의군 슈군 군수돌힌바, 휴가롤 얻어셔 튱청우도이셔 젼라도의 고향이 다녀오눈 길이다. 호셔챵의군 원슈와 젼라도 관찰스 스이이 맺온 약됴이 똘와 이 로인을 발급ᄒ노라. 이 로인을 소지혼 자돌혼 각쟈 주갸 연쟝을 디닐 수 이시도다. 대쇼관원들혼 본 로인을 소지혼 쟈돌히 무스히 고향이 다녀올 수 이시게 도와주기 바라노라. 본 로인을 소지혼 쟈돌희 가권들도 함끠 뮐 수 이시도다.

긔묘 칠 월 십일 일
호셔챵의군 원슈 리언오
젼라도 관찰스 허엽
도원슈 졍유길

"이대 다외얏나이다. 하 부쟝."

"녜, 원슈님."

"두 쟝 더 맹갈아쇼셔."

그가 다시 방으로 들어와 자리에 앉자, 졍유길이 윗몸을 깊이 숙였다. "상소애 원슈님의 튱졍이 깊이 배어셔 쇼쟝달히 감복하얏압나니이다. 그리하시고 쇼쟝달희 쳐디까지 살펴주시니, 참아로 감샤하압나니이다."

"졍음으로 다외얀 글은 쇼쟝이 썼나이다. 한문으로 다외얀 글은 쇼쟝이 쓴 글을 다란 사람이 한문으로 옮겼나이다. 한문 글이 엇더하나니잇가?"

"그만하면, 이대 다외얏압나니이다." 졍유길이 대답했다.

다른 두 사람이 고개를 끄덕였다.

"뉘 원슈님 글을 진셔로 옮겼나니잇가?" 졍유길이 물었다.

"부여에 혼자 백제 력사랄 연구하난 사람이 이시난듸, 학문이 깊은 것을 보고 쇼쟝이 챵의군에 들어오라 권하얏나이다. 시방 긔록참모부에셔 일하고 이시나이다. 김몽룡이라고 김해(金海) 사람인듸, 그 사람의 증조부이 김일손 션생의 친족이라 무오사화에 연루될 뻔하얏다 하더이다."

"아, 그러하나니잇가?" 졍유길이 관심을 드러냈다. "문민공(文愍公)의 본관이 김해니, 맞난 녜아기인 닷하압나니이다."

"문민공은 김일손 션생의 시호이니잇가?"

"녜, 원슈님. 그러하압나니이다."

"문익공끠셔도 사화애셔 해랄 닙으셨는듸……" 경언디가 말했다.

"녜, 그러하샸나이다. 갑자사화애셔……"

문익공(文翼公)은 정광필(鄭光弼)의 시호였다. 그는 허엽에 대해 선 상당히 알았지만, 정유길에 대해선 아는 바가 없었다. 이름은 들어본 것도 같았지만, 기억에 남은 지식은 없었다. 그가 경언디 에게 정유길에 대해서 묻자, 경언디는 정유길이 얼마나 훌륭한 인 물인가 열심히 설명했다. 정유길은 명상(名相) 정광필의 손자로 장 원 급제했다고 했다. 정광필은 중종 치세에 령의정을 지냈는데 지 인지감(知人之鑑)으로 이름이 높았다. 정유길은 65세였다. 그가 도 원슈로 군대를 지휘하기엔 좀 많은 나이 아니냐고 묻자, 경은 잠시 생각하더니 정유길이 경상도 관찰사를 지냈다는 사실이 고려되었 을지도 모르겠다고 했다. 갑자사화 얘기가 나오면서, 정광필이 아 산에 유배되었다는 얘기가 나왔다. 그가 아산에서 태어났다는 얘 기를 하자, 모두 미소를 짓고 분위기도 한결 부드러워졌다.

"그 사람의 증조부이 학문은 하되 벼슬은 하디 말라는 유언을 남겼다 하더이다. 그러하야셔 그 집안사람달한 학문은 하되 벼슬 은 아니한다 하더이다."

얘기는 벼슬살이의 어려움으로 번졌다. 세 사람 모두에게 절실 한 주제라, 솔직한 얘기들이 오갔다. 서로 문득 가까워진 느낌이 들었다.

"그 김몽룡이라 하난 사람이 백제 력사애 대해 아난 것이 많다 고 소문이 났길래, 나이 그 사람애게 당유인원긔공비랄 안내해달 라고 쳥하얐나이다. 백제를 멸한 김유신 장군의 후손이 백제의 녯

도성 부여에서 백제 력사랄 연구하난 것이 묘한 인연이라고 그 사
람하고 함끠 웃었나이다."

그는 두루마리를 봉투에 넣어서 풀로 붙인 다음, 경유길에게 내
밀었다. "도원슈끠셔 님굼님끠 올여주쇼셔. 그리하시고 다란 사람
달해게도 됴히 녜아기하셔셔 또 군사달히 뮈난 일이 없다록 하야
주쇼셔."

"녜, 원슈님. 원슈님의 뜻을 받잡아 쇼쟝의 힘까장 노력하겠압
나니이다." 졍이 다시 무릎걸음으로 나와 봉투를 받아 들었다.

쉽게 점령할 수 있는 전라도로 진군하지 않기로 결정하기까지
그는 번민했다. 하루에도 여러 번 생각이 바뀌었다. 승세를 몰아
전라도로 들어가고 싶은 유혹은 누르기 힘들 만큼 컸다. 전라도는
지금 그가 차지한 튱청우도보다 세 곱절 컸다. 전라도를 차지하면,
그는 됴션 됴뎡이 모을 수 있는 어떤 군대도 막아낼 수 있었다. 전
라도를 잘 다스리면, 됴션 전체를 차지할 힘도 기를 수 있었다.

그러나 한번 튱청우도 지경을 벗어나 전라도로 들어가면, 됴션
됴뎡과 타협하기는 어려울 터여서, 끝장을 보아야 하는 싸움이 벌
어질 것이었다. 많은 사람들이 죽거나 다치고 모두 괴로움을 겪을
것이었다. 지배 계급인 양반과 왕조에 충성하는 사람들이 끊임없
이 모반할 터이니, 그는 아주 압제적인 통치에 의존하게 될 것이었
다. 사태가 위급해지면, 됴션 됴뎡은 종주국인 명(明)에 구원병을
요청할 터였으므로, 명군과의 전쟁도 각오해야 했다. 다시 됴션을
넘보는 북쪽의 여진족과 남쪽의 일본은 틀림없이 허술해진 국경을
넘어 쳐들어올 것이었다. 열세 해 뒤에 임진왜란이 일어날 상황에

서, 확전은 합리적 선택이 아니었다.

무엇보다도, 이 세상의 전통적 이념과 제도를 깊이 받아들인 사람들이 그의 통치에 정당성을 부여할 것 같지 않았다. 유교적 이념은 이 사회의 모든 문물들에 스며 있어서 사람들의 의식을 지배했다. 그런 상황에서 그가 퍼뜨리려는 현대적 지식들은 거센 저항을 만나고 미움을 받을 것이었다. 따라서 튱청우도를 넘어 그의 영역을 늘리는 것은 새로운 지식을 퍼뜨린다는 그의 목적을 해칠 가능성이 높았다. 애초의 계획대로 튱청우도에 머물러 잘 다스린다면, 사람들은 그가 펼친 새로운 사회와 전통적 사회를 비교하게 되고, 보다 나은 것으로 보이는 새로운 지식을 별다른 저항 없이 받아들이게 될 터였다.

마침 지금은 외교적 접근에 더할 나위 없이 좋았다. 전라도와 경상도의 군대를 크게 깨트린 터라, 그는 군사적으로 압도적 우위를 누렸다. 당연히, 외교적 접근은 효과를 볼 터였다. 약한 상황에서 외교에 나서는 것은 효과를 기대하기 어려운 법이었다. 그래서 그는 먼저 외교적으로 접근해보기로 결정한 것이었다. 비록 모든 상황들에 무력으로 대처하는 것을 배운 군인이었지만, 그는 자신이 역사 공부를 통해서 외교에 대해 알 만큼 안다고 믿었다.

"그리하시고 관찰사끠션 젼쥬로 돌아가쇼셔."

그의 말뜻을 선뜻 알아듣지 못한 허엽이 그를 쳐다보았다.

"관찰사끠셔 오래 감영을 븨워놓아샷아니, 사람달히 걱뎡할 새니이다. 흩어딘 군사달히 몬져 돌아갔아니, 인심이 더욱 불안할 새니이다."

그의 말뜻을 알아들은 허의 얼굴에 놀라움과 반가움이 어렸다.

"원슈님, 참아로 감샤하압나니이다."

"우리 챵의군에 잡히인 젼라도 군사로브터 관찰사 셩함알 들었나이다. 그러하야셔 나이 졍언디 군사끠 물었나이다. 허엽이라난 사람이 새로 젼라도 관찰사 다외야셔 군사달할 잇글고 올아오난듸, 엇디해야 됴할 새니잇가. 졍 군사끠셔 말삼하샸나이다, 초당안 일셰의 인재니, 죽어셔보다난 살아셔 원슈님끠 쓸모이 이실 새압나니이다. 시방 관찰사끠셔 겨실 곳안 여긔 아니라 젼쥬이니이다. 이 비 긋치면, 츌발하쇼셔."

"녜, 원슈님. 원슈님 은혜 백골난망이압나니이다." 허가 윗몸을 깊이 숙여 인사했다.

"시방 챵의군에 잡히인 관군 군사달히 모도 쳔 삼백이니이다. 그 가온대 상쳐이 깊어셔 걷디 못하거나 챵의군에 들어오겠다고 한 사람달히 류백 즈음 다외나이다. 그러하야셔 칠백 명이 이리로 오고 이시나이다. 어젯밤애 셕셩현에 머믈렀는듸, 오날 비 오셔셔, 졈 늦는 닷하나이다. 그 사람달히 여긔 니르르면, 관찰사끠셔 잇그시고셔 돌아가쇼셔. 남아지 사람달한 상쳐이 낫난 대로 젼쥬로 돌려보내겠나이다."

"녜, 원슈님. 감샤하압나니이다."

"셩 대쟝, 하 부쟝끠 물어보쇼셔, 나이 맹갈라고 한 문셔 다외얐난디."

셩이 나가더니, 로인 셕 쟝을 들고 들어왔다.

"이것은 로인이니이다." 그는 종이를 셔안에 펼쳐놓았다. "디난

삼월에 챵의군은 아산 공셰곳창애셔 조운션단알 얻었나이다. 법셩
보애셔 올아온 배달히었나이다. 그때 조운션을 브리던 조졸달한
쌀과 배랄 잃고셔 엇디할 수 없어셔, 챵의군에 들어오라난 쇼쟝의
권유를 딸았나이다. 때 다외면, 고향애 가게 하겠노라 언약하얐난
듸, 이제 관찰사끠셔 돌아가시니, 그 사람달할 다리고 가쇼셔. 법
셩보까장 갔다 돌아올 수 이시다록 하야주쇼셔."

"녜, 원슈님. 이대 알겠압나니이다." 로인을 살펴더니, 허엽이
고개를 끄덕였다. "쇼쟝이 여긔 슈결을 두면 다외겠압나니잇가?"

"녜. 쇼쟝이 몬져 슈결을 두겠나이다." 그는 벼루에서 붓을 들어
수결을 두고 허에게 넘겼다.

허가 수결을 두더니, 졍유길을 돌아보았다. "도원슈님끠셔도 슈
결을⋯⋯"

"아, 녜." 졍이 먼져 수결을 두고서 로인을 읽더니, 빙그레 웃었다.

그의 묻는 눈길을 보더니, 졍이 말했다. "호셔챵의군이 그리 강
한 사정을 이제야 알 것 같하압나니이다."

"나이 이리 일알 셔두르는 것은 젼라도 관찰사이 젼라도로 돌아
가난 길에 우리 군사달히 함끠 가난 것이 여러모로 됴키 때문이나
이다. 시방 관찰사난 큰 군사랄 잇글고 올아왔다 싸홈에 참패하야
갓가사로 살아셔 돌아가나이다. 수행하난 군사달한 계요 우리 챵
의군에 잡히얐다 플려난 몇백뿐이니이다. 도원슈와 관찰사의 항렬
티고난 초라하나이다. 그러할 새 우리 군사 몇백이 젼쥬까장 수행
하면, 사람달히 보기애도 됴하니, 관찰사도 깃거할 새니이다. 내

종애 므슴 탈이 삼겨도, 관찰사이 나셔셔 일알 묘히 쳐티할 새니이다. 므슴 녜아기인디 아시겠나니잇가?" 간곡히 말하고서, 언오는 앞에 앉은 사람들을 둘러보았다.

"원슈님 깊으신 뜻을 쇼인달히 믿쳐 혜아리디 못하얏압나니이다." 군사(軍師) 리형손이 윗몸을 깊이 숙이면서 대답했다.

다른 사람들이 따라서 몸을 굽혀 리의 말에 동의했다.

그는 법성보 조졸들이었던 병사들의 귀향에 대해 조졸들의 우두머리였던 사람들에게 얘기하는 참이었다. 조졸들은 여러 부대들로 나뉘어 있었다. 조졸들이 무슨 일을 꾸미는 것을 막으려고 그는 늘 마음을 썼다. 그래서 김항텰이 이끄는 동북방면군에도 조졸 출신 병사들이 적지 않았다. 그들을 불러서 함께 떠나도록 하려면, 열흘 넘게 걸릴 터였다. 금강 남쪽에 있는 사람들만 먼저 젼라도 관찰사와 함께 보내고 금강 북쪽에 있는 사람들은 나중에 따로 보내는 것이 현실적이라고 그는 판단했다. 조졸들을 거느렸던 사람들은 물론 생각이 달랐다. 함께 배를 탔던 사람들을 남겨놓고 떠날 마음이 나지 않을 터였다.

"여긔 로인이 석 쟝 이시나이다. 내죵애 떠날 사람달토 탈 없이 고향아로 돌아갈 수 이시나이다."

"녜, 원슈님. 이대 알겠압나니이다." 리가 사람들을 둘러보았다. "나이 생각애난 원슈님끠셔 깊이 혜아리샷아니 말쌈대로이 딸오난 것이 올할 샌듸, 자내달한 생각이 엇더한가?"

"녜. 쇼인도 만호님 말쌈대로이 원슈님의 뜻을 딸오난 것이 올타 생각하압나니이다." 조운션단의 항슈였던 딕군사(直軍師) 강슈돌이 받았다. 다른 사람들이 열심히 고개를 끄덕였다.

"하 부쟝, 시방 금강 남녁에 이시난 법셩보 사람달히 모도 몇이 니잇가?"

"법셩보 츌신 군사달한 모도, 리 군사님과 강 딕군사님을 포함하야, 칠백십륙 인이 아았삽나니이다. 그 가온대 오 인이 탈영하고 오 인이 젼사하야 현원은 칠백륙 인이압나니이다. 다시 그 가온대 금강 남녁 부대달해 소쇽다외얀 사람달한 사백이십 인이압나니이다. 남아지 이백팔십륙 인은 금강 북녁에 이시압나니이다," 하균이 매끄럽게 보고했다.

"사백이십이라……" 그는 소리내어 생각했다. "그러하면 이개 졍대로 편셩하야 떠나개 하면 다외얄 새니이다. 하 부쟝."

"녜, 원슈님."

"시방 금강 남녁에 이시난 부대달해 뎐하쇼셔, 법셩보 사람달히 고향애 다녀올 수 이시게 이리로 보내라고."

"녜, 원슈님. 이대 알겠압나니이다."

"그리하고…… 신 대쟝하고 김 대쟝."

"녜, 원슈님," 19운슈졍대 3대대쟝 신경환과 5대대쟝 김관이 대답하고서 자세를 바로 했다. 두 사람은 도사공이었었다.

"두 분끠셔는 부대로 돌아가셔셔 삼대대와 오대대의 법셩보 사람달할 잇글고 이리로 오쇼셔. 대대의 술위들흔 모도 가져오쇼셔."

"녜, 원슈님. 이대 알겠압나니이다," 신경환이 대답했다.

"원슈님, 사람안 법셩보 사람만 다려오고 술위는 모도 가져 오라난 말쌈이압시니잇가?" 김관이 조심스럽게 물었다.

"그러하나이다. 이번에 고향애 가난 사람달로 운슈졍대 둘을 편성할 생각이니이다. 술위들히 이셔야, 운슈졍대랄……" 그가 얼굴에 웃음을 띠자, 사람들이 따라서 미소를 지었다.

"하 부쟝, 군령을 내릴 새니, 받아 뎍으쇼셔."

"녜, 원슈님." 하균이 행연을 꺼내 앞에 놓았다.

"법셩보 원졍군 사령 딕군사 부위 강슈돌. 뎨삼십오운슈졍대쟝 졍사 신경환. 뎨삼십륙운슈졍대쟝 졍사 김관."

"원슈님, 감샤하압나니이다." 세 사람이 몸을 깊이 숙여 인사했다.

"그리하고…… 이번에 법셩보에 닫녀오난 군사달한 원래 조졸 달히었는듸, 갑작도이 배와 쌀알 챵의군에 앗겨셔, 큰 손해랄 보았나이다. 나이 늘 그 졈을 미안히 생각하얐난듸, 이번에 고향애 돌아가게 다외얐아니, 죠곰이라도 보샹알 하난 것이 도리이니이다. 그러하야셔 군사마다 오십 문을 지급하겠나이다. 큰돈안 아니디만, 고향애 빈손아로 가난 것보다난 나아리라난 생각애셔……"

사람들의 감사 인사가 길었다. 사람에겐 역시 돈이 제일 반갑다는 생각이 들어, 그는 속으로 야릇한 웃음을 지었다.

"그러하면, 일이 밧바니, 바로 시행하쇼셔."

사람들이 인사하고 일어서자, 그는 리형손에게 말했다. "리 군사, 나이 드릴 녜아기 이시니, 잠시……"

리가 다시 앉자, 그는 은근한 어조로 말했다. "리 군사, 나이 리 군사의 쳐디 늘 마암에 걸위었나이다. 마참 도원슈와 전라도 관찰사이 젼라도로 돌아가니, 리 군사끠셔도 동행하난 것이 엇더할디 모라겠나이다. 리 군사끠셔 조운션단알 호송하디 못한 책임안 가볍디 아니하겠디마난, 이믜 챵의군과 싸혼 관군달히 모도 패하얏 아니, 리 군사랄 책할 사람안 드믈 새니이다. 나이 도원슈와 젼라도 관찰사애게 리 군사의 사정알 녜아기하리다. 차졔에 두 쟝슈를 젼쥬까지 뫼시고 가면, 공이 젹지 아니할 새니이다."

리의 얼굴에 서글픈 웃음이 스쳤다. "원슈님 고마오신 말쌈 참아로 감샤하압나니이다. 쇼쟝의 쳐디까지 이리 마암 써주시니……" 리의 목소리가 탁해졌다. "원슈님의 은혜 백골난망이압나니이다." 리가 두 손으로 방바닥을 짚고 몸을 숙여 인사했다. "그러하오나 쇼쟝안 돌아갈 곳이 없압나니이다. 법셩보 만호 자리난 이믜 다란 사람이 맛닸알 새압나니이다. 도원슈와 젼라도 관찰사끠셔 극력 변호해주시면, 죄랄 면할 수는 이실 새디마난, 쇼쟝이 벼슬할 길안 이제 끊어뎠압나니이다."

그는 무겁게 고개를 끄덕였다. 아마도 리 자신의 판단이 옳을 터였다.

"원슈님, 쇼쟝의 일로 너모 마암 쓰시디 마시압쇼셔."

"리 군사의 가권이 목보(木浦) 우슈영(右水營) 근쳐에 겨시다 하얏나이다?"

"녜, 원슈님."

"사람알 보내셔 리 군사의 가권을 모셔오난 것은 엇더하나니잇가?"

리가 잠시 생각했다. "그리할 수만 이시다면, 쇼쟝으로셔야 더 바랄 것이 없압나니이다."

"신경환 대쟝이 일알 이대 쳐티하니, 나이 신 대쟝애게 니르겠나이다. 신 대쟝과 샹의하샤, 가권을 모셔오도록 하쇼셔."

"원슈님, 감샤하압나니이다. 참아로 감샤하압나니이다."

"나이 생각애난 이 싸홈이 오래가디난 아니할 새니이다. 이 싸홈이 긋치면, 배랄 많이 맹갈아셔 고기랄 잡알 생각이니이다. 녀름 짓난 따히야 얼머 늘리디 못하디마난, 바다해 고기난 얼머든지 이시니, 사람달히 늘어나도 먹고살 수 이시나이다. 그리 바다로 나아가면, 리 군사텨로 바다랄 잘 아난 사람달히 할 일이 많이 이실 새니이다. 만호 벼슬만이야 못하겠디마난, 모도애게 됴한 일이니, 어려우시더라도 나랄 믿고셔 졈 기다려주쇼셔."

10

"두 분끠셔 하신 일안 참아로 장하나이다. 두 분끠셔 젹군의 움
즉임을 일쪽 알외오신 덕분에 우리 챵의군이 미리 대비할 수 이셨
나이다. 다시 한 번 두 분끠 치하 말쌈알 드리나이다." 언오는 고
마움을 담아 간곡히 말했다.

그의 치하에 당황했는지, 두 사람이 서로 흘긋 쳐다보더니, 몸을
숙였다.

"원슈님, 감샤하압나니이다." 사내가 가까스로 인사를 차렸다.

"두 분의 공알 기려셔 청셩무공훈쟝알 드리려 하나이다." 그는
자리에서 일어섰다.

다른 사람들이 황급히 따라 일어섰다.

문셔참모부쟝 하균이 그에게 표챵쟝을 바쳤다. 그리고 유재영
을 그의 앞에 세웠다. "몬져 딕병 유재영에 대한 표챵이 이시겠압
나니이다. 표챵쟝. 쳑후참모부 쳑후졍대 뎨일대대 뎨삼듕대 뎨삼

단대 딕병 유재영. 귀하난 긔묘년 칠월의 텰옹성 작전에셔 큰 공알 셰웠도다. 귀하의 공격에 보답하져, 호셔챵의군은 귀하애게 청셩 무공훈쟝알 수여하고 부병의 품계를 부여하노라. 긔묘년 칠월 십이일 호셔챵의군 원슈 리언오.”

그는 유에게 표챵쟝을 내밀었다. 이어 훈쟝과 품계쟝을 건녔다. 그가 손뼉을 치자, 사람들이 따라서 손뼉을 쳤다.

“다암안 딕병 셕순임에 대한 표챵이 이시겠압나니이다. 셕딕병 은 원슈님 앒애 셔쇼셔.”

셕순임이 수줍어서 달아오른 얼굴로 그와 마주셨다.

하균의 낭독이 끝나자, 그는 그녀에게 표챵쟝을 주고 이어 훈쟝 과 품계쟝을 건녔다.

유재영과 셕순임은 20대 후반의 부부였다. 집은 셕성에 있었고, 강경보(江景浦)에서 어물을 받아 전라도 고을들에 파는 행상이었 다. 지난 5월 윤삼봉이 이끈 군대가 셕성을 점령하고 군사를 모집 했을 때, 유가 응모해서 챵의군에 들어왔다. 전라도 삼례에 쳑후를 보내라는 그의 지시를 받고 윤삼봉이 사람을 찾았을 때, 유의 부부 가 윤의 눈에 띄었다. 남편은 새우젓 독을 지고 아내는 어물 광주 리를 이고서 함께 전라도 북부 고을들을 돌았다. 그리고 이번에 전 쥬에 관군들이 모인다는 정보를 맨 먼저 챵의군에 전했다. 며칠 전 관군이 참패했다는 소식이 전해져 흉흉해진 전라도 인심을 보고하 러 올라온 것이었다. 그들의 신분이 알려져서 좋은 일은 없을 터이 므로, 그는 그들을 따로 내아로 불러 만난 것이었다.

“젹군이 엇더한디 아난 것은 매오 죵요롭나이다.” 다시 자리에 앉자, 그가 말했다. "『손자병법』에도 '격을 알고 나랄 알면, 백번 싸화 백번 이긘다'고 하얐나이다. 이번에 두 분끠셔 격군이 젼쥬로 모호인다난 것을 일쯕 알외오신 덕분에 우리 이대 쥰비햐야 크게 이긔얐나이다. 참아로 공이 크나이다. 감샤하압나니이다."

그가 윗몸을 가볍게 숙이자, 두 사람이 당황해하더니, 급히 일어나 절을 했다.

"편히 앉아쇼셔," 맞절을 하고서, 그는 말을 이었다. "격군의 움즈임을 미리 알아야 하니, 두 분텨로 격진 깊숙이 들어가셔 살펴난 사람달이 이셔야 하나이다. 그런 사람달한 당연히 쟈갸 신분을 감초아야 하나이다. 그런 사람달히 뉘인디 밧가로 새어 나가면, 아니 다외나이다. 그러하니, 황 대쟝이나 하 부쟝텨로 그러한 일알 하난 사람달한 비밀히 하여야 하나이다. 므슴 녜야기인디 아시겠나니잇가?"

"녜, 원슈님. 이대 알겠압나니이다."

"하 부쟝."

"녜, 원슈님."

"이제브터는 여긔 유 부병이나 셕 부병텨로 비밀한 임무를 맞단 사람달해 관한 문셔들흔 모도 비밀로 하쇼셔. 빨간 쥬인을 찍어셔, 따로 보관하고, 꼭 보아야 할 사람달만 보도록 하쇼셔."

"녜, 원슈님. 분부하신대로이 거행하겠압나니이다."

"황 대쟝."

"녜, 원슈님," 황구용이 몸을 앞으로 내밀고 그를 살폈다.

"시방 경긔도애도 비밀 쳑후이 나가 이시나이다?"

"녜, 그러하압나니이다."

"그러한 비밀 쳑후들흘 따로 모아셔 특별 듕대랄 맹갈아쇼셔. 경긔도와 전라도에도 두어 조랄 더 보내고, 튱쳥좌도에도 차졔에 한 조랄 내보내쇼셔."

이제 그가 다스리는 지역은 실질적 국가였으므로, 비밀 첩보 조직이 필요했다. 미국의 중앙정보국CIA, 영국의 군사정보국 6부 MI6, 그리고 이스라엘의 모사드Mossad와 같은 기구가 필요했다. 그렇게 유명하고 큰 조직들과 비교하는 것은 우스꽝스러웠지만, 그가 지금 황구용에게 만들라고 지시한 것은 그것들과 본질적으로 같은 조직이었다. 사회가 존속하려면, 어두운 일들을 하는 기구들이 있어야 했다. 감옥도 비밀 정보 조직도, 심지어 암살 조직도 필요했다.

"녜, 원슈님. 이대 알겠압나니이다."

내아에서 나오다 돌아보니, 셕슌임이 한 녀군에게서 갓난애를 받아 등에 업고 있었다. 그는 돌아서서 그녀에게 다가갔다. "셕 부병."

"녜, 원슈님." 허리를 굽히고 포대기 끈을 매면서, 그녀가 황급히 대꾸했다.

"갓난아기랄 업고셔 쟝사하시나니잇가?"

"녜, 원슈님. 아직 집애 떼어놓고 나올 나이 못 다외야셔……"

갓난애를 업고 어물 광주리를 이고 먼 고을로 장사를 다니는 여인의 모습이 눈앞에 떠오르면서, 가슴이 아릿해왔다. "셩 대쟝."

그의 뜻을 알아차린 셩묵돌이 주머니에서 가죽 지갑을 꺼냈다.

"삼십 문을······"

셩이 십 문짜리 쌀어음 셕 장을 그에게 건넸다.

"나라 위해 일하시난 어마 등에서 자라느라, 아기 고생이 만하 나이다." 그는 아기를 얼렀다.

순한 녀석인지, 낯을 가리지 않고 벌쭉 웃었다.

"셕 부병, 츄셕이 얼머 남디 아니하였난듸, 나이 아기애게 옷이나 한 벌 선사하려 하니, 이것을 받아쇼셔."

석불(石佛)은 기억 속의 모습 그대로였다. 머리가 너무 크고 몸통은 작은 비사실적 구도, 표정 없는 얼굴, 그저 원통형인 채 거의 다듬어지지 않은 몸통, 정성도 솜씨도 너무 부족한 모습이었다. 무척 크다는 점만 아니면, 누구도 눈여겨볼 불상은 아니었다.

언오는 가벼운 한숨을 내쉬었다. 어쩌면 그렇게 거친 작품이기에 세월을 잘 견디는지도 몰랐다. 바람과 서리는 오히려 거친 모습을 다듬어줄 수도 있었다.

갖가지 감정들이 들끓는 가슴으로 그는 석불을 올려다보았다. 5백 년의 세월을 거슬러 찾은 지금, 그래도 은진미륵(恩津彌勒)이라 불려온 이 석불엔 21세기엔 없었던 무엇이 있었다. 압제받고 가난한 사람들의 절절한 염원을 상징하는 미륵불과 보살이 몸을 갖춘다면, 이렇게 거친 모습을 할 터였다. 직업적 예술가들의 능숙한 손길로 정교하고 아름답게 빚어지지 않을 터였다.

문득 석불 안에 고인 무슨 힘이 뿜어 나와 그의 몸속으로 들어오는 느낌이 들었다. 한동안 그는 눈 감고 그대로 서서 거대한 석상이 주는 힘을 받아들였다. 멈췄던 숨을 내쉬면서, 그는 이마의 진 땀을 손등으로 훔쳤다. 무엇이 씻겨 나간 듯, 마음이 맑게 느껴졌다. '달라진 것은 석불이 아니라 나 자신일지도 모르지……'

새벽까지 내리던 비가 차츰 멎었다. 마음이 무거웠던 터라, 그는 점심 먹고서 바람을 쐬러 현령을 나섰다. 근위병들과 긔병 1개 대대만을 데리고 나섰다. 마침 관촉사(灌燭寺)가 가까운 곳에 있었다. 그러고 보니, 절에 가서 예불하는 것이 무겁고 지친 마음을 맑게 하는 데 가장 나을 것도 같았다.

큰 싸움이 끝나고 흥분되었던 마음이 차츰 가라앉자, 많은 사람들이 죽고 다쳤다는 사실이 마음에 검은 구름으로 덮이기 시작했다. '례산현텽 싸홈'에서 한꺼번에 백 명 넘는 사람들이 참혹한 죽음을 맞았는데, 이번엔 관군 몇백 명이 단 한 차례 전투에서 죽은 것이었다. 그동안 이어진 싸움들에서 사람들이 죽고 다치는 것을 보아왔지만, 죽고 다친 사람들을 대하는 것은 좀처럼 익숙해지지 않았다. 자신에게 인정하지 않으려 애썼지만, 마음 한쪽으론 점점 견디기 어려워졌다. 그런 심리 상태는 군대를 이끈 지휘관에겐 치명적 위험이었다. 지휘관은 사람들의 죽음과 아픔을, 심지어 자신이 거느린 병사들의 죽음과 아픔까지도, 냉정하게 바라보아야 했다. 나폴레옹처럼. 그는 알았다, 자신이 결코 나폴레옹이 될 수 없다는 것을. 군사적 재능이 부족해서 그런 것만은 아니었다.

'보살의 간절한 서원을 이루는 일이 어찌 쉽겠는가?' 그는 자신을 다그쳤다. '누군가의 희생이 따르지 않는 개혁이 있을 수 있겠는가?'

뒤쪽에서 근위병들이 움직이는 소리가 마음속으로 들어왔다. 돌아보니, 불승들이 다가오고 있었다.

그는 몇 걸음 앞으로 나아가서 합장했다. "나무아미타불. 나무관셰음보살."

앞에 선 불승이 걸음을 멈추고 서두름이 없는 몸짓으로 합장했다. "나무아미타불. 나무관셰음보살. 어셔 오쇼셔."

"쇼쟝안 리언오라 하압나니이다."

"녜, 원슈님. 원슈님 높아신 명셩은 이믜 들었압나니이다. 이리 찾아주시니, 황숑하압나니이다. 쇼승은 령규라 하압나니이다."

'령규'란 이름에 그의 마음속 어둑한 기억 한 토막이 한순간 흔들렸다. "이리 뵈압게 다외야셔 깃브압나니이다. 쇼쟝이 례불하고져 이리 찾아왔압나니이다."

"아, 그러하시나니잇가?" 불승의 얼굴이 환해졌다. 기골이 장대하고 이목구비가 뚜렷해서, 부처보다는 사천왕에 가까운 모습이었다. "그러하시면 이리 오쇼셔."

함께 법당으로 가면서, 그는 '령규'란 이름이 건드린 기억을 조심스럽게 뽑아냈다. 령규(靈圭)는 임진왜란에서 활약한 승병쟝(僧兵將)이었다. 왜란이 일어나자, 승병을 모아 의병장 죠헌(趙憲)과 함께 왜군과 싸웠다. 처음엔 이겨서 청쥬를 수복했으나, 금산(錦山) 싸움에선 패해서 죽었다. 그때 죽은 조선인들의 무덤인 금산 칠백의총(七百義塚)은 그도 참배한 적이 있었다. 그는 지금 함께 걷는 스님이 임진왜란에서 활약한 승병장임을 확신했다. 비범한 풍모는 장수감이었고 나이도 맞았다. 지금 튱쳥도에 같은 법명을 지닌 사람이 또 있을 가능성은 없었다. 지금 40대로 보이니, 13년 뒤 임진년엔 50대일 터였고 승병장이 될 만했다.

걸음이 좀 흔들렸다. 자신이 아는 인물과 만나면, 어쩔 수 없이 마음이 혼란스러웠다. 게다가 이번엔 령규 스님이 어떻게 삶을 마감하는지 알고 있었다. 어쨌든, 열세 해 뒤 싸움터에서 나라를 위해 목숨을 기꺼이 바칠 사람과 함께 걷는다는 것은 가슴 벅찬 경험이었다.

"옴슈리슈리마하슈리 슈슈리사하……" 부처에게 절을 올리자, 령규 스님이 송경(誦經)하기 시작했다. 목소리는 좀 탁했지만 힘이 있었다.

"무상심심미묘법 백천만겁란조우 아금문견득슈디 원해여래진실의." 목탁 소리에 맞춰 개경게(開經偈)가 이어졌다.

'고해(苦海)라고 했지.' 이승의 힘든 삶을 견디면서 부처 말씀의 참뜻을 깨달아 보다 나은 세상을 찾아가고 싶은 마음들이 무슨 기운처럼 그를 감쌌다.

"옴아라람아라타 천슈천안관자재보살 광대원만무애대비심 신묘장구대다라니왈……" 목이 트인 듯, 스님의 송경이 낭랑해졌다.

'괴로움의 바다'를 건너다 난파한 사람들의 심상이 떠올랐다. 그 사람들을 구하려면 큰 배들이 많아야 했다. 그러나 시골 사람들을 이끌고 엉겁결에 모반의 길로 들어선 그에겐 그런 배들을 마련할 힘이 없었다. 실은 누구에게도 없었다. 인류가 생각해낸 가장 나은 장치는 보험이었다. 아프거나 재난을 만나거나 죽으면, 돈으로 보상해주는 제도였다. 지금 그가 마련하려는 것도 해상보험이었다.

바다에 나가 고기를 잡다가 죽은 사람들의 가족들이 보험금을 타도록 해서, 사람들이 안심하고 배 타고 바다로 나가도록 하려는 것이었다. 이 힘든 세상을 살아가는 데 도움이 될 만한 것은 궁극적으로 돈이라는 사실은 어쩔 수 없이 서글펐다.

"……셜아득불 국등인텬 형색브동 유호츄쟈 블춰경각. 셜아득불 국등인텬 브실식숙명 하지디백쳔억라유타졔겁사쟈 블춰경각……"

스님은『무량슈경』'법쟝보살의 사십팔원'을 낭송하고 있었다.

마음속으로 뜨거운 기운이 흘렀다. 스님의 목소리를 따라가면서, 그는 아득한 세월 전에 중생을 구제하겠다고 성불을 늦춘 보살의 다짐을 가슴에 새겼다. 보살처럼 할 수야 없지만, 그 뜻을 따르려는 노력이야 할 수 있다고 자신에게 이르면서. 그동안 마음에 쌓였던 걱정과 우울이 문득 씻긴 듯, 마음이 맑고 밝았다.

"힘든 걸음을 하압샸아니, 쇼승이 거처하는 곳아로 가셔서 차랄 드쇼셔," 송경과 예불이 끝나 법당 밖으로 나오자, 스님이 은근한 어조로 권했다.

"차요?"

그의 웃음을 받아 밝은 웃음을 지으면서, 스님이 고개를 끄덕였다. "젼라도애셔 뉘 차랄 졈 보내왔난듸, 마실 만하압나니이다."

"감샤하압나니이다."

스님이 거처하는 요사(寮舍)는 스님 자신처럼 꾸밈이 없었다. 묵향 어린 방 안엔 책들과 글씨 쓰는 도구들만 있었다.

미리 준비한 듯, 동승이 이내 차를 내왔다. 투박한 잔을 들어, 그는 조심스럽게 차를 맛보았다. 이 세상에 나온 뒤 처음 마시는 차였다. 향긋한 냄새와 맛이 잊힌 기억들을 불러냈다. "차 맛이 참아로 됴하압나니이다."

스님이 싱긋 웃었다. "쇼승은 성품이 거츨어셔 차 맛안 잘 모라압나니이다. 곡차 대신 마시니, 므어……"

그는 껄껄 웃고서, 말문이 트인 김에 내처 물었다. "앗가 스승님끠셔 법쟝보살의 셔원을 낭숑하압샸난듸, 쇼쟝이 긔병한 뒤헤 례산 향쳔사 쇼능 스승님끠셔도 쇼쟝알 위하야 그 셔원을 낭숑하압샸나니이다."

"아, 그러하압샸나니잇가? 쇼능은 실은 공쥬 청련암(靑蓮庵)에셔 쇼승과 함끠 슈도하얐압나니이다."

"아, 네. 쇼능 스승님끠셔 덕이 높아셔셔 쇼쟝이 흠모하고 가라침을 받고 이시압나니이다."

"쇼능의 상좌인 현공이 얼머 젼에 찾아와셔 챵의군에 들었다고 하얐압나니이다. 현공애게셔 원슈님 말쌈알 들었압나니이다."

"아, 그러하압샸나니잇가? 현공 스승님은 다리랄 놓고 믈건들홀 맹갈아난 일애 밝아셔셔 챵의군에 큰 도움을 주시나이다."

"원슈님끠셔 미륵불의 현신이라고 믿난 사람달히 많다난 녜아기랄 현공이 하얐압나니이다." 스님은 목소리는 부드러웠지만 눈길은 깊이 살피고 있었다.

"불뎨자 노릇도 못하난 쇼쟝이 엇디 미륵불이……" 그는 가볍게 웃었다. "사람달히 살기 어려우니, 그러한 소문이 난 닷하압나니이다."

스님이 잠자코 고개를 끄덕이더니 나직이 말했다. "소문만안 아

닌 닷도 하압나니이다. 현공안 원슈님이 진실로 미륵불이라 믿고
이시압나니이다."

"쇼쟝알 날마다 보면셔, 엇디 쇼쟝터로 브죡한 사람알 미륵불
이라 믿알 수 이시압나니잇가?" 그는 불편한 마음으로 고개를 저
었다.

"원슈님." 한참 생각에 잠겼던 스님이 무겁게 느껴지기 시작한
침묵을 조심스럽게 헤쳤다.

"녜, 스승님."

"미륵이나 보살이 이 셰샹애 나오면, 본인안 자개 미륵이나 보
살인 줄 모랄 수도 이시나이다."

11

벼루의 먹물이 짙어지면서, 묵향이 일었다. 천천히 먹을 가는 동작과 담백한 묵향이 흐트러진 마음을 좀 가라앉혔다. 먹을 조심스럽게 벼루에 기대놓고서, 언오는 한숨에 가까운 숨을 길게 내쉬었다.

"미륵이나 보살이 이 세상애 나오면, 본인안 자개 미륵이나 보살인 줄 모랄 수도 이시나이다." 마음 한구석으로 밀어 넣었던 령규 스님의 얘기가 다시 그의 마음을 채웠다. 관촉사에서 돌아오는 길 내내 그는 스님이 한 얘기의 뜻을 알아내려 애썼다. 스님의 얘기를 처음 들었을 때, 그는 재미있는 얘기라고 생각하고서 가벼운 웃음으로 넘겼었다. 그러나 스님과 헤어지자, 그 얘기가 그의 마음을 깊이 흔들어놓았다는 것을 깨달았다.

'설마 스님이 그런 뜻으로 얘기한 것은 아니겠지.' 다시 먹을 집어 들면서, 그는 자신에게 말했다.

시낭이 갑자기 나타나서 시간 여행이 가능할 뿐 아니라 실제로 이루어지고 있다는 사실이 드러나자, 시간 여행을 고려해서 인류와 지구 생태계의 역사를 새롭게 해석하려는 시도들이 나왔다. 두드러진 예는 '콜드웰 가설'이었다. 시간역학을 연구한 캐나다 물리학자 팀 콜드웰은 고대에 이적(異蹟)을 행해서 구세주나 예언자나 보살로 불린 사람들이 실은 먼 미래에서 찾아온 시간 여행자들이었다는 가설을 내놓았다.

그런 주장 자체는 새로울 것이 없었다. 시간 여행이 가능하다는 것이 밝혀지기 전엔, 외계인들이 지구에 찾아와서 그런 이적을 이루었다는 주장이 나왔었다. 그래서 우주선을 타고 온 외계인이 시낭을 타고 온 시간비행사로 바뀌었을 따름이라 비웃는 사람들도 많았다. 콜드웰의 주장엔 그러나 설명이 힘든 역사적 사실 하나를 제법 그럴듯하게 설명한다는 장점이 있었다. 인류는 유례가 없을 만큼 빨리 진화했고 문화를 폭발적으로 발전시킨 종(種)이었다. 인류가 그렇게 빨리 진화하도록 만든 요인을 막상 찾아보면, 이내 눈에 뜨이는 것은 없었다. 빠르게 커진 뇌, 직립보행(直立步行), 불의 이용, 도구의 사용에 편리한 손 따위 후보들이 제시되었지만, 그것들을 다 합쳐도, 인류의 경이적 진화를 설명하기엔 너무 부족했다. 신석기 시대 이후 인류 문화가 폭발적으로 진화한 사실은 설명하기가 특히 어려웠다. 그러나 시간비행사들이 거듭 원시 시대를 찾아서 새로운 아이디어들을 원시인들에게 알려주었다고 가정하면, 그런 문화의 폭발이 깔끔하게 설명되었다.

'스님이 내 정체를 아실 리는 없을 테니까……' 그러나 물론 자

신할 수 있는 것은 아니었다. 이 세상에도 토정 선생과 같은 시간
비행사가 있을 가능성은 있었다. 역사적으로 알려진 사실을 보면,
령규 스님이 시간비행사일 가능성은 없었지만.

어지러운 상념들을 한구석으로 밀어놓고, 그는 붓을 들었다.

호셔챵의군 군령 데팔십구호

위험훈 바다해셔 고기룰 잡눈 어부들콰 배룰 브리눈 샤공돌훌 돕
고져 읜녁과 굳히 해샹보험을 시행호노라.

호나. 해샹보험은 미리 히마다 돈울 죠곰식 내고셔 바다해셔 고기
룰 잡거나 배룰 몰다 죽거나 다티면 한 번에 약뎡훈 목돈울
받눈 계도이도다. 미리 내눈 돈은 보험료라 호고 받눈 돈은
보험금이라 훈다.

붓에서 느껴지는 탄력이 그의 마음을 즐겁게 했다. 지난겨울 아
이들에게 글을 가르치면서 잡기 시작한 붓이었는데, 어느 사이엔
가 글씨가 제법 꼴이 났다. 이렇게 정성 들여 글을 쓰노라면, 마음
이 가라앉았다.

둘.   바다해셔 고기룰 잡눈 어부들콰 배룰 브리눈 샤공돌흔 해샹
보험에 들 수 이시도다. 해샹보험에 든 어부들콰 샤공돌흔
보험가입쟈라 훈다.

세. 보험금을 보험가입쟈애게 지급ㅎ는 쟈는 보험쟈라 ㅎ다. 해
     샹보험의 보험쟈가 두외알 호셔해샹보험공스룰 두노라. 호
     셔해샹보험공스의 셜립에 관ㅎ 수항돌ㅎ 또로 뎡ㅎ다.

네. 해샹보험은 어부와 샤공의 목숨과 배애 대ㅎ야 들 수 이시
     도다. 목숨에 대ㅎ 보험은 해샹생명보험이라 ㅎ고 배애 대
     ㅎ 보험은 해샹션박보험이라 ㅎ다.

해샹보험(海上保險)을 서둘러 도입한 뜻은 고향으로 돌아가는
법셩보 사람들에게 앞으로 어업과 해운업을 육성하려는 정책을 알
려서 돌아올 마음이 들게 하려는 것이었다. 어차피 추진할 정책인
바에야, 법셩보 사람들이 귀향하기 전에 하는 것이 좋다 싶었다.

다솟. 해샹생명보험의 보험금은 일쳔오백 문으로 ㅎ다. 보험료는
       ㅎ마다 삼십 문으로 ㅎ다. ㅎ 해의 보험료 삼십 문 가온ᄃᆡ
       보험가입쟈는 륙 문을 내고 호셔챵의군에셔 이십사 문을
       내도다.

여솟. 해샹션박보험은 배 값애 뚤와 뎡ㅎ다. 보험료는 륙 개월마
       다 배 값의 일백 분지 오로 ㅎ다. 반년 보험료 일백 분지 오
       가온ᄃᆡ 보험가입쟈는 일백 분지 일을 내고 호셔챵의군에셔
       일백 분지 수룰 내도다.

닐굽. 해샹생명보험은 보험금을 가입쟈의 유족애게 이십 년 동안
       고로 논호아 지급ㅎ다. 해샹션박보험은 보험금을 한 번에
       가입쟈애게 지급ㅎ다.

해상보험의 도입은 그로선 큰 모험이었다. 보험금은 보험료로 충당하는 것이 온당했다. 그러나 지금 보험료를 내고 보험에 들라면, 들을 사람이 드물 터였고 대다수는 세금의 일종으로 여길 터였다. 정부가 보험료의 대부분을 내고 가입자들이 조금 낸다고 해야, 솔깃할 터였다.

'문제는 보험 사긴데……' 그는 씁쓰레하게 입맛을 다셨다. 보험엔 으레 사기가 따르게 마련이었다. 바다에서 사람이 죽거나 배가 침몰하면, 흔적도 남지 않으니, 사고를 확인하기가 실질적으로 불가능했고 그만큼 사기의 여지도 컸다. 배를 몰고 다른 곳으로 숨고서 가족들이 보험금을 청구하는 일 따위 그가 앉은 자리에서 생각할 수 있는 보험 사기들은 많았다. 그러나 어업과 해운업에서 경제 발전의 길을 찾으려는 그로선 그런 사기가 무서워 보험을 도입하지 않을 수는 없었다.

'사기는 사기가 나왔을 때, 생각하기로 하고……' 그는 긴 한숨을 내쉬고 느긋한 마음으로 자신이 써놓은 글을 다시 살폈다. '이만하면, 뭐……'

저만큼 나무다리가 나타났다. 동남쪽에서 흘러오는 시내에 걸린 그 다리를 건너면, 바로 전라도 려산군(礪山郡)이었다. 은진현텽에 서 20리 걸음이었다. 황구용이 이끈 쳑후들은 벌써 다리에 닿아 건 너편 냇둑을 따라 양쪽으로 벌려 서 있었다.

"이제 다 왔압나니이다." 언오는 좁은 길에서 말머리를 나란히 하고 온 졍유길에게 말했다. "뎌 다리랄 건너면, 전라도 따히압나 니이다."

"아, 그러하압나니잇가?" 졍이 고개를 빼어 앞쪽을 살폈다.

"림 대쟝." 그는 원슈긔를 든 긔슈와 함께 앞서가는 림형복에게 다가갔다.

"녜, 원슈님."

"한경희 대쟝끠 뎐하쇼셔. 군악대랄 뎌긔 다리 갓가이 두라고."

군악대는 군가들을 연주하면서 행렬을 이끌고 있었다.

"녜, 원슈님. 한정희 대쟝애게 군악대랄 다리 갓가이 두라고 니라겠압나니이다."

다리 가까이 가자, 그는 말에서 내렸다. 고삐를 근위병에게 넘기고, 그를 따라 말에서 내린 관군 지휘관들에게 말했다, "뎌 다리랄 건너면, 바로 젼라도 따히압나니이다. 쇼쟝안 여긔셔 도원슈님과 관찰사님끠 작별 인사랄 올이려 하압나니이다."

"아, 녜. 쇼직알 이리 보살펴주시니, 므슴 감샤 말쌈알 드려야할디 모라겠압나니이다." 졍이 몸을 깊이 숙여 읍했다.

"셩 대쟝." 그는 셩묵돌을 돌아보았다. "말에 실은 칼달할 가져오쇼셔."

"녜, 원슈님." 셩이 사람을 태우지 않은 채 끌고 온 말에서 짐을 내렸다. 그리고 칼 셕 자루를 들고왔다.

"도원슈님, 이 칼히 도원슈님의 검인 닷하야 가져왔압나니이다. 받아쇼셔." 그는 졍에게 저번에 셕셩에서 빼앗은 칼을 내밀었다. 항쟝(降將)을 풀어줄 때는 칼을 돌려주는 것이 예의였다.

"원슈님, 참아로 감샤하압나니이다," 좀처럼 속내를 드러내지 않던 졍의 목소리가 떨려 나왔다.

"관찰사님, 이 칼히 관찰사님의 검인 닷하야 가져왔압나니이다. 받아쇼셔," 그는 허엽에게 칼을 돌려주었다.

"원슈님끠셔 이리 살펴주시니…… 므어라 감샤 말쌈알 올려야할디 모라겠압나니이다." 허가 허리 깊이 숙여 인사하고 칼을 받았다.

"우후끠셔도 칼할 받아쇼셔," 그는 뒤쪽에 션 젼라도 병마우후

김쟝운에게 칼을 내밀었다.

"녜, 원슈님. 감샤하압나니이다." 김이 칼을 받아 감회 어린 눈 길로 살폈다.

그는 다시 셩묵돌에게 말했다. "말애 실은 긔들흘 가져오쇼셔."

셩이 천으로 싼 관군 긔들을 말 등에서 내려 풀었다. 근위병 둘 이 긔를 하나씩 들고 그에게로 왔다.

"긔를 펼쳐보쇼셔."

근위병들이 깃발을 묶은 끈을 풀고 깃발을 펼쳤다.

그는 도원슈의 깃발을 졍에게 내밀었다. "여긔 도원슈 긔 이시 나이다. 도원슈님끠 긔를 돌여드리게 다외야셔 쇼쟝의 마암이 깃 브압나니이다."

"참아로 감샤하압나니이다," 졍이 물기 어린 목소리로 대답했다.

그는 허엽에게도 깃발을 돌려주었다.

두 관군 지휘관들은 깃발을 감회 어린 눈으로 바라보았다.

"군사달 가온대 몸이 건쟝한 사람달할 뽑아셔 긔를 들고 앒애 셔게 하쇼셔," 그는 웃음 띤 얼굴로 김쟝운에게 말했다.

"아, 녜. 이대 알겠압나니이다." 김이 급히 뒤로 가셔 긔슈 노릇 을 할 군사 넷을 데리고 돌아왔다.

긔슈들히 앒에 셔자, 그는 뒤쪽에 션 강슈돌에게 손짓했다. "강 대쟝."

강이 급히 다가왔다. "녜, 원슈님."

그는 졍유길과 허엽을 돌아보았다. "여긔 강슈돌 대쟝이 이번에 법셩보에 갔다 오난 챵의군 군사달할 잇그나이다. 강 대쟝이 젼쥬까장 도원슈님과 관찰사님알 슈행할 새압나니이다."

"아, 네. 알겠압나니이다." 경이 대답하고서 강을 훑어보았다.

"강 대쟝, 도원슈님과 관찰사님알 잘 뫼시고 가쇼셔."

"녜, 원슈님. 이대 알겠압나니이다."

그는 한 걸음 물러나서 사람들을 둘러보았다. "그러하시면 길
이 먼듸, 출발하쇼셔. 쇼쟝안 여긔셔 작별 인사랄 올이겠압나니이
다." 그는 허리 굽혀 읍했다.

"원슈님의 높아신 덕으로 쇼직과 다란 사람달히 살아셔 돌아가
게 다외얐압나니이다. 감샤한 마암알 엇디 말쌈드릴디 모라겠압나
니이다. 다만 결초보은할 날이 이시기를 긔원할 따람이압나니이
다." 경이 대답하고서 몸을 깊이 숙여 읍했다.

허와 김이 고맙다는 인사를 했다. 그가 말에 오르라고 손짓하자,
세 사람이 말에 올랐다. 세 사람은 경언디와 작별 인사를 나누었
다. 같이 벼슬하다가, 이제는 서로 갈라진 사이라서, 작별 인사가
간곡할 수밖에 없었다.

"경 군사끠셔 두 분을 려산군까장 배웅하고 오시난 것이 엇더하
겠나니잇가?" 경의 눈에 눈물이 어린 것을 보고, 그는 충동적으로
경언디에게 말했다.

뜻밖의 제안에 경이 잠시 생각에 잠겼다. 그러나 경은 아쉬운 낯
빛으로 고개를 저었다. "원슈님끠셔 쇼쟝의 마암알 헤아리시고 하
신 말쌈이시디만, 려산군까지 가셔 작별한다고 마암이 덜 쓸쓸하
겠나니잇가?"

듣고 보니, 옳은 얘기여서, 그는 고개를 끄덕였다.

정언디와 아쉬운 작별 인사를 하고서, 정유길과 허엽이 말머리를 돌렸다. 관군 지휘부가 다리로 올라서자, 냇둑에 자리 잡은 군악대가 환송하는 음악을 연주하기 시작했다. 엘가의 「위풍당당」의 묵직한 가락이 어쩔 수 없이 초라한 관군 행렬을 좀 덜 초라하게 떠받쳤다.

포로가 되었다 풀려난 관군 병사들이 뒤를 이었다. 그들을 이끄는 군관이 그에게 공손히 읍했다.

그도 서둘러 답례했다. 흐뭇했다. 아직 싸움이 끝난 것은 아니었지만, 관군 지휘부와 어느 정도 의사소통이 되어 이렇게 포로들을 돌려보내는 것은 정말로 흐뭇한 결말이었다. 역사에 이름을 남긴 선인(先人)들을 여건이 허락하는 한에선 잘 대접했다는 점도 흐뭇했다.

관군 행렬이 지나자, 법성보로 귀향하는 챵의군 병사들이 다가왔다.

그는 앞에 선 신경환에게 손짓했다. "신 대쟝, 우리 군사달헤게 나이 할 녜아기 이시니, 여긔 모호여서 앉개 하쇼셔."

길을 따라 길게 늘어서서 행군하던 참이라, 병사들이 한데 모여 앉기까지는 한참 걸렸다.

"이제 여러분들흔 고향 법성보로 돌아가시나이다. 여러분들흔 디난 삼월에 챵의군에 들어오샸나이다. 꼭 넉 달 젼이니이다. 그끠 여러분들히 스스로 챵의군에 들어오신 것은 아니나이다. 여러분들히 몰던 배달콰 거긔 실은 쌀알 챵의군이 몰슈하야셔, 엇디하디 못하고 챵의군에 들어오샸나이다. 우리 챵의군은 모도 스스로 들어온 분들로 이루어뎠나이다. 나이 뉘에게 챵의군에 들어오라고 강요한 적은 없었나이다. 단 한 번도 없었나이다. 여러분들만 엇디할 수 없이 챵의군에 들어오샸나이다." 그는 숨을 돌리면서 사람들이 그의 말을 새길 틈을 주었다.

"그러나 여러분들흔 불평하디 아니하고 목숨을 걸고셔 싸호샸나이다. 챵의군이 젹군을 맞아 련젼련승한 대애난 여러분들끠셔 그리 용감히 싸호신 공이 크나이다. 챵의군을 잇그는 원슈로셔 여러분들끠 늘 고마온 마암알 품고 이셨나이다. 이 자리랄 빌어셔, 다시 한 번 여러분들끠 감샤하다는 말쌈알 드리나이다." 그는 허리를 깊이 숙여 인사했다.

누가 손뼉을 쳤다. 몇이 따라서 손뼉을 쳤다. 그뿐이었다. 어색한 정적이 내렸다.

"이제 여러분들흔 관군 도원슈와 젼라도 관찰사와 젼라도 병마우후이 잇그는 관군과 함끠 젼라도로 돌아가시나이다. 도원슈와 젼라도 관찰사와 나이 함끠 슈결을 둔 로인도 이시나이다. 딸와셔 여러분들흔 이제 고향 법성보에 돌아가셔셔 편히 디내실 수 이시나이다. 여러분들히 챵의군에 들었다고 므어라 할 사람안 없나이다." 그는 다시 사람들이 그의 말을 새길 틈을 주었다.

"만일 여러분들 가온대 그냥 고향에 눌러앉아 살고 식븐 분들히 겨시면, 그리하쇼셔. 우리 챵의군이 여러분들끠 더 요구할 수는 없나이다. 원슈인 나난 여러분들히 그저 고마올 따름이나이다. 고향애셔 살고 식브신 분들끠셔는 고향애셔 사쇼셔. 나난 그런 분들히 고향애셔 잘살기랄 긔원하겠나이다." 따가운 햇살 아래 모여 앉은 사람들 사이에 정적이 무겁게 내렸다.

"원슈님, 우리는 다시 돌아오압나니이다." 누가 탁한 목소리로 외쳤다. "챵의군에 다시 돌아오압나니이다."

그러자 다른 사람들이 따라서 외쳤다. "원슈님, 우리 다시 돌아오압나니이다."

마침내 모든 병사들이 팔을 흔들면서 외치기 시작했다. "챵의구운. 챵의구운. 챵의구운……"

눈물을 가까스로 누르면서, 그도 팔을 들고 외쳤다, "챵의군. 챵의군."

"돌아오실 때도 함끠 모여 강슈돌 원졍군 사령의 인솔 아래 돌아오쇼셔," 구호를 외치는 소리가 가라앉자, 그는 말을 이었다. "그리하시고 가권과 함끠 오시고 식브신 분들끠셔는 부대 가권과 함끠 오쇼셔. 로인애도 가권과 동행할 수 이시다고 나왔나이다. 앞아로 우리 챵의군이 다사난 따해셔는 배랄 타난 사람달한, 고기랄 잡난 사람달히든 조운션을 모난 사람달히든, 마암 놓고 배랄 탈 수 이시게 해샹보험 제도랄 시행하나이다. 그러하니 가권과 함끠 오시고 식브신 분들혼 걱명하디 마시고 함끠 오쇼셔. 아시겠나니잇가?"

"녜에," 힘찬 대꾸가 올랐다.

"그러하면 고향아로 가쇼셔. 여러분, 감샤하압나니이다." 그는 깊이 허리 숙여 인사했다.

손뼉 치는 소리와 환호성이 올랐다.

"신 대쟝, 군사달할 잇글고 가쇼셔."

"녜, 원슈님. 쇼쟝안 가보겠압나니이다. 원슈님. 부대 몸조심하쇼셔." 신이 바로 서서 경례했다. "챵의."

"챵의." 그는 답례하고 손을 내밀었다.

신이 황송한 몸짓으로 그의 손을 잡았다.

"잘 다녀오쇼셔." 그는 그의 손을 잡은 신의 팔을 토닥였다.

그는 병사들과 일일이 악수했다. 넉 달 동안 여러 차례 어려운 싸움에서 함께 선 사람들과 헤어지는 것이어서, 그의 가슴은 고마움으로 가득했다.

마침내 법성보 원정군 행렬이 다리를 건넜다. 도원슈의 깃발을 앞세운 관군 행렬의 머리는 시냇가의 들판을 지나 야트막한 고개를 올라가고 있었다.

그는 홀가분하면서도 아쉬운 마음으로 다리 건너 땅을 바라보았다. 7월의 햇살 아래 누운 그 땅은 전라도였다.

"전라도," 그는 자신도 모르게 뇌었다. 전라도는 매혹적인 땅이었다. 그가 다스리는 튱쳥우도보다 훨씬 크고 훨씬 기름진 땅이었다. 그 땅으로 들어가는 것을 스스로 포기한 것이었다. 아쉬움이 클 수밖에 없었다.

"전라도," 긴 한숨을 내쉬면서, 그는 다시 뇌었다.

군악대의 서투른 「위풍당당」 가락은 전라도 길을 가는 행렬을 위풍스럽게 환송하고 있었다.

자사 (刺史)

제 1 7 부

1

"그것 참," 혼잣소리를 하고서, 언오는 붓을 다시 내려놓았다.

이번 싸움에서 공이 큰 사람들을 포상하는 군령을 짓는 참이었다. 훈장을 받을 사람들을 가려내는 일은 그리 어렵지 않았다. 어려운 것은 훈장을 받지 못한 병사들도 너무 섭섭하지 않게 하는 일이었다. 그래서 챵의군에 적을 둔 모든 사람들에게 같은 금액의 포상금을 주는 방안을 생각하고 있었다. 문제는 물론 재원의 부족이었다. 아무런 준비 없이 엉겁결에 기병한 터라, 넉 달 동안 나간 봉록과 포상금만도 감당하기 벅찰 만큼 컸다. 추수가 끝나고 세금을 거두기까지 서너 달은 더 버텨야 했다.

넉 달 동안 거의 쉬지 않고 싸움을 했으므로, 모든 병사들이 공을 세운 셈이었다. 그로선 눈에 잘 뜨이지 않는 일들을 하고 그래서 포상받을 기회가 적었던 참모부 요원들과 녀군들이 마음에 걸렸다. 그래서 처음엔 모든 사람들에게 30문씩 지급하려고 생각했

었다. 30문이면 쌀 두 섬이니, 훈장을 하나도 받지 못한 병사들도
마음이 덜 섭섭할 터였다. 그러나 챵의군이 이제 만 명이 넘는 군
대로 자라났으므로, 2만 섬이 넘는 쌀이 들어간다는 얘기였다.

'어쩔 수 없지. 십 문이면, 야박하다곤 하지 않겠지.' 그는 마음
을 정하고 붓을 다시 집어 들었다. 그리고 빈칸에 '일십'이라고 써
넣었다.

10문씩 지급해도, 7천 섬이 들었다. 다행히, 이번 '부여라셩 싸
홈'에서 이긴 덕분에 관군의 군량을 3천 섬 넘게 얻었다. 그래서
그동안 금강 남쪽의 병사들에게 지급된 쌀어음을 태환해주는 일에
여유가 좀 생겼다. 나머지는 홍쥬식화셔에서 예금으로 흡수해야
했다. 다행히, 최한죠 총재는 유능한 경영자임을 보여주었다. 이미
부여에 지점을 내고 여직원들을 열이나 뽑아서 병사들에게 예금을
권유하고 있었다.

'일종의 미인계인데……' 곱게 차려입은 식화셔 여직원이 병사들
에게 예금이 얼마나 좋은지 설명하던 모습을 떠올리고, 그는 야릇
한 웃음을 지었다. 그 방안을 생각해낸 것이 바로 그 자신이었다.

군령을 한 번 더 훑어본 다음, 그는 슈결을 두었다. '일단 이렇게
마무리하지.'

그는 마루로 나가 하균에게 군령을 넘겼다. "군령을 벗기어셔
각 졍대마다 한 부식 돌아가게 하쇼셔."

"녜, 원슈님. 분부대로이 거행하겠압나니이다."

"시방 문셔를 많이 맹갈아난듸, 죠해난 엇더하나니잇가?"

"이번에 셕셩현텽에셔 전라도 군사의 죠해랄 많이 얻어셔, 시방

안……"

"우리 챵의군은 관군 덕분에 살아가나이다, 하하," 그는 껄껄 웃었다.

하가 따라서 웃음을 지었다. "원슈님, 관군을 딸와온 기생달한 모도 의약정대애 배티하얐압나니이다."

셕셩현텽을 기습했을 때, 그곳엔 관군 지휘관들이 데려온 기생들이 여섯이나 있었다. 하나는 남원 사람이고 나머지는 젼쥬 사람들이었다. 젼쥬는 큰 고을이라 기적(妓籍)에 오른 기생들만도 50명이 넘는다고 했다. 그리 많은 기생들 가운데서 뽑혔으니, 당연히 예쁘고 재주도 있었다.

도원슈의 방에서 잡힌 기생의 모습이 떠올랐다. 그가 도원슈를 포박하고 방 안을 살피자, 그녀는 이불로 몸을 가리고 앉아서 떨고 있었다. 월션이라는 남원 기생이었는데, 이름처럼 달 속의 선녀 같았다. 상황이 긴박하지 않았다면, 그는 유혹을 물리치지 못했을지도 몰랐다.

"이대 하샸나이다. 내죵애 김강션 연예참모부쟝끠 물어보쇼셔. 그 녀군들히 남원과 젼쥬에서 왔으니, 노래와 춤을 잘할 새니이다. 연예참모부에셔 뽑아서 쓰는 것이 엇더할디. 우리 챵의군이 많이 늘어나셔, 연예대랄 늘릴 생각인듸, 이대 다외얀 닷하나이다."

"녜, 원슈님. 분부대로이 거행하겠압나니이다."

"그러하면 나난 강경보(江景浦)애 나가보겠나이다."

"강경보애 나가압시나니잇가?"

그는 싱긋 웃으면서 고개를 끄덕였다. "바람이나 쏘이려고……."

"녜, 원슈님."

"셩 대쟝." 그는 셩묵돌을 돌아보았다. "나이 시방 강경보애 나가셔 한디위 살펴보겠나이다."

"녜, 원슈님. 긔병들흔……?"

그는 잠깐 생각해보았다. 원슈는 가볍게 움직일 수 없었다. 게다가 이곳 은진은 전라도에 가까웠고 강경보는 더 가까웠다. 그래도 그가 뜻밖의 위험을 만날 가능성은 없었다. 관군 패잔병들은 모두 동쪽으로 도망했으므로, 서쪽의 큰 포구인 강경보에 관군의 무리가 나타날 가능성은 없었다.

"긔병은 없어도 다외얄 닷하나이다. 근위병들만 딸와오쇼셔."

강경보는 시오 리 길이었다. 벼들이 여무는 들판을 지나면서, 그는 오래간만에 마음이 푸근해지는 것을 느꼈다. 이대로 간다면, 올해 농사는 평년작은 될 듯했다. 봄 가뭄이 심했지만, 그럭저럭 넘긴 것이었다. 이곳은 행정구역은 튱쳥도였지만, 지리적으론 호남 평야의 북쪽 끝이었다. 그래서 논이 많고 기름졌다. 이제 석 달만 지나면, 세금을 거둘 수 있었다. 탐스러운 벼들이 그의 눈엔 모두 세금으로 보인다는 것을 깨닫고, 그는 쓴웃음을 지었다.

'권력을 쥔 자들은 결국 같은 시각으로 세상을 보는가? 어떻게 하면 세금을 더 많이 거둘까, 그것만 생각하나?' 말 위에서 흔들리면서, 그는 가볍게 고개를 저었다.

들판을 지나자, 그는 말에서 내려 강경보 바로 남쪽에 있는 야트막한 봉우리로 올라갔다. 잔솔들로 덮인 봉우리에서 내려다본 강경보는 그의 예상보다 작았다. 금강을 따라 오가는 배들이 꽤 있었고 부두와 거리는 활기찬 것처럼 보였지만, 아직은 금강 중류의 그리 크지 않은 포구에 지나지 않았다. 둘레의 너른 지역을 자신의 상권(商圈)으로 삼아 전국적으로 거래하는 하항(河港)이 아니었다.

근대의 강경은 중부 지역의 상업 중심지였다. 한때는 평양(平壤)이나 대구(大邱)와 대등했을 만큼 중요한 상업 도시였다. 튱청도 전역과 전라도 북부를 자신의 상권으로 아울렀다. 지리적 이점이 강경을 발전시킨 요인임은 분명했다. 특히 전라도에 가깝다는 사실이 결정적 요인이었다. 상류에 있는 큰 고을들인 부여나 공쥬보다 이 작은 포구가 발전하게 된 까닭으로 다른 것은 생각할 수 없었다. 20세기에 들어서서 호남평야 서북단의 군산(群山)이 개항하고 군산선(群山線)으로 전라도 내륙과 연결되자, 강경이 빠르게 쇠락했다는 사실은 이런 추론을 떠받쳤다.

금강 남쪽의 튱청우도 땅을 점령한 뒤 그가 키운 꿈의 중심엔 강경보가 있었다. 이곳에서 행정의 중심은 물론 공쥬와 부여가 될 터였다. 그러나 그가 은밀한 즐거움을 느낀 것은 강경보를 큰 하항으로 육성한다는 야심이었다. 그런 야심은 전통적으로 상업을 천시하고 억제해온 조선 사회에서 상업 혁명을 일으킨다는 원대한 계획의 한 부분이었다. 상업을 장려하고 재산권을 철저히 보장하면, 사람들은 이내 반응하게 마련이었다. 그래서 빠르게 도시들이 자라났고 사회적 부가 쌓였다. 인류 역사는 그것이 동서고금을 가리지 않고 적용되는 법칙임을 보여주었다. 고대 지중해의 아테네, 티루스, 카르타고, 시라쿠사, 중세 유럽의 베네치아, 제노바, 뤼베

크, 브레멘, 함부르크, 쾰른—교역으로 번영과 자유를 누린 도시들은 늘 그의 마음에서 찬탄을 불러냈다. 현대에서 그런 도시의 전형은 홍콩과 싱가포르였다.

지금은 작은 포구에 지나지 않는 강경보를 번창하는 하항으로 키운다는 계획에서 핵심적 부분은 전라도 북부를 강경보의 상권으로 끌어들이는 것이었다. 재산권이 확립되고 거래가 자유로우며 식화서가 은행의 기능들을 제대로 수행한다면, 전라도 북부의 주민들과 그들의 자금은 강경보를 찾아올 것이었다. 지금 됴션에서 경제 발전을 가로막는 요인들 가운데 가장 두드러진 것은 관리들의 부패와 수탈이었다. 됴션됴 사회는 본질적으로 지배 계층인 양반 계급이 나머지 인민들을 착취하는 '추출적 사회'였다. 그런 사회에선 인권도 재산권도 제대로 자리 잡을 수 없었고 큰 재산을 모으는 것은 관리들의 표적이 되어 패가망신하는 길이었다.

그가 조선 역사를 공부하면서 만난 사람들 가운데 됴션됴 사회의 근본적 문제를 가장 잘 짚어낸 사람은 19세기 말엽 영국 신문 『데일리 메일Daily Mail』의 조선 특파원이었던 프레더릭 매켄지였다. 매켄지는 됴션 정부의 징세 구조가 본질적으로 징세 도급tax-farming이었다는 점을 지적했다. 그런 징세 구조는 지방 관리들에게 인민을 한껏 착취할 권한을 주었고 그런 권한에 바탕을 두고 양반 계급이 인민들에 기생하며 살아가게 되었다고 진단했다. 그런 사회는 물론 발전할 수 없었다. 실제로 됴션됴 사회는 추출적 특질이 짙어지면서 점점 퇴보했다. 매켄지는 한 농부와의 대화를 소개했다. "왜 내가 더 많은 작물들을 심고 더 많은 땅을 경작하지 않느냐구요? 왜 내가 그래야 합니까? 더 많은 작물은 원님이 더 많이 빼앗아간다는 것을 뜻하는데요?"

이제 그가 재산권을 확립해서 누구도 자신의 재산을 힘센 자들에게 빼앗길까 걱정하지 않게 되고 원칙에 따라 세금을 거두어서 관리들의 부정과 착취를 막으면, 경제는 자연스럽게 발전할 터였다. 상업을 억제하는 어리석은 정책을 없애고 교역을 자유롭게 한다면, 사람들은 더 좋은 재화들을 더 많이 생산하려 애쓸 것이었다. 은행이 예금을 안전하게 보관하고 약속대로 이자를 주고 고객들에 관한 정보를 지켜준다면, 돈을 많이 번 사람들은 은행에 돈을 맡길 터였다. 강경보가 상업의 중심지가 되면, 전라도 사람들도 재화와 서비스를 팔려고 몰려오고 강경보의 은행에 돈을 맡길 것이었다.

아울러 쌀어음이 차츰 전라도에서도 유통될 것이었다. 화폐를 쓰는 것이 워낙 편리하고 혜택이 크므로, 쌀어음이 믿을 만한 화폐란 생각이 퍼지면, 이내 널리 유통될 터였다. 그렇게 되면, 창의군은 큰 주조이익(鑄造利益)을 누릴 것이었다. 널리 쓰이는 화폐를 발행하는 정부는 이자를 물지 않고 엄청난 자금을 빌려 쓰는 셈이었다. 국제 화폐인 파운드를 발행한 19세기의 영국과 달러를 발행한 20세기의 미국은 막대한 주조이익을 누렸다. 쌀어음이 전라도 북부에서만 유통되어도, 그는 경제 개발에 필요한 재원의 상당 부분을 마련할 수 있을 터였다.

실은 쌀어음만이 아니라 다른 아이디어들도 차츰 전라도로 퍼질 것이었다. 교역은 그저 물자들만이 오가는 것이 아니었다. 아이디어들도 함께 교환되는 것이었다. 고대 교역로를 따라 종교들이 전파된 데서 그 점이 뚜렷이 드러났다.

부푼 꿈이 그의 가슴을 가득 채웠다. 긴 한숨을 내쉬고서, 그는 아직은 작은 포구에 지나지 않는 강경보를 내려다보았다. 경제 개발로 바뀌기 전의 모습을 기억하려는 것처럼. 사람들은 서두름 없이 움직이고, 강물은 바다로 가는 배들을 띄우고 유유히 흐르고 있었다. 그리움이 섞인 아쉬움이 가슴에 일었다. 사라지는 것들은 어쩔 수 없이 아쉬웠다. 보다 나은 것들에 자리를 내주기 위해서 사라질 때에도.

"내려가셔 한디위 둘어보사이다." 마음을 다잡아 힘찬 소리로 사람들에게 말하고서, 그는 봉우리를 내려가기 시작했다.

2

"이번 싸홈애셔 우리 챵의군이 젹군을 크게 깨티얐아니, 잠간안 젹병이 우리 디경을 침노하난 일안 없을 새니이다. 그러나 싸홈이 아조 긋친 것도 아니니, 우리는 젹군이 다시 쳐들어오난 것에 대비하여야 하나이다." 언오는 말을 잠시 멈추고 사람들을 둘러보았다.

"녜, 원슈님. 그러하압나니이다." 윤삼봉이 말을 받았다.

"참아로 옳아신 말쌈이압시나니이다." 셕현공이 말하자, 다른 사람들이 고개를 끄덕였다.

은진현텽으로 젼투단 단쟝급 지휘관들을 불러서, 부대 운용 계획을 설명하는 참이었다. 당분간 관군의 공격은 없을 터였다. 젼라도와 경샹도의 병력이 흩어진 지금, 챵의군을 치러 나설 만한 관군 병력은 한강 이남엔 없었다. 함경도에 큰 군대가 있었지만, 두만강과 압록강 너머로부터 야인(野人)들이 끊임없이 침입하는 터라, 됴명 그 군대를 돌릴 수는 없었다. 그렇다고 챵의군을 해산할 수야 없었다. 챵의군이 흩어졌단 소식이 들리면, 됴뎡에선 이내 군대를 보낼 것이었다. 문제는 물론 챵의군의 유지에 막대한 비용이 든다는 사실이었다. 합리적 해결책은 챵의군이 현재 조직을 그대로 유지하면서 생산적 활동에 종사하는 방안이었다. 그것은 실은 장기적 대책이기도 했다. 관군이 쳐들어올 가능성이 사라져도, 챵의군을 그대로 해산할 수는 없었다. 무기를 가진 실업자들을 양산하는 것보다 정권에 위험한 일은 드물었다.

"이제 우리 챵의군은 만 명이 넘는 큰 군대이니이다. 이러한 군대랄 잇그는 것은 쉬운 일이 아니이다. 달마다 많안 봉록이 나가나이다."

사람들이 문득 무거워진 낯빛으로 고개를 끄덕였다.

"사졍이 그러하모로, 쥰젼시톄졔에셔는 군사달히 녀름짓거나 므슥을 맹갈아내야 하나이다. 롱담알 하면, 모도 밥값알 하여야 한다는 녜아기니이다."

그가 웃음을 짓자, 사람들이 조심스럽게 얼굴에 웃음을 올렸다.

"녜, 원슈님. 그러하압나니이다," 윤이 말을 받았다.

"시방 우리 군사달히 열심히 일하려 하야도, 맛당한 일이 없나이다. 녀름지을 따도 없고. 므슥을 맹갈알려고 하야도 맛당히 맹갈알 만한 것도 없나이다. 다만 하나이 이시니, 뎌번에 '경제개발 계획'에서 나이 녜아기한 것텨로, 바다로 나가 고기랄 잡난 것이니이다. 바다해 고기야 많아니, 잡아도 잡아도 고기 없어딜 일안 없나이다."

유화룡이 소반을 들고 들어왔다. 찻잔들이 놓여 있었다. 저번에 관촉사 령규 스님이 선물한 차를 손님 접대에 쓰고 있었다.

"고기랄 잡으려면, 몬져 배 많이 이셔야 하나이다. 배랄 맹갈려면, 몬져 남기 많이 이셔야 하나이다." 차를 한 모금 마시고서, 그는 말을 이었다. "깊은 산애난 남기 많이 이시니, 우리 군사달히 남갈 버혀셔 강이나 바다로 가져오면, 배랄 맹갈 수 이시나이다. 그러나 배랄 타고 고기랄 잡난 일안 힘이 들고 위험하나이다. 그러하여셔 며츨 전에 해상보험이라 하난 졔도랄 맹갈았나이다. 바다해 나가셔 고기랄 잡다 죽으면, 뒤헤 남안 가권들히 보험금을 타셔 살아갈 수 이시니, 안심하고 바다해 나갈 수 이시니이다. 이제 우리 군사달히 산애 가셔 배랄 맹갈기 됴한 남갈 많이 버히면, 일이 이대 다외얄 새니이다. 므슴 녜아기인디 아시겠나니잇가?"

"녜, 원슈님. 이대 알겠압나니이다."

"하 부장, 여러 대쟝달끠 군령을 난호아 드리쇼셔."

대쟝들이 군령을 받자, 그는 하에게 읽으라고 손짓했다.

"그러하오면 쇼쟝이 군령을 닑겠압나니이다.".

호셔챵의군 군령 구십삼호

우리 호셔챵의군 군수들히 모도 용감히 싸화셔 우리 따흘 침범훈 젹군을 믈리티었도다. 모든 군사돌희 로고롤 고마온 무움으로 치하하는 바이도다. 이제 호셔챵의군은 쟝긔젼에 대비하야 쥰젼시톄계로 젼환하노라.

하나. 각 부대는 전시톄계를 유지흔 채로 싱산 활동애 죵수흠.

둘. 동븍방면군에 배쇽두외얃 데류긔병졍대룰 배쇽 해졔ㅎ고 데오대대만올 재배쇽흠.

데일젼투단애 데십칠긔병졍대 데일대대룰 배쇽흠.

세. 각 부대의 관할 디역과 본부는 왼녁과 곧흠.

동븍방면군 텬안, 평택, 직산, 목쳔, 젼의, 연긔, 온양, 아산 (본부 텬안군텽)

데일젼투단 공쥬, 회덕, 진잠, 련산, 니산, 은진, 셕셩 (본부 공쥬목텽)

데이젼투단 태안, 셔산, 당진, 면쳔, 해미 (본부 셔산군텽)

데삼젼투단 부여, 졍산, 쳥양, 홍산, 림쳔 (본부 부여현텽)

데오젼투단 한산, 셔쳔, 비인, 남보, 보령, 결셩 (본부 보령 슈영)

남아지 부대둘흔 원슈부 직쇽 예비대로 운용두외얄 것임.

네. 긔병로ᄉ는 우역셔를 운영흠. 우역셔의 셜립과 운영에 관흔 ᄉ항둘흔 ᄯ로 뎡흠.

다ᄉ. 부대둘회 싱산 활동애셔 나오는 리문의 반온 챵의군의 비용 으로 쓰고 반온 해당 부대의 군ᄉ둘헤게 고로 ᄂ호아줌.

긔묘 칠 월 십사 일

호셔챵의군 원슈 리언오

"김항렬 총독안 여긔 없으니, 나이 뒤헤 따로 녜아기하겠나이다," 하가 다 읽기를 기다려, 그는 설명하기 시작했다. "윤 대쟝의 일젼투단안 공쥬와 회덕에서 나모랄 버혀셔 떼로 맹갈아 금강애 띠와셔 부여까쟝 가져오쇼셔."

"녜, 원슈님. 이대 알겠압나니이다," 윤이 대답했다.

"채 총독의 이젼투단안 해미와 셔산 동녁 가야산(伽倻山) 줄기에셔 남갈 졈 얻을 수 이실 새니이다. 그러나 많디 아니할 새니, 찰하리 소곰알 굽는 것이 나알 닷하나이다. 소곰알 굽는 일이 힘들디만, 거긔셔 나오난 이문의 반알 군사달헤게 난호아주면, 군사달히 마다하디 않알 것 갇한듸, 채 총독 의견은 엇더하시니잇가?"

채가 잠시 생각하더니 천천히 고개를 끄덕였다. "원 슈군이 데일 싫어하난 것이 소곰 굽는 일이디마난, 원슈님 말쌈대로이 이문의 반알 난호아준다 하면, 군사달히 렬심히 할 새압나니이다."

"그러하면, 그리하사이다. 이젼투단안 소곰알 굽기로 하사이다. 그리하고 염뎐을 맹갈아난 것도 생각해보쇼셔. 쇼곰알 구우려면, 남기 많이 들어셔 산이 다 벗겨딘다 하난듸, 염뎐은 맹갈알 때난 힘이 들디마난, 한번 맹갈아놓아면……"

"녜, 원슈님. 이대 알겠압나니이다. 쇼쟝이 염뎐을 맹갈 만한 곳알 찾아보겠압나니이다."

"셕 대쟝의 삼젼투단안 청양과 졍산애셔 남갈 구하쇼셔. 그리하고 부여 금강 가애 배랄 맹가난 됴션소랄 셰우쇼셔. 부여 됴션소애셔는 청양과 졍산의 남과 일젼투단이 금강 상류애셔 가져온 남가로 배랄 맹갈 새니이다. 뎌번에 떼를 엮었던 금강천 하류하고 부여현텽 북녁의 돌뫼가 배랄 맹갈기 묘한 곳 간하니, 셕 대쟝끠셔 배 짓는 일알 한 묘션쟝달콰 샹의하셔셔 묘션소랄 셰우도록 하쇼셔."

"녜, 원슈님. 원슈님끠셔 말쌈하신 대로이 묘션쟝달콰 샹의하야 본 뒤헤 말쌈 올이겠압나니이다."

배를 짓는 일에 관해선, 이미 그와 셕현공 사이에 얘기가 여러 번 오간 터였다. 부여에도 작은 배를 짓는 묘션쟝(造船匠)들이 있었지만, 바다로 나갈 큰 배를 지어본 사람들은 셔쳔까지 나가야 구할 수 있다고 했다.

"오젼투단안 보령 동쪽의 오셔산(烏栖山) 줄기에셔 남갈 얻을 수 이실 새니이다. 보령 슈영에 이믜 배랄 맹가난 긔계들히 이시니, 박 대쟝끠셔 뎜검해보쇼셔."

"녜, 원슈님. 이대 알겠압나니이다."

"긔병대난 따로 녜아기하겠나니이다. 남아지 부대달한 나와 함끠 홍쥬로 돌아가셔 급한 일달할 할 새니이다. 시방 녜아기한 일애 관하여 물으실 말쌈이 이시면, 말쌈해보쇼셔."

갑작스럽게 내놓은 계획이어서, 대쟝들도 모르는 일들이 많았다. 자연히, 논의가 길어졌다. 그러나 모두 해볼 만하다고 생각하는 듯, 실제로 병력을 운용하는 것에 관한 얘기들이 오갔다.

"남갈 구하난 일과 관련하여, 나이 여러분들끠 부탁할 일이 하나 이시나니이다." 얘기가 끝나가자, 그가 말했다. "깊은 산애 가면, 큰 나모달히 많이 이시나니이다. 그러나 그 나모달히 너모 많이 버혀디면, 산이 헐벗어셔 큰 믈에 산이 씻겨 나가고 사태가 니러나나이다. 그러하면 시내와 강이 흐려디고 메워디나니이다. 그러모로 산애

가면 남갈 귀히 너겨야 하나이다. 큰 남갈 버힐 젹에 젹은 나모달
히 다티디 아니하개 하쇼셔. 그리하여야 내죵애도 다시 남갈 버힐
수 이시나이다. 우리 군사달해게 남갈 소듕이 너기라 니르쇼셔."

"녜, 원슈님. 이대 알겠압나니이다."

"그리하고, 남갈 버힌 뒤헤는 속겁질을 벗겨내어 모호쇼셔. 나
모 속겁질로난 죠해랄 맹갈알 새니이다. 곧 죠해랄 맹가난 '계지공
사'랄 셰울 생각인듸, 거긔셔 돈알 내고 나모 속겁질을 사갈 새니
이다."

문서들이 점점 많이 만들어지고 쌀어음의 발행이 빠르게 늘어나
자, 종이 부족이 점점 심각해지고 있었다. 펄프를 이용한 제지 기
술이 나오지 않은 상황에선, 나무 속껍질을 종이 원료로 쓰는 것
이 거의 유일한 방안이었다. 원래 이곳에서 쓰이는 한지는 뽕나무
비슷한 닥나무의 속껍질을 원료로 삼은 것이었다. 소나무 속껍질
을 원료로 삼으면, 한지보다야 못하겠지만 쓸 만한 종이가 나올 듯
했다. 많은 실험들을 거쳐야 하겠지만, 그는 나무 속껍질에 볏짚을
섞어 종이를 만들어볼 생각이었다. 만일 볏짚을 섞어 만드는 것이
현실적 방안이라면, 볏짚이야 흔하므로, 종이 생산량이 크게 늘어
날 것이었다.

다시 연장 얘기가 나왔다. 나무를 베는 데도 연장의 부족이 문제
가 되겠지만, 나무껍질을 벗기는 일도 연장이 부족해서 쉽지 않다
는 얘기였다.

"이번에 젹군이 버린 연장달 가온대 쓰디 못하개 댜외얀 것들을
모호얐압나니이다. 곧 톱과 낫아로 맹갈겠압나니이다," 셕현공이

말했다.

"그리하쇼셔. 하 부쟝, 우역셔(郵驛署)를 셰우는 군령을 보사이다."

"녜, 원슈님." 하가 사람들에게 군령을 나눠주고 읽기 시작했다.

호셔챵의군 군령 구십스호

튱쳥우도 인민들이 서르 쇼식을 뿔리 뎐홀 수 이시게 ᄒ져, 윈녁과 굳히 우역셔를 셜티ᄒ노라.

ᄒ나. 우역셔는 사람돌희 셔찰올 뎐ᄒᄂ 일올 맛도다.

둘. 우역셔의 본졈은 홍쥬목에 두도다. 튱쳥우도의 역들혼 지졈들히 두외도다.

세. 료금은 셔찰 ᄒ 통애 일 편문이도다. ᄒ 근보다 가비야온 믈건은 삼 편문이도다.

네. 우역셔 요원들혼 현재 호셔챵의군 긔병으로 복무ᄒᄂ 사롬돌 위쥬로 치온다.

　　　우역셔 총재 군수 부령 리형손

　　　　　부총재 겸 본졈쟝 딕령 쳔영셰

　　　　　동부거졈쟝 (텬안 신은역) 졍수 우승호

　　　　　븍부거졈쟝 (셔산 풍뎐역) 졍수 젼셩무

　　　　　셔부거졈쟝 (셔쳔 두곡역) 졍수 진갑슐

　　　　　남부거졈쟝 (공쥬 리인역) 딕령 황칠셩

등부거졈챵 (쳥양 금졍역) 졍위 안징

다숫. 역마다 셔찰과 믈건을 뎐달홀 급쥬 요원들홀 다숫 사룸식
뽑는다.

긔묘 칠 월 십亽 일
호셔챵의군 원슈 리언오

우편은 사회 기반 시설 가운데서도 가장 근본적인 것이었다. 정
보가 제대로 유통되어야 사회가 활발하게 움직이고 응집력이 생겼
다. 그래서 고대부터 통치자들은 도로와 우편에 마음을 썼다. 그는
우편의 도입이 상업을 발전시키는 계기가 되기를 은근히 기대하고
있었다. 역사적으로, 우편의 도입은 상권을 전국적으로 넓혀서 상
업의 발전을 크게 도왔다. 특히 우편 주문은 벽지에 사는 사람들도
도시의 물건들을 향유할 수 있도록 만들었다. 원래 관리들만 이용
하던 역참 제도를 모든 인민들에게 개방하는 조치라서, 그는 마음
이 퍽이나 흐뭇했다. 긔병들이 원래 역리들이었으므로, 이미 존재
하는 역들을 이용하고 긔병들을 업무에 투입하면, 새로운 제도지
만, 매끄럽고 효율적으로 움직일 터였다.

하균이 군령을 다 읽자, 그가 간략하게 우편의 중요성과 운영 방
침을 설명했다.

"원슈님. 쇼쟝이 한 말쌈 올이려 하압나니이다." 그의 얘기가 끝
나자, 황칠셩이 조심스럽게 말했다.

"네, 황 대쟝. 황 대쟝끠셔 원래 역에셔 일하샀아니, 우역에 관

하여 이대 아실 새니이다. 말쌈하쇼셔," 그는 웃음을 띠고 부드럽
게 말했다.

"쇼쟝의 어린 생각애난 동부거졈을 텬안 신은역이 아니라 온양
시흥역에 두는 것이 엇더하올지······ 시흥역은 시흥도의 본역이라
셔, 거긔 거졈을 두면, 여러모로 됴할 닷하야······"

그는 힘주어 고개를 끄덕였다. "황 대쟝 말쌈이 아조 됴한 말쌈
이니이다. 실은 나도 처엄에는 시흥역에 거졈을 두려 하얐나이다.
그러나한듸, 시방 우리 우역을 리용할 사람달한 쥬로 우리 챵의군
군사달히니이다. 동북방면군 군사달한 평택과 직산 녁에 많이 이
시고 온양에는 없나이다. 딸와셔 텬안에 두는 것이 낫다고 생각하
얐나이다."

"아, 녜, 원슈님. 이대 알겠압나니이다," 황이 미안해서 붉어진
얼굴로 말했다. "쇼쟝이 좁안 소견으로······"

"아니오이다. 황 대쟝끠셔 됴한 말쌈알 하샀나이다. 이런 자리
애셔 자갸 생각알 황 대쟝텨로 밝히셔야, 나이 됴한 계책알 셰울
수 이시나이다. 여러분들 모도 어려워하시디 말고 나애게 녜아기
하야 주쇼셔."

"녜, 원슈님. 이대 알겠압나니이다," 이번에는 모두 일제히 대답
했다.

"나이 신은역에 거졈을 둔 대애난 또 하나 뜯이 이시나이다. 앒
아로 우리 우역셔가 이대 움직이면, 사람달히 우역을 많이 리용할
새니이다. 셔찰과 문셔만이 아니라, 가배야온 믈건들혼 손조 가져
가디 아니하고 우역을 리용할 새니이다. 그리다외야면, 튱쳥우도

252

사람달만이 아니라 튱청좌도 사람달콰 한강 남녁의 경긔도 사람달
토 갓가온 신은역에 와셔 우리 우역을 리용할 새니이다. 얼머나 됴
한 일이니잇가?"

3

"뎨삼십칠운슈졍대 여러분, 이제 여러분들흔 그리던 고향 법셩
보로 돌아가시나이다," 나직한 목소리로 말하고셔, 언오는 병사들
을 둘러보았다.

병사들의 얼굴엔 빨리 떠나고 싶어 하는 기색이 역력했다. 하긴
상관의 훈시를 반기는 병사는 없을 터였다.

금강 북쪽에 있던 법셩보 조졸 출신 병사들은 어제 비로소 모두
부여현텽에 모였다. 그래서 그들을 37운슈졍대로 편성하여 강슈돌
이 이미 이끌고 젼라도로 내려간 '법셩보 원졍군'에 배속한 것이었
다. 졍대쟝엔 도사공이었고 대대쟝을 지낸 박긔쥰을 임명했다.

"여러분들흔 디난 삼월에 우리 호셔챵의군에 들어오샸나이다.
어느덧 넉 달이 디났나이다. 그끠 여러분들히 스스로 챵의군에 들
어오신 것은 아니나이다. 여러분들히 브리던 조운션들콰 거긔 실
린 셰미를 챵의군이 몰슈하야셔, 엇디하디 못하고 챵의군에 들어

254

오샸나이다. 우리 챵의군은 스스로 들어온 분들로 이루어딘 군대이나이다. 나나 다란 대쟝달히 뉘에게 챵의군에 들어오라고 강요한 적은 없었나이다. 지금히 단 한 번도 없었나이다. 여러분들만엇디할 수 없어서 챵의군에 들어오샸나이다." 그는 숨을 돌리면서사람들이 그의 말을 새길 틈을 주었다.

"그러나 여러분들흔 지금히 불평하디 아니하고 목숨 걸고 싸호샸나이다. 우리 챵의군이 큰 격군들흘 맞아 련젼련승한 대애난 여러분들끠셔 그리 용감히 싸호신 공이 므슥보다도 크나이다. 챵의군을 잇그는 원슈로서 여러분들끠 늘 고마온 마암알 품고 이셨나이다. 이 자리랄 빌어셔, 다시 한 번 여러분들끠 감샤하다는 말쌈알 드리나이다." 그는 허리를 깊이 숙여 인사했다.

병사들은 그저 듣고만 있었다.

그는 서둘러 말을 이었다. "여러분들흔 이제 마암 편히 고향아로 돌아가실 수 이시나이다. 관군의 도원슈와 젼라도 관찰사이 나와 함끠 슈결을 둔 로인알 박긔쥰 졍대쟝이 디니고 이시나이다. 딸와셔 여러분들흔 고향 법셩보로 돌아가셔셔 편히 디내실 수 이시나이다. 여러분들히 챵의군에 들었다고 므어라 할 사람은 젼라도따해 없나이다." 그는 다시 사람들이 그의 말을 새길 틈을 주었다.

"만일 여러분들 가온대 그냥 고향애 눌러앉아 살고 식브신 분들히 겨시면, 부대 그리 하쇼셔, 우리 챵의군이 여러분들끠 더 요구할 수는 없나이다. 여러분들흔 이믜 챵의군을 위하야 열심히 싸호샸고, 원슈인 나난 여러분들히 그저 고마올 따람이나이다. 고향애셔 살고 식브신 분들끠셔는 부대 고향애셔 사쇼셔. 나난 그런 분들히 고향애셔 잘사시기랄 진심으로 긔원하나이다."

그의 얘기에 아무도 반응하지 않았다. 뉘엿한 햇살 아래 모여 앉은 사람들 사이에 어색한 정적만 앉았다.

실망과 당혹이 그의 가슴을 채웠다. 저번에 은진에서 연설할 때와 사뭇 달랐다. 저번엔 이 대목에서 뜨거운 반응이 있었다. "원슈님, 우리는 다시 돌아오압나니이다"라고 누가 소리쳤고 모두 "챵의구운"을 소리 높여 외쳤었다. 그도 눈물을 가까스로 누르면서 팔을 들고 구호를 외쳤었다.

저번에 먼저 떠난 병사들은 '부여라셩 싸홈'을 막 치러서 격앙된 상태였고 여기 보인 병사들은 그 중요한 싸움에 참가하지 않았고 이미 고향에 간다는 얘기를 오래전에 들었다는 사정이 그렇게 다른 반응을 불러냈는지도 몰랐다.

"여러분," 그는 마음을 다잡고 큰 소리로 말했다. "여러분끠셔 돌아오실 때도 함끠 모여 박긔쥰 대쟝의 인솔 아래 돌아오쇼셔. 그리하시고 가권과 함끠 오시고 식브신 분들끠셔는 부대 가권과 함끠 오쇼셔. 도원슈와 전라도 관찰사이 슈결을 둔 로인애도 가권과 동행할 수 이시다고 나왔나이다."

병사들이 수군거리기 시작했다. 아마도 로인에 그런 내용이 들은 줄 처음 안 듯했다.

"앒아로 우리 챵의군이 다사리난 따해셔는 배랄 타난 사람달히 마암 놓고 배랄 탈 수 이시게 하겠나이다. 고기랄 잡난 사람달히든 조운션을 브리난 사람달히든, 마암 놓고 배랄 탈 수 이시게 해상보험 제도랄 시행하나이다. 그러하니 가권들콰 함끠 오시고 식브신 분들흔 걱뎡하디 마시고 부대 함끠 오쇼셔. 아시겠나니잇가?"

"녜에." 비로소 마음이 담긴 대꾸가 나왔다.

"그러하면 고향아로 돌아가쇼셔. 여러분, 감샤하압나니이다." 그는 깊이 허리 숙여 인사했다.

누가 손뼉을 쳤다. 차츰 손뼉 치는 소리가 커지더니, 마침내 환호성이 올랐다, "챵의구운. 챵의구운."

그는 성묵돌에게 손짓했다.

근위병들이 독이 하나 실린 손수레를 끌고 왔다.

"박 대쟝." 그는 옆에 선 박긔쥰을 돌아보았다.

"녜, 원슈님."

그는 주머니에서 봉투를 꺼냈다. "이것은 나이 허엽 젼라도 관찰사끠 보내는 안부 편지이니이다. 젼쥬에 가시면, 관찰사끠 뎐해주쇼셔."

"녜, 원슈님. 이대 알겠압나니이다."

"그리하고 이 술위에 실린 것은 새오젓 독이외다. 강경보애셔 구한 새오젓이외다. 나이 관찰사끠 보내드리는 것이니, 편지와 함끠 뎐해주쇼셔."

"녜, 원슈님. 이대 알겠압나니이다."

법성보 출신 병사들을 다시 보내면서, 그는 허엽에게 글과 작은 선물로 인사를 차리는 것이 여러모로 좋으리라 판단했다. 무엇을 보낼까 생각하다가, 묘월의 사촌 언니가 강경보에 산다는 얘기를 들은 것이 떠올랐다. 그래서 묘월에게 편지를 써서 새우젓 독을 하나 구해달라고 부탁한 것이었다. 굳이 묘월을 통해서 물건을 구한 것은 물론 묘월과 자연스럽게 만날 수 있다는 점 때문이었다. 덕분에 묘월에게 붓글씨로 '러브 레터'도 써보았고 해후도 했다.

"박 대쟝, 이제 군사달할 잇글고 가쇼셔."

"녜, 원슈님. 쇼쟝안 가보겠압나니이다. 원슈님, 부대 몸조심하쇼셔." 박이 바로 서더니 경례했다. "챵의."

긔슈가 그를 향해 37운슈졍대긔를 숙였다.

"챵의," 그는 답례하고 박에게 손을 내밀었다. "박 대쟝, 시혹 어려운 일이 이시면, 사람알 나애게 보내쇼셔."

"녜, 원슈님. 이대 알겠압나니이다." 박이 돌아서서 외쳤다. "뎨 삽십칠운슈졍대 출발."

군악대가 연주하기 시작했다. 'Going home, going home, I'm agoin, home…'

그는 목책을 나서는 병사들과 일일이 악수했다.

병사들은 떠나는 아쉬움과 고향을 찾는 기쁨이 뒤섞인 낯빛으로 그의 손을 잡고 경례하고 목책 밖으로 걸어 나갔다.

마지막 병사가 목책을 걸어 나가자, 그는 한숨을 길게 쉬었다. 약속을 지킨 것이었다. 고향으로 돌아가도록 해주겠다고 한 넉 달 전의 약속을.

'다섯을 빼놓고는. 싸움에서 쓰러진 다섯을 빼놓고는.' 그는 다시 한숨을 길게 쉬었다.

뉘엿한 햇살 아래 고향으로 돌아가는 행렬이 셕셩으로 가는 길을 힘차게 걷고 있었다. 군악대가 뽑아 올리는 가락이 그들의 발걸음을 가볍게 하고 있었다. 'Going home, going home……'

"자아, 타자," 겸백이에게 말하고서, 언오는 먼저 뗏목에 올라탔다.

한순간 머뭇거리는 듯하던 겸백이도 뗏목에 성큼 올라탔다. 말의 무게에 뗏목이 흔들렸다. 고맙게도, 병사들과 말들을 건네주느라 많이 닳은 뗏목은 이내 안정을 되찾았다.

"자아, 묘월 아씨. 이리 올아쇼셔." 겸백이의 고삐를 잡은 채, 그는 강가에 선 묘월에게 손을 내밀었다.

그녀가 한 손으로 치맛자락을 거머쥐고 다른 손으로 그의 손을 잡더니 성큼 뗏목으로 올라섰다. 그의 손을 꼭 잡은 채, 상기된 얼굴에 수줍은 웃음을 올렸다.

"떼를 타본 적이 이시나니잇가?"

그녀가 도리질을 했다. "배난 많이 타보았디만, 떼는……"

이어 성묵돌과 근위병 둘이 탔다. 선착장에 선 공병대 요원이 줄을 풀어 뗏목 위로 던졌다. 사공 노릇을 하는 공병대 요원이 삿대로 뗏목을 밀어내자, 뗏목은 천천히 강가를 떠나 물살을 타고 아래쪽으로 떠내려가기 시작했다.

원래 성격이 침착해서 그런지 금강 가에서 자라면서 배를 자주 타서 그런지, 묘월은 뗏목 타고 강을 건너는 것을 두려워하는 기색이 없었다.

그래도 그는 그녀 어깨를 감쌌다. 그녀 체취가 잊혔던 기억들을 불러냈다. 그녀가 어깨를 그에게 살짝 기댔다. 대담한 몸짓이었다. 부부가 길을 가더라도, 남편이 혼자 앞서서 휘적휘적 걷고 아내는 뒤에 떨어져 따라가는 것이 점잖은 태도로 여겨지는 세상이었다. 그들을 바로 보지 못하고 흘끗거리는 사람들을 보면서, 그는 야릇한 웃음을 얼굴에 올렸다. 그들의 생각이 어떠하든, '남녀칠세부동석'이란 부자연스러운 풍속을 누그러뜨리는 일은 일단 뜻이 있을 터였다.

뗏목이 강 한가운데로 들어섰다. 문득 자신이 너무 편리하게 생각한다는 생각이 들어서, 그는 잠시 마음을 가다듬었다. 자신이 묘월을 스스럼없이 대할 때, 그는 현대 풍속의 자연스러움으로 자신의 행태를 정당화했다. 이미 정혼한 여인이 있는데도 묘월과 관계를 맺었다는 사실이 마음에 걸릴 때, 그는 일부다처(一夫多妻)가 용인된 이곳에선 사람들이 크게 마음을 쓰지 않으리라는 점을 들어 자신을 변호했다. 그것은 분명히 위선이었지만, 그런 위선에 그다지 마음 쓰지 않는 자신을 그는 다그치지 않았다. 물론 그런 행태에 대한 변명도 이미 찾아 놓은 터였다 ── '내가 언제 성자(聖者)가 되려고 했나?'

뗏목이 북쪽 강둑에 닿자, 성묵돌이 줄을 던졌다. 먼저 건넌 림형복이 줄을 받아 말뚝에 비끄러맸다.

"자아, 따하로 올아쇼셔." 그는 묘월이 땅에 오르는 것을 도와주었다.

고삐를 넘겨받은 성묵돌이 점백이를 땅으로 끌어 올렸다. 근위병들이 뗏목을 상류로 끌고 가기 시작했다.

그는 밋밋한 강둑으로 올라서서 잠시 상황을 살폈다. 근위대대의 도강은 순조롭게 진행되고 있었다. 날씨도 좋았고 물도 많이 줄어들어서, 별 어려움은 없었다.

'얼마 만인가?' 그는 전라도에서 관군이 움직인다는 보고를 받고 급히 금강을 건너던 때를 떠올렸다. 무척 오래된 듯했지만, 막상 따져보니, 겨우 스무 날이 지난 것이었다. 그만큼 중요한 일들이 많이 일어났단 얘기였다. 어쨌든, 마음은 홀가분했다. 큰 군대를 몰고 온 관군과의 싸움에서 확실하게 이겼고 뒤처리까지 깔끔하게 한 것이었다. 당분간 남쪽으로부터의 군사적 위협은 없을 터였다. 쥰전시톄계로의 전환도 잘 이루어진 셈이었다. 무엇보다도, 법성보 사람들이 고향으로 돌아갈 수 있게 주선해준 것이 흐뭇했다.

"묘월 아씨, 우리 천천이 걸어가사이다." 그는 그녀에게 앞으로 가자고 손짓했다. 그는 그녀 집에서 하루를 묵기로 되어 있었다.

"네, 원슈님."

그녀 목소리가 산골짜기를 흐르는 물소리 같다는 생각을 하면서, 그는 그녀를 흘긋 살폈다.

그녀는 행복해 보였다. 겨우 하룻밤을 같이 지내고 다시 헤어질 터였지만, 그녀는 더 바라지 않는 듯했다.

길은 강을 따라 조금 내려가다 오른쪽으로 돌아 마을로 향했다. 길섶엔 벌써 가을꽃들이 피고 있었다. 싸움터에서 봄과 여름을 보낸 것이었다. 근위병들은 그들의 앞뒤로 멀찍이 떨어져서 걷고 있었다. 그들의 배려가 고마우면서도, 이제는 사생활을 갖기 어렵다는 사실이 새삼스러운 묵직함으로 죄어들었다.

"발셔 쑥부쟁이 곳이 피었네." 그는 그녀를 돌아보면서 제법 소담스러운 쑥부쟁이 꽃들을 가리켰다.

"네, 원슈님." 그녀가 길섶에 핀 꽃들을 둘러보았다. "쇼녀이 디
난봄애 여긔셔 쑥블장이 순을 많이 뜯었압나니이다."

"순을?"

"네. 봄애 순을 뜯어서 나물로……" 정을 담은 그녀 눈길이 그
의 얼굴을 어루만졌다.

"아, 네." 그는 쑥부쟁이 순을 나물로 먹는다는 얘기는 처음 들었
다. 이곳에선 나물로 먹는 것들이 정말로 많았다. 하긴 한반도에서
봄에 돋는 싹들은 거의 다 먹을 수 있단 얘기를 읽은 적이 있었다.

그는 충동적으로 길섶으로 들어서서 유난히 소담스러운 가지 하
나를 꺾었다. "묘월 아씨, 아씨난 쑥부쟁이 곳과 갇하나이다."

환한 얼굴로 그녀가 꽃을 받아 들었다. "원슈님, 쇼녀이 쑥블장
이 곳 갇하압나니잇가?"

"네. 맑고. 밝디만 화려하디 아니하고. 나랄 보라고 앒아로 나셔
디 아니하고. 그러하야셔 찬찬히 보아야 아람답다난 것을 알게 다
외고."

그녀 얼굴에 어린 맑은 웃음에 서글픔이 살짝 어린 듯해서, 그의
밝은 마음에도 옅은 그늘이 어렸다. 그녀를 보거나 생각하면, 늘
고마움과 안쓰러움이 어렸다.

"원슈님," 꽃을 들여다보면서, 그녀가 물기 어린 목소리로 나직
이 불렀다.

"네."

"이 쑥블장이 곳의 일홈이 엇디 나왔난디," 그녀가 고개 들어 수
줍은 눈길로 그의 얼굴을 올려다보았다. "시혹 아압시나니잇가?"

그는 고개를 저었다. "모라나이다. 엇디 나왔나니잇가?"

"근위병들히 기다리고 이시압나니이다." 그녀가 앞에서 기다리는 림형복을 가리켰다. "가면셔 녜아기하사이다."

"녜." 그는 돌아서서 걸음을 옮기기 시작했다. "쑥블장이라난 일홈안 엇디 나왔나니잇가?"

"녯날애 어느 깊은 산골애 대쟝일알 하난 블장이 집안이 살았압나니이다. 집안이 가난하고 식구는 많았난듸, 블장이 안해 병에 걸위었나이다. 맏딸안 동생달할 돌보면서 쑥을 캐셔 먹고 사람달해게 팔았나이다. 그러하야셔 사람달히 그 맏딸알 쑥블장이라 브르게 다외얐압나니이다."

좁은 둑길을 따라 천천히 걸으면서, 그는 그녀를 돌아보았다. "아, 그러하얐나니잇가?"

"녜, 원슈님. 하라난 쑥블장이 깊은 산골로 쑥을 뜯으러 가다, 샹쳐에서 피를 흘리는 노로랄 만났압나니이다. 쑥블장이난 그 노로이 불샹하야 산행군으로브터 숨겨 주었압나니이다. 그 노로난 고맙다 하면서 은혜를 꼭 갚겠다 하고셔 사라뎠압나니이다. 또 하라난 쑥블장이 깊은 산속애셔 함졍에 빠딘 산행군을 보고 츩넌출을 나려주어 구하얐압나니이다. 그 산행군은 잘삼긴 졀믄이었압나니이다. 두 사람안 바로 졍이 들었압나니이다."

자신들도 첫눈에 반한 사이임을 떠올리고, 두 사람은 함께 웃음을 지었다. 그는 그녀 이마에 입 맞추고 싶은 충동을 가까스로 눌렀다.

"그 산행군은 먼 마알해 사난 사람이었난듸, 부모님끠 혼인 허

락알 받아셔 가알해 돌아오겠노라 약속하고 떠났압나니이다." 그
들이 다시 걷기 시작하자, 그녀가 이야기를 이었다. "그러나 가알
히 와도 그 산행군은 돌아오디 아니하얐압나니이다. 다암 해 가알
히 디나가도 그 산행군은 돌아오디 아니하얐압나니이다. 그다암
해 가알해도 다시 그다암 해 가알해도 부모님 허락알 받아 돌아오
겠다던 그 산행군은 돌아오디 아니하얐압나니이다."

그가 돌아오기를, 편지라도 보내오기를, 그녀가 하염없이 기다
렸으리라는 생각이 새삼 떠올라서, 그는 돌아서서 그녀 얼굴을 바
로 보지 못하고 대신 반쯤 몸을 돌리고 대꾸했다. "아, 그러하얐나
니잇가?"

"쑥블장이난 졍을 준 산행군이 너모 그리워셔, 졈졈 몸이 여위
어갔압나니이다. 어느 봄날 산골애셔 쑥을 뜯다가 오디도 아니하
고 쇼식도 없난 졍인이 그립고 야속하야 쑥블장이 혼자 눈믈을 흘
리난듸, 몇 해 젼에 구해준 노로이 나타났압나니이다. 그 노로난
노란 구슬이 속애 든 보라빛 주머니 세 개랄 내밀면셔 소원을 빌면
들어주는 구슬이라 하얐압나니이다."

"아, 그러하얐나니잇가?" 설화에선 자주 나오는 주제라서, 그는
걸음을 멈추고 돌아보았다. 소원은 세 가지를 바랄 수 있고 마지막
소원은 반전에 쓰인다는 공식이 이번에도 적용되는가 하는 점도
궁금했다.

그가 흥미를 느낀 것을 보자, 그녀가 환한 웃음을 지었다. "쑥블
장이난 몬져 어마의 병이 낫게 하야달라고 빌었습니다. 그리하얐
더니, 어마의 병이 이내 나았압나니이다. 쑥블장이난 다암에는 그

산행군을 보게 하야달라고 둘째 구슬에 빌었압나니이다. 그리하얐
더니, 참아로 그 산행군이 앒애 나타났압나니이다."

그는 웃음을 지으면서 고개를 끄덕였다.

"그러나 그 산행군은 이믜 다란 녀자하고 혼인하야셔 자식까장
두었노라고 하얐압나니이다." 그가 따준 쑥부쟁이 꽃을 쳐다보면
서, 그녀가 쓸쓸한 웃음을 지었다. "그 네아기랄 들은 쑥블장이는
자개 사랑하난 사람이 자갸 사람이 다외앟 수 없다난 것을 알았압
나니이다. 그러하야셔 쑥블장이난 마지막 구슬에 빌었습니다. 그
산행군을 자갸 집에 보내달라고."

그녀가 고개를 들었다. 그는 그녀 눈 속을 들여다보았다. 슬픔이
살짝 어린, 맑은 웃음이 그의 눈길을 받았다. 가슴이 저려왔다.

"쑥블장이난 그 산행군을 닞으려 하얐디만, 닞을 수 없었압나니
이다." 그녀가 손에 든 꽃을 내려다보며 나직이 얘기했다. "그 사
람이 너모 그리워셔, 쑥블쟁이는 몸이 점점 여위어갔압나니이다.
여윈 몸아로 쑥을 뜯다가 그만 낭떠러지에서 떨어뎌 죽었습니다.
다암 해 봄애 쑥블장이 죽은 곳애 젼에 못 보던 풀이 돋았압나니이
다. 그 풀은 봄애난 나믈로 먹을 수 이셔셔, 사람달한 쑥블장이 가
난한 식구들이 뜯어 먹으라고 다시 태어났다고 녀겼압나니이다.
그 풀에셔 가알해난 보라빛 곳닢 안해 노란 곳수울이 이시난 곳이
피었는듸, 사람달한 그 곳이 꼭 노로이 쑥블장이애게 준 노란 구
슬이 든 보랏빛 주머니텨로 삼겼다고 하얐압나니이다. 그러하야셔
사람달한 그 풀을 쑥블장이라 블렀다 하압나니이다."

마지막 보랏빛 주머니에서 노란 구슬을 꺼내 들더니, 쑥블장이가 빌었다. "나이 사랑하는 사람안 이믜 처자이 이시난 사람이오니, 무사히 집아로 돌아갈 수 이시게 하쇼셔."

문득 그녀가 선 땅이 멀어지기 시작했다. 그가 선 곳 바로 앞에 깊이 모를 검은 심연이 나타나더니 빠르게 커졌다. 미처 작별 인사도 못했다는 생각이 뒤늦게 들어, 그는 그녀에게 외쳤다. "쑥블장이 아씨이."

그러나 그녀가 선 땅은 이미 너무 멀어져서, 그의 목소리가 들리지 않을 터였다. 소용없다는 생각에 그는 나오던 외침을 멈췄다.

'쑥블장이 아씨이.' 나오지 못한 외침이 목에 걸린 순간, 언오는 잠이 깼다. 어둠 속에서 그는 자신이 누운 곳이 어디인가 생각을 더듬었다. 묘월의 집에서 그녀와 함께 잠자리에 들었다는 것이 떠오르면서, 그는 본능적으로 옆을 살폈다. 그녀의 고른 숨소리가 들렸다. 안도감이 따스하게 살 속으로 퍼졌다. 그는 그를 향하고 옆으로 누운 그녀를 살그머니 안았다.

그녀가 잠결에도 그의 품속으로 파고들었다.

쑥블장이와 헤어진 아픔과 그리움이 아직 시린 물살로 넘실거리는 가슴으로 그는 보드랍고 따스한 그녀 등을 조심스럽게 쓰다듬었다. 그녀 체취가 부드럽게 그를 감쌌다. 불쌍했다. 그저 불쌍했다. 차분한 마음으로 살피면, 삶도 사랑도 슬픈 빛을 띠는 듯했다. 오를 수 없는 곳을 향해 오르려 애쓰는 것이 삶의 본질이기에, 그리고 사랑은 삶을 이어가는 길이기에, 그런지도 몰랐다.

4

시원스럽게 솟은 해송(海松)들 사이로 밀려오는 바닷바람이 시원했다. 해가 뉘엿해서, 개야소도(開也召島)는 벌써 그늘에 덮이고 있었다. 흰 돛 올린 배 몇이 잔잔한 바다를 멈춘 듯 가고 있었다.

여기는 서해를 내려다보는 셔쳔보 영셩(舒川浦營城)이었다. 영셩도 둘러보고 바닷바람도 쏘이려 나온 길이었다. 마침 셔쳔군에선 교학참모부가 아이들을 가르치는 사업을 시험적으로 시작했으므로, 교학참모부를 맡은 군사(軍師) 원슌보와 다른 요원들의 노고를 치하하고 사업 얘기도 들어보고자 함께 온 터였다.

노을에 물들기 시작한 구름을 바라보면서, 언오는 자신도 모르게 뇌었다. "쑥블장이."

마을 어귀에서 배웅하던 묘월의 모습이 다시 떠올랐다. 하루를 더 묵게 되었다고 하자, 이내 환해지던 그녀 얼굴이 그 위에 겹쳤다. 조선소를 세울 자리를 고르는 일을 구실로 삼아, 그는 은산에서 하루를 더 머물렀던 것이다. 허전한 가슴 한쪽에 바다를 본 적이 없다는 그녀에게 바다에 데려가겠다고 한 약속이 바닷물이 나간 갯벌의 바위처럼 오뚝 앉아 있었다.

나오던 한숨을 되삼키고, 그는 옆에 선 원슌보를 돌아보았다. "경티 참아로 됴하나이다. 원 군사끠션 젼에 여긔 셔쳔보애 오샸던 적이 이시나니잇가?"

원이 싱긋 웃으면서 고개를 저었다. "쇼쟝안 여긔까쟝 나려온 적은 없압나니이다. 친구이 남보현감 할 적의 남보까쟝 와보았압나니이다."

"김 계쟝안 여긔 셔해 바다해 오샸던 적이 이시나니잇가?"

"여긔까쟝 온 적은 없압나니이다, 원슈님. 쇼쟝안 홍쥬까쟝 왔었압나니이다." 김소향이 방긋 웃으면서 대답했다. 뎨일교학계쟝으로 졍음을 가르치는 김은 원래 텬안군텽의 기생이었다.

"왕 계쟝안?"

"쇼쟝안 어릴 적브터 여러 번 왔었압나니이다, 원슈님." 뎨이교학계쟝으로 기초 한자를 가르치는 왕은 원래 금강 상류 림쳔군의 기생이었으니, 금강 하구인 셔쳔보에 여러 번 들렀을 만도 했다.

어릴 적엔 어떻게 지냈느냐고 왕에게 물으려다가, 기생인 그녀에겐 아픈 기억일지도 모른다는 생각이 들어, 그는 말을 되삼켰다. 대신 일 얘기를 꺼냈다. "아해달 가라치난 일히 엇더하나니잇가? 할 만하나니잇가?"

"녜, 원슈님." 그녀가 환하게 웃었다. "아해달히 모도 렬심히 배호려 하야셔 가라칠 마암이 나압나니이다."

"아, 그러하나니잇가. 다행이나이다." 그는 뎨삼교학계쟝으로 아이들에게 산수를 가르치는 유승거를 돌아보았다. "유 계쟝, 아 해달히 산수를 어려워할 샌듸…… 엇더하나니잇가?"

"녜, 원슈님." 유가 싱긋 웃었다. "아해달히 졈 어려워하압나니이다. 그러하야도 반 달 디나니, 모도 더하기, 빼기난 이대 하압나니이다. 곱하기난 아모리 하야도 졈 어려워셔 제대로 하난 아해난 몇 아니다외압나니이다."

그는 고개를 끄덕였다. "곱하기난 아모리 하야도 졈 어려울 새니이다. 윤 계쟝, 아해달히 활안 이대 쏘나니잇가?"

"녜, 원슈님. 아해달 힘에 맞개 시위를 걸어주면, 이대 쏘나이다." 뎨오교학계쟝으로 아이들에게 활쏘기를 가르치는 윤병식이 대답했다. "겨집아해달토 제법 쏘압나니이다. 겨집아해달해 맞개 쟉안 활알 맹갈아주었압나니이다."

"아, 그리하샸나니잇가? 이대 하샸나이다."

아이들에게 활쏘기를 가르치는 목적들 가운데 가장 중요한 것은 물론 다가오는 임진왜란에 대비하려는 것이었다. 이미 많은 녀군들이 여러 기능들을 수행하는 터라, 계집애들에게 활쏘기를 가르치는 것도 자연스러웠다. 남녀 구별이 지나치게 엄격한 이곳 풍속을 좀 누그러뜨리리라는 계산도 있었다.

"군사끠셔 아해달해게 샤슐(射術)을 가라치압시나니이다."

"아, 그러하시나니잇가? 원 군사끠셔 손조 가라치시나니잇가?"

"녜, 원슈님. 활안 사람이 다티기 쉬운 연장인듸, 아해달히 달호다 므슴 사고라도 날까 걱뎡이 다외아셔, 쇼쟝이 각금 윤 계쟝알 도와주고 이시압나니이다."

"참아로 슈고랄 많이 하시나이다."

"아니압나니이다. 아해달히 렬심히 배호고져 하니, 가라치난 일이 깃브압나니이다."

"군사님 말쌈대로이, 아해달히 모도 렬심히 배호려 하니, 가라칠 마암이 삼기압나니이다." 김이 말을 받았다.

"다행이니이다. 시방 몇이나 가라치나니잇가?"

원래 교학참모부 요원들은 셔남방면군 병사들을 먼저 가르치도록 되었었다. 그러나 관군이 남쪽에서 쳐들어오고 셔남방면군도 부여로 옮기면서, 교육 과정이 갑작스럽게 중단되었다. 그러자 교학참모부는 이 지역 아이들을 가르치는 과정을 대신 시작했다. 셔천군의 여러 면들을 순회하면서 반 달 과정으로 가르친다는 계획이었는데, 아까 잠깐 보고받았을 때, 원은 셔쳔 읍내에서 적어도 두 달은 더 해야 될 것 같다고 했다.

"처엄에난 삼십칠 인이 모호얐압나니이다. 다암 반알 모집하얐더니, 이백 인 넘게 응모하얐압나니이다. 처엄에는 눈칙를 보더니, 이번에는 오십 인을 뽑아셔 가라치고 이시압나니이다." 웃음을 지으면서, 원이 설명했다.

"뎜심을 준다는 것이 알려디자, 많이 모호얐압나니이다." 김이 얘기하자, 웃음판이 되었다.

배우는 것도 배우는 것이지만, 한 끼를 밖에서 때운다는 것도 가난한 집안에선 중요한 고려 사항일 터였다.

"나이 작년에 대지동애셔 아해달할 가라친 적이 이시나이다. 대지동 골애 둑을 쌓아 못알 맹갈알 적에, 아해달해게 일을 거들게 하면서 글도 가라쳤나이다. 그 적의 몀심을 아해달해게 주었는데, 사람달히 아해달 글 배호난 것보다 몀심 한 끼 밧기셔 먹고 들어오난 것을 더 됴화해셔 나이 낸 셔당아로 아해달히 몰려들었나이다."

"아, 그러하얏압나니잇가?" 원이 말을 받자, 사람들이 고개를 끄덕이면서 호기심 가득한 얼굴로 그의 얼굴을 살폈다.

"그때 나이 가라친 것들흔 시방 우리 하난 것텨로 졍음, 긔초 한 자, 산수였나이다. 그리하고 디리, 력사, 긔초 공쟝 긔술, 위생알 가라쳤나이다……" 그는 자신의 경험을 들려주기 시작했다.

그의 얘기가 끝나자, 사람들이 궁금한 것들을 물었다. 지금 여기 셔쳔군에서 시험적으로 교학 과정을 시행하는 것과 그가 대지동에서 한 일이 비슷했으므로, 그와 교학 요원들 사이의 얘기는 진지하고 실제적이었다.

"원슈님, 아해달히 더 배호고 식버하난듸, 가라칠 것이 없압나니이다." 논의가 끝나자, 김이 말했다. "반 달 간 배호고 나셔, 더 배호고 식버하는 아해달게 가라칠 것이 맛당티 아니하야셔, 마암이 안탓가옵나니이다. 므슴 책이 이시면, 혼자 공부하라 할 수도 이시난듸……"

"아, 그러하나니잇가?" 그는 천천히 고개를 끄덕였다.

생각지 못한 일이었다. 그의 목표는 아이들이 한글을 깨우쳐 글을 읽을 수 있도록 하는 것이었다. 이곳 사람들의 전반적 지식수준을 높이려는 목적도 있었지만, 당장은 많은 사람들이 호셔챵의군과 내보인민정부의 시책들을 알도록 해서 그의 통치를 효율적으로 만들려는 행정적 목적이 보다 중요했다. 그런데 그 반 달짜리 교학 과정이 아이들의 지식욕을 일깨운 것이었다. 그가 대지동에서 가르칠 때엔 미처 나오지 않았던 현상이었다. 이번 교학 과정이 성과를 내기 시작했다는 증거여서, 그는 마음이 흐뭇하고 고무되었다.

"시방 아해달한 셔당애셔 므슴 책달할 닑나니잇가?"

사람들이 서로 쳐다보더니, 원이 대답했다. "아해달한 몬져 쥬흥사(周興嗣)의 『천자문(千字文)』을 배호압나니이다. 다암애 증선지(曾先之)의 『사략(史略)』알 배호고, 다암애 강쇼미(江少微)의 『통감졀요(通鑑節要)』를 배호고, 그다암애 『쇼학(小學)』알 배호압나니이다."

"아, 그러하나니잇가?" 그는 고개를 끄덕였다.

이름은 들어본 책들이었지만, 그가 실제로 읽어본 것은 『천자문』뿐이었다. 모두 중국에서 오래전에 쓰인 책들이었다. 지금 그가 세우려는 사회에 적절한 책이라고 보기는 어려웠다. 그렇다고, 그가 교과서로 내놓을 만한 책은 물론 없었다. 당장 교재를 만들고 싶었지만, 그럴 시간은 물론 없었다. 대지동에서 아이들을 가르칠 때도 시간이 없어서 교과서를 만들 엄두를 내지 못했었다. 그동안 의술을 펴면서 틈틈이 적어놓은 위생 편람을 좀 손보면, 위생 교과서는 그럭저럭 마련할 수 있을 터였다.

"시방 우리 챵의군이 하려 하난 것은 글자랄 아조 모라난 아해달히 없도록 하난 것이니이다. 정음을 닑고 쓸 수 이시고 한자로 사람달희 일홈알 닑을 수 이시면, 일단 다외나이다. 더 배호고 식븐 아해달한 시방안 셔당애셔 배호난 수밧긔는 없는 닷하나이다. 내죵애 모단 아해달이 글을 깨티면, 다시 녜아기하사이다. 그때난 우리 호셔 따해 셔울희 셩균관 갇한 학교이 삼길 새니이다. 그때난 김 계쟝도 많안 학생달할 가라칠 수 이실 새니이다."

김이 배시시 웃었다. "원슈님, 감샤하압나니이다."

"녜, 원슈님. 그리하난 것이 됴할 닷하압나니이다." 원이 동의했다. "셜령 우리 챵의군이 셔당을 쉬이 열 수 이시다 하더라도, 시방 셔당알 하난 훈쟝달히 생업을 잃게 다외알 새라, 가벼이 뎡할 일안 아닌 닷하압나니이다."

다른 사람들도 고개를 끄덕여서 동의했다.

"옳아신 말쌈이시니이다. 엇디 다외얐던, 시방 교학참모부에셔 하난 일이 참아로 죵요롭나이다. 여러분들꺼셔 렬심히 하셔셔, 나이 감샤하압나니이다."

인사치레로 하는 말이 아니었다. 그동안 관군과 싸우느라, 그는 교학참모부를 잊고 있었었다. 그사이에 교학참모부 요원들 몇이 스스로 교학 과정을 실행하고 있었다는 사실이 대견하고 흐뭇했다. 몇 줌 뿌리다 만 씨앗들이 모르는 새 자라나서 꽃을 흐드러지게 피운 것이었다.

"이제 우리 챵의군에셔 우역셔를 셰울 새니이다. 우리 긔병들히 우역셔를 맛다 사람달희 편지들홀 뎐할 새니이다."

그는 우역셔 설치 계획을 설명했다. 아직 군령이 이곳에 닿지 않아서, 사람들은 우역셔에 대해서 모르고 있었다.

"편지를 쓰려면, 몬져 글을 알아야 하모로, 우리 챵의군에셔는 모단 군사달히 글을 알도록 할 새니이다." 그는 각 부대가 생산적 사업과 교육을 병행하도록 하는 그의 계획을 설명했다.

그의 설명을 듣자, 사람들이 연신 고개를 끄덕였다. 교육에 관한 그의 꿈이 비로소 눈에 들어오는 모양이었다.

"이제 교학참모부의 일이 많아딜 새니이다. 그러모로 여긔 셔쳔에셔 여러분들끠셔 하시난 교학 과정이 죵요롭나이다. 여긔셔 몬져 해보아셔 엇던 것들히 됴코 엇던 것들히 맞디 아니하난디 알아야, 내죵애 랑패가 없을 새니이다. 여러분들끠셔 렬심히 하야주시니, 참아로 고맙고 마암이 든든하나이다."

"원슈님끠셔 이리 칭찬하야주시니, 쇼쟝과 요원들흔 황숑할 따람이압나니이다. 앒아로 더욱 렬심히 하야셔 원슈님끠셔 높아신 뜯을 펴시난 대 작은 도옴이나마 다외다록 하겠압나니이다." 원이 말을 받았다.

"그러하면 나려가사이다." 셔쳔보영 둘레의 주막들에셔 솟는 연기를 살피면서, 그는 입맛을 다셨다. "앗가 부탁한 죠개탕이 다외얐알 닷하나이다."

274

5

"어, 늦잠을 잤네." 잠을 푹 자고 개운한 몸으로 눈을 뜬 언오는 방 안이 햇빛으로 환한 것을 보고 서둘러 일어나 앉았다.

새로 빤 그의 속옷을 개키던 귀금이가 돌아앉으면서 웃음 담긴 눈길로 그를 살폈다. "원슈님끠셔 곤이 주무시길래……"

시계를 보니, 8시 50분이었다. 보령 슈영과 셔산군텽을 잇따라 시찰하느라, 좀 피곤하긴 했었다.

그녀가 새 속옷을 앞에 놓았다. 그녀의 자세와 몸짓엔 스스럼이 없었다. 어느 사이엔가 그녀는 변해 있었다. 연인에서 아내로. 잠자리를 자주해서 그런 것만은 아니었다. 아이가 생긴 것이 결정적 계기였던 것 같았다. 이제 그녀와 그는 파트너였다. 아이를 함께 만든, 그래서 아이를 잘 키울 책무를 함께 진 파트너였다.

그것은 그에게 속박으로 다가왔지만, 그는 그런 속박이 오히려 반가웠다. 이 세상에 불쑥 들어온 이방인인 그에게 귀금이의 배 속에 든 그 아이가 방향 감각을 준 것이었다. 그 아이가 있는 곳이 그의 세상의 중심이었다. 이제 비로소 그는 이 세상에 속했다.

그가 서둘러 세수하고 아침을 먹는데, 최월매가 들어와 옆에 앉았다. "원슈님, 너모 일알 많이 하압시나니이다. 긔톄를 듕히 녀기쇼셔."

그는 겸연쩍은 웃음을 지으면서 고개를 끄덕였다. "일 욕심이 삼겨셔……"

"원슈님, 뎌긔……" 최가 귀금이를 흘긋 보더니 그에게 말했다.

"녜?"

"원슈님과 귀금 아씨 혼례를 법화사(法華寺)애셔 올이다록 쥰비하얐압나니이다. 쥬디 스승님끠셔 반가워하시면셔 손조 혼례를 집뎐하시겠다고 하압샸나니이다."

"아, 그러하샸나니잇가? 슈고랄 많이 하샸나이다."

"아, 아니옵니다. 쥬디 스승님끠셔 혼례 날짜만 미리 알려주면 이대 쥰비하겠노라 하샸압나니이다."

"그러나한듸, 최 대쟝, 귀금 아씨 배가 뎌리 브른듸……" 그는 턱으로 앞에 앉아서 챙겨주는 귀금이의 배를 가리켰다. "법화사까장 가려면, 오 리가 넘고 산길을 올아가야 하난듸……"

귀금이의 배는 그가 금강 남쪽에 머문 동안에 눈에 뜨이게 불어났다. 그래서 잠자리에서도 그는 그녀를 조심스럽게 다루었다.

귀금이가 수줍은 웃음을 짓더니, 한마디 했다. "원슈님, 쇼인네난 오 리 길은 쉬이 걸을 수 이시압나니이다."

"무리하면, 아니다외나이다."

"가마 타고 가시면……" 그의 얼굴을 살피면서, 최가 자신 없는 목소리를 냈다.

"산길을 가마 타고 올아가난 것이……" 그는 고개를 저었다.
"나이 생각이 브족하얐나이다. 이리 다외얄 줄 미리 생각알 하얐
어야 하난듸…… 최 대쟝, 나이 생각이 브족하야 최 대쟝끠 헛슈
고랄 하게 한 닷하나이다."

"아니옵나이다. 쇼쟝이야 므어……"

"아모리 하야도 갓가온 대셔 혼례랄 올이난 것이 온당할 닷하나
이다. 내아 앒뜰헤셔 올이게 쥰비하야주쇼셔. 법화사 쥬디 스승님
끠는 나이 감샤 편지를 보내겠나이다. 내죵애." 그는 웃음 띤 얼굴
로 귀금이 배를 가리켰다. "뎌 아해가 세샹애 나오면, 뎔에 프딤하
게 시쥬하고셔 명이 길기를 긔원하사이다."

두 사람이 웃으면서, 분위기가 가벼워졌다.

"혼례는 어느 날로……" 최가 조심스럽게 물었다.

"츄셕이 며츨 남디 아니하얐난듸…… 츄셕 디나셔 바로 하난 것
이 엇더하겠나니잇가?" 그는 두 사람을 번갈아 쳐다보았다.

귀금이는 원래 이런 일에서 자기 생각을 밝히는 법이 없었다. 평
생 몸죵으로 지냈으니, 그럴 만도 했다.

"원슈님 뜯이 그러하시면, 쇼쟝이 택일알 이대 하난 졈복쟈랄
아옵난듸, 그 사람애게 됴한 날알 물어보겠압나니이다."

야릇한 웃음을 지으면서, 그는 고개를 끄덕였다. '졈치는 사람도
먹고살아야지.'

"그러하시면 츄셕 디나셔 여긔 내아 앒뜰헤셔 혼례를 올이시개
쥰비하겠압나니이다."

"녜, 그리하쇼셔."

그가 밥을 다 먹자, 최가 밥상을 들려는 귀금이를 앉히고 대신 밥상을 들고 나갔다.

"원슈님, 진지 다 드셨압나니잇가?" 셩묵돌이 방 안을 들여다보았다.

"녜. 들어오쇼셔."

"김항텰 총독이 보낸 긔병들히 막 도탹하얐압나니이다. 여긔 김 총독의 보고셔이 이시압나니이다."

"보사이다."

원슈님젼 샹셔

원슈님 그스이애도 긔톄후 일향 만강ᄒ옵신디 굼굼ᄒ옵ᄂ니이다. 다른 대쟝돌토 모도 무스ᄒ디 굼굼ᄒ옵ᄂ니이다. 쇼쟝도 무스히 동북 방면을 디킈고 이시옵ᄂ니이다. 다른 일이 아니오라 오ᄂᆯ 샤시애 슌무스 일행이 직산현에 도탹ᄒ얏다고 직산현 쥬둔군 스령 딕위 신종구이 보고ᄒ얐옵ᄂ니이다. 슌무스ᄂ 뎌번에 나려왔던 특진관 리쥰민이라 ᄒ옵고 젼 해미현감 리경란이 수행ᄒ얏옵ᄂ니이다. 일행ᄋ 모도 아홉이옵ᄂ니이다. 시방 쇼쟝이 직산현으로 가셔 살펴보려 ᄒ옵ᄂ니이다. 원슈님 안녕ᄒ시기롤 빌면셔 글월을 줄이옵ᄂ니이다.

긔묘 팔월 초이일
동북방면군 스령 슈 륙군 총독 졍령 김항텰 배샹

그는 날짜를 따져보았다. 그가 도원슈 졍유길과 젼라도 관찰사 허엽을 은진현에서 배웅한 것이 7월 14일이었다. 오늘이 8월 3일이니, 20일이 채 못 되어 됴뎡의 반응이 나온 것이었다. 그의 상소가 젼쥬를 거쳐 한셩에 전해지고 됴뎡 즁신들의 논의에서 대책이 마련되고 임금이 결심을 하고 거기 따라 안핵사가 다시 내려오는 긴 과정이 그의 예상보다 훨씬 빠르게 이루어진 것이었다.

"셩 대쟝, 졍언디 군사끠 졈 오시라 하쇼셔."

"녜, 원슈님."

졍을 기다리는 동안, 그는 됴뎡의 놀랄 만큼 빠른 반응에 대해 곰곰 생각해보았다. 됴뎡이 사태를 심각하게 여긴다는 것만큼은 분명했다. 튱쳥우도 지경을 벗어나지 않겠다는 그의 태도가 바뀌기 전에 빨리 강화(講和)를 하겠다는 뜻일지도 몰랐다. 그동안의 사정이 어찌 되었든, 나쁜 징후는 아니란 생각이 들었다. 사졀의 이름이 안핵사에서 슌무사(巡撫使)로 바뀐 것도 나쁜 징조는 아닐 듯했다.

그가 이를 닦고 오후에 있을 호셔우역셔 현판식에서 할 연셜의 원고를 다듬는데, 졍이 들어왔다.

"원슈님, 쇼쟝알 브르압샸나니잇가?"

"녜, 어셔 오쇼셔." 그는 일어나 졍을 맞았다. 이어 김항텰의 보고셔를 졍에게 건넸다. "김항텰 총독의 보고이니이다. 리쥰민 특진관이 다시 나려오샸다 하얏나이다."

"아, 녜." 김의 보고셔를 찬찬히 읽더니, 졍이 그를 쳐다보았다.

"생각보다난 빨리 됴뎡에서 원슈님 샹소애 답하얏압나니이다."

그는 고개를 끄덕였다. "그러하나이다. 군사꾀셔 보시기에 므슴 뜯이니잇가?"

졍이 잠시 생각했다. "됴뎡이 우리 챵의군을 바로 본 닷하압나니이다. 군사랄 보내셔 껶을 수 업다난 것을 깨달안 닷하압나니이다. 그러하야셔 이번에는 슌무사이 므슴 실한 녜아기랄 하실 닷하압나니이다."

"군사 말쌈이 올하나이다. 그러하면 우리 빨리 슌무사랄 뵈오난 것이 올한듸, 이번에도 군사꾀셔 슈고랄 하셔야 다외얄 닷하나이다. 군사꾀셔 직산애 가셔셔 슌무사 일행을 졉대하야주실 수 이시나니잇가?"

"녜, 원슈님. 그러하면 뎌번텨로 쇼쟝이 슌무사랄 뫼시고 이리로 나려오면……?"

"아니외다. 그리하면 날달이 너모 많이 걸월 새니이다. 나이 텬안아로 올아가겟나이다. 오날 오후에 호셔우역셔 현판식이 이시니, 나난 래일 아참애 텬안아로 향하겟나이다. 군사꾀션 몬져 직산아로 가셔셔 졉대하쇼셔."

"녜, 원슈님. 당쟝 출발하겟압나니이다." 잠시 머뭇거리더니, 졍이 말을 이었다. "이번에 원슈님꾀셔 군사부에 마암알 써주셔셔 감샤하압나니이다. 쇼쟝알 비롯하야 모단 군사(軍師)달히 깃거하압나니이다."

그동안 군사부엔 별도의 행정부서가 없었다. 졍언디를 비롯해서 중요한 군사들이 대부분 포로들이었기 때문에, 군사부에 특별한 기능을 부여하기 어려웠다. 문서참모부 요원 하나가 군사들의 심부름을 했다. 그사이에 군사들의 활동이 커져서, 군사부의 행정을 맡을 부서가 필요했다. 고을 수령들이었으므로, 수하에 부릴 군사 하나 없는 처지가 옹색하리라는 점도 있었다. 그래서 어제 군사부에 행정단대를 공식적으로 편성해서 일을 맡긴 것이었다. 저번에 정언디가 데리고 있던 기생이 챵의군에 붙잡혀서 의약정대에 들었는데, 이번에 눈 딱 감고 그 녀군을 행정단대에 넣었다. 다음의 일은 당사자들 사이의 사생활이니, 그는 모른 척하면 되었다. 졍의 충실한 공헌에 대한 작은 배려였다.

"진즉 살폈어야 할 일인듸, 마암이 밧바셔 그리하디 못하얏나이다. 그리하시고 이것은 슌무사 일행의 졉대애 필요한 경비이니이다." 그는 서안 옆에 놓아둔 봉투를 집어 졍에게 건넸다. "군사끠셔 슈고랄 많이 하시니, 경비도 많이 드실 샌듸, 필요한 것이 이시면, 언제라도 나애게 말쌈하쇼셔."

6

"챵의," 언오가 말에서 내리자, 리형손이 경례했다. 뒤쪽에 한 줄로 늘어선 쳔영셰를 비롯한 긔병대쟝들이 함께 경례했다.

"챵의," 그는 답례하고 리에게 손을 내밀었다. "리 총재끠셔 슈고랄 많이 하샸나이다."

"원슈님, 감샤하압나니이다."

"쳔 부총재, 슈고 많았디요?" 그는 쳔에게 손을 내밀었다. 이어 다른 긔병대쟝들과도 일일이 악수했다.

그가 막 닦아놓은 길을 따라 새로 지은 우역셔 건물로 올라가자, 군악대가 「원슈에 대한 경례」를 연주하기 시작했다. 우역셔 앞마당과 비탈에 모인 긔병들이 손뼉을 치면서 환호하자, 민간인들도 따라서 손뼉을 치기 시작했다.

'이게 개인숭배의 시작인데……' 이런 대접은 경계해야 한다고 생각하면서도 싫지는 않은 자신의 마음을 살피면서, 그는 야릇한 웃음을 지었다.

우역셔 본점 건물은 건물이라고 하기 뭣할 만큼 초라하고 어수
선했다. 원래 상가 건물로 짓기 시작했는데, 우역셔 창설이 급했으
므로, 한 귀퉁이 점포에 우역셔 사무실을 서둘러 낸 것이었다. 레
고형 벽돌로 뼈대를 세우고 급히 지붕을 올려서 맵시 있는 건물은
못 되었다. 우역셔가 자리 잡은 야산 등성이 너머가 바로 병원 터
였다. 앞으로 이곳 일대를 개발할 계획이었다. 북향이었지만, 홍쥬
읍내에 가까워서, 사람들이 이용하기 편리할 터였다.

'뜻대로 되는 게 드물구나.' 그는 가볍게 탄식했다.

처음 이곳을 개발해서 상가와 공기업들을 들이기로 계획했을
때, 그는 둘레의 땅을 미리 매입하려 했었다. 개발된 땅은 값이 가
파르게 오를 것이니, 그 이익을 정부 재원으로 삼으려는 생각이었
다. 그러면 노력하지 않고 돈을 쥔 졸부들이 나와서 사회적 문제들
을 일으키는 것을 막을 수도 있었다. 그러나 땅을 미리 사두는 일
은 생각보다 어려웠고, 결국 이 건물 바로 둘레의 땅만을 산 것이
었다.

우역셔 건물 바로 앞에 연사를 위한 높은 탁자가 있었고 그 뒤쪽
에 의자와 긴 의자들이 놓여 있었다.

"원슈님, 이리로……" 쳔이 그를 가운데 의자로 안내했다.

"아, 녜." 그 의자로 가다가 그는 돌아보았다.

그리 넓지 않은 마당 가득 사람들이 서 있었고 그 너머 비탈도
사람들이 덮었다. 대부분 챵의군 가족들일 터였다. 그래서 그런지
젊은 사내들은 드물고 노인들과 아이들이 많았다.

"쳔 대쟝."

"녜, 원슈님."

"이 의자달할 됴 앒애 놓아쇼셔. 얼우신들히 많이 오샸아니, 나
이 많이 드신 분들끠셔 좀 편히 앉아시게 하사이다."

"녜, 원슈님."

곧 의자들이 관중석 앒줄에 놓여졌다. 의자에 앉으라는 권유를
받은 노인들이 좀 어색해하면서 의자들에 앉았다.

"이제브터 호셔우역셔 현판식알 거행하겠압나니이다." 최복만
이 외쳤다.

'저 친구가 오늘은 신이 났구나.' 그는 속으로 고개를 끄덕였다.
최는 원래 세쳔역의 역리였다.

"몬져 호셔인민정부긔에 대한 경례 이시겠압나니이다. 이 자리
에 참예하신 모단 분들혼 호셔인민정부긔에 대하야 경례하야주시
기 바라압나니이다. 모도 앒애 이시난 긔를 바라고 셔쇼셔. '인민
졍부긔에 대하야 경례' 하난 구령이 나오면, 호셔챵의군 여러분들
끠셔는 '챵의' 구호와 함끠 경례하시고, 래빈들끠셔는 올한손알 가
삼 왼녁에 다히쇼셔. 이리 하시면, 다외압나니이다." 최가 손을 가
슴에 대어 시범했다.

바라보던 사람들이 따라 했다. 더러 따라 해보고서 열적은 웃음
을 짓기도 했다.

"인민졍부긔에 대하야 경례."

"챵의." 그도 구호와 함께 경례했다. 급히 만들어져 투박한 데
다 바람도 없어서 처진 깃발을 우러르면서, 그는 가슴이 뻐근해지

는 것을 느꼈다. 벼 이삭들이 그려진 깃발은 그대로였지만, 이름
은 '내보인민경부긔'에서 '호셔인민경부긔'로 바뀌었다. 차령산맥
남쪽 지역까지 장악한 사실을 반영한 것이었다. 군악대가 울리는
「호셔인민경부가」 가락이 그의 마음 깊이 들어왔다. 베토벤 교향
곡 9번의 「환희의 송가」 한 부분이었다. 아직 가사도 마련하지 못
한 채, 가락만 있는 노래였다. 눈앞에 그 노래를 부르는 교향악단
의 모습이 떠오르면서, 그의 눈가에 물기가 어렸다.

　"우역셔의 업무에 대하야 리형손 총재 말쌈드리겠압나니이다,"
인민경부긔에 대한 경례가 끝나자, 최가 외쳤다.

　리형손이 그에게 목례하고 앞으로 나가서 허리 굽혀 인사했다.
"쇼인안 호셔우역셔 총재 리형손이압나니이다. 존경하옵난 호셔
챵의군 원슈님, 호셔챵의군 동료 군사 여러분, 그리고 여러 래빈들
흘 뫼시고 호셔우역셔 현판식알 거행하게 다외얀 것은 큰 영광이
압나니이다."

　'역시 벼슬을 해본 사람들이……' 어색해하거나 서두르지 않고
연설하는 리를 바라보면서, 그는 고개를 끄덕였다.

　"뎌긔 게시판에 붙은," 리가 건물 한쪽에 선 게시판을 가리켰다.
"호셔챵의군 군령 구십사호에 나온 대로, 우리 호셔우역셔는 호셔
인민경부이 다사리난 튱쳥우도 인민들히 서로 소식을 빨리 뎐할
수 이시게 하려 하난 호셔챵의군 리언오 원슈님의 높안 뜻에 딸와
셜립다외얏압나니이다. 리언오 원슈님끠 깊은 감샤의 말쌈알 올이
압나니이다."

　병사들이 일제히 손뼉을 치면서 그를 바라보았다.

뜻밖의 일이라, 그는 좀 당황스러웠다. 미리 약속을 한 모양이었다. 그냥 서 있을 수 없어서, 그는 한 걸음 앞으로 나서서 허리 굽혀 인사했다.

병사들이 환호했다. "챵의구운," 누가 구호를 외쳤다. 이내 모두 따랐다.

"우리 우역셔는 사람달회 셔찰알 뎐하난 일알 하압나니이다," 환호가 그치자, 리가 말을 이었다. "우역셔의 본졈은 바로 여긔이고 튱쳥우도의 역들흔 모도 지졈들히압나니이다. 료금은 셔찰 한 통애 일 편문, 쌀 한 되 값이압나니이다. 쌀 한 되만 내시면, 여긔셔 멀리 떨어딘 텬안이나 금강 건너 공쥬와 은진까지 쇼식을 뎐할 수 이시압나니이다. 아모리 먼 곳이라도 열흘 안에 편지가 니르르압나니이다. 쌀 한 되면, 친졍 부모님끠 딸자식 소식을 뎐할 수 이시압나니이다."

사람들이 감심한 얼굴로 고개를 끄덕였다. 딸자식이 친정 부모에게 소식을 전한다는 얘기는 가슴에 닿는 얘기였다.

'리 군사에게 이런 재주가 있었구나.' 목소리를 높이지 않고도 사람들의 관심을 끌어들이는 리에게 그는 감탄했다. '무관인데, 말솜씨가…… 현대 사회에서라면, 어디 대변인 노릇 기막히게 하겠다.'

"우리 우역셔에서 달호난 것은 편지만이 아니압나니이다. 가배얍고 깨디디 아니하난 믈건도 뎐해주압나니이다. 한 근보다 가배야온 믈건을 소포로 븥이난 대난 삼 편문이 드나이다. 쌀 석 되만 내면, 여긔 홍쥬 사난 외할미가 멀리 공쥬 따해 사난 외손녀에게 고온 당기와 복주머니를 보낼 수 이시나이다. 므슴 녜아기인디 아시겠나니잇가?"

"녜에," 병사들이 힘차게 대꾸했다. 사람들은 감심한 낯빛으로 고개를 끄덕였다.

"그리하시고, 우리 챵의군 군사달콰 가족달 사이애 오가난 편지들흔 앒아로 여슷 달안 료금을 내디 아니하압나니이다. 여슷 달안 그저 브틸 수 이시압나니이다." 리가 기대에 찬 얼굴로 둘러보았다.

리의 기대대로, 챵의군 병사들이 손뼉을 치고 환호했다.

"이 모단 것들을 마련하야주신 원슈님과 챵의군 가족 여러분, 래빈 여러분, 그리고 챵의군 쟝병 여러분끠 다시 감샤 말쌈알 드리면셔, 쇼직의 업무 셜명을 마치겠압나니이다."

"니어셔 원슈님 훈시 이시겠압나니이다."

탁자에 연설 원고를 내려놓고, 그는 한 걸음 옆으로 비켜서서 허리 굽혀 인사했다.

병사들의 손뼉 치는 소리와 환호성이 묵직하게 밀려왔다. 긔병들은 그가 치른 싸움들에서 작전의 핵심이었다. 그리고 늘 그와 함께 적진을 향해 돌격했었다. 그는 긔병대의 중요성을 잘 알았고 긔병들과 말들을 아꼈다. 긔병들도 그의 마음을 잘 알아서, 그를 열렬히 따랐고 단 한 번도 머뭇거린 적이 없었다.

"여긔 나오셔셔 자리랄 빛내주신 챵의군 가족 여러분, 래빈 여러분, 그리고 챵의군 군사 여러분, 호셔우역셔는 오날 현판알 걸고 업무를 시작하압나니이다. 호셔우역셔는 호셔챵의군이 셰운 긔관이고 호셔챵의군 긔병들히 일알 맛달 새압나니이다. 호셔챵의군은

모단 사람달히 사람다이 살 수 이시난 셰샹알 맹갈려고 니러셨압
나니이다. 호셔우역셔도 그러한 뜻을 딸오압나니이다. 젼에도 고
을마다 역이 이셔셔, 역마달히 사람달할 태우고 다녔고 문셔들을
뎐하얐압나니이다. 그러나 역마랄 리용한 사람달한 모도 관원들히
엏압나니이다. 백셩들혼 역마랄 리용할 꿈도 꾸디 못하얐압나니이
다. 이제 우리 우역셔는 모단 사람달히 리용할 수 이시압나니이다.
귀쳔과 빈부를 가리디 아니하고 모단 사람달히 리용할 수 이시압
나니이다……"

그는 목소리에 힘이 실리는 것을 느꼈다. 자신이 바라는 세상의
모습이 눈앞에 펼쳐지는 듯했다. 그는 탁자에 놓인 원고를 보지 않
고 즉흥적으로 연설했다. 시내에 물이 흐르듯, 얘기들이 자연스럽
게 입에서 나왔다.

"…… 그러하야셔 모단 사람달히 잘사난 셰샹알 이루기 위하야
우리 호셔챵의군과 호셔인민졍부는 열심히 일하겠압나니이다. 감
샤하압나니이다."

허리 굽혀 인사하는 그를 말 그대로 우레와 같은 박수와 환호가
감쌌다. 그는 자신의 연설이 사람들의 마음을 흔들었다는 것을 깨
달았다. 사람들의 박수와 환호가 이어져서, 그는 다시 허리 굽혀
인사했다.

'이제 내가 정치가로 변신하고 있구나.' 대중과의 교감에 마음
을 쏟던 현대의 정치가들을 본받아야 한다는 것을 그는 새삼 깨달
았다. 넉 달 전 얼떨결에 시작한 반란의 성패는 이제 대중과 교감
하는 그의 정치적 능력에 많이 달린 것이었다. 사람들이 사람답게

사는 세상을 만들려는 노력만으론 충분치 않았다. 그런 세상을 만들려는 그의 꿈을 멋진 이야기로 만들어서 사람들에게 들려주어야 했다. 그래서 오늘 우역셔 현판식을 '마케팅 이벤트'로 만든 것이었다. 단기적으론 우역 업무를 널리 선전해서 우역셔가 성공하도록, 장기적으론 그의 정권에 대한 지지를 넓히고 튱쳥우도 사회의 응집력을 강화하도록.

"다암엔 마신당(馬神堂)애 모신 마신(馬神)끠 졔하겠압나니이다. 졔쥬는 리형손 총재이압나니이다."

마신당은 우역셔 건물 뒤쪽에 있었다. 저 세상에서 시골의 절을 찾으면, 한쪽에 외롭게 선 산신각(山神閣)이란 작은 건물을 볼 수 있었는데, 마신당은 그런 산신각과 비슷했다. 마신당 앞엔 졔상이 차려져 있었다. 천영셰가 신당 문을 열자, 컴컴한 방 안에 나무로 새긴 마신의 모습이 보였다. 몸은 사람이고 머리는 말인 목상이 불화(佛畵)처럼 새겨져 있었다.

"원슈님끠셔 졔쥬를 하셔야 하난듸," 졔상 앞에 선 리가 누구에게랄 것 없이 말했다.

"아니외다. 졔쥬는 총재 하난 것이 옳아나이다." 그는 머뭇거리는 리에게 어서 절하라고 손짓했다.

"그러하시면 쇼직이 몬져……" 리형손이 신을 벗고 돗자리 위로 올라서서 잔을 올리고 절했다.

"다암엔 원슈님끠셔……" 천이 그에게 말했다.

"아니외다. 마신끠 올이난 졔이니, 말알 타난 긔병대쟝달히 몬져 하난 것이 도리이니이다. 천영셰 대쟝, 안징 대쟝, 황칠셩 대쟝,

진갑술 대장이 다 한 뒤헤, 나이 하겠나이다."

"아니압나니이다. 원슈님끠셔 몬져 하셔야 하압나니이다." 천이
완강하게 반대했다. 이번엔 다른 사람들도 그에게 먼저 하라고 강
권했다. 그들로선 처음으로 그에게 항명(抗命)한 셈이었다.

그들의 얘기에 떠밀려, 그도 돗자리 위로 올라섰다. 힘든 일을
하다가 죽은 말들의 넋을 위로하고 그들의 축복을 기원하는 자리
라서, 그는 마음을 가다듬어 경건하게 잔을 올리고 절했다. 그냥
물러나기가 아쉬워서, 그는 「왕생게(往生偈)」를 올렸다. "원왕생
원왕생 원재미타회등 좌슈집향화샹공양⋯⋯"

이어 등대쟝급 이상 긔병대쟝들이 마신에게 잔을 올렸다. 시간
이 좀 걸렸다. 다행히, 해가 설핏해서, 그리 덥지 않았다.

마신에 대한 계가 끝나자, 사람들이 음복하고 음식들을 나누었
다. 그는 흡족한 마음으로 둘러보았다. 그사이에도 사람들이 늘어
나서 둘레가 사람들로 덮였다. 그리고 아직도 사람들이 모이고 있
었다. 시계가 없는 세상이고 두 시간 단위로 대충 시간을 헤아리는
터라, 신시(申時)에 시작한다 알렸더라도 두 시간의 오차는 생기
게 마련이었다. 그가 잔치를 벌이라고 리형손과 천영셰에게 미리
일렀으므로, 음식은 부족하지 않았다. 모든 사람들에게 적어도 떡
이나 부침개 한 조각과 막걸리나 식혜 한 잔이 돌아갔다. 사람들이
먹고 마시자, 잔치 분위기가 제대로 났다.

그는 근위병들을 데리고 사람들 사이를 돌아다니면서, 어른들에
겐 술을 권하고 아이들에겐 식혜를 권했다. 챵의군에 자식을 보낸
사람들은 자식 이름과 더러 부대를 댔고 그는 거듭 고맙다는 인사

를 했다. 그들의 자식을 알면, 그는 자신이 그 병사와 함께한 싸움이나 일을 말해주었다. 술을 강권하는 사람들도 더러 있어서, 받아 마시다 보니, 걸음이 흔들릴 만큼 취기가 올랐다.

"여러분, 다암애난 호셔우역셔의 현판을 다난 행사이 이시겠압나나이다." 음식을 먹는 일이 대충 끝나자, 최가 외쳤다. "이 행사애난 원슈님과 리형손 총재님과 함끠 챵의군에 자식을 보낸 부모님달할 대표하야 데류긔병정대 데일대대 데삼등대장 김대용 정병의 부모님끠셔 참예하시겠압나나이다."

6긔병정대장 쳔영셰와 행사 진행을 돕는 녀군들이 노인 부부를 모시고 건물 앞으로 나왔다. 김대용은 원래 셰쳔역의 역리였었고 부모는 홍쥬 읍내에 살고 있었다. 그는 그들에게 다가가서 인사했다. "감샤하압나나이다."

네 사람은 '호셔챵의군 호셔인민졍부 호셔우역셔 湖西郵驛署'라고 새겨진 현판을 건물 입구에 달았다. 현판을 한 손으로 쓰다듬으면서, 그는 한순간 사진 찍는 사람들을 위해서 자세를 잡던 현대의 의식을 떠올렸다. 술기운이 오르고 있었다.

"다암애난 오날 우리 호셔우역셔를 맨 처엄 리용하시난 분들끠셔 편지를 브티시는 행사이 이시겠압나나이다. 편지를 가져오신 분들끠셔는 앒아로 나오쇼셔. 오날 편지를 브티신 분들끠는 긔념품도 드리압나나이다."

이번 현판식에 초청받은 사람들은 천 명이 넘었다. 홍쥬목에서 챵의군에 자식을 내보낸 부모들은 모두 초청한 것이었다. 실제로 온 사람들은 절반쯤 될 듯했다.

사람들이 줄을 서기 시작했다.

"맨 처음으로 호셔우역셔를 리용하실 분을 여러분들끠 소개하겠압나니이다. 시방 부여에 이시난 뎨칠정대애셔 복무하난 변호균 딕사의 부모님이압시니이다." 최가 외쳤다.

박수와 환호가 올랐다.

"여긔 홍쥬에 겨시는 부모님끠셔 브티신 편지는 아마도 닷새 뒤헤 변호균 딕사이 받아볼 새니이다."

"참 묘한 세상이다." 줄을 선 사람들 가운데 누가 찬탄했다. "여긔 가만히 이시난듸, 닷새 뒤헤는, 부여 이시난 자식이 소식을 듣고."

우표가 없어서, 그냥 소인만 찍는 데도, 줄이 워낙 길어서, 편지를 붙이는 일은 한참 걸렸다. 편지를 써갖고 오지 못한 사람들은 지금 쓸 수 없느냐고 우역셔 요원들에게 물으면서 아쉬워했다.

줄이 사라지자, 최가 외쳤다, "마즈막으로 원슈님끠셔 소포랄 브티시겠압나니이다." 최가 외치자, 사람들의 눈길이 그에게로 쏠렸다.

"원슈님, 원슈님끠셔는 누구에게 소포랄 브티압시나니잇가?"

"나난 례산 사난 왕현슌이라 하난 겨집아해애게 브티려 하압나니이다."

"왕현슌이라 하난 겨집아해난 누구이압나니잇가?"

"왕현슌은 디난 삼월 '례산현텽 싸홈'애셔 뎨구대대랄 잇글고셔 현텽을 디킈다 장렬하개 전사한 왕부영 대쟝의 따님이압나니이다."

그의 말뜻을 사람들이 새기면서, 한순간 둘레가 조용해졌다.

"아, 그러하시나니잇가? 그러하시면 원슈님꺼셔 브티시는 소포애난 므슥이 들었압나니잇가?"

"이 소포애난 졍음을 배호난 책이 들었압나니이다. 사람안 누구나 글을 배화야 하압나니이다. 그러하야셔 이번에 쇼쟝이 졍음을 배호난 책을 맹갈았압나니이다. 그 책 한 권을 왕부영 대쟝의 따님애게 보내려 하압나니이다."

그가 책이 든 소포를 우편물을 접수하는 요원에게 건네자, 거센 박수와 환호가 터졌다. 누가 구호를 외치자, 모두 힘차게 따랐다.

"챵의구운. 챵의구운."

"마즈막 행사난 챵의군 연예참모부에서 마련한 공연이압나니이다. 연예참모부에셔 노래하고 연희를 하압나니이다. 여러분, 모도 즐거이 보시기 바라압나니이다."

이번엔 박수와 환호가 정말로 컸다. 연예참모부가 이미 위문 공연을 여러 차례 했으므로, 모두 공연을 보았거나 들었을 터였다. 병사들로선 이런 공연은 여러 번 보아도 또 보고 싶을 터였다.

"몬져 연예참모부장 김강션 졍사의 놀애랄 듣겠압나니이다. 김강션 졍사, 나오쇼셔." 최는 진행자 노릇을 제법 잘 하고 있었다. 그가 가르쳐보니, 연예인 기질이 있었다. 목청까지 크니, 이런 야외 공연의 진행자로 적임이었다.

챵의군 모자를 쓴 김강션이 나와서 맵시 있게 경례하자, 거센 환호가 몰아쳤다.

잠시 그 환호를 몸으로 받던 그녀가 애틋한 낯빛으로 말했다.

"저이 브를 놀애난「그대난 아난가 뎌 남녁 나라랄」이압나니이다."

피리와 날라리 소리에 실려 익숙한 가락이 하늘로 올랐다. 그녀가 두 손을 앞에 모으고 청아한 목소리로 노래를 부르기 시작했다.

"그대난 아난가 뎌 남녁 나라랄.
귤이 무르익고 쟝미곳 향긔 나며
바람도 고요한데 새난 놀애하고
향긔로온 곳애 모호이난 곳벌들,"

가슴이 시려왔다. 그가 남쪽에서 돌아온 뒤, 김강선이 새 노래를 배우고 싶다 했을 때, 그는 문득 그녀가 부르는「미뇽의 노래」를 듣고 싶어졌다. 그녀가 서투르게 부르는 노래는 그 서투름 때문에 오히려 그의 가슴 깊이 스며드는 듯했다. 언젠가 읽은 일화 한 토막이 떠올랐다.

20세기 미국의 어느 대학교 언어학 교실 ── 교수가 한 아메리카 원주민의 언어를 소개하고 있었다. 그 교수가 그 언어는 죽은 언어라고 설명하자, 한 학생이 조심스럽게 손을 들었다. "아는 사람이 하나라도 살아 있는 한, 어떤 언어도 완전히 죽은 것은 아니잖겠습니까?" 그 교수는 그 학생을 한참 바라보더니, 조용히 물었다. "자네가 아나?" 학생이 그렇다고 대답하자, 교수가 말했다. "그렇다면, 자네와 나는 오늘 저녁 식사를 같이하는 게 좋겠네."

그 학생이 어렸을 적에, 나이 든 아메리카 원주민 여인이 그를 보모로서 돌보아주었다. 그녀는 그에게 자기 부족의 말을 가르쳤다. 그녀는 부족의 마지막 생존자였다. 이름난 고고학자가 된 뒤, 그 학생은 자기 언어를 듣고 싶어서 이민족 아이에게 사라져가는 자기 언어를 가르친 보모를 슬픔 어린 그리움으로 회상했다.

"아즈랑이 어린 영원한 봄 나라
그 남녘 나라로 그대 함끠 가려나.
아 아, 뎌 남녘 나라로
그대 함끠 가려나 뎌 그리운 나라로……"

7

"군사끠션 엇디 생각하시나니잇가?" 륜음을 읽던 눈길을 들어, 언오는 졍언디에게 물었다.

어저께 졍언디는 직산에서 슌무사 리쥰민을 만났다. 그리고 륜음을 받아 이곳 텬안군텅에 머무는 그에게로 가져온 것이었다.

"쇼쟝안……" 졍이 잠시 생각을 가다듬었다. "됴뎡의 의논이 졈 바뀐 닷하압나니이다. 뎌번에 나려주신 륜음보다 이번 륜음이 말 쌈이 온화하압시나니이다."

"녜." 고개를 끄덕이면서, 그는 웃음을 지었다. "뎌번보다난……"

"안핵사 대신 슌무사라 한 것도…… 화평하기랄 바라시난 쥬샹 뎐하의 뜻이 담긴 닷하압나니이다." 졍이 조심스럽게 자신의 생각을 밝혔다.

천천히 고개를 끄덕이면서, 그는 다시 륜음을 읽어보았다.

유퉁청우도대소인민등륜음

륜음 굴ㅇ샤대
내 퉁청우도 도민이게 니르노라
　너희 ㅅ경을 밝힌 소논
내 잘 닐것노라
　퉁청우도 디경을 벗어나디 아니ㅎ얐다는
　너희 뜯을
내 가샹히 녀기노라
　이에
내 슌무ㅅ롤 보내셔 너희 ㅅ경을 자셔히
　슬퓌기 ㅎ얏ㅇ니 그리 알고셔 모든 일올
　슌무ㅅ와 샹의ㅎ야 쳐티ㅎ기 바라노라
라고 니르시니 옷올 ㄱ다돔고 널리 펴노라

　　　　　　　　　만력 칠 년 칠 월 이십팔 일

"이번엔 됴뎡에셔 슌무사끠 권한알 졈 주신 닷하압나니이다. 슌
무사끠션 므슴 말쌈알 하샸나니잇가?"

"슌무사끠셔도 생각알 많이 밧고신 닷하압나니이다. 뎌번보다
말쌈과 태도이 온화하압시나니이다. 쇼쟝알 보시더니, 몬져 원슈
님 안부브터 물으압샸나니이다."

그는 가볍게 웃었다. "그러하샸나니잇가? 고마오신 말쌈이시니

이다."

경이 따라 웃음을 지었다. "쇼쟝애게도 됴한 말쌈알 많이 하압샸나니이다."

"됴명의 뜻이 그러하다니, 다행이니이다."

"슌무사 말쌈알 들어보니, 졍유길 도원슈와 허엽 관찰사이 올인 장계달히 됴명의 의논알 됴히 하난 대 도옴이 다외얀 닷하압나니이다."

"아, 졍 도원슈와 허 관찰사난 엇디 다외얐다 하더니잇가? 두 분 다 무사하다 하더니잇가?"

"녜, 원슈님." 경이 미소를 지었다. "처엄에는 됴명의 즁론이 두 사람애게 패젼지장의 책임알 물어야 한다고 하얐다가, 엇디 다외얐던 젼라도 따할 디킌 공도 이시다난 녜아기 나와셔, 직에셔 해임하고 죄난 묻디 아니하기로 하얐다가, 다란 사람달히 도원슈나 젼라도 관찰사로 나가면, 다시 챵의군과 버으를 수 이시다난 녜아기 나와셔, 마참내 두 사람알 그냥 두기로 하얐다 하압나니이다."

그는 껄껄 웃었다. "잘다외얐나이다."

"녜, 원슈님. 두 분이 장계랄 올이면셔 원슈님이 요승이 아니라고 보고한 것이 됴명의 즁론을 밧고았다 하압나니이다."

"아, 그러하나니잇가?"

듣고 보니, 그럴듯했다. 요승(妖僧)이란 말은 듣는 사람에게 부정적 선입견을 강렬하게 투사했다. 요승이란 말을 들으면, 그 자신도 고려조의 묘청(妙淸)이나 신돈(辛旽)처럼 나라를 어지럽게 만든 불승들을 떠올렸다. 조선조에서 불교를 배척하고 유교를 공식 이념으로 삼은 뒤로 '요사스러운 즁'이란 말보다 더 부정적인 평가는 없을 터였다. 더구나 지금은 명종(明宗) 치세에 불교를 중흥시킨 보우(普雨)대사가 요승으로 몰려 참형된 지 겨우 열 몇 해였다. 대흥현감이 올린 장계에서 그가 '요승 립문'으로 규정되었으니, 그의 모든 언행들이 부정적으로 평가될 수밖에 없었다.

"방편이야 옳디 못하디만, 님굼끠 튱셩하고 백셩들홀 졍셩으로 보살피난 사람이니, 쥬샹 뎐하끠셔 은덕으로 교화하시난 것이 옳다난 뜻을 됴뎡에 올렸다 하압나니이다."

"아, 그리하샸나니잇가? 참아로 고마온 일이니이다." 웃음 띤 얼굴로 부드럽게 말했으나, 그는 속으론 차가운 웃음을 흘렸다. 아직 아무도 모르고 있었다. 그가 이 세상의 질서에 얼마나 위험한 존재인가를, 그가 이 세상의 구조와 제도를 가장 근본적인 수준에서 허물고 있다는 사실을. 어쩌면 그는 자신이 의식하는 것보다 이 세상의 질서에 더 위험한 존재일 수도 있었다.

"믈논 우리 챵의군이 싸홈마다 이긔었고 시방 됴뎡이 움즉일 수 이시난 군사이 없다난 졈이 므엇보다도 됴뎡의 생각알 크게 밧고 았알 새압나니이다." 졍이 말하고서 조심스럽게 미소를 올렸다.

"그러할 새니이다. 그러나 우리 챵의군이 싸홈애셔 한번 패하면, 녜아기 이내 달아딜 새니이다. 우리는 결코 싸홈애셔 딜 수 없나이다." 그는 씁쓸한 웃음을 얼굴에 올렸다. "그러하면, 군사끠셔 슌무사와 화의 담판알 시작하쇼셔. 날달알 끌어셔 됴할 일안 없을 새니이다."

"녜, 원슈님. 원슈님끠션 엇던 됴건으로 화의를……?"

"나이 올아오면셔 생각해둔 것이 이시난듸……" 그는 작은 두 루마리 하나를 서안에 펴놓았다. "군사끠셔 한번 보시고셔……" "녜, 원슈님." 경이 서안 앞으로 다가앉았다.

됴뎡과 호셔챵의군의 화의 됴건

하나. 됴뎡은 호셔챵의군 원슈 리언오룰 호셔챵의군 원슈 겸 호
    셔인민졍부(湖西人民政府) 승샹(丞相)으로 임명홈.

둘. 호셔챵의군 원슈 겸 호셔인민졍부 승샹온 호셔 디역을 통
    티홈. 호셔 디역은 현재 호셔챵의군이 쟝악한 따흐로, 튱쳥
    우도의 홍쥬 진관과 공쥬 진관 및 텬안군, 직산현, 목쳔현
    을 뜯홈.

세. 호셔챵의군 원슈 겸 호셔인민졍부 승샹온 됴뎡에 튱셩하며
    히마다 셰를 바티고 나라히 위급홀 시눈 군스룰 내어셔 됴
    뎡을 보위홈.

네. 히마다 바티눈 셰는 쌀 일만 셕으로 홈. 셰곡온 익년 스월까
    쟝 호셔인민졍부의 조운션으로 한강으로 조운홈.

다숫. 나라히 위급홀 시 내눈 군스눈 륙쳔 인으로 홈.
    됴뎡의 츌병 명령이 나린 뒤 훈 둘 안해 일쳔 인을 내고 셕
    둘 안해 남아지 오쳔 인을 냄.
    군스의 군량은 호셔인민졍부이 모도 부담홈.

여슷. 셰곡의 조운을 위하야 한셩부 양화도 근쳐에 강창과 샹관
    올 셜티홀 따룰 됴뎡에셔 공여홈.

300

닐굽. 호셔챵의군이나 호셔인민정부에 대ᄒᆞ야 비방ᄒᆞ거나 군ᄉᆞ를
니르혀쟈 말ᄒᆞᄂᆞᆫ 쟈돌흔 됴뎡에셔 엄듕히 다ᄉᆞ릴 것.

승상은 지금 그의 처지에 가장 적절한 호칭이었다. 승상은 원래
중국의 제도로 황제를 보필하던 관직들 가운데 가장 높았다. 그저
지위만 높은 것이 아니라, 행정을 총괄했다.

그가 가장 고심한 것은 세곡의 양이었다. 됴뎡에 충성한다면, 세
금을 바쳐야 했다. 그러나 지금 그의 군대와 정부도 쓸 데가 많았
다. 뎡언디의 추산으론, 튱쳥도에서 나라에 바치는 세곡이 6만 석
을 좀 넘었다. 쌀과 콩을 합친 숫자였는데, 콩 값이 쌀 값의 반 정
도니, 실제론 쌀 5만 석을 밑돌았다. 지금 그가 장악한 튱쳥우도
지역이 튱쳥도의 3분의 2가량 되니, 3만 석 가량 내온 셈이었다.
독자적으로 군대를 유지하고 정부를 꾸려야 하니, 그로선 됴뎡에
내는 쌀 만 석이 결코 가벼운 짐이 아니었다.

"원슈님 ᄠᅳᆮ을 알겠압나니이다." 거듭 읽어본 뎡언디가 말했다.
"슌무ᄉᆞᄭᅴ 원슈님 ᄠᅳᆮ을 뎐하겠압나니이다."

"슌무ᄉᆞᄭᅴ셔 됴뎡에 보고해야 할 새니, 여긔 쓰인 됴건들흘 군
ᄉᆞᄭᅴ셔 공식 문셔로 작셩하셔셔 슌무ᄉᆞᄭᅴ 보내시난 것이 됴할 닷
하나이다."

"녜, 원슈님. 이대 알겠압나니이다. 쇼쟝이 원슈님 ᄠᅳᆮ을 듣고셔
슌무ᄉᆞᄭᅴ 말쌈 올이난 문셔를 작셩하야 슌무ᄉᆞᄭᅴ 드리겠압나니이
다."

"그리하시고," 그는 옆에서 봉투를 집어 들었다. "군ᄉᆞᄭᅴ셔 슌

무사와 화의를 협의하시려면, 종요로온 직무에 맞난 직함알 디니셔야 할 새니이다."

그는 봉투에서 군령을 적은 종이를 꺼내어 서안에 올려놓았다.

호셔챵의군 군령 구십칠호

호셔챵의군 디군사부사(知軍師府事) 딕쟝 졍언디를
호셔인민졍부 특명젼권대ᄉ(特命全權大使)로 임명홈.

긔묘 팔 월 오 일
호셔챵의군 원슈 겸 호셔인민졍부 승샹 리언오

"원슈님, 감샤하압나니이다."

"직책이 꼭 둥요한 것은 아니디만, 협의하러 가시난 대난 직책도 임무에 합당해야 하나이다. 슌무사끠 보내난 공문에는 이 직책알 쓰쇼셔."

언오가 다시 텬안군텽에 닿은 것은 점심때가 다 되어서였다. 슌무사와 협의하려고 직산으로 돌아가는 졍언디를 배웅하러, 함께 신은역(新恩驛)까지 갔던 것이었다. 신은역은 10리 길이었다.

그가 그처럼 졍언디를 멀리 배웅한 것은 졍에 대한 고마움과 그가 띤 임무의 중요성 때문이었지만, 가볍게 시작한 얘기가 길어졌기 때문이기도 했다. 슌무사와의 화의 교섭이 시작되었고 화의 조건들에 셰미를 만 셕으로 하는 조항이 들어 있단 사실이 일깨워주 듯, 이제 그는 자신이 다스리는 지역에서 세금을 거두는 일에 마음을 써야 했다. 거둘 수 있는 세금의 크기에 따라 그의 치적이 달라질 수밖에 없었다. 재정이 넉넉하면, 사업들도 많이 벌일 수 있고 치적도 쌓을 수 있었다. 재정이 부족하면, 인민들의 기대를 충족하기 어려웠고 궁극적으로 권력을 잃을 수도 있었다. 그래서 튱청도 관찰사를 지내서 조선조의 세정(稅政)에 밝을 졍으로부터 도움이 될 만한 얘기를 듣고 싶었다.

현재의 세정에 대해 졍은 비판적이고 비관적이었다. 세정이 총체적으로 부패했는데, 그런 상황을 바꿀 길이 없다는 얘기였다. 부패한 사회에선 힘센 토호들은 세금을 덜 내고 힘없는 백성들은 관리들에게 수탈당하는 상황이 점점 두드러질 수밖에 없었다. 관찰사는 힘이 큰 자리였지만, 실제로 그런 상황을 조금이라도 개선할 수는 없었다. 관찰사의 임기는 한 해 정도여서, 업무를 파악하고 나면, 떠나게 되었다. 설령 자리를 오래 지키더라도, 구조적 부패를 손볼 힘은 없었다. 명백히 잘못된 일을 바로잡으려 해도, 아랫사람들이 말을 듣지 않았다. 관찰사든 현감이든, 지방의 수령은 잠시 머무는 사람이어서 아전들이나 토호들의 기득권을 조금이라도 허물 수 없었다. 어쩌면 그런 상황에 대한 분노와 절망이 졍으로 하여금 챵의군을 적극적으로 지지하도록 만들었는지도 몰랐다.

그래도 그로선 졍과의 대화에서 얻은 것이 적지 않았다. 무엇보다도, 자신이 구상한 조세 정책의 틀이 현실적이란 확신을 갖게 되었다. 세금의 종류를 줄이고 세율을 낮춰 가난한 사람들의 부담을 덜면서, 량안(量案)에 오르지 않은 은결(隱結)을 찾아내서 세제의 공정성을 확보하고 과세 토대를 넓히려는 것이 그의 구상이었다. 경과 얘기하면서, 그는 그런 구상을 실제로 제도로 만들어 시행할 수 있으리란 생각이 들었다.

그가 졉백이를 끌고 군령 외삼문을 들어서자, 김항텰이 맞았다.
"챵의."
"챵의."
"원슈님을 뵈려는 분이 겨시압나니이다. 송긔슌이라 하난 분이……"
"아, 녜. 시방 어듸 겨시나니잇가?"
"객사애셔 쉬시라 말씀드렸압나니이다."
"이대 하샷나이다." 잠시 생각한 뒤, 그는 림형복에게 말했다, "림 대쟝, 객사애 가셔셔 송긔슌이라 하난 분을 동헌으로 모셔 오쇼셔."

동헌 앞마당에서 송긔슌을 기다리는 동안, 그는 김항텰에게 륜음의 내용과 슌무사와의 협의 계획에 대해 설명해주었다. 김은 경청했지만, 화의 교섭을 썩 반가워하는 것 같진 않았다. 하긴 놀랄 일도 아니었다. 김처럼 타고난 전사(戰士)에겐 평화로운 세상이 따분하게 느껴질지도 몰랐다.

"화의가 셩립다외얀 뒤헤도, 우리 챵의군은 편졔를 그대로 유디하여야 하나이다. 언제 엇던 일이 일어날디 모라나이다." 김이 마음을 좀 밝게 하고 싶은 마음에서 그는 새로울 것이 없는 얘기를 했다.

"그리하여야 다외알 새압나니이다." 김이 진지하게 말을 받았다.

"집으로 돌아가고 식븐 군사달한 돌아가개 하되, 새로 군사달할 뽑아서, 챵의군의 편졔를 그대로 유디하고 병력은 겸 늘릴 새니이 다. 슈군은 많이 늘려야 하나이다. 앒아로 우리 호셔 인민들이 많 이 바다로 나가셔 일해야 하니, 슈군이 할 일도 많아딜 새니이다."

"녜, 원슈님. 이대 알겠압나니이다." 김의 얼굴이 좀 밝아졌다.

"녜브터 지금히 우리 됴녕은 명나라밧긔 모라나이다. 명나라랄 대국으로 받들면, 모도 이대 다외난 줄로 아나이다. 사대교린(事大 交隣)이라 하야, 명나라난 대국으로 받들고 야인이나 일본안 됴한 이웃으로 디내자난 뜯인듸, 실제로난 명나라만 떠받들고 야인이나 일본애 대하야난 별 관심이 없었나이다. 야인과 일본이 우리를 줄 곧 괴롭혀도, 엇디할 줄을 모라나이다. 시방 명나라난 점점 쇠약해 디고 야인과 일본이 다시 강셩하야디난듸, 우리 됴녕은 여젼히 명 나라만알 바라보나이다. 야인과 일본이 더옥 강셩하야디면, 우리 의 큰 근심이 다외알 새인듸, 됴녕은 아모 대책도 없나이다. 딸와 셔 우리 호셔 따난 우리 챵의군이 디킈어야 하나이다."

"녜, 원슈님. 명심하겠압나니이다."

"시방 우리 챵의군은 만 인이 죠곰 넘나이다. 우리 호셔 따히 그 리 넓디 아니하니, 그리 많안 군사달할 유디하난 것은 힘에 브티나 이다. 딸와셔 우리 군사달히 생산하난 일알 많이 하여야 부대달할 그대로 유디할 수 이시나이다. 그러한 리치랄 군사달히 깨닫도록 하쇼셔."

"녜, 원슈님. 이대 알겠압나니이다."

송긔슌이 다가왔다.

"신형이 아바님, 어셔 오쇼셔." 그는 송에게로 다가갔다.

송이 걸음을 멈추고 읍했다. "스승님, 그동안 안녕하샸나니잇가?"

그도 읍하고 송에게 손을 내밀었다. "먼 길 오시느라 슈고랄 많이 하샸나이다."

"스승님을 다시 뵈오니, 깃겁습니다."

"잘 오샸나이다. 동헌으로 올아쇼셔." 그는 송에게 손짓하고 김에게로 몸을 돌렸다. "김 총독, 나이 래일 광덕산애셔 나모랄 버히는 군사달할 만나고져 하나이다. 김 총독끠셔 별히 하실 일이 없으면, 래일 아참애 함끠 광덕산으로 가사이다."

"녜, 원슈님. 래일 쇼쟝이 원슈님 뫼시고 광덕산아로 가겠압나니이다. 그러하면 쇼쟝안 물러가겠압나니이다. 챵의."

"챵의." 그가 답례하자, 김은 송에게도 인사했다. "챵의."

"감샤하압나니이다." 송이 급히 읍했다.

동헌에 올아 마주 앉자, 그가 물었다. "언제 됴한드르를 떠나샸나니잇가?"

"어젓긔 아참애 떠났나이다. 젼의에 당슉이 사셔셔, 어젯밤안 거긔셔 묵고 오날 새벽애……" 송이 느긋한 웃음을 띠고서 수염을 쓰다듬었다. "마모롤 것들히 졈 이셔셔, 이제야 왔나이다."

"잘하샸나이다." 그는 송이 그를 믿고 다시 찾아온 것이 정말로 고마웠다. 그를 다시 찾는 것은 패가망신의 길일 수 있었고, 부족할 것 없이 지내는 송으로선 당연히 결정하기 힘들었을 터였다.

"스승님끠셔 거느리신 챵의군이 젼라도 감사이 거느린 관군을 크게 깨티았다난 소문을 들었나이다. 시방 모도 스승님과 챵의군 녜아기만 하나이다."

그는 싱긋 웃었다. "아, 그러하나니잇가?"

"얼머 젼에 쳥쥬 사람 하나이 의병을 니르현다고 방알 써브텼다 가, 사람달히 모호이디 아니하야 그만두었다 하더이다."

"아, 그러하나니잇가?" 그는 자신도 모르게 자세를 바로 했다. 쳥쥬는 그가 장악한 바로 이웃 고을이니, 그곳 인심의 향방은 중요했다.

"김홍근이라 하난 향반 하나이 '요승 립문을 토벌하야 나라희 근심을 덜고 국왕 젼하끠 튱셩하새'라고 격문을 쳥쥬 공북루(拱北樓)에 써브텼난듸, 사람달히 모호이디 아니하얐다 하더이다. 냥반 몇이 모호얐난듸, 상민달콰 쳔인달히 모도 외면하니, 아니 다외겠다 하야 고대 흐터뎠다 하더이다. 이제 스승님끠셔 모도 잘사난 셰샹을 맹갈려 하신다난 녜아기 퍼뎌셔, 인심이 스승님끠로 돌아셔고 이시나이다."

그는 천천히 고개를 끄덕였다. 챵의군이 장악하지 않은 쳥쥬 지역에서 인심이 그렇게 돌기 시작했다면, 상황이 생각보다 좋게 돌아간다는 얘기였다. "소문이 빠라기난 빠라나이다. 쳥쥬 따해난 우리 챵의군이 들어간 적이 없난듸……"

"멸에 다니난 사람달히 녜아기랄 하나이다. 멸에서 스승님들히 챵의군 쇼식을 뎐한다 하더이다. 챵의군에 스승님들이 참예했다는 녜아기도 이시나이다."

"아, 그러하나니잇가?" 그럴 만도 했다. 셕현공과 셕심셩이 처음부터 챵의군에 들었고 향천사에선 적극적으로 챵의군을 지원해왔으니.

"스승님," 송이 문득 정색하고 그를 바라보았다.

"녜?"

"나난 평생 산골애셔 녀름지은 촌부이나이다. 그러하야셔 셰샹 리치랄 잘 알디 못하나이다. 그러하나 나이 보건대 시방 이 셰샹의 긔운이 스승님에게로 모이난 닷하나이다. 부대 셩공하쇼셔. 이 따해 미륵보살이 나타났다난 소문이 진실이게 하쇼셔."

8

"이제 호셔챵의군 원슈 겸 호셔인민졍부 승샹 아산 리씨 언오공과 창녕 셩씨 귀금 쇼져의 혼례를 거행하겠압나니이다." 최복만이 외쳤다.

사람들이 손뼉을 치고 환호했다. 미리 각본을 짠 것인지 자발적으로 나온 것인지는 모르지만, 잔치 분위기를 돋우는 소리라서, 그는 흐뭇했다. 저번에 우역셔 현판식 때 '마케팅 이벤트'를 펼친 것이 성공하자, 그는 자신을 얻어서, 이번 자신의 혼례도 모든 사람들의 잔치가 되도록 준비했다. 처음엔 검소하게 치르려 했으나, 생각해보니, 호셔챵의군 원슈의 혼례는 어쩔 수 없이 공적 행사의 성격을 띨 수밖에 없었다. 그래서 많은 사람들이 잔치에 참여해서 즐기도록 했다. 날짜도 추석 다음 날로 잡아서, 명절 분위기가 이어지도록 했다.

"몬겨 신랑이 신부 댁애 함알 올이겠압나니이다."

함진아비 쟝츈달과 함을 진 김을산이 혼례텽으로 다가갔다.

귀금이 부모가 반갑게 맞았다.

"신랑의 함알 가져왔압나니이다." 도포를 차려입은 쟝이 점잔
빼면서 말하고 읍했다.

"어셔 오쇼셔," 귀금이 아버지가 대답하고서 읍했다.

두 사람이 신을 벗고 혼례텽으로 올라섰다. 내아 앞뜰에 멍석들
을 깔고 그 위에 돗자리들을 펴놓은 것이었다.

"함알 받아쇼셔," 혼례텽의 일을 집전하는 하균이 얘기하자, 귀
금이의 친척으로 보이는 중년 여인 둘이 함을 들어 내아로 옮겼다.

함에 들어갈 것들은 최월매가 마련했으므로, 그로선 무엇이 들
었는지 몰랐다. 그는 최에게 실용적인 것들을 넣으라고만 부탁했
었다.

"다암애난 신랑의 초행이 이시겠압나니이다."

원래 전통적 혼례는 신부 집에서 치렀다. 그래서 신랑이 미리 신
부 집에 가서 묵는데, 그것을 초행(初行)이라 했다. 그러나 외거 노
비(外居奴婢)인 귀금이 부모가 사는 집은 너무 초라해서 혼례를 올
릴 처지가 못 되었다. 혼례 얘기가 나오자, 귀금이는 그 점을 걱정
했다. 애초에 그가 절에서 혼례를 올리기로 결정했던 데엔 그런 사
정도 있었다.

그가 의자에서 일어나 앞으로 걸어나가자, 군악대가 「입장행진
곡」을 연주하기 시작했다. 이번 혼례에 쓰기 위해, 며칠 전부터 그
가 가르친 것이었다. 사람들이 손뼉을 치며 환호했다. 그를 가까이
서 보지 못했던 부인네들은 드러내놓고 호기심에 찬 얼굴로 그를

살폈다. 자리가 자리인지라, 여느 때라면 수줍어했을 사람들이 그를 손으로 가리키면서 나름으로 그의 생김새와 옷차림을 평하기까지 했다. 그는 따로 예복을 마련하지 않고 평소의 차림을 했다. 비행복과 빨간 운동모자가 워낙 눈에 뜨이는 터라, 예복보다 예복다울 터였다. 다만 실질적으로 공식적인 의식임을 고려해서, 비행복 어깨엔 원슈의 품계가 새겨진 견장을 달고 몸엔 '호셔인민정부 승상'이란 수를 놓은 쪽빛 수(綏)를 둘렀다.

서투른 솜씨로 연주하는 군악대의 「입장행진곡」에 맞춰 걸음을 옮기면서, 그는 마음이 분열되고 다리가 후들거리는 느낌이 들었다. 이 세상과 그 안에서 움직이는 자신이 실재가 아닌 환영처럼 느껴졌다. 「입장행진곡」에 맞춰, 원산 송도호텔의 결혼식장을 걸어가는 자신의 모습이 선연하게 떠올랐다. 오래전에 저 세상에서 했던 일을 지금 서투르게 재현하는 자신을 또 하나의 자신이 차가운 눈길로 바라보는 듯했다. 그는 서둘러 마음을 다잡았다.

"신랑이신 한산 리씨 언오공안, 여러분들끠셔 잘 아시난 대로이, 호셔챵의군 원슈이시며 호셔인민정부 승상이시압나니이다."

최의 얘기가 중계방송을 하는 현대의 아나운서의 말투여서, 그는 속으로 설핏한 웃음을 지었다. 환경이 같으면, 행태도 비슷해지는 모양이었다. 행사 진행을 여러 번 맡으면서, 최는 혼자 요령을 터득해가면서 현대 진행자들의 모습을 점점 띠어갔다.

"원슈님, 신알 벗고 텽으로 올아오쇼셔," 그가 다가가자, 하균이 맞았다.

그는 돗자리 위로 올라서서 앞에 앉은 귀금이 부모에게 절했다.

그들이 황송한 얼굴로 급히 윗몸을 숙여 답례했다.

귀금이 부모는 처음 뵙는 것이었다. 신분과 처지가 그러한지라, 그들이 홍쥬셩으로 찾아오기도 어려웠고, 그가 그들을 찾아가기도 어색했다.

귀금이 아버지는 그가 예상했던 것과 크게 다르지 않았다. 평생 남의 종으로 살아온 자취가 얼굴과 자세에 드러나 있었다. 귀금이 어머니에게선 무슨 발랄함이, 그의 마음을 빼앗은 귀금이의 매력적 모습이, 좀 남아 있는 듯했다.

"신랑의 초행이 끝났압나니이다." 최가 외쳤다. "졈 이시다가 전안례(奠/鴈禮) 이시겠압나니이다."

"원슈님, 믈러나샸다가 전안례에 나오압쇼셔," 하균이 그에게 말했다.

그는 고개를 끄덕이고 텽에셔 나와 아까 앉아서 기다린 의자로 돌아갔다. 대지동에서 혼례를 몇 번 보아서, 그는 자신이 할 일에 대해선 대략 알고 있었다. 신부 집이 아니라 내아 앞마당에서 한다는 사정에 맞추면 되었다.

"이제 전안례를 거행하겠압나니이다." 조금 지나자, 준비가 되었는지, 최가 다시 외쳤다.

김병달이 초롱을 들고 앞장을 섰다. 원래 초롱을 들고 앞을 밝히는 것은 하인이 하는 일이었는데, 그에겐 하인이 없어서, 근위병 몫이 되었다. 근위병들이 은근히 서로 하려고 다투는 기색이 있었는데, 그가 김에게 일을 맡겼다. 김은 셩묵돌, 림형복과 함께 '대지동 싸홈'에서부터 근위병 노릇을 했는데, 지휘관 노릇을 할 만한 인물이 못 되어서, 품계는 높아도, 아직 단대쟝 노릇을 하고 있었다. 그래서 서운한 마음을 달래주려고 이번에 일을 맡긴 것이었다.

셩묵돌이 목안(木雁)을 집어 그에게 건넸다. 쟝츈달이 특별히 박달나무로 깎은 기러기였다.

그는 적잖이 불편한 마음으로 받아 들었다. 보기보다 묵직했다. 마음이 더욱 불편해졌다. 신랑이 나무 기러기를 들고 텽에 들어서는 것은 기러기처럼 정절을 지키겠다는 뜻이었다. 기러기는 금슬이 좋고 한번 짝을 지으면 오래 함께 살았다. 그러나 지금 그는 정절을 지키기 어려운 처지였다. 부여에서 독수공방(獨守空房)하는 묘월을 애틋한 마음으로 떠올리지 않는 날이 없었다.

그는 마음을 다잡았다. 이방인이든 정절을 지킬 자신이 없든, 지금은 그에게 주어진 역을 제대로 해야 했다. 자신이 맡은 역할이 자랑스러워서 발걸음에 탄력이 붙은 김병달을 앞세우고, 그는 다시 사람들의 환호 속에 혼례텽으로 향했다. 군악대가 「Going Home」을 연주하고 있었다.

"원슈님, 세 번 읍하압쇼셔." 그를 맞으면서, 하균이 일렀다.

고개를 끄덕이고서, 그는 세 번 읍했다.

"텽으로 올아압쇼셔."

하균의 인도를 받아 그는 초례상으로 다가갔다. 상 양쪽에 촛불이 켜져 있었고 나무 닭과 대나무가 있었다. 그 사이에 떡과 과일들이 차려져 있었다. 달떡이 먹음직스러웠고 아직 덜 익은 대추에도 입맛이 당겼다. 그러고 보니, 점심을 제대로 먹지 않았다.

"여긔 놓아면, 다외나니잇가?" 그는 상 가운데 빈자리를 가리켰다.

"녜, 원슈님. 거긔 놓아시면 다외압나니이다."

그는 그곳에 목안을 내려놓고 물러섰다.

"원슈님, 재배하압쇼셔."

그가 두 번째 절을 하고 일어서려는데, 귀금이 어머니가 재빨리 목안을 집어 들고 내아로 들어갔다. 평생 신부에 대한 정절을 지키겠다는 신랑의 서약을 그렇게 확보한다는 뜻인 듯했다.

"전안례 긑났압나니이다. 이제 대례를 거행하겠압나니이다." 최가 외쳤다. "몬져 교배(交拜) 이시겠압나니이다."

화사하게 차려입은 귀금이가 들어왔다. 신부 화장을 해서, 딴 사람 같았다.

'그 점에선 현대나 지금이나 같구나.' 그는 피식 나오는 웃음을 급히 삼켰다.

"몬져, 신부끠셔는 세 번 절을 하압시고 신랑끠셔는 무릎을 꿇으시고 받아압쇼셔," 하균이 설명했다.

양옆에서 부축하는 여인들의 도움을 받아, 귀금이가 세 번 절했다.

"이번에는 신랑끠셔 두 번 반절을 하압쇼셔. 신부끠셔는 앉아셔셔 받아압쇼셔."

신랑과 신부가 서로 절하는 데서도 차이가 난다는 생각이 머리를 스쳤다. 그러나 그는 그냥 하라는 대로 했다. 의식에서 파격은 되도록 피해야 했다.

절이 끝나자, 최가 외쳤다. "교배 긑났압나니이다. 이제 합근(合

쫠)이 이시겠압나니이다."

"산랑끠셔는 무릎을 꿇으압시고 신부끠셔는 앉아쇼셔. 하님안 술잔애 술을 딸와셔 신부끠 올이쇼셔." 하의 지시에 따라, 귀금이를 부축했던 부인들이 파란 실과 빨간 실이 드리운 술잔에 술을 따라 귀금이 앞에 내밀었다. 귀금이는 그를 향해 허리 굽혀 읍했다. 술잔을 든 부인이 그에게로 와서 잔을 바쳤다.

"신랑끠셔는 잔에 입만 대샸다 신부끠 돌려보내압쇼셔."

그는 잔에 입만 대고서 부인에게 잔을 되건넸다. 부인이 신부 쪽으로 가서 퇴주했다.

"대례 끝났압나니이다. 이제 신랑 신부끠셔 함끠 래빈 여러분들끠 인사 올이겠압나니이다." 최가 외쳤다.

그는 귀금이를 부축하여 텽 밖으로 나왔다. 그리고 함께 사람들에게 읍했다.

박수와 환호가 그들을 감쌌다. 그 소리에 그의 마음에 무거운 그늘을 드리웠던 불편하고 불안한 느낌이 멈칫멈칫 물러났다.

'이젠⋯⋯ 이젠 난 이방인이 아니다. 이곳에 뿌리를 내린 사람이다.' 그는 아직도 자신하지 못하는 자신에게 일렀다.

어느 아득한 시공을 헤매던 의식이 문득 좌표를 찾고 지도에 꽂히는 표정침처럼 자신의 위치를 확정했다. 셔력 1579년 긔묘년의 홍쥬셩. 추석 하루 지난 팔월 십륙일 밤. 아니, 팔월 십칠일 새벽. 혼례를 치른 첫날밤. 그는 옆을 살폈다. 귀금이의 숨소리가 났다. 허공에 뜬 것처럼 흔들리던 마음이 비로소 단단한 땅을 디뎠다.

그러나 마음 가장자리엔 두려움의 검은 기운이 스며 있었다. 그는 본능적으로 귀금이를 감쌌다. 그녀가 잠결에 그의 품속으로 파고들었다. 이제 익숙해진 그녀 체취가 마음을 좀 진정시켰다.

그는 자신의 마음에 스민 두려움이 무엇인지 잘 알았다. 이제 자신에게 소중한 것이, 자신의 목숨으로 지켜야 할 만큼 소중한 것이, 생긴 것이었다. 아내의 배 속에서 자라는 아이는 그가 이 세상에 내린 뿌리였다. 그 뿌리가 땅속으로 깊이 뻗어 자리 잡기 전에 시들까 걱정되는 것이었다. 이 세상의 역사가 틈입자인 자신의 씨임을 알아내고 그 아이를 거부할까 두려운 것이었다.

그는 천천히 그녀 등을 쓸어내렸다. 세월의 손길을 오래 타지 않은 살결은 보드라웠고 속에 새 생명을 품은 살은 따스했다.

'천진스러운 이들과 아름다운 이들은 세월 말고는 적이 없다,' 그는 속으로 뇌었다. 그리고 한참 뒤에 간절한 마음으로 덧붙였다, '실제로 세월이 유일한 적이기를.'

9

"여러분들토 이대 아시디마난, 시방 셰가 너모 므겁나이다. 젼
셰(田稅)에다 요역(徭役)에다 본색공믈(本色貢物)에다 향공(鄕貢)
에다 셰의 가지 너모 많고 셰률이 너모 높나이다. 그러하니 관리들
히 백셩들흘 슈탈하야 자갸 배랄 블리나이다. 이대로 하면, 사람달
히 잘살 수 없나이다." 언오는 잠시 말을 멈추고 사람들을 둘러보
았다.

사람들이 열심히 고개를 끄떡였다. 량안뎜검위원회(量案點檢委
員會)를 소집한 것이었다. 위원장은 부여현의 향토사가였던 긔록
참모부쟝 김몽룡이었고, 위원들로는 면쳔군에서 챵의군 토벌 격문
을 내걸었던 리안집, 보령현 호방 셔원이었던 강신길, 해미현 례방
셔원이었던 졍희현, 남보현 항슈 기생이었던 남류영, 남보현 기생
이었던 왕재츈, 믈자참모부 요원인 방용례, 보급졍대의 듕대쟝인
박리옥, 그리고 10특공졍대의 듕대쟝인 김만응이었다.

"녜, 원슈님. 그러하압나니이다." 김몽룡이 대답했다.

"사람달히 잘살다록 하려면, 므엇보다도 셰를 가벼이 하여야 하나이다. 셰의 가지랄 줄이고 셰률도 나초아야 하나이다. 그러하야셔 나이 군령을 새로 맹갈았나이다. 한번 넑어보쇼셔." 그는 군령을 사람들 앞에 펴놓았다.

호셔챵의군 군령 일백수호

호셔 인민들히 호셔챵의군과 호셔인민졍부애 납부하는 셰를 왼녁과 곧히 명하노라.

하나. 모든 인민들흔 자갸 슈입의 백분지십(百分之十)을 셰로 낸다. 다른 셰나 공납은 일졀 없다.

둘. 모든 인민들흔 히마다 동짓달 말일까장 자갸 슈입을 고을희 호방애 신고하여 납부할 셰를 산뎡한다. 슈입이 젼혀 없는 가구도 면의 권농애게 신고하여 졍부의 구휼을 받도록 한다.

세. 산뎡한 셰는 셧달 말일까지 쓸어음으로 호방애 납부한다. 홍쥬식화셔의 지뎜이 이시는 고을혜션 홍쥬식화셔에 납부한다.

네. 자갸 슈입을 감초거나 속인 쟈는 내디 아니흔 셰의 세갑졀(三倍)을 낸다.

다숫. 량안애 올오디 아니흔 토디랄 소유흔 사람돌흔 긔묘년 시월 말일까지 고을희 호방애 신고흔다. 량안은 졍부애셔 시행

흐려는 토디 등록 사업의 근본이 두외얄 새다. 토디룰 감촌
사룸돌혼 내죵애 즈갸 토디룰 잃거나 벌금으로 큰 손해룰
볼 새니, 이번에 신고흐기룰 바라노라.

여슷. 슈입이 젼혀 없거나 아조 쟉은 가구는 졍부에셔 일홀 긔회
룰 마련흐야 구휼홀 새다.

긔묘 팔 월 십구 일
호셔챵의군 원슈 겸 호셔인민졍부 승샹 리언오

"이제 모단 사람달히 셰를 내야 하나이다. 자갸 슈입의 백분지
십을 내야 하나이다. 녀름지은 사람도 믈건들을 사고팔아 리문을
남긴 쟝사도 믈건을 맹갈아셔 판 쟝인도 그리하여야 하나이다. 챵
의군에셔 봉록알 받난 우리 군사달토 봉록의 백 분지 십을 셰로 내
야 하나이다. 나도 셰를 낼 새니이다. 사람달히 내난 셰난 긔뿐이
니이다. 다란 셰난 없나이다. 셰난 한 가지고 셰률은 백 분지 십이
니이다."

그가 구상한 세제는 혁명에 가까운 것이었다. 소득세만을 걷고
세율을 최소한으로 낮추었으니, 주민들은 당연히 새 세제를 환영
할 터였다. 문제는 역사적으로 단일 세율의 소득세만으로 재정을
꾸려간 정부는 없었다는 사실이었다. 당연히, 큰 모험이었다. 평균
적 주민들의 세금 부담이 반으로 줄어들리라고 그는 추산했다. 챵
의군과 인민정부가 존속하려면, 그렇게 줄어든 조세 수입을 보전
할 길들을 찾아야 했다.

그는 그런 길들을 찾을 수 있다고 여겼다. 먼저, 량안에서 빠진 토지들을 찾아내어 과세하는 것이었다. 그렇게 빠진 은결(隱結)은 전체 토지의 10퍼센트에서 20퍼센트가 되리라고 그는 보았다. 다음엔, 튱청우도의 관부 재산에서 나오는 수입이 중앙정부로 가지 않고 그의 정부로 들어올 터였다. 옻칠을 위해 옻나무를 재배하는 칠전(漆田), 종이를 만들기 위해 닥나무를 재배하는 겨전(楮田), 대나무를 재배하는 듁전(竹田), 과수를 재배하는 과원(果園), 약초를 재배하는 약원(藥園), 벌을 치는 봉통(蜂樋), 그리고 갖가지 물건들을 만드는 공장과 같은 관부 재산은 곳곳에 있었다. 그런 관부 재산을 팔면, 목돈이 생기면서 민영화를 통해 생산성을 늘릴 수 있었다. 셋째, 그는 쌀어음을 발행하는 데서 나오는 주조이익에 큰 기대를 걸고 있었다. 화폐의 편리성이 널리 알려지고 현금에 대한 수요가 늘어나면, 물가 상승을 초래하지 않고 태환성을 유지하면서 발행할 수 있는 쌀어음의 양이 늘어날 터였다. 근본적으로, 세금을 줄이고 상업과 공업을 장려하면, 경제가 발전해서 세입이 자연스럽게 늘어날 것이었다.

그로선 재산에 세금을 매기고 싶었다. 집과 토지에 매기는 재산세는 재정을 튼실하게 할 수 있었다. 어느 사회에서나 재산은 소수에 집중되는 경향을 보이므로, 재산에서의 불균형은 소득에서의 불균형보다 훨씬 컸다. 따라서 재산세는 사회적 정의와 부의 불균형 완화를 위해서도 바람직했다. 그러나 재산세는 이곳에선 시행되지 않는 세금이었다. 당연히, 반발이 나올 터였다. 주민들의 지지를 얻어서 정권의 기반을 다져야 하는 그로선 그런 세금을 갑작스럽게 내밀 수 없었다. 세금에 관해서 그가 따른 원칙은 17세기 프랑스 정치가 장 밥티스트 콜베르의 널리 알려진 격언이었다: "징세의 기술은 거위로부터 가장 많은 깃털을 가장 적은 꽥꽥 소리를 들으면서 뽑는 것이다."

생각에 잠긴 얼굴로 사람들이 고개를 끄덕였다. 갑작스럽게 어렵고 복잡한 세제에 관한 얘기를 들었으니, 마음이 바쁠 수밖에 없었다.

"셰 이리 간편하고 가배야오니, 모단 사람달히 깃거할 새압나니이다." 김몽룡이 받았다.

다른 사람들이 열심히 고개를 끄덕였다.

"셰는 나라의 근본이니, 셰를 거두는 일은 옳고 곧아야 하나이다. 이제 우리는 셰를 옳고 곧게 거둘 새니이다. 그리하려면, 몬져 은결을 모도 량안애 올여야 하나이다. 여긔 군령에 나온 대로, 은결을 감초면, 내죵애 자갸 따할 잃을 새니이다. 셰를 죠곰 덜 내려다 자갸 따할 아조 잃난 일이 없다록, 여러분들끠셔 사람달해게 자셔히 알외쇼셔."

"녜, 원슈님. 이대 알겠압나니이다." 이번엔 모두 대답했다.

땅 임자들과 관리들이 짜고서 감추는 일이라, 량안에 오르지 않은 은결은 찾아내기가 무척 어려웠다. 량안에 올리지 않고 관리들의 수첩에만 올려서, 정당한 셰보다 작은 셰를 매기니, 땅 임자는 셰를 덜 내고 관리들은 셰를 모두 자기들의 수입으로 삼을 수 있었다. 량안이 본질적으로 원시적 제도라는 사정에서 필연적으로 나오는 폐해였다.

량안은 됴션됴 정부가 징세를 위해 만든 토지 대장이었다. 그래서 전답의 소재 위치, 면적, 품질 따위 징세에 필요한 사항들만을 기록했다. 완전한 지적(地籍)을 만들어서 소유자들의 재산권을 확립한 것이 아니었다. 동양에선 '천하에 임금의 땅이 아닌 곳이 없다(普天地下 莫非王土)'는 이념에 따라 토지의 궁극적 소유권을 국가가 지닌 공전제(公田制)가 전통적 제도였다. 자연히, 국민들의 재산권을 확립하고 보호해야 한다는 생각은 자리 잡지 못했다. 그래서 량안과 같은 원시적 제도가 나왔고, 여러 가지 큰 문제들을 낳았다. 은결처럼 세정이 부패하는 것은 이내 눈에 뜨이는 폐해였다. 어떤 뜻에서 은결만큼 큰 폐해는 토지의 거래 비용이 너무 크다는 사실이었다. 집에 불이 나면 집과 토지의 문서 먼저 구해야 한다는 얘기가 가리키는 것처럼, 관리들이 발급하는 집 문서와 토지 문서를 통해서 비로소 재산의 소유가 입증되었고, 당연히, 매매나 저당 설정과 같은 거래들의 거래 비용이 아주 높아서, 거래가 활발해질 수 없었다.

정부의 입장에서 징세를 위해 작성된 량안을 시민들의 입장에서 재산권을 확립하기 위해 작성된 등기부로 바꾸는 것은 경제 발전에 필수적이었다. 그리고 그렇게 바꾸면, 은결 문제는 원천적으로 사라질 것이었다.

"이제 여러분들끠셔는 녀름짓는 논과 밭이 량안에 실로 올았난가 살펴야 하나이다. 모다 할 수는 없으니, 한 고을헤셔 한 면식 하쇼셔. 몬져, 홍쥬목의 쥬북면(州北面)을 살피시고, 다암엔 다란 고흘들의 읍내랄 살피실 새니이다. 그리하면, 모단 사람달히 새 세계 엇더한디 알게 다외야셔 자갸 따할 모도 량안에 올일 새니이다."

"원슈님, 홍쥬 쥬북면브터 살피고 다암앤 어느 고을흘 살펴야
하나니잇가?" 김이 물었다.

"갓가온 고을브터 살피난 것이 됴티 아니하겠나니잇가? 결성이
나 해미나 보령이나. 그런 일들흔 이제 여러분들꾀셔 뎡하쇼셔. 김
위원쟝꾀셔 쥬재하야 량안뎜검위원회애셔 뎡하쇼셔."

"녜, 원슈님. 그리하겠압나니이다."

"위원회 현댱에 나가셔 살필 때난 다란 사람달해게 폐를 끼티디
마쇼셔. 모단 비용안 위원회애셔 승상부에 청구하야 쓰쇼셔. 이믜
위원회애 비용아로 오백 문을 배당하얐나이다. 밥 한 끼 술 한 잔
이라도 고을 사람달해게 받디 마쇼셔. 그리하시라고 박 대쟝의 보
급듕대와 김 대쟝의 특공듕대랄 위원회애 배쇽한 것이니이다. 므
슴 녜아기인디 아시겠나니잇가?"

량안뎜검위원들을 앞마당까지 배웅하고셔, 언오는 병원 터로 향
했다. 추워지기 전에 완성해서, 개관식을 성대하게 할 생각이었다.
다른 기관들과 달리, 병원은 모든 사람들에게 직접 혜택이 가는 곳
이라, 잘 지어진 병원은 사람들로부터 큰 환영을 받고 그의 치적으
로 여겨질 터였다.

우역셔가 들어션 건물은 이제 번듯했다. 우역셔 옆에 홍주식화
셔가 들어셨고, 나머지 칸들에도 가게들이 들어셨다 ─ 밥과 국수
를 파는 식당, 곡식을 파는 가게, 종이와 필기구를 파는 문구점, 젓
갈과 건어물을 파는 가게, 포목점, 짚신과 같은 짚 가공품들을 파

는 가게. 우역셔엔 사람들이 연신 들락거렸다. 무료로 편지를 부칠 수 있으니, 사람들이 많이 이용하는 것은 당연했다. 반면에, 바로 옆 식화셔는 파리를 날리고 있었다. 아직 돈을 예금하거나 대출받는 사람들이 많지 않을 것이었다. 가게들은 요 며칠 사이에 부쩍 손님들이 많아졌다. 닷새 만에 한 번 서던 댱들과 달리, 날마다 문을 여는 가게들이 들어서자, 거래가 활발해진 것이었다.

'여기 상가는 잘되겠다. 곧 건물을 하나 더 짓자는 얘기가 나오겠다.' 그가 흐뭇한 마음으로 상가를 살피는데, 긔병들이 다가왔다.

"챵의. 뎨륙긔병 뎨오대대 뎨일듕대쟝 졍병 오안식이압나니이다."

"챵의. 오 대쟝 어셔 오쇼셔."

오가 품에서 봉투를 꺼냈다. "경언디 군사끠셔 원슈님끠 올이시난 보고이압나니이다."

"아, 그러하나니잇가? 슈고 많이 하샸나이다."

원슈님젼 샹셔

졔번ᄒᆞ옵고 원슈님끠 보고ᄒᆞ옵ᄂᆞ니이다. 슌무ᄉᆞ 리쥰민공이 셔울 헤셔 나려오샸ᄂᆞ니이다. 쇼쟝이 원슈님 뜯을 받들어 슌무ᄉᆞ끠 말씀 드린 됴건을 받아들이는 것이 옳다고 됴명의 뜯이 명ᄒᆞ야뎠다 ᄒᆞ얏 옵ᄂᆞ니이다. 다만 원슈님의 호칭을 승샹으로 ᄒᆞ면 대국이 불쾌히 녀길 수 이시다는 공론이 이셔셔 대신 주ᄉᆞ(刺史)로 ᄒᆞ는 것이 엇더ᄒᆞᆫ가 물으샸ᄂᆞ니이다. 승샹은 원 대국의 텬주 아래셔 일을 보난 직책이고 됴션과 근후 번국에션 둘 수 없는 직책이라는 말씀이옵ᄂ니이다. 이 일만 해결드외면 바로 슌무ᄉ와 쇼쟝이 약됴롤 맺고 쥬샹끠셔 원슈님을 호셔챵의군 원슈 겸 호셔인민졍부 ᄌᄉ로 임명흔다는 교지롤 나리신다 ᄒ옵ᄂ니이다. 위계는 졍일품 대광보국슝록대부롤 슈여ᄒ시겠다 ᄒ옵ᄂ니이다. 원슈님 안녕ᄒ시기롤 긔원ᄒ면셔 글월을 줄이옵ᄂ니이다.

긔묘 팔 월 십팔 일
특명젼권대ᄉ 디군사부ᄉ 딕쟝 졍언디 배샹

마음이 문득 밝아졌다. 화의 교섭이 성공한 것이었다. 자사란 직함이 승샹보다야 훨씬 못하지만, 크게 마음 쓸 일은 못 되었다. 통치 지역이나 셰미와 같은 실질적 문제를 놓고 흥정하는 것보다야 훨씬 나았다. 졍일품 대광보국슝록대부(大匡輔國崇祿大夫)는 최고의 위계니, 자사로 부르는 것에 대한 배려도 한 셈이었다.

"오 대쟝끠셔 묘한 쇼식을 갖고 오샸나이다. 말도 시드러울 샌듸, 졈 쉬쇼셔. 나이 바로 졍언디 군사끠 보내난 답쟝알 써셔 오 대쟝끠 드리겠나이다."

10

"신 현감, 덕산현에 온천이 이시나이다?"

언오의 갑작스러운 믈음에 신경슈가 잠시 눈을 껌벅거렸다.

"녜, 원슈님. 읍내애셔 남쪽으로 오 리 다외난 곳애 이시압나니이다."

"온쳔에셔는 겨을에도 더운 믈이 나오니, 사람달히 많이 리용하면 됴할 샌듸…… 몸이 알판 사람달히 온쳔 믈에 목욕하면, 병도 나안다 하더이다."

"녜, 그러하압나니이다. 병이 이시난 사람달히 많이 찾난다 하압나니이다."

"나이 온쳔에 료양소랄 셰워셔 사람달히 리용하도록 할 생각이니이다. 덕산 온쳔은 홍쥬에셔 갓가오니, 온양이나 신챵의 온쳔보다 리용할 사람달히 많알 닷하나이다. 신현감끠셔 온쳔을 큰 사업으로 킈우는 방도랄 생각해보쇼셔."

"녜, 원슈님. 이대 알겠압나니이다."

신경슈는 덕산현감 노릇을 잘 하고 있었다. 언오에게 맞섰던 일을 생각해서, 매사에 근신하는 듯했다.

"목욕탕안 나모로 짓난 것보다 벽으로 짓난 것이 나으나이다. 이번에 벽으로 집알 지어보니, 아조 편리하더이다."

"녜, 원슈님. 우역셔 건믈이 아조 됴하압나니이다." 신이 대답하자, 류종무와 최셩업이 열심히 고개를 끄덕였다.

레고형 벽돌로 집을 짓는 일은 성공적이었다. 튼튼한 건물이 빠르게 섰다. 상설 시장의 우역셔 건물은 완성되었고 병원 건물도 지붕만 올리면 되었다. 다음 건물을 짓고 싶어서 몸이 근질거리는 참인데, 신경슈를 보자, 이미 경제개발 계획에 포함된 덕산 온천 개발 사업이 생각났다.

"온쳔 바로 셔녁이 가야산 줄기니, 벽을 굽기도 어렵디 아니할 새니이다. 목욕탕안 한번 지어놓으면, 모단 사람달해게 됴한 일이고, 쟝사도 잘 다외얄 새니이다. 나이 곧 시작할 새니, 신현감끠셔 한번 살펴보쇼셔."

"녜, 원슈님. 이대 알겠압나니이다. 쇼직이 살펴보고셔 원슈님끠 보고 올이겠압나니이다."

"그리하쇼셔."

"이제브터 고신 믿 사령쟝 수여식을 거행하겠압나니이다." 최복만이 외쳤다. "모도 자리에 앉아주시기 바라압나니이다."

열흘 전에 한성에서 션뎐관(宣傳官)이 그를 호셔챵의군 원슈 겸 호셔인민졍부 자사로 임명하는 고신(告身)을 갖고 내려왔다. 고신은 국왕이 신하에게 관작(官爵) 및 관직을 내리는 교지를 뜻했다. 그는 션년관으로부터 고신을 받는 일을 큰 행사로 치르기로 했다. 자신이 국왕으로부터 정식으로 임명된 통치자라는 사실을 널리 알리는 것은 큰 뜻이 있었다. 이제 그의 통치에 저항하는 자들은 국왕에 저항하는 역적이 되는 것이었다. 이어 그가 임명한 수령들에게 사령쟝(辭令狀)을 수여하는 행사도 갖기로 했다. 고을을 점령한 뒤 갑작스럽게 목사나 현감으로 임명된 사람들에게 정식으로 사령쟝을 주는 것은 작지 않은 상징성이 있었다.

그는 맨 앞줄 자기 자리로 가서 앉았다. 앞에 큰 무대가 있었고 객석엔 긴 의자들이 놓여 있었다. 앞으로 공연이나 식전이 많이 열릴 터였으므로, 공병대를 동원해서 아예 공연장의 시설을 갖춘 것이었다. 이제 마당에 멍석을 펴고 앉아서 관람하는 처지는 벗어난 것이었다. 무대를 꾸미고 의자들을 갖춘 것이야 별일 아니었지만, 그에겐 알찬 진보였다.

"몬져 군긔에 대한 경례 이시겠압나니이다. 모도 군긔를 바로 보고 셔쇼셔."

사람들이 일어나서 호셔챵의군긔를 보고 서노라, 잠시 부산했다.

"호셔챵의군긔에 대하야 경례."

그는 소슬한 가을바람에 가볍게 펄럭이는 깃발을 우러렀다. 속에서 묵직한 감정의 덩어리가 솟구쳤다. 드디어 마련한 것이었다, 그가 이 세상에서 꿈을 펼칠 자리를.

"바로. 자리에 앉아주쇼셔. 이제 원슈님의 고신 수여식이 거행다외야겠압나니이다. 셔울헤셔 님굼님의 교지를 갖고셔 션년관끠셔 나려오압샸나니이다. 션뎐관끠셔는 단상에 올아쇼셔."

화려한 복색의 션뎐관이 무대로 올라섰다. 썩 기분 좋은 얼굴은
아니었다. 셩묵돌이 철저하게 몸을 수색했기 때문일 터였다. 그로
선 션뎐관과 마주하는 것이 결코 작은 위험이 아니었다. 지금 조정
으로선 그를 암살하고 싶을 터였고, 무장한 무인인 션뎐관이 그와
마주 서는 자리는 암살에 더할 나위 없이 좋은 기회였다. 그래서
열흘 동안 근위병들이 션뎐관 일행을 감시했고 오늘 아침엔 셩묵
돌이 직접 션뎐관의 몸을 수색했다. 션뎐관의 칼도 끈으로 단단히
묶어서 칼을 빼지 못하게 해놓았다.

그가 일어서서 무대로 다가가자, 근위병 다섯이 먼저 무대로 올
라가 자리 잡았다.

"리언오난 왕명을 받들으시오." 션뎐관이 지통을 들고 외쳤다.

그는 무대 위로 올라가서 북쪽을 향해 세 번 절했다. 외지에서
관직을 받는 신하는 국왕이 계신 궁궐을 향해 절하는 망궐례(望闕
禮)를 먼저 하고 교지를 받들었다.

션뎐관은 앞에 무릎 꿇고 앉은 그를 날카로운 눈길로 살피더니,
지통에서 두루마리를 꺼냈다. "교지. 리언오 위대광보국숭록대부
호셔챵의군 원슈 겸 호셔인민졍부 쟈사쟈 만력 칠년 팔월 이십팔
일."

션뎐관이 그에게 교지를 건넸다.

"셩은이 망극하압나니이다." 그는 고개 숙여 인사하고 교지를
읽었다.

教旨
李彦吾爲正一品大匡輔國崇祿大夫
湖西倡義軍元帥
兼湖西人民政府刺史者
萬曆七年八月二十八日

선뎐관 일행은 이내 떠났다. 열흘 동안 갇혀 있다시피 했으니,
넌더리가 났을 터였다.

그가 북문까지 선뎐관을 배웅하고 돌아오자, 최복만이 외쳤다,
"이제 사령쟝 수여식이 거행다외겠압나니이다."

그가 무대에 오르자, 최가 외쳤다, "원슈님끠 대한 경례 이시겠
압나니이다."

셕현공이 앞으로 나와서 구령을 외쳤다. "원슈님끠 대하야 경례."

"챵으이," 그의 고신식에 마음이 부풀었는지, 모두 목청껏 구호
를 외쳤다.

셕이 돌아서서 경례했다, "챵의."

"챵의," 그도 답례했다.

군악대가 「원슈에 대한 경례」를 연주했다.

"바로. 몬져 사령쟝알 받아실 분은 졍언디 군사이압나니이다."

졍언디가 무대로 올라왔다.

하균이 사령쟝을 그에게 건네고 읽었다, "사령쟝. 호셔챵의군
딕쟝 졍언디. 귀하랄 특명젼권대사 디군사부사(知軍師府事)로 임
명하나이다. 긔묘 구월 십사일. 호셔챵의군 원슈 겸 호셔인민졍부

330

자사 리언오. 대독."

그는 사령쟝을 졍에게 건네고 손을 내밀어 악수했다. "졍 군사, 그동안 슈고 참아로 많이 하샀나이다. 감샤하압나니이다."

"아니압나니이다. 원슈님 은혜 망극하압나니이다."

"다암안 윤긔 군사이압나니이다."

윤긔가 무대로 올라왔다.

"사령쟝. 호셔챵의군 졍령 윤긔. 귀하랄 동디군사부사(同知軍師府事) 겸 홍쥬목사로 임명하나이다. 긔묘 구월 십사일. 호셔챵의군 원슈 겸 호셔인민졍부 자사 리언오. 대독."

그가 다스리는 고을들이 많아서, 수령들에게 임명쟝을 다 주는 일은 시간이 꽤 걸렸다.

"이제 만셰를 브르겠압나니이다. 졍언디 군사꼐셔 션챵하압시겠나니이다." 사령쟝을 주는 일이 끝나자, 최가 외쳤다.

졍언디가 다시 무대로 올라왔다. "쇼쟝이 션챵하면 모도 힘까장 만셰를 블러주쇼셔. 쥬샹 젼하 만셰에!"

"만셰에!"

국왕을 위한 만셰 삼챵이 끝나자, 졍이 말을 이었다. "호셔챵의군 리언오 원슈 만셰에!"

"만셰에!"

얼떨결에 함께 만셰를 부르고서, 그는 야릇한 웃음을 지었다. 성벽 너머로 가을 하늘이 맑았다.

배
신
자

제18부

1

'무슨 얘기를 해야…… 무슨 얘기를 해야, 사람들이……' 좋은
생각이 떠오르지 않아 고심하면서, 언오는 입맛을 다셨다. 오후에
있을 홍쥬의원(洪州醫院) 개원식에서 할 연설을 구상하는 참이었
다. 버젓한 건물을 갖춘 의원을 여는 것은 그 자신에게나 호셔 인
민들에게나 뜻깊은 일이므로, 그는 사람들의 마음에 깊이 새겨질
만한 얘기나 구호를 연설 속에 담고 싶었다.

"원슈님, 긔병들히 부여에셔 강슈돌 사령의 보고셔를 가져왔압
나니이다." 셩묵돌이 문간에서 말했다.

"아, 그러하나니잇가?" 마음이 문득 환해졌다. 법성보로 귀향한
사람들이 올 때가 되었는데 소식이 없어서, 그는 적잖이 마음을 쓰
고 있었다. 그는 가뿐히 일어나서 마루로 나셨다.

동헌 앞마당에 말고삐를 쥔 긔병들이 숨을 돌리고 있었다.

"챵의." 그를 보자, 17긔병의 듕대쟝인 원듕환이 경례했다.

"챵의. 원 대쟝, 슈고랄 많이 하샸나이다." 그는 마당으로 내려 가서, 긔병들과 악수했다. 어느 사이엔가 그는 자연스럽게 장병들과 악수하고 있었다. 처음엔 병사들이 원슈와 마주서서 손을 잡는 것을 주저해서 좀 어색한 장면들이 있었으나, 이제는 자연스러워졌다.

"강슈돌 사령이 원슈님끠 올이난 보고셔를 가져왔압나니이다." 원이 품에서 봉투를 꺼냈다.

"아, 그러하나니잇가?" 그는 봉투를 받아 들고 긔병들을 둘러보았다. "모도 슈고하샸나이다. 시드러우실 샌듸, 졈 쉬쇼셔."

섬돌을 오르는 발길에서 탄력을 느끼고, 그는 웃음을 지었다. 가슴에 묵직하게 얹혔던 걱정이 사라지면서, 온몸이 가뿐해진 듯했다. 만일 법셩보 사람들이 끝내 돌아오지 않는다면, 그는 실제적으로나 심리적으로나 큰 타격을 받을 수밖에 없었다. 방 안으로 들어오자, 그는 조급한 마음을 누르면서 주머니칼로 풀칠한 봉투를 뜯었다.

원슈님젼 샹셔

원슈님 그소이에도 긔톄후 일향 만강ᄒ옵신디 굼굼ᄒ옵ᄂ니이다. 원슈님 념려지덕에 쇼쟝과 법셩보 원졍군은 고향이 무사히 두녀왓옵ᄂ니이다. 법셩보 원졍군 칠백륙 인 가온듸 칠백 인이 돌아왓옵고 륙 인은 수졍이 이셔셔 이번에 홈끠 오디 못ᄒ얏옵ᄂ니이다. 다음이 오기로 두외얀 군수돌ᄒ 부모샹ᄋᆯ 당ᄒ 이 인과 병이 나셔 긔동이

336

어려운 삼 인과 아해룰 본 일 인이옵ᄂ니이다. 이번에 온 군수돌 가온듸 이십삼 인은 가권을 대동ᄒ얏옵나니이다. 원슈님끠셔 당부ᄒ옵신 대로, 신경환 대쟝이 목보로 가셔 리형손 군수의 가권을 뫼시고 올아왔옵ᄂ니이다. 시방 쇼쟝과 법셩보원졍군은 부여에 머믈면셔 윤삼봉 수령의 졀졔를 받고 이시옵ᄂ니이다. 알포로 엇디ᄒ여야 홀디 하교ᄒ야 주시옵쇼셔. 법셩보에 가는 길이는 도원슈님과 전라도관찰ᄉ님올 젼쥬까장 뫼시고 갔옵ᄂ니이다. 돌아오는 길이 젼쥬에 들럿더니 전라도관찰ᄉ님끠셔 우리를 위ᄒ야 잔채룰 열어주셨옵ᄂ니이다. 쇼쟝이게는 돌아가면 원슈님끠 안부를 뎐ᄒ라 신신당부ᄒ옵샷ᄂ니이다. 원슈님 내내 안녕ᄒ시기룰 긔원ᄒ면셔 글월을 줄이옵ᄂ니이다.

긔묘 구 월 십오 일
법셩보원졍군 수령 딕군수 부위 강슈돌 배샹

그는 거듭 몇 번을 읽었다. 음미하면서 읽고 답신을 생각하면서 읽었다. 열 번을 읽어도 물리지 않을 것 같았다.

그는 일어나서 마루로 나갔다. "셩 대쟝, 손향모 부쟝끠 졈 오시라 니르쇼셔."

요즈음 그는 작젼에 관련된 사항들은 되도록 행군참모부쟝인 손향모와 상의하고 있었다. 업무들이 빠르게 늘어나서, 군사 업무든 행정 업무든 그가 세부 사항들까지 간여할 수 없었다. 그에게 걸리는 부담을 줄이려면, 참모 조직이 제대로 움직여야 했다.

"법셩보 원졍군의 편졔를 그대로 유디하다록 하사이다. 편셩을 자조 밧고난 것은 현명티 못하나이다." 손향모가 강슈돌의 보고셔를 다 읽기를 기다려, 그는 말했다.

"녜, 원슈님."

"그러하면 신경환 대쟝의 삼십오 운슈는 부여에 쥬둔하고, 김관 대쟝의 삼십륙 운슈는 보령에 쥬둔하고, 박긔쥰 대쟝의 삼십칠 운슈는 아산애 쥬둔하다록 하쇼셔. 강슈돌 사령은 함끠 온 이십삼 가구를 인솔하야 홍쥬로 오라 하쇼셔. 스믈이 넘는 집안달해게 집과 일자리랄 마련하야주는 일이 쉽디 아니할 새니이다."

"녜, 원슈님. 알겠압나니이다."

"고향애 돌아간 법셩보 츌신 군사달히 모도 돌아온다니, 얼머나 깃거운 일이니잇가? 당초애 저희는 챵의군에 스스로 들어온 것도 아니었나이다. 배와 쌀알 챵의군에 앗기고 엇디할 수 없어서, 들어온 것 아니니잇가?"

"녜, 원슈님." 손이 힘주어 고개를 끄덕이면서 밝은 웃음을 지었다. "참아로 깃거운 일이압나니이다."

"법셩보난 먼 따힌듸, 고향알 버리고 타디로 온다난 것이 얼머나 어려운 일이겠나니잇가? 나 한 사람알 바라고 그리 먼 길알 온 것이 나난 너모 고마워셔……"

"원슈님을 갓가이셔 뫼신 사람달한 모도 그리할 새압나니이다. 쇼쟝도 당초애 챵의군에 스스로 들어온 것은 아니압나니이다." 고개를 숙였다 드는 손의 눈에 웃음이 잔잔히 고여 있었다.

"군사달히야 나와 함끠 싸홈터에 셨으니, 그러타 치더라도, 가권들히야 고향알 버리고 낯선 타관알 찾아오난 것이 얼머나 어려운 일이겠나니잇가? 그분들히 실망하디 아니하개 하여야 하난되…… 손 부쟝끠셔 이대 살피쇼셔."

"녜, 원슈님," 손이 진지한 얼굴로 대답했다. "쇼쟝이 총참모쟝애게 말쌈 올이고 다란 부쟝달콰 함끠 샹의하야 방도랄 마련하도록 하겠압나니이다."

"그리하쇼셔."

손이 나가자, 그는 나설 차비를 했다. 법성보 원정군의 귀환 소식에 연설의 내용이 자연스럽게 떠오른 것이었다. 인심은 물과 같았다. 늘 아래로 흘렀다. 그리고 언젠가 물이 충분히 고이면, 배가 뜨는 것이었다.

마루로 나서자, 그는 잠시 처마 아래로 보이는 하늘을 바라보았다. 맑은 가을 하늘이 바로 그의 마음이었다. 이제 끝난 것이었다, 자신의 뜻을 펼칠 기반을 마련하는 일이. 그가 세운 정권이 정당성을 얻은 것이었다. 형식적으론 됴션 왕조의 통치 체계의 한 부분으로 받아들여졌고, 실질적으론 인민들의 지지를 얻은 것이었다. 먼 고향으로 돌아갔다 다시 돌아온 법성보 원정군 7백 명의 '발로 한 투표'가 인심을 유창하게 대변했다.

'이제부터……' 그는 가슴을 펴고 숨을 깊이 들이쉬었다.

둘레엔 곧 강남으로 떠날 제비들이 한데 모여서 분주하게 움직이고 있었다.

'자네들도 고향에 갔다 다시 오게.' 그는 제비들에게 눈짓을 하고 마루에서 내려섰다.

2

개울가에 멈춰, 언오는 상설 시장을 올려다보았다. 사람들이 북적거렸다. 우역서도 사람들이 들락거렸지만, 옆에 들어선 가게들에선 많은 사람들이 모여 물건들을 살피고 흥정했다. 상설 시장이 있다는 것이 알려지자, 거래가 빠르게 늘어났다. 닷새마다 서던 댱을 기다릴 필요 없이 이내 물건을 살 수 있으니, '없으면 없는 대로 지낸다'는 태도에서 즉시 욕구를 채우는 태도로 바뀐 것이었다. 수요가 늘어나니, 자연스럽게 공급도 늘어났다. 가게 주인들이 팔릴 만한 물건들을 찾아 나서자, 사람들이 팔릴 만한 물건들이 무엇인지 알게 된 것이었다. 시장이 본질적으로 정보 처리 체계라는 얘기가 비로소 실감났다.

상가 마당 둘레와 길가엔 행상들이 광주리를 놓고 물건을 팔고 있었다. 상가 건물에 정식으로 세든 가게들이 미처 갖추지 못했거나 그 가게들보다 싸게 팔 수 있는 물건들을 갖고 나왔을 것이었다. 그런 틈새시장들이 끊임없이 나와야, 경제가 활기차고 커질 터였다.

'아무래도 상가 건물을 하나 더 지어야 할 모양이다. 아, 그렇지. 법성보에서 온 가족들에게 가게를 우선적으로 분양하면, 적어도 열 가구 일자리는 해결되지.'

그는 잠시 상가 건물을 하나 더 짓는 일을 가늠해보았다. 레고형 벽돌 덕분에 겨울에도 집을 어렵지 않게 지을 수 있었다. 의원을 지은 다음엔 공연장을 지을 계획이었는데, 이제는 상가 건물을 먼저 짓는 것이 합리적이었다.

'진작 땅을 사두는 건데……' 그는 가볍게 혀를 찼다.

상설 시장이 들어서면, 근처 땅값이 오를 것이 분명했으므로, 그는 이 일대 땅을 미리 사두려 했었다. 그러나 금강 남쪽에서 싸우느라, 그런 일에 마음을 쓸 겨를이 없어서, 겨우 상가 건물 바로 둘레만 산 것이었다.

'할 수 없지. 지금이라도 사두는 편이 낫지. 더 늦기 전에 민사참모부에 일러야겠다.'

갑자기 개발된 지역의 땅값은 가파르게 오르기 마련이었고 그런 지가 상승은 심각한 사회적 문제들을 불렀다. 땅값이 오르니, 개발이 둘레로 확산되는 것을 방해했다. 몇몇이 자신들의 노력 없이 큰 돈을 버는 것은 사람들의 정의감에 어긋났다. 게다가 느닷없이 큰 돈을 쥐게 된 졸부들의 행태는 사람들의 반감을 불렀고 시장 경제와 자본주의에 대한 반감으로 이어졌다. 그런 상황에 대해서 정부가 할 수 있는 것은 요행이익세(僥倖利益稅)뿐이었는데, 그것은 불

충분하고 비효율적이고 재산권을 침해했다. 정부가 미리 땅을 사 두고 오르는 땅값에서 나온 이익을 재정으로 돌리는 것이 가장 나았다.

마주치는 사람들이 공손하게 인사했다. 그는 일일이 인사하고, 얘깃거리가 있으면, 한마디 건넸다. 아이들에겐 주머니에 든 볶은 콩을 한 줌씩 건넸다.

이럴 때면 자신의 행태가 현대의 정치가들이 선거철에 보인 행태와 똑같다는 생각이 들어서, 입가에 야릇한 웃음이 떠오르곤 했다. 의원 터로 가는 길엔 으레 가게들에 들러 장사가 어떤가 묻고 물건을 하나씩 사곤 했다.

그는 징검다리를 건넜다. 지름길로 홍쥬의원 개원식에 가는 길이었다. 시장이 자리 잡은 야산의 건너편 비탈에 의원이 있었다.

냇둑 바로 위 빈터에서 달걀 파는 젊은이가 어설프게 가게를 짓고 있었다. 처음엔 그냥 달걀 꾸러미 몇 개를 놓고 팔더니, 차츰 쌓아놓은 달걀들이 늘어났다. 이어 나뭇가지로 움막 비슷하게 창고를 만들어 달걀을 간수하더니, 마침내 어설프나마 가게를 짓는 것이었다. 하긴 가게라는 말이 그렇게 임시로 낸 가가(假家)에서 비롯했다고 했다. 마치 봄철에 힘겹게 흙을 헤치고 나온 풀잎이 자라나는 모습을 보는 듯해서, 그는 대견하고 흐뭇했다. 기회만 주어진다면, 사람들은 스스로 기회를 찾아 생업을 일으킨다는 자신의 믿음을 그 젊은이가 증명해주고 있었다.

그가 다가가자, 젊은이가 일을 멈추고 밖으로 나와서 공손히 절했다.

"가개랄 지으시나니잇가?"

그의 따뜻한 웃음을 보자, 젊은이의 낯빛이 밝아졌다. "녜, 나아리."

그는 가게 둘레를 살폈다. 물이 흐른 자국이 있었다. "여긔는 녀름에는 믈이 들어올 샌듸……"

"녜, 나아리. 그러하압나니이다. 쇼인안 됴한 따할 구할 수 없어셔……" 젊은이가 겸연쩍은 웃음을 지었다. "이제 비 많이 오시디 아니할 새니, 래년 녀름까장안……"

그는 천천히 고개를 끄덕였다. "혼자 가개랄 보노라 힘젓디 아니하나니잇가?"

"아니압나니이다. 쇼인의 안해셔 달개알알 사셔 가져오면, 쇼인 안 그저 팔기만 하면 다외압나니이다."

부부가 틈새시장을 찾아낸 것이었다. 상가 가게들은 아직 달걀을 취급하지 않는 듯했다. 그리고 달걀은 신선해야 하니, 날마다 달걀을 구해서 파는 이 가게가 닷새마다 서는 댱보다 우월할 수 있었다.

젊은 부부에게 향하는 고마움이 가슴을 따숩게 했다. 이곳에서 닭이나 달걀은 중요한 상품들이 아니었다. 집집마다 닭을 몇 마리씩 쳤고 암탉들이 달걀을 낳으면 집 안에서 소비했다. 닭이나 달걀을 들고 댱에 나와서 다른 물건들과 바꿨지만, 상업적으로 닭을 치는 집을 그는 아직 보지 못했다. 이제 젊은 부부가 날마다 달걀을 구하러 다니니, 내년 봄엔 닭을 많이 기르기 시작하는 집들이 나올 만도 했다. 그러면 달걀과 닭고기 값이 싸져서, 수요가 늘어날 터였다. 그런 선순환 과정을 거쳐서, 조만간 양계라는 중요한 산업이 나타날 것이었다. 그저 먹고살고 자식 키우려 애쓰는 젊은 부부야 자신들이 산업을 발전시킨다는 생각은 꿈에도 하지 못하겠지만, 실제론 그렇게 하는 것이었다. '보이지 않는 손'은 벌써 활발하게 움직이고 있었다. 상설 시장 변두리 개울가에 세워지는 이 허름한 가게에서.

"일홈이 므슥이시니잇가?" 그는 부드럽게 물었다.

그는 젊은이를 지켜보고 싶었다. 누가 알겠는가, 이 허름한 가게 주인이 남조의 경제 발전을 이끈 이병철(李秉喆)이나 정주영(鄭周永) 같은 뛰어난 기업가로 판명될지.

"쇼인은 고금돌이라 하압나니이다."

"아, 녜. 졍딕한 마암아로 럴심히 하면, 이 쟉안 가게 내죵애난 커다란 상관이 다외얄 수도 이시나이다. 쟝사하난 사람안 졍딕하여야 하나이다. 모단 일이 그러하디만, 쟝사난 별히 졍딕하개 하여야, 크게 셩공할 수 이시나이다."

"녜, 나아리. 나아리 말쌈알 깊이 새겨 졍딕하개 쟝사하겠압나니이다." 젊은이가 정색하고서 허리 굽혀 인사했다.

"나이 달개알 한 줄이 필요한듸, 한 줄 주쇼셔."

"녜, 나아리." 젊은이가 급히 달걀 한 줄을 집어서 공손히 내밀었다.

"얼머이니잇가?"

"삼 편문이압나니이다."

달걀 꾸러미를 근위병에게 넘기고, 그는 지갑에서 일 문짜리 쌀어음을 한 장 꺼냈다. "이것밧긔 없는듸······"

"녜, 나아리." 젊은이는 선뜻 쌀어음을 받더니, 허리에 찬 전대
에서 쌀어음을 꺼내 칠 편문을 거슬러주었다.

가게 한쪽에 쌀자루와 쌀되가 있는 것으로 보아, 아직 쌀을 들고
나와서 물건을 사는 사람들이 있는 듯했다. 그래도 전대에 든 쌀어
음으로 보아, 거래는 대부분 쌀어음으로 이루어지는 듯했다. 거래
가 활발해질수록 쌀어음이 많이 유통되는 것이었다. 게다가 1편문
짜리 쌀어음이 많이 유통되니, 쌀 태환 문제도 줄어들 터였다.

그가 우역셔에 이르렀을 때, 노인 부부가 안에서 나왔다.

"쇼쟝이 리언오이압나니이다. 얼우신들끠션 안녕하압시나니잇
가?" 그는 허리 굽혀 인사했다.

"아, 녜. 원슈 나아리. 이리 뵈올 줄은····· 쇼인안 안두환이라
하압나니이다." 바깥 노인이 황송한 얼굴로 읍했다. "쇼인의 자식
이 시방 챵의군에 들었압나니이다."

"아, 그러하시나니잇가? 감샤하압나니이다." 그는 다시 허리 굽
혀 인사했다. "아드님끠션 어느 부대애셔 복무하시나니잇가?"

노인이 황급히 허리 굽혀 인사했다. "쇼인의 자식안 시방······"
노인이 기억을 더듬었다.

"뎨오보병졍대," 옆에 선 부인이 일러주고 그에게 수줍은 웃음
을 보였다.

"아, 참. 뎨오보병졍대 뎨이대대에 이시압나니이다. 이대대쟝이
라 하압나니이다." 노인의 얼굴에 자랑스러움이 어렸다.

"뎨오보병졍대 이대대쟝이면, 안샹률 대쟝인듸, 얼우신 자졔 안

샹률 대쟝이시니잇가?"

"녜, 원슈 나아리. 그러하압나니이다. 쇼인 자식놈이 바로 샹률
이압나니이다."

마마 자국이 유난히 깊고 양쪽 귓불의 귀고리 구멍들이 커서, 처
음 볼 때는 섬뜩했던 안샹률의 모습이 떠올랐다. 첫 인상은 그랬어
도, 인품은 서글서글해서 부대를 무난히 이끌었다.

"안 대쟝 부모님알 이리 뵈옵게 다외야셔……" 그는 다시 허리
굽혀 인사했다. "안 대쟝안 우리 챵의군이 신례원에셔 싸홀 때 쇼
쟝 바로 녚에셔 함끠 싸홨압나니이다. 시방 텬안 근쳐에 이시압나
니이다?"

"녜, 그러하압나니이다. 시방 자식놈애게 편지를 브티고……"
노인이 흐뭇한 웃음을 지었다. "브죡한 자식놈알 거두어주시니,
원슈 나아리끠 므어라 감샤 말쌈알 올여야 할디 모라겠압나니이
다." 노인이 허리 굽혀 인사했다.

"안 대쟝안 빼어난 장슈라, 우리 챵의군에셔 큰 공알 셰웠압나
니이다. 안 대쟝 부모님알 이리 뵈옵게 다외야셔, 참아로 반갑삽나
니이다. 댁안 어디시나니잇가?"

"쇼인안 홍텬면에 살고 이시압나니이다."

"길이 갓갑디 아니한듸. 이리……" 홍텬면(洪天面)은 읍내의 동
쪽 이웃이었지만, 가까운 마을도 시오 리 길은 착실히 되었다.

"우역셔이 삼기어셔, 참아로 묘한 셰상이 다외얏압나니이다. 여
긔 가만히 앉아셔 자식 소식을 듣고 자식한테 편지를 보내고."

"녜. 그러하시면, 쇼쟝안……" 그는 뒤를 돌아보고서 달걀 꾸

러미를 든 근위병에게 손짓했다. "쇼쟝이 됴 아래 달개알 가개애셔 달개알 한 줄 샀난듸, 쇼쟝이 꼭 필요해셔 산 것이 아니라셔…… 댁에 돌아가셔셔 손주들헤게 하나식 난호아주쇼셔."

한참 사양하던 노인들이 결국 달걀 꾸러미를 받아 들었다.

"얼우신, 쇼쟝안 시방 요 너머로 가압나니이다. 요 너머에 의원이 새로 셔는듸, 오날 문을 열고 잔채랄 벌이압나니이다. 밧바신 일이 없으시면, 갇히 가셔도 됴한듸, 엇더하압시나니잇가?"

"아, 그러하압나니잇가?" 노인이 반색하면서 부인을 돌아보았다. "셔산댁 일안 다암애 하여도 다외디 않나?"

3

"사람달히 더리 많이······" 야트막한 고개에 올라서자, 노인이 감탄했다. "원슈님, 오날 큰 잔채가 벌어딜 모양이압나니이다."

"녜." 그는 웃음을 지었다. "의원을 여는 것은 모도 깃거워할 일이니, 너비 알외야셔 사람달히 많이 모호이다록 하라 닐렀압나니이다."

노인의 감탄대로, 홍쥬의원이 자리 잡은 산비탈은 사람들로 덮였고 미처 올라오지 못한 사람들은 아래쪽 시냇가에서 올려다보고 있었다. 추수가 끝나서, 사람들이 한가할 때였고, 즐길 만한 것들이 드문 세상이었다. 홍쥬목 면마다 공문을 보내서 선전했으니, 사람들이 많이 모여든 것은 당연했다. 챵의군 개션식, 우역셔 현판식, 상셜 시장 개챵식 그리고 연예단 공연에서 이미 시도한 대로, 그는 이런 공식적 행사들을 잔치로 만들어서 사람들을 흥겹게 하면서 챵의군과 인민경부의 치적을 자연스럽게 알리는 기회로 삼았다. 빵과 서커스를 찾는 것은 로마 사람들만이 아니었다.

그가 의원으로 내려가자, 바로 식전이 시작되었다.

"이제브터 홍쥬의원 현판식을 거행하겠압나니이다." 최복만이 외쳤다. "몬져 호셔인민경부긔에 대한 경례가 이시겠압나니이다. 이 자리에 참예하신 모단 분들흔 호셔인민경부긔에 대하야 경례하야주시기 바라압나니이다. 모도 앒애 이시난 긔를 바라고 셔쇼셔. '인민경부긔에 대하야 경례'하난 구령이 나오면, 호셔챵의군 여러 분들끠셔는 '챵의' 구호와 함끠 경례하시고, 래빈들끠셔는 올한손 알 가삼 왼녁에 다히쇼셔. 이리하시면, 다외압나니이다." 최가 손을 가슴에 대어 시범했다.

옆에 선 노인이 따라서 해보고 좀 열없은 웃음을 얼굴에 올렸다.

"인민경부긔에 대하야 경례."

"챵의." 가을바람에 가볍게 나부끼는 깃발을 우러르면서, 그는 가슴을 채운 성취감을 즐겼다. 의원은 그가 이 세상에 펴려 했던 뜻을 상징했다. 애초에 아픈 사람들을 치료하기 위해 이 세상에 머물렀던 것이었다.

"홍쥬의원의 업무에 대하야 최월매 원쟝이 말쌈 올이겠압나니이다." 인민경부긔에 대한 경례가 끝나자, 최가 외쳤다.

최월매가 자리에서 일어나 그에게 인사하고 연단으로 올라갔다. 항슈 기생 출신답게 노랑 저고리, 다홍치마를 맵시 있게 차려입고 머리에 쪽빛 챵의군모를 쓴 모습이 아름다웠다. 찬탄하는 소리들이 들렸다.

"쇼인안 홍쥬의원쟝 최월매라 하압나니이다. 존경하옵난 리언오 호셔챵의군 원슈 겸 호셔인민졍부 자사님, 호셔챵의군 동료 여러분, 그리고 여러 래빈달할 뫼시고 홍쥬의원 현판식알 거행하게 다외얀 것은 크나큰 영광이압나니이다……" 노련한 최도 목소리가 떨려 나왔다.

그녀는 연설문 초안을 만들려고 우역셔 현판식에서 연설한 리형손에게 도움을 청했다고 했다. 그는 그녀에게 의원이 할 수 있는 일들을 자세히 얘기하라고 부탁했다. 지금 홍쥬의원의 능력으로 할 수 있는 치료는 아주 적은데, 사람들이 너무 큰 기대를 품는 것이 그로선 적잖은 부담이 되었다.

"우리 홍쥬의원은 모단 사람달히 사람다이 살 수 이시게 하려는 리언오 호셔챵의군 원슈 겸 호셔인민졍부 자사님의 높안 졍신에 딸와 셰워뎠압나니이다. 원슈님끠셔는 쇼인과 다란 의약병들헤게 상례 말씀하압샸나니이다, 이 셰샹에 알판 사람이 이시는 한 자갸 셩불을 늦추면셔 즁생알 제도하겠다난 셔원을 세우신 약사여래의 뜯을 딸와야 한다고. 원슈님끠 깊은 감샤 말씀알 올이압나니이다."

병사들이 일제히 손뼉을 쳤다. 저번 우역셔 현판식에서처럼 미리 각본을 만든 모양이었다.

그는 자신을 떠받드는 것이 흐뭇하다기보다 그렇게 각본을 만들어 식전을 진행하는 능력을 갖춘 것이 대견스러웠다. 그는 자리에서 일어나 돌아서서 사람들에게 허리 굽혀 인사했다.

병사들의 박수와 환호는 더욱 커졌다. 누가 구호를 외치자, 모두 따라서 구호를 외쳤다.

최월매는 이어 의원을 이용하는 길에 대해 자세히 설명했다. 의원에서 진찰을 받으려면, 먼저 1편문을 내야 하지만, 급한 경우엔 먼저 진찰받고 나중에 돈을 내도 된다고 최가 설명하자, 웃음이 터졌다. 최는 사람들에게서 웃음을 이끌어내는 재주가 있었다. 평범한 얘기인데도, 그녀가 말하면, 재미가 있었다.

"니어셔 원슈님 훈시가 이시겠압나니이다." 최월매가 말을 마치자, 최복만이 외쳤다.

"여긔 나오셔셔 자리랄 빛내주신 챵의군 가족 여러분, 래빈 여러분, 그리고 챵의군 군사 여러분, 홍쥬의원이 오날 현판알 걸고 알판 사람달할 돌보난 일알 시작하압나니이다. 여긔 산기슭에 의원이 셰워디기까장안 많안 분들희 로고이 이셨압나니이다. 의원 터를 닥아신 분들, 벽을 구우신 분들, 벽을 사아 집알 지으신 분들, 치료애 쓰이는 도구들홀 맹갈아신 분들, 그리고 오날 이 셩대한 자리랄 마련하신 분들 — 참아로 많안 분들의 로고 덕분에 이 홍쥬의원이 빨리 셜 수 이셨압나니이다. 이 모단 분들끠 감샤 말쌈알 드리압나니이다. 아올아, 이 자리애셔 특별히 감샤 말쌈알 드려야 할 분들흔 이 의원 터를 우리 호셔인민졍부에 파신 분들히시압나니이다. 이 터는 원 묘디였압나니이다. 남향으로 볕 바라고 배산림슈(背山臨水)인 이 자리난 명당이어셔, 이곳애 홍쥬홍씨 집안이 션대브터 조샹달할 이곳에 모셨압나니이다. 이 소듕한 묘디랄 우리 홍쥬의원을 위하야 션뜩 내놓아시고 조상 묘달할 다란 곳아로 이쟝하압샸나니이다. 홍쥬 홍씨 문듕 여러분들끠 심심한 감샤 말쌈알 드리압나니이다."

예상대로, 묘들을 옮기는 일은 쉽지 않았다. 민사참모부 요원들이 무슨 얘기를 해도, 묘 임자들은 들으려 하지 않았다. 홍쥬 홍씨의 묘들이었는데, 자기들이 홍쥬에서 몇십 대를 살아온 사람들이라는 점만 강조하면서, 완강하게 묘들의 이장을 거부했다. 마침내 리산웅이 군사들을 데리고 홍씨 문중의 웃어른을 찾아가 챵의군 원슈의 뜻이라고 얘기하고서야 이장하기로 합의할 수 있었다. 말이 얘기지, 위협에 가까웠을 터였다. 이장하는 비용을 챵의군에서 다 대고 법화사 스님들이 이장 의식을 집전하자, 비로소 태도가 좀 누그러졌다고 했다.

그런 사정을 보고받자, 그는 바로 협력에 감사하는 편지를 홍씨 문중에 보냈다. 그리고 현판식에 문중 사람들을 많이 초청했다. 그리고 지금 그 사람들의 협조를 언급해서, 그 사람들의 마음을 달래려는 것이었다. 말로 천 냥 빚을 갚는 것은 늘 최선의 방책이었다.

"알판 사람달할 돌보난 의원은 대자대비하신 약사여래의 셔원을 딸오려 로력하여야 하압나니이다. 이 셰상애 알판 사람달히 이시난 한 자갸 셩불을 늦추고 그 알판 사람달할 보살피겠다는 셔원을 약사여래끠션 셰우셨나이다. 뎌긔 약사뎐에 약사여래의 목샹이 이시압나니이다." 그는 의원 건물 왼쪽에 선 작은 법당을 가리켰다.

벽돌로 급히 지어진 작은 건물이라, 이름은 약사뎐(藥師殿)이었지만, 절의 모습과는 거리가 멀었다. 안에 선 약사여래상도 온전한 목상이 아니라 부조(浮彫)였다.

"비록 우리 그리하디야 못하디마난, 여래의 뜯을 딸오려 로력할 수는 이시압나니이다. 그러하야셔 우리 챵의군 의약 요원들흔 싸홈터헤셔 다틴 사람달한 모도 보살폈압나니이다. 아군인가 격군인가 갈해디 아니하고 모도 보살폈압나니이다. 그런 뜯을 니어받아, 우리 홍쥬의원은 모단 사람달할 보살필 새압나니이다."

"이제 홍쥬의원의 현판식이 이시겠압나니이다." 그의 연설이 끝나자, 최복만이 외쳤다. "현판식에 참예하실 분들은 앒아로 나오쇼셔. 챵의군에 자식알 보낸 부모님달꾀셔는 모도 나오쇼셔."

홍쥬의원의 현판은 이미 정문 입구에 걸려 있었다. 현판식은 긴 줄을 당겨서 현판을 덮은 흰 천을 벗기는 것이었다. 챵의군에 자식을 보낸 노인들이 처음엔 사양하다가 쑥스러운 웃음을 지으면서 줄을 잡고 섰다. 백 명 넘게 현판식에 참여하는 것이었다. 그는 안샹률의 부모와 함께 섰다.

"자아, 쇼인이 구령을 브르면, 줄을 잡고 겨신 분들꾀션 줄을 당긔시면 다외압나니이다. 쇼인이 하나, 둘, 세 하면, 당기쇼셔. 하나, 두울, 세."

천이 벗겨지면서, '호셔챵의군 호셔인민정부 홍쥬의원 洪州醫院'이라 새겨진 현판이 드러났다. 사람들이 환호하면서 손뼉을 쳤다. 줄을 당긴 사람들은 좀 싱겁다는 그래도 난생처음 보는 행사에 참여해서 흐뭇하다는 웃음을 지으면서, 자리로 돌아갔다.

어수선했던 분위기가 좀 가라앉자, 최복만이 외쳤다. "이제 약사여래끠 재랄 올이겠압나니이다. 재랄 집뎐하시려고 덕이 높안 스승님들히 오압샸나니이다. 팔봉산(八鳳山)의 쳥숑사(靑松寺), 룡봉사(龍鳳寺), 령봉사(靈鳳寺), 삼존산(三尊山) 삼존사(三尊寺), 쳥광산(靑光山) 쳥광사(靑光寺), 월산(月山)의 셔방사(西方寺), 법화사(法華寺)의 고승대덕들끼셔 오압샸나니이다."

홍쥬목에 있는 모든 절들의 쥬디 스님들을 초청한 것이었다. 지금까지 홍쥬 읍내에서 가까운 법화사만을 이용했더니, 다른 절들에서 뭐라 한다는 얘기가 들렸다.

"몬져 집뎐하실 스승님은 팔봉산 쳥슝사의 쥬디 스승님이신 원인 스승님이압시나니이다."

사람들의 박수와 환호 속에 원인 스님이 약사뎐 앞에 차려진 상 앞에 앉았다. 여래께 올리는 재라서, 상 위의 음식은 제법 푸짐했지만, 고기는 없었다.

"옴슈리슈리마하슈리 슈슈리사하 옴슈리슈리마하슈리……" 스님이 낭랑한 목청으로 뎡구업진언(淨口業眞言)을 외기 시작했다. 문득 식전에 차분한 절도가 어렸다.

그는 속으로 고개를 끄덕였다. 2천 년 동안 이어온 종교 의식엔 세월의 무게가 어려서 보는 이의 마음을 자연스럽게 거역하기 어려운 힘으로 끌어들였다.

"무샹심심미묘법 백쳔만겁란조우……" 개경게(開經偈)가 이어졌다.

인원 스님의 독경이 끝나자, 최복만이 외쳤다, "이제 재쥬(齋主)인 최월매 원쟝이 약사여래끠 긔원하겠압나니이다."

최가 상 앞으로 다가서다 흘긋 그를 돌아다보았다.

그는 어서 하라는 뜻으로 손짓했다. 그가 선뜻 그녀를 원쟝으로 임명한 것은 아니었다. 여성이 큰 기관의 수장이 된다는 것은 이곳에선 파격적이었다. 원래 의원인 딕군사 쟝의준을 원쟝으로 임명하면, 일단 무난했다. 그러나 그는 지금 최월매를 임명해서 선례를 만드는 것이 중요하다고 판단했다. 이번 기회를 잡지 않으면, 여성을 중요한 기관의 수장으로 임명하기는 훨씬 어려워질 것이었다. 전통 의학에 정통한 쟝을 원쟝으로 임명하면, 현대 의학 지식을 퍼뜨리는 데 어려울 수도 있다는 점도 고려했다. 그녀가 재쥬가 되는 것도 물론 파격적이었다. 제사든 재든 의식들은 전적으로 남자들이 주재하는 사회에서, 여자가 재쥬가 된다는 것도 선뜻 결정할 일은 아니었다. 최월매 자신도 재쥬 노릇을 할 자신이 없어서 여러 번 사양했었다. 재쥬를 하지 않으면, 앞으로 의원 직원들을 거느리기 어렵다는 그의 얘기를 듣고서야, 그녀는 마음을 정했다.

"대자대비하신 약사여래끽 긔원하압나니이다. 리언오 호셔챵의 군 원슈 겸 호셔인민정부 자사 이하 호셔대소인민들히 모도 무병쟝슈하기랄 약사여래끽 간졀히 간졀히 긔원하압나니이다. 홍쥬의원이 모단 일달히 뜯대로 다외야셔 여긔 찾아오난 병쟈달히 모도 병이 낫기랄 약사여래끽 간졀히 간졀히 긔원하압나니이다." 최가 긔원하고서 절했다.

"최 원쟝, 이대 하샸나니이다." 절을 마치고 그에게로 다가와 인사하는 그녀에게 그는 웃으면서 격려했다. "나이 하고 식븐 녜아기랄 최 원쟝이 아조 잘하난 바람애 나이 여래님끽 므슥을 긔원할디 모라겠나니이다."

둘레 사람들이 웃음을 터뜨렸다.

그가 돗자리 위로 올라서자, 다른 스님이 독경하기 시작했다.

잿상 앞에 꿇어앉자, 문득 마음이 차분히 가라앉았다. 그는 속으로 기원했다. 귀금이가 아이를 무사히 낳게 해주십사. 다른 소원들도 있었지만, 지금은 그것이 가장 큰 소원이었다.

집전하는 스님들을 여럿 초청한 것이 다행이었다. 모인 사람들은 당연히 약사여래에게 기원하려 했고 재상 앞에 늘어선 사람들은 산 아래까지 뻗쳤다.

그는 느긋한 미소를 띠고 산비탈에서 차례를 기다리며 한 걸음씩 올라오는 사람들을 내려다보았다. 사람들은 집에 돌아가서 현판식에서 줄을 잡아당긴 일과 약사여래에게 기원한 일을 얘기할 것이었다. 그 얘기들이 퍼지면서 갖가지 수식들과 과장들이 덧붙여져서, 사람들의 마음속에 환상적인 사건으로 새겨질 것이었다. 그것보다 그의 정권에 좋은 홍보는 없을 터였다.

"최 대장."

"녜, 원슈님."

"뎌 아래 사람달헤게 차례가 오려면 오래 걸윌 새니이다. 뎌 사람달 허긔디게 삼기었나이다. 미리 식혜와 떡을 졈 난호아주쇼셔. 오날안 잔채날이니, 잔채 긔분이 나도록 하사이다."

"녜, 원슈님. 이대 알겠압나니이다." 식전이 시작된 뒤 내내 긴장했던 그녀가 비로소 환한 웃음을 지었다.

4

'아홉 달이라. 어느 사이에 그렇게 됐구나.' 언오는 속으로 가볍게 탄식했다. 보령 슈영을 처음 점령했던 때가 3월 중순이었는데, 지금은 12월 중순이니, 꼭 9개월이 지난 것이었다. 그사이에 일어난 일들이 눈앞을 스치면서, 가슴이 성취감으로 뿌듯해졌다.

아래쪽 슈영 안팎에서 사람들이 바삐 움직이는 소리들이 올라왔다. 큰 행사를 준비하는 과정의 막바지에서 나오는 급하고 활기찬 불협화음이 그의 느긋한 마음에 즐겁게 닿았다. 지금 그는 지난봄 슈영을 처음 공격하던 밤에 챵의군이 투셕긔를 설치했던 자리에 올라와서 슈영과 부두를 살피고 있었다. 그저께 슈영에 와서 5전투단의 사업을 살피는 참이었다. 오늘은 아침을 들고 혼자 생각을 정리하려고 산책 삼아 이리로 올라온 것이었다. 곧 어션단(漁船團)들의 출범식(出帆式)이 부두에서 있을 터여서, 거기서 할 연설을 다듬으려는 것이었다. 사업들이 잇달아 시작되고 그가 그런 일들을 챵의군과 인민정부의 목적과 치적을 알리는 '마케팅 이벤트'로 삼아 많은 주민들이 참여하는 잔치로 꾸몄으므로, 그는 대중 연설을 자주 하게 되었다.

'바다로 나가야 살길이 보인단 얘긴데. 그 얘기를 어떻게 멋지게 하나?' 그는 좋은 재료를 앞에 두고 두 손을 비비는 요리사처럼 입맛을 다셨다.

그동안 박우동이 이끈 5전투단은 원래 슈영에 있던 목재들과 새로 베어낸 나무들을 다듬어서, 고깃배 두 척을 만들었다. 그리고 전에 얻었거나 슈영에서 새로 얻은 싸움배들과 합쳐서, 어선단들을 만들었다. 전에 얻어서 광천에 매어놓았던 판옥선 두 척을 모선들로 삼아, '가마우지'를 중심으로 51어선단을 그리고 '괭이갈매기'를 중심으로 52어선단을 편성한 것이었다. 그리고 오늘 두 어선단의 출범식을 하는 것이었다.

판옥선은 너무 크고 무거워서, 고기잡이엔 맞지 않았으므로, 주로 모선으로 활용하기로 했다. 판옥선에 60명이 타고, 작은 고깃배들에 60명이 타서, 한 어선단은 120명으로 이루어졌다. 5전투단의 륙군 병사들 가운에 배 타기를 희망하는 병사들을 뽑아서 그동안 배 부리고 고기 잡는 훈련을 해온 터였다. 배 타는 것이 힘들고 위험했으므로, 배 타고 바다로 나가는 날엔 5편문의 위험 슈당을 지급하기로 했다. 그래도 처음엔 지원자들이 적어서, 애를 먹었다. 나머지 병사들은 잡은 고기들은 가공해서 파는 일에 종사할 터였다. 뱃길로 광천까지 갈 수 있으므로, 생선들은 홍쥬에서 쉽게 팔 수 있었고, 소금에 저린 고기들은 대홍이나 청양과 같은 내륙 지방에 공급할 계획이었다. 처음엔 견투단 소속으로 활동하고, 차츰 영업이 궤도에 오르면, 회사로 바뀌게 될 터였다.

훈련은 이곳 회이보에서 어선들을 부리는 배꾼들의 도움을 받았다. 금신면 권농인 로금동, 배를 많이 가진 선주인 최완길, 슈군 출신으로 객줏집을 하는 강의긔, 선장들인 김왕동과 송유형 ― 저번에 슈영의 물자들을 광쳔으로 나를 때 도움을 받았던 사람들이 적극적으로 나서서 도왔다. 배마다 경험 많은 뱃군이 적어도 하나씩 타고 있었고 당분간은 쳔슈만(淺水灣) 안에서 조업할 터여서, 그는 크게 걱정하지 않았다. 오늘은 일단 쳔슈만 안쪽까지 돌아보는 것으로 끝낼 셈이었다. 한겨울이어서 조업하기가 쉽지 않았으므로, 당분간은 실습에 가까울 것이었다.

'드디어 바다로 나가는구나,' 그는 속으로 뇌었다.

기병했을 때부터, 그는 어업의 발전을 통치의 핵심 전략으로 삼았다. 농지는 더 늘리기 어려우므로, 그것은 어쩔 수 없는 선택이었지만, 합리적 선택이기도 했다. 이제 그 전략을 실행하는 것이었다. 만선(滿船)의 깃발을 올린 배들이 줄을 지어 광쳔으로 향하는 모습이 겨울 포구의 황량한 풍경을 덮었다. 그리 멀지 않은 장래에 실제로 이루어질 꿈이었다.

"원슈님," 셩묵돌이 조심스럽게 그를 불렀다.

"녜?" 그는 상념에서 깨어나 셩을 돌아보았다.

"원슈님, 뎌긔 긔병들히 오고 이시압나니이다."

셩의 손길을 따라, 그는 왼쪽을 돌아보았다.

1개 단대로 보이는 긔병들이 남쪽 고개를 넘어 달려오고 있었다.

가슴이 철렁하면서, 애써 머리 뒤쪽으로 밀어 넣었던 두려움이 왈칵 마음을 덮쳤다. 귀금이가 곧 해산할 예정이었다. '아이를 낳다가……'

쌍안경으로 긔병들을 확인한 다음, 그는 그들을 맞으러 길로 내려갔다. 마음을 검은 구름이 덮은 듯했다. 아무리 생각해도, 지금 긔병들이 찾아올 만큼 급한 소식은 없었다. 귀금이에게 무슨 일이 일어났을 가능성을 빼놓곤.

"챵의." 6긔병의 등대쟝인 리광쥰이 급하게 말에서 내려 경례했다.

"챵의." 답례하면서도, 그는 알았다, 아주 나쁜 소식임을. 리의 얼굴은 잿빛이었다. 그에게 소식을 전한 많은 긔병들 가운데, 단 한 사람도 어두운 낯빛을 한 적이 없었다.

"리산웅 총참모쟝끠셔 원슈님끠 올이난 보고셔를 가져왔압나니이다."

"아, 녜. 슈고랄 많이 하샸나이다. 보사이다."

봉투를 받아 드는 손이 떨렸다. 떨리지 않으려 애써도, 자꾸 떨렸다. 이런 일은 처음이었다. 손이 떨리는 것을 사람들이 보는 것이 싫어서, 그는 봉투를 배에 대고 주머니칼로 열었다.

원슈님젼 샹셔

비통훈 마암으로 원슈님끠 말씀을 올이옵느니이다. 어젯밤 주시애 경경부인끠셔 해산ᄒ시다 운명ᄒ샷옵느니이다……

멍했다, 마음도 몸도. 느낌이 없었다, 마음도 몸도. 그저 세상이 멀어져가는 아득함만이 몸과 마음을 채웠다. 그는 기계적으로 리산응의 편지를 다시 읽기 시작했다. 귀금이는 어젯밤에 죽었고 아들인 태아도 죽었다는 것이었다.

마비된 것 같은 마음을 다잡아, 그는 흐릿한 웃음을 지으면서 긔병들에게 말했다. "시드러우실 샌듸, 졈 쉬쇼셔."

"녜, 원슈님. 챵의." 긔병 듕대쟝은 경례하고서 서둘러 병사들을 이끌고 떠났다.

그는 셩묵들을 돌아보았다. "됴한 쇼식안 아니나이다. 출범식이 긑난 뒤혜 사람달헤게 알외얄 새니이다. 그리 아쇼셔."

"녜, 원슈님."

"쥰비 엇디 다외야 가난디 한디위 살펴보사이다." 그는 부두로 향했다.

이럴 때는 몸을 바쁘게 움직여야 했다. 몸이 한가로우면, 그냥 주저앉을 것만 같았다.

부두에 닿자, 그는 '가마우지'에 올라탔다. 슈영을 얻고 홍쥬로 돌아갈 때 '가마우지'를 탔었다. 그때 '가마우지' 위에서 관군이 례산을 공격하고 있다는 소식을 들었었다.

'그때 례산현텽을 지키던 챵의군을 버리기로 했었지. 지금 내가 사사로운 일로 공무를 조금이라도 소홀히 한다면, 그 백이십칠 인의 넋을 무슨 낯으로 대할 것인가?' 그는 자신에게 일렀다. 그는 가슴을 펴고 고개를 들었다. 얼굴에 닿는 차가운 바닷바람이 차라리 시원했다.

그가 배마다 올라서 배꾼들과 얘기를 나누고 나자, 비로소 출범식이 시작되었다.

"이제브터 뎨오십일어션단 밋 뎨오십이어션단 출범식을 거행하겠압나니이다." 셩묵돌이 외쳤다.

"몬져 군긔에 대한 경례가 이시겠압나니이다. 모도 군긔를 바라고 셔쇼셔. 군긔에 대하야 경례!"

"챵으이!" 부두 앞에 모인 사람들이 부두 한쪽에 내걸린 호셔챵의군긔에 대해 경례했다. 군악이 울렸다. 겨울 갯바람에 소리 내면서 펄럭이는 긧발을 우러르면서, 그는 다짐했다. '내가 이 세상에서 펼치려는 꿈을 생각하면…… 귀금이의 죽음도, 태어나지 못한 내 아들도, 그날 례산에서 죽은 백이십칠 인도 작은 사건일 따름이지. 그런 죽음들을 헛되이 하지 않으려면, 「챵의문」에서 밝힌 꿈을 꼭 이루어야 하지.'

"바로. 다암에는 사업 경과보고이 이시겠압나니이다. 보고난 박우동 뎨오전투단쟝이 하겠압나니이다."

박우동이 그동안 추진해온 일들을 간략히 설명했다. 날이 추워서 그런지 모두 아는 고기잡이에 관한 행사라서 그런지, 사람들은 많이 모였어도, 우역셔와 홍쥬의원 때처럼 분위기가 달아오르지 않았다.

"니어셔 룡왕졔 이시겠압나니이다." 셩묵돌은 처음 해보는 진행자 노릇을 제법 잘 했지만, 최복만처럼 분위기를 띄우는 재주는 없었다. 본인도 그 점이 아쉬운 듯했다. 그가 맞은 비극이 마음에 걸려서 제대로 흥을 낼 수 없는지도 몰랐다.

제쥬인 박우동이 먼저 제상에 절했다. 민화(民畵)풍으로 용궁과 거기 사는 용왕 및 신하들이 그려진 병풍 앞에 차려진 제상엔 시루떡, 탕, 포, 과일 들이 가득 놓여 있었다. 배 타는 사람들이 많은 곳이라, 이곳 회이보와 금신면에선 용왕굿을 많이 한다고 했다. 정월 대보름엔 으레 굿판을 크게 벌인다고 했다. 오늘 용왕제도 로금동의 집전으로 이곳 용왕굿 절차에 따라 진행되고 있었다.

이어 51어션단쟝인 우호렬과 52어션단쟝인 김인듕이 절했다.

"이제 원슈님끠셔 하쇼셔," 로금동이 그에게 말했다.

"녜." 그는 신을 벗고 돗자리 위로 올라섰다. 그는 기계적으로 절했다. 가슴이 텅 빈 듯한데 또 터질 것만 같아서, 절하고 용왕께 기원하는 일에 마음이 들어가지 않았다.

배 타는 사람들은 모두 용왕께 절하고 기원하고 싶어했으므로, 제사는 길어졌다. 이어 굿판이 벌어졌다. 장구 소리가 나고 만신이 춤을 추자, 비로소 잔치 분위기로 바뀌었다. 굿은 생각보다 오래 해서, 굿판이 끝났을 때는 11시가 넘었다.

"이제 원슈님 훈시가 이실 새압나니이다."

흐트러진 분위기를 다잡으려는 듯, 박우동이 병사들에게 제대로 대열을 맞추라고 거듭 지시했다. 마침내 박이 돌아서서 그에게 경례했다, "챵의."

"챵의. 부대 쉬엇!"

"부대 쉬엇!" 박이 돌아섰다. "부대 열듕 쉬엇! 쉰 채로 원슈님끠 쥬목."

"뎨오젼투단 쟝병 여러분, 이리 여러분들을 다시 만나 뵈니, 참아로 반갑나이다. 뎜심때가 다 되얐아니, 나이 한마대만 하겠나이다. 우리 살길은 바다애 이시나이다." 그는 주먹 쥔 오른손을 높이 쳐들었다. "우리 모도 배 타고 바다로 나가사이다. 훈시 긑."

그가 한 연설들 가운데 가장 짧았다. 격언대로 연설의 생명이 짧음이라면, 가장 멋진 연설일 터였다. 그러나 자신에게 던진 그 농담에도 웃음기는 전혀 없었다. 가슴은 여전히 텅 빈 듯한데 견딜 수 없는 무엇으로 터질 것만 같았다.

"이제 뎨오십일어션단과 뎨오십이어션단안 출범하겠압나니이다. 요원들흔 승션하쇼셔," 박우동이 외쳤다.

대쟝들의 지휘 아래 병사들이 배에 오르기 시작했다. 이미 여러 번 연습해서, 승션은 비교적 차분하고 빠르게 진행되었다.

그는 박우동을 비롯한 5젼투단 지휘관들과 로금동을 비롯한 마을 유지들과 함께 쟝대로 올라섰다.

"뎨오십일어션단 출발!" 박우동이 외쳤다.

군악대가 출발 신호인 「닻을 올리고」를 연주하기 시작했다. 부두에 선 병사들이 줄을 맨 앞에 매인 배를 향해 던졌다. 어션단의 쳑후션 노릇을 하는 작은 싸움배였다. 그 배에 탄 병사들이 일제히 구호를 외치면서 경례했다. "챵의!"

그도 힘차게 외치면서 답례했다. "챵의."

이어 51어션단의 모함인 '가마우지'의 옆구리에서 노들이 물을 가르기 시작했다.

판옥션 갑판에 선 어션단쟝 우호렬과 션쟝이 경례했다. "챵의!"

마비된 듯한 가슴에 비로소 따스한 기운이 번지기 시작하는 것을 느끼면서, 그도 답례했다, "챵의."

배 안에서 울리는 북소리에 맞춰 일제히 움직이는 노들이 천천히 그러나 무겁게 물을 가르면서, '가마우지'는 천천히 부두를 떠나 바다로 향했다. 내파한 '가마우지'를 떠올리면서, 그는 눈가가 젖는 것을 느꼈다.

5

눈은 너그럽게 모든 것들을 덮고 있었다. 부드럽고 깨끗한 눈이 불을 덮고, 새로 솟은 봉분도 어설픔과 헐벗음 대신 받아들임을 차분히 드러내고 있었다. 삼우제(三虞祭) 때의 어지러움을 떠올리고, 언오는 고마운 마음으로 눈 덮인 풍경을 둘러보았다.

'어느새 보름이 지났구나.' 그는 속으로 가볍게 탄식했다.

귀금이의 장례는 별일 없이 치러졌다. 그가 마음을 쓸 일도 없었다. 사람들이 알아서 잘 처리했다. 그래서 아픔이 더 견디기 어려웠는지도 몰랐다. 귀금이 소식을 들은 뒤로는 밥을 먹을 수 없었다. 음식은 무엇이든 두 술도 뜰 수 없었다. 사람들의 권유로 억지로 한 술 떠서 입안에 넣고 억지로 삼키고선 속에서 받지 않아 더 뜰 수가 없었다. 입안이 타면, 숭늉을 마시는 것이 고작이었다. '깊은 슬픔으로 사람이 죽는다는 것이 이런 것이구나'하는 생각이 들었다. 사람들을 만나는 것이 그리 힘들었다. 그저 혼자 있고 싶었다. 혼자 호젓한 바닷가를 찾아가서 솔숲에 이는 바람 소리를 들으면서 남은 목숨을 이어가고 싶었다. 삼우제가 끝나자, 홍쥬에 더 있을 수 없어서, 셔븍방면군 시찰에 나섰다. 몸이 고달파야 마음이 덜 아플 것 같았다. 해미에서 바닷가로 나가 갯내 품은 바람을 쏘이고서야, 비로소 식욕이 돌아오는 것을 느꼈다. 셔산에 이르렀을 때, 소식을 듣고 영접 나온 채후신이 그의 상한 얼굴을 보고 눈물을 흘렸다. 부끄러웠다. 지도자가 개인적 비극을 속으로 삭이지 못하고 겉으로 드러내서 사람들을 걱정하게 만드는 것은 떳떳한 일은 못 되었다.

"셩 대쟝." 그는 옆으로 좀 떨어져서 조심스럽게 지켜보는 셩묵돌을 돌아보았다.

"네, 원슈님." 셩이 쌓인 눈을 디디며 급히 다가섰다.

그는 무덤을 가리켰다. "셩 대쟝안 귀금 아씨랄 어릴 적브터 아샸나이다?" 셩은 쟝복실 사람이니, 귀금이가 리산응의 부인을 따라 한산댁으로 왔을 때 보았을 터였다.

"네, 원슈님. 졍경부인끠셔 열한 설이나 열두 설 다외샸알 적의 처엄 뵈았압나니이다." 삐걱거리는 목소리로 대답하고서, 셩이 고개를 돌리고 손등으로 눈을 씻었다.

셩의 대구에 그는 새삼 묘비에 새겨진 글을 살폈다.

졍경부인 챵녕셩씨귀금의 묘
대광보국숭록대부 호셔챵의군 원슈
겸 호셔인민졍부 쥬스 리언오의 졍실

계해칠월초파일생
긔묘십이월십ᄉᆞ일졸

貞敬夫人 昌寧成氏貴今之墓
大匡輔國崇祿大夫 湖西倡義軍 元帥
兼 湖西人民政府 刺史 李彦吾之正室
癸亥七月初八日生
己卯十二月十四日卒

　귀금이가 졍일품 관작(官爵)인 졍경부인을 받게 된 것은 전적으로 졍언디의 공이었다. 대광보국슝록대부 호셔챵의군 원슈 겸 호셔인민졍부 자사의 관직을 받자, 그는 졍언디를 샤은사(謝恩使)로 삼아 그의 샹소를 지니고 한셩으로 가도록 부탁했다. 이 기회에 한셩에 대사관을 두어 됴뎡과의 의사소통 경로를 마련하려는 생각이었다. 샤은사의 임무를 마치자, 졍은 호셔챵의군 원슈의 부인인 귀금이가 당연히 외명부(外命婦) 관작을 받아야 한다는 뜻을 사람들에게 밝혔다. 그리고 리쥰명에게 그런 뜻을 됴뎡에 아뢰도록 요청했다. 됴뎡의 의견은 쉽게 모아지지 않았다. 노비의 자식에게 졍경부인의 관작을 내리는 것은 법도에 너무 어긋난다는 주장이 처음엔 주류를 이루었다. 오히려 권세를 잃은 셔인이 집권당인 동인을 공격하는 빌미가 되는 듯했다. 그러나 가까스로 화의를 이룬 터에 호셔챵의군을 불쾌하게 하는 것은 결코 좋은 방안일 수는 없다는 주장이 끝내 힘을 얻었다.

경경부인의 관작을 내리는 교지를 받고 기뻐하던 귀금이의 모습이 떠올랐다. 노비의 자식으로 태어나 평생 사람 대접을 받지 못했던 그녀에게 가장 높은 관작인 경경부인이 된 일은 꿈속에서도 그려보지 못했던 일이었을 터였다.

'함께한 날들이 너무 짧았소. 이제 편히 쉬시오.' 그는 무덤 속에 누운 아내에게 작별 인사를 했다.

그러나 아내 옆에 누운 자식에겐 할 말이 떠오르지 않았다. 죽어서 태어난 핏덩이, 이 세상으로부터 거부당한 생명, 이름도 얻지 못하고 숨을 거둔 자식에게 어떻게 작별 인사를 해야 하는지 그는 알지 못했다.

등성이를 넘어온 바람 한 무더기가 소나무 숲을 흔들고 지나갔다. 바람에 갯내가 실려 있었다. 그의 살 속에서 파란 무엇이 따라서 흔들렸다. '바람이 인다! …… 살려고 애써야 한다!'

마지막 눈길을 무덤에 던지고, 그는 결연히 돌아섰다. "성 대쟝, 나려가사이다."

6

초가 그을음을 내고 있었다. 넋을 빨아들이는 듯한 촛불을 하염
없이 바라보다가, 언오는 무거운 손길로 가위를 집어 심지를 잘랐
다. 늘 귀금이가 하던 일을 자신이 했다는 생각이 그의 가슴에서
슬픔과 외로움을 새삼 불러냈다.

"하당공전셔챵촉(何當共剪西窗燭)," 그는 나직이 뇌었다. 그런
시절은 결코 오지 않으리라는 생각이 가슴의 메마른 벽을 다시 할
퀴었다.

촛농이 흐르지 않게 초를 다독거리고서, 그는 바깥에서 나는 소
리에 귀를 기울였다. 조용했다. 섣달 그믐밤이었지만, 사람들이 거
의 다 설 쇠러 고향으로 간 탓에, 내아는 적막한 느낌이 들 만큼 조
용했다. 대지동 사람들도 많이 집으로 돌아갔다. 리산웅 이하 대쟝
들도 가고 우츈이도 갔다. 특별히 설 쇠러 갈 만한 곳이 없는 사람
들과 그를 곁에서 보살피는 사람들만 남았다.

'내일 아침에 난 혼자서 새해를 맞는구나.' 한숨이 새어 나왔다.

'올 설날엔……' 그는 잠시 기억을 더듬었다. '올 설날엔 한산댁을 찾았었는데.'

문득 부끄러움이 가슴을 뜨겁게 지졌다. 귀금이와 홍두가 친밀한 것을 보고 질투했던 일이 떠올랐다. 귀금이가 끓는 물에 데었다는 얘기를 듣고 리산구가 그에게 귀금이가 누구인지 설명했었고 그가 그녀의 화상을 치료했었다.

'지금은 리산구도 홍두도 귀금이도 다 죽었구나. 도대체 내가 무슨…… 나만 없었다면, 세 사람 다 지금 잘살고 있을 텐데.'

마음을 다잡고, 그는 다시 붓을 집었다. 호셔인민정부의 조직에 관한 률령(律令)을 만드는 참이었다. 오래전부터 구상해온 것이었는데, 귀금이의 초상으로 미루어진 터였다. 이럴 때는 일이라도 해야, 마음이 좀 덜 아팠다. 어디 멀리 한적한 곳에 가서 바람이라도 쏘이고 싶었지만, 그가 움직이면, 근위병들이 함께 움직여야 하니, 그럴 수도 없었다.

호셔인민정부 률령 데십륙호

호셔인민정부의 관아는 왼녁과 곧흐도다.

흐나. 즈스룰 보좌흐는 딕숔 아문들흔 즈문위원회, 감찰원, 비셔원이다.

둘. 행정을 맞든 아문은 경무부다. 경무부에는 리국, 호국, 례국, 병국, 형국 믿 공국을 둔다.

리국은 관리의 임면과 제반 수무를 맛도다.

호국은 졍부의 재졍을 맛도다.

례국은 됴뎡 믿 외국과의 교섭, 교육, 의약올 맛도다.

병국은 호셔챵의군과의 협의를 맛도다.

형국은 티안올 맛다며 죄인돌해 대훈 벌을 집행훈다. 티안
올 맛돈 순찰셔와 죄인돌해 대한 벌을 집행흐는 감옥셔를
형국 안해 둔다.

공국은 인민돌희 생업을 돕눈다.

세. 재판올 맛돈 아문은 수법부다. 재판은 이심졔로 훈다. 일심
    은 각 군현에 셜티훈 지방법원이 맛두며 이심은 홍쥬에 셜
    티훈 중앙법원이 맛도다.

네. 각 군현의 텽을 관쟝흐는 아문은 디방부다.

다숫. 자문위원회의 쟝관은 위원쟝, 원의 쟝관은 령, 부의 쟝관은
    판수, 국의 쟝관은 디수, 셔의 쟝관은 령이라 훈다.

여숫. 호셔인민졍부의 관리돌훈 몬져 호셔챵의군에 들어야 훈다.
    인민졍부의 관직에 임명두외얀 사람돌훈 챵의군의 품계에
    뚤오는 봉록올 받도다.

여숫. 호셔인민졍부의 일돌홀 쳐리홀 때, 호셔챵의군의 군령들흘
    쓴다.

경진 졍월 일 일

호셔챵의군 원슈 겸 호셔인민졍부 ᄌᄉ 리언오

그가 호셔인민정부의 조직을 만들 때 따른 근본 원리는 군정일체(軍政一體)였다. 호셔챵의군과 호셔인민정부가 실질적으로 하나의 조직이라는 것이었다. 그렇게 해야, 챵의군이 허물어지지 않을 터였다. 적어도 임진왜란이 끝날 때까지는, 챵의군을 유지하고 정예군으로 발전시켜야 했다.

다음엔, 혁명적 조직인 챵의군과 인민정부를 됴션 왕조의 전통적 질서 속에 담아서, 마찰을 최소화하려고 애썼다. 특히 명칭은 되도록 이곳의 관행을 따랐다. 이름이 같으면, 사람들은 내용에 대해 상당히 너그럽게 마련이었다. 예컨대, 륙조(六曹)의 공조(工曹)는 본질적으로 국가가 직접 제조 활동에 종사하는 것을 관장하는 부서였지만, 그는 공국(工局)에 농업, 광업, 제조업, 상업을 아우르는 산업 전반을 맡도록 했다.

자신의 통치 조직을 만드는 일이니, 당연히 즐거운 작업이어야 했다. 처음엔 그랬다. 그러나 귀금이가 해산하다 죽은 뒤로는, 이런 일조차 즐겁지 않았다. 이 세상이 자신의 자식을 거부했다는 생각은 그의 마음에 짙은 그늘을 드리웠고, 자신이 이방인으로 남을 수밖에 없다는 생각은 삶과 일에서 맛을 앗아갔다. 식욕도 온전히 돌아오지 않아서, 밥맛도 잘 모르는 채 억지로 밥을 삼켰다. 충격에서 점차 벗어나자, 이 세상에 대해 서운한 마음은 점점 짙어져서, 일을 하다가도 문득문득 멈추고 속에 이는 노여움의 불길을 삭이곤 했다.

그는 률령을 한 번 더 훑어보고 가벼운 한숨과 함께 옆으로 밀어놓았다. 아직 먹물이 많이 남아 있었다. 그는 새 종이를 서안 위에 폈다.

붓을 들고서, 그는 잠시 망설였다. 글씨를 쓰면, 마음이 좀 가라앉았다. 처음엔 「왕생게」를 많이 썼다. 이제는 떠난 정인을 그리워하는 한시들을 많이 쓰고 있었다.

宮門深鎖月黃昏
十二鐘聲到夜分
何處靑山埋玉骨
秋風落葉不堪聞

궁궐 문 깊이 잠겼고 달은 기우는데
열두 종소리 한밤에 들리네.
어느 푸른 산에 고운 뼈 묻혔는지
가을바람 잎 지는 소리 견딜 수 없네.

연산군(燕山君)이 사랑한 궁녀가 죽었을 때, 리희보(李希輔)가 이 시를 바치자, 임금이 눈물을 흘렸다. 그러나 뒤에 사람들이 이 시를 경박하다고 폄하해서 박학하고 시재가 뛰어났던 리희보는 내내 벼슬길이 험난했다.

붓을 내려놓고, 그는 밖의 소리에 귀를 기울였다. 바람 소리가 듣기에도 추웠다. 차갑고 깜깜한 땅속에 핏덩이와 함께 누운 귀금이의 모습이 떠올랐다. '춥겠지……'

7

"이 복식 부긔라 하난 것은 긔업의 쳐디에서 거래랄 보나이다. 긔업에 돈알 댄 사람이나 긔업을 운영하난 사람의 쳐디에서 보난 것이 아니니이다." 그는 사람들을 둘러보았다.

사람들은 열심히 고개를 끄덕였지만, 물론 제대로 알아들은 사람은 드물 듯했다. 사람으로부터 독립되어 스스로 행동하는 존재를 상정하고 그 관점에서 일들을 살피는 것은 결코 쉬운 지적 작업이 아니었다. 기업들을 본 적이 없으니, 그만큼 더 어려웠다.

그는 지금 객사에 사람들을 모아놓고 복식 부기(複式簿記)를 가르치고 있었다. 규모가 큰 공기업들을 세우고 운영하려면, 당장 복식 부기에 바탕을 둔 회계 체제가 필요했다. 개개 재산의 변동만을 기록하고 계산하는 단식 부기(單式簿記)로는 필요한 경영 정보를 얻을 수 없을 뿐더러 갖가지 부정을 막을 수도 없었다. 그래서 챵의군과 인민졍부의 재정 부서 요원들, 공기업들의 재무 담당 요원들, 그리고 량안몀검위원회 위원들에게 먼저 복식 부기를 가르치기로 한 것이었다. 마침 설이 지나고 아직 정부 부처들의 업무가 제대로 시작되기 전이라, 시간적으로 여유가 있었다. 오늘이 이틀째였다. 어제는 분개(分介)하는 법을 가르쳤고 '대차평균의 원리'를 설명했다. 오늘은 기업이 출자자들로부터 독립된 존재하는 것을 설명하고 있었다.

"자, 여러분, 이리 생각해보사이다. 김아모개가 어느 날 돈알 벌 만한 일알 찾아보았나이다. 시방 호셔인민졍부에셔 바다해 나가 고기랄 잡난 일을 권쟝하모로, 어부들헤게셔 고기랄 사셔 바다해셔 먼 산골 마알달해 파난 쟝사랄 하기로 하얐나이다. 그러하야셔 김아모개난 자갸 돈 백 문을 본젼으로 삼아셔 사업을 시작하얐나이다. 사람달헤게 널리 알외기 됴케 '내보샹회'란 샹호랄 내걸었나이다. 이리다외면, 내보샹회난 김아모개 자신과난 다란 믈이니이다. 내보샹회의 쥬인은 김아모개이디만, 내보샹회난 쥬인인 김아모개로브터 떨어뎌셔 따로 이시난 것이니이다." 그는 잠시 멈추고 사람들을 살폈다.

모두 열심히 듣고 있었다. 더러 고개를 끄덕이는 사람들도 있었다. 듣다 보면, 무슨 얘기인지 깨달을 수도 있을 터였다.

"김아모개의 생각대로 사업이 이대 다외야셔 내보샹회가 번챵하자, 다란 사람이 김아모개끠 내보샹회랄 팔라고 하얐나이다. 마참 김아모개난 다란 일알 하려던 참이어셔, 그리하얐나이다. 이제 내보샹회의 새 쥬인은 리아모개이니이다. 그러나 내보샹회의 쳐디에셔 보면, 별일 없었나이다. 쥬인이 밧고얐다고 내보샹회의 재산

에 므슴 일이 삼긴 것이 아니니이다. 이려로 돈알 낸 쥬인과 긔업
과난 서로 다란 믈이니다. 새로 내보샹회의 쥬인이 다외얀 리아모
개의 집에 블이 났다고 샹졍하사이다. 그러하면 리아모개난 큰 손
실알 보았디만, 내보샹회난 아므란 일도 없나이다. 쥬인이 집에 블
이 난 것은 내보샹회 쟈갸 일이 아니나이다. 이려로 복식 부긔난
내보샹회의 쳐디에셔 거래달할 보나이다. 므슴 녜아기인디 아시겠
나니잇가?"

"녜에." 일단 대답은 컸다.

"내보샹회의 사업이 졈졈 커뎌셔, 배달할 브리게 다외얐나이다.
배달할 브리려면, 돈이 많이 이셔야 하난듸, 쥬인인 리아모개난 돈
이 브죡하얐나이다. 그러하야셔 리아모개난 이웃에 사난 부쟈 박
아모개와 류아모개랄 찾아가셔 함끠 사업을 하쟈 하얐고 박아모개
와 류아모개도 됴타 하얐나이다. 박아모개와 류아모개난 내보샹회
애 돈알 내고 내죵애 이문에셔 쟈갸들 몫을 받았나이다. 이리다외
면, 내보샹회는 쥬인이 여럿이 이시고 혜옴이 복잡햐야디나이다.
딸와셔 내보샹회의 쳐디에셔 복식 부긔로 긔록하고 계산하여야 비
르소 혜옴이 명료해디나이다. 복식 부긔 없으면, 많안 사람달히 돈
알 내난 큰 사업은 못 하나이다."

복식 부기는 혁명적 발명이었다. 자체로도 멋진 발명이었지만,
복식 부기는 기업의 진화에도 결정적 영향을 끼쳤다. 기업이 출자
자나 경영자로부터 독립된 존재라는 생각은 나오기가 쉽지 않은
개념적 돌파conceptual breakthrough였고, 복식 부기가 나온 뒤 비
로소 그런 생각이 널리 퍼졌다. 물론 고대 로마법엔 가공인persona

ficta이란 개념이 있었고 그것은 뒤에 보통법common law에 의해 받아들여졌다. 그러나 가공인이란 개념은 처음엔 종교단체에만 적용되었고 훨씬 뒤에야 도시나 동업 조합guild에 적용되었다. 기업이 가공인으로 여겨지는 데는 복식 부기의 공헌이 컸다. 여러 나라들에서 영업하고 국왕들과 대공(大公)들에게 대부해준 중세 유럽의 큰 기업들은 그런 존재에 걸맞은 개념적 도구들 없이는 나오고 자라나기 어려웠을 터였다.

묘선묘 사회에서 기업이 나오지 못한 근본적 요인은 물론 상업을 천시하는 문화와 상업을 억압하는 정책이었지만, 복식 부기가 널리 쓰이지 않았다는 사정도 실질적 장애로 작용했다. 그래서 의쥬(義州)와 동래(東萊)의 국경 무역으로 큰돈을 번 부상(富商)들은 나왔지만, 그들의 사업은 당대에 그쳤고 오래가는 기업을 남기지 못했다. 하긴 묘선묘 사회는 근대 사회로 바뀌는 데 필요한 개념적 돌파들이 아직 이루어지지 않는 중세 사회였다. 국왕과 국가가 분화되지 않아서, 국왕에 대한 충성과 국가에 대한 충성이 변별되지 않았다. 그래서 암묵적 헌법으로서의 '조종(祖宗)의 법'과 국왕의 명령이 뚜렷이 변별되지 않았고, 왕실의 금고와 국가의 재정도 엄격하게 구분되지 않았다. 아직 사람들의 마음속에 재산권이란 개념이 자리 잡지도 않았다.

"이러한 복식 부긔는 원 고려 적에 숭도(松都)의 샹인달히 썼나이다. 숭도난 시방 개성(開城)인듸, 고려 적의 셔울히였나이다. 고려 적에는 먼 셔녁 대식국(大食國)의 샹인달히 큰 배달할 타고 고려까장 왔나이다. 숭도 근쳐를 흐르는 례셩강(禮成江)에 벽란도(碧

瀾渡)라난 보구이 이시난듸, 거긔 대식국과 듕국의 배달히 많이 왔나이다. 긔격에는 숑도의 샹인달히 쟝사랄 크게 하고 돈도 많이 벌었나이다. 지금히 숑도 샹인달히 여긔 호셔에도 큰 고을마다 숑방(松房)을 내고 잇디 아니하나니잇가?"

"녜, 원슈님. 그러하압나니이다." 김몽룡이 대답하자, 다른 사람들이 열심히 고개를 끄덕였다. 무심히 지나치는 송방의 내력을 알게 되자, 사람들의 눈빛이 달라졌다.

고려의 상인들이 썼던 복식 부기는 사개숑도티부법(四介松都置簿法)이라 불렸는데, 근대까지 전통이 이어졌다. 조선 반도에 사개숑도티부법의 선구적 형태가 없었고 갑자기 고려조에 숑도 상인들이 쓰기 시작했으므로, 그것은 자생적 발명이 아니라 해외에서 들어온 기술이었을 가능성이 컸다. 고려에 찾아온 대식국 상인들은 이슬람 문명이 융성할 때의 사라센 상인들이었다. 따라서 고려 상인들이 복식 부기를 대식국 상인들에게서 전수받았으리라는 보는 것이 합리적이었다. 지중해에서 황해까지 당시 알려진 바닷길을 모두 누비며 국제 무역에 종사한 대식국 상인들이 복식 부기를 몰랐을 리는 없었다. 현대의 복식 부기는 중세 서유럽에서 기원했고 지중해의 무역을 독점했던 이탈리아 상인들이 주로 발전시켰는데, 이탈리아 상인들은 사라센 상인들과 교역했다. 따라서 상업이 크게 발전했던 고대 바빌론 문명에서 복식 부기가 기원했고 사라센 상인들은 메소포타미아와 지중해 연안에 전승된 복식 부기 지식을 발전시켰고 그 지식을 이탈리아 상인들이 받아들여 더욱 발전시켰다고 추론할 만했다.

아쉽게도, 사개숑도티부법은 제대로 자라나지 못했다. 고려 중기 이후 해외 무역이 끊기고 상업을 천시하고 억제하는 문화 속에서, 복식 부기와 같은 상업 기술은 발전할 토양을 얻지 못하고 오히려 점점 시들었다. 그래서 사개숑도티부법은 20세기 초엽에 세상의 주목과 평가를 받을 때까지 원시적 형태로 남았고 끝내 기업 회계로 진화하지 못했다.

"숑도 샹인달히 쓰던 복식 부긔는 사개숑도티부법이라 하난 것인듸, 아숩게도, 고려 적의 복식 부긔는 이제 거의 닞혀뎠나이다. 숑도 샹인달만히 자갸달회 쟝사애 쓰고 이실 따람이니이다. 이제 우리 홍쥬에셔 복식 부긔를 새로 시작하야 큰 사업들흘 니르혀야 하나이다. 그 일알 할 사람달한 바로 여러분들히시니이다."

"녜에."

그가 복식 부기를 급히 도입하려 나서게 된 것은 인민정부 관리들의 부정이 잇달아 드러났기 때문이었다. 반란이 시작되어 중앙정부 조직이 무너지고 호셔챵의군 조직은 아직 제대로 들어서지 않는 상황에서, 고을의 재산을 관리하는 사람들이 부정을 저지르게 된 것은 필연적이었다. 그런 부정을 줄이려면, 기록이 정확해야 했고, 기록을 제대로 하려면, 복식 부기를 따른 회계가 먼저 나와야 했다.

그가 복식 부기에 대해서 제대로 알게 된 것은, 많은 다른 것들과 마찬가지로, 『만일에』에 기사를 쓴 덕분이었다. 물건들을 만드는 '물리적 기술'과 사회를 조직하는 '사회적 기술' 사이의 관계에 대한 기사를 쓰다가, 그는 복식 부기의 역사적 중요성을 알게 되었다. 그때 루카 파촐리의 『산술집성(算術集成)』을 읽었다. 그 수학 책의 한 부분이 복식 부기를 다루었는데, 그것이 복식 부기에 관한 현존 기록들 가운데 가장 오래되었다. 덕분에 레오나르도 다빈치의 친구였지만 별다른 업적을 남기지 못한 저자는 불후의 명성을 얻었다.

파촐리의 글에서 지금 그의 기억에 남은 것은 복식 부기가 회계 부정을 막기 위해 진화했다는 사실이었다. 파촐리는 장부들의 구성과 기록을 아주 자세히 설명하면서, 그렇게 해야 부정을 막을 수 있다고 거듭 강조했다. 당시엔 그저 흥미롭게 여겼는데, 막상 통치자가 되어보니, 아랫사람들의 부정을 막는 일이 더할 나위 없이 중요한 관심사가 되었다.

"겸 어려우실 새니이다. 복식 부긔라 하난 것이 원 어려운 것이니이다." 그는 사람들을 둘러보았다. "겸 쉬었다 하사이다."

"녜에," 사람들이 반갑게 대꾸했다.

8

　언오가 복식 부기 강의를 마치고 객사 마루로 나오니, 눈발이 제
법 푸짐하게 날리고 있었다. 눈이야 늘 반가웠다. 봄 가뭄을 조금
이라도 줄일 터였다. 당장 밭을 덮어서, 보리가 얼어 죽지 않게 했
다. 눈이 많이 오면, 사람들은 으레 "올해는 보리농사이 대풍이겠
네"라고 했다.
　눈발 속으로 걷는 걸음이 가벼웠다. 사람들에게 새로운 무엇을
가르치는 일은 언제나 흐뭇했다. 지금처럼 가슴이 무거울 때는 시
름을 잊도록 해주었다. 무엇보다도, 배우는 사람들이 열심이어서
고마웠다. 게다가 몇은 숫자에 밝아서, 그의 얘기를 이내 알아들었
다. 리안집이 특히 뛰어났다. 며칠 더 가르치면, 무슨 성과가 나올
것 같았다. 사실 그가 복식 부기에 대해 잘 아는 것은 아니었다. 기
본 개념을 아는 정도라고 해야 할 터였다. 이제 그가 기본 지식을
알려주었으니, 뛰어난 학생들이 발전시켜 나갈 터였다. 투석기를

만들 때 쟝쥰달이 그의 얘기를 이내 알아듣고 구체화한 것처럼, 이번에도 리안집처럼 재능을 지닌 사람들이 그의 얘기를 구체화하고 발전시키기를 기대하는 것이었다.

"스승니임," 그가 내아 가까이 가자, 봉선이가 웃으면서 달려왔다.

"스승니임," 개똥이와 봉슈가 뒤따랐다. 그 뒤를 승문이와 복심이가 느긋한 웃음을 지으면서 따랐다.

그는 팔을 벌려 달려온 봉선이를 안았다. "나죄 밥안?"

"아직……" 녀석이 고개를 저었다.

"그러하면," 그는 볼을 녀석의 볼에 대고 비볐다. "나랑 함끠 드사이다."

녀석이 좋아서 열심히 고개를 끄덕였다.

그는 봉선이를 내려놓고 개똥이와 봉슈하고는 악수를 했다. 녀석들이 문득 의젓하게 서더니 그의 손을 잡았다.

우츈이가 설을 쇠러 대지동에 가더니, 봉선이하고 봉슈하고 개똥이를 데리고 왔다. 봉선이 엄마가 섣달 스무아흐렛날에 죽어서, 설을 쇠고 장사를 지냈다고 했다. 우츈이를 보더니, 봉선이가 홍쥬 스승님끠 데려다달라고 울면서 떼를 썼다고 했다. 그래서 우츈이가 봉선이 할아버지에게 얘기해서 봉선이와 봉슈를 데리고 례산읍내로 나왔다. 슈천이와 봉선이 숙모가 동행해서, 엄동이었지만 아이들이 고생하진 않았다. 례산현령에 갔더니, 9경대쟝 류죵무가 군사 둘과 수레 둘을 내주고 화로까지 얹어주어서, 쉽게 왔다. 대지동 사람인 류죵무로선 광시댁 아이들을 당연히 보살필 터였다. 덕산현텽에 이르렀더니, 개똥이가 "나도 숯골 스승님 보고 식브

다"고 떼를 써서, 신경슈가 녀석을 함께 보냈다. 현감 아들이 따라
오니, 당연히 덕산 사람들이 마음을 많이 썼을 터였다. 그래서 녀
석들은 한겨울에 여행을 즐기면서 대지동에서 홍쥬까지 온 것이
었다.

아이들 소리에 배고개댁이 부엌에서 내다보더니, 그를 보자, 급
히 나왔다. "원슈님. 이제 오압시나니잇가?"

"녜. 나이 우리 아해달콰 함끠 나죄 밥알 먹게 하야주쇼셔."

"아해달히 이시면, 스승님끠셔 진지 드시는듸……"

"관계티 하니 하나이다. 함끠 주쇼셔."

"녜, 스승님." 그녀가 아이들에게 엄한 낯빛을 했다. "너희 죵용
히 해야 한다."

"녜에," 아이들이 좋아서 소리를 질렀다.

"원슈니임." 그가 아이들과 함께 방으로 들려 하는데, 누가 불렀
다. 돌아다보니, 천영셰가 긔병 둘과 함께 급히 다가오고 있었다.

"챵의."

"챵의. 천 대쟝, 어셔 오쇼셔."

"한셩에셔 졍언디 대사끠셔 올인 보고셔이 막 도탁하얐압나니이
다."

"아, 그러하나니잇가?" 그는 뒤에 선 긔병들을 살폈다. "뉘 보
고셔랄 가져왔나니잇가?"

"쇼인이 가져왔압나니이다." 지친 기색이 역력한 병사가 대답했
다. 부병 품계쟝과 '젼슈한'이라 새겨진 명찰을 달고 있었다.

"젼 부병은 어듸셔 오샀나니잇가?"

"텬안애셔 왔압나니이다. 쇼인안 신은역에셔 일하압나니이다."

"언제 신은역을 떠나샸나니잇가?"

"아참 일즉 떠났압나니이다. 한셩에셔 온 사쟈이 급한 보고셔라 하야, 역쟝이 쇼인애게 급히 가라 하얏압나니이다."

"아, 녜. 슈고 많이 하샸나이다." 그는 흐뭇했다. 우역셔가 제대로 움직이고 있었다. 역리가 말을 갈아타고 한나절에 텬안에셔 홍쥬까지 급한 편지를 전한 것이었다. "나죄 밥안 아즉……?"

"녜, 원슈님. 이제 막 도탹하얏압나니이다." 쳔이 대신 대답했다.

"이대 다외얐나이다. 나이 막 나죄 밥알 들려던 참인듸, 함끠 드사이다." 그는 배고개댁을 돌아보았다. "복심이 어마님, 나이 여긔 세 분하고 아해달하고 함끠 들고져 하니, 밥샹알 프담하게 차리쇼셔."

"녜, 스승님." 그녀가 환한 얼굴로 대답하고서 부엌으로 들어갔다.

방 안에 자리 잡자, 그는 기대 어린 마음으로 봉투를 열었다.

원슈님젼 샹셔

쇼식을 졉흐고 비통흔 심경으로 원슈님젼의 글월을 올이옵ᄂ니이다. 원슈님 얼머나 슬프실디 생각흐면 쇼쟝은 그저 가슴이 틋눈 닷흐옵ᄂ니이다. 경경부인을 여희신 슬픔 엇디 위로 말쏨을 올여야 할디 몰라 그저 슝구홀 ᄯᅮ롬이옵ᄂ니이다. 호셔 인민 모도 그러흐리라 생각흐옵ᄂ니이다. 그러흐야도 원슈님끠셔는 긔톄를 보젼흐셔야 흐옵느니이다. 원슈님은 흔 몸이 아니라 호셔 인민 모도의 주부이옵시니이다. 부대 긔톄를 보전흐셔셔 인민둘희 걱뎡을 덜어주쇼셔.

쇼쟝은 브죡흐나마 맛단 임무를 슈행흐려 진력흐고 이시옵느니이다. 며츨 전에 한셩부 판윤과 만나셔 한강이 창고롤 지을 터를 빌이는 협샹을 귿냇옵느니이다. 양화도인난 망원졍이 이셔셔 쥬샹 전하 끽셔 해마다 슈젼을 관람흐옵시느니이다. 그러흐야셔 양화도 샹류에 배롤 대기 됴흔 곳올 빌이기로 흐얏옵느니이다. 원슈님끽셔 당부흐신 대로 와우산올 모도 빌이기로 흐얏옵느니이다. 한셩부 소유디를 빌리는 셰는 히마다 삼백 셕으로 흐얏옵느니이다. 백셩들희 따랄 졈유홀 시난 싯가로 매입흐기로 흐얏고 한셩부에셔 매입 졀추롤 도와주기로 흐얏옵느니이다. 어제 협샹 됴건을 됴뎡에 샹쥬흐얏다흐오니, 금명간 하회 이실 새옵느니이다.

아올아 올일 말씀은 전라도 관찰스 허엽이 디난 돌애 병으로 슈직흐얏다는 쇼식이옵느니이다. 초당은 동디듕츄부스롤 졔슈받아 전라도 부안의 바닷가이셔 디낸다 흐옵느니이다. 후임 전라도 관찰스는 김명원이옵느니이다.

원슈님 긔톄 평안흐시기롤 하놀이 빌면셔 글월을 줄이옵느니이다.

경진 졍월 스 일
특명견권대스 디군사부스 부쟝 졍언디 배샹

저번에 금강 남쪽에서 개선했을 때, 졍언디는 부쟝(副將)에 오르고 리산응과 김항텰은 딕쟝(直將)에 올랐다.

경언디를 한성에 대사로 파견하면서, 그는 경에게 세미를 보관할 창고와 거래를 위한 상관을 지을 땅을 되도록 빨리 확보하라고 지시했다. 화의 묘건에 그 부지를 양화도(楊花渡) 근처에 짓기로 했는데, 그는 양화도 북녘의 와우산(臥牛山)도 함께 확보하라고 당부했다. 산이라 땅값이 싸리라는 점도 있었지만, 보다 중요한 이유는 와우산을 요새로 만들어 닥쳐오는 왜란에 대비하려는 계획이었다.

닥쳐오는 왜란을 피할 길은 없었다. 그가 지닌 미래의 지식도 역사의 도도한 흐름에 영향을 미칠 수는 없었다. 그가 할 수 있는 것은 그 전쟁의 참혹한 결과를 덜 참혹하게 만드는 것뿐이었다. 깔끔하거나 효과적인 대책이 있는 것도 아니었다. 무엇보다도, 그가 이끌 군대가 일본군과 정면으로 맞설 수는 없었다. 긴 전국시대(戰國時代)를 거쳐 막 통일 국가를 이룬 터라, 일본은 거대하고 효율적인 전쟁 기계였다. 나라 전체가 전쟁을 위해 조직되었고 장수들은 전략과 전술에 밝았으며 병사들은 전투력이 뛰어난 데다 전통적 무기들과 근대 무기들을 두루 갖추었다. 이론의 여지 없이, 일본의 군사력은 지금 동아시아에서 으뜸이었다. 실제로 임진왜란에서 조선과 명의 군대가 회전(會戰)에서 왜군에게 이긴 적은 단 한 번도 없었다. '벽제관(碧蹄館) 싸홈'에서 명군 사령관 이여송(李如松)이 깨달은 것처럼, 회전에서 명군은 왜군의 맞수가 못 되었다. 조선군이 왜군에게 이긴 전투들은, 진주대첩(晉州大捷)이나 행주대첩(幸州大捷)처럼, 지리적 이점을 이용한 수성전(守城戰)들이었다.

그가 생각해낸 전략의 핵심은 일본군의 유일한 약점을 찌르는 것이었다. 일본군은 바다를 건너온 군대라서, 보급로가 길고 험했다. 따라서 전력이 뛰어난 군대를 직접 공격하는 대신 취약한 보급로를 끊는 전략은 합리적이었다. 한강은 일본군의 긴 보급로에서 가장 취약한 부분이었다. 일본군의 선두가 한성을 점령한 뒤 그의 군대가 한강을 장악하면, 일본군은 둘로 나뉘고, 선두는 보급이 어려워져 스스로 무너질 터였다. 한강을 장악하려면, 한강 연안에 근거가 있어야 하는데, 와우산이 그 근거가 되는 것이었다. 보급로가 끊긴 일본군은 당연히 와우산의 창의군 요새를 공격할 터이니, 그 요새를 잘 지키면, 일본군에 결정적 타격을 줄 수 있었다.

그가 와우산을 고른 까닭은 여럿이었다. 먼저 와우산 근처 양화도는 세미의 조운에 편리했다. 한강을 장악하는 데도 좋았다. 용산, 마보(麻浦), 서강의 바로 아래라, 한강에 모여드는 모든 배들과 사람들을 상대로 큰 상권을 이룰 수 있었다. 그는 그 사람들을 고객들로 삼아서 갖가지 장사를 해서 재정을 채우면서 그의 지식을 퍼뜨릴 생각이었다. 또 하나 중요한 요소는 정부의 세미들을 보관하는 창들의 하류라서, 거기 보관된 쌀들을 쉽게 나를 수 있었다. 임진년에 국왕이 한성을 버리고 북행한 뒤, 한강의 창들에 있던 세미는 모두 일본군이 차지했다. 그는 그 세미들을 미리 차지할 생각이었다. 한강을 차단하고 경강의 창들에 쌓인 세미를 일본군이 차지하지 못하게 하면, 일본군의 전력은 이내 줄어들 것이었다. 한강을 장악하는 것은 어렵지 않았다. 일본 육군은 한강에서 배를 만들어 싸울 능력이 없었다. 애초에 한강을 건널 때도 배가 부족해서 애를 먹었다. 그래서 그는 화의 묘건에 양화도에 창과 상관을 지을

터를 됴뎡이 마련해준다는 조건을 넣은 것이었고 와우산을 꼭 빌
리라고 뎡언디에게 지시한 것이었다.

순무사 리쥰민과 특명뎐권대사 뎡언디가 맺은 화의엔 "한셩부
양화도 근쳐에 창과 상관올 셜티홀 따롤 됴뎡에셔 공여홈"이라고
나왔지만, 그는 이 일이 쉽지 않을 수도 있다고 보았다. 그래서 한
셩부 소유지를 빌리는 값으로 해마다 쌀 5백 셕을 내놓을 수 있다
는 뜻을 뎡에게 내비쳤었다. 뎡이 한셩부 판윤과 협상을 잘 해 부
지를 빨리 확보하면서 빌리는 값도 3백 셕으로 한 것이었다.

"됴한 쇼식이니이다." 그는 쳐다보는 사람들에게 웃음을 지어
보였다. "뎡언디 군사끠셔 한셩부 관리달콰 이대 협상하셔셔 한강
애 우리 호셔인민졍부의 창고랄 셰울 터를 빌렸다 하나이다."

"아, 녜." 쳔의 얼굴이 밝아졌다.

문이 열리고 근위병들이 밥상을 들고 들어왔다. 아이들이 얌전
히 있으려고 애쓰면서 서로 눈짓을 했다.

오래간만에 큰 상에 여럿이 앉으니, 그도 마음이 밝아졌다. 식욕
도 돌았다.

"자, 드사이다. 뎐 부병은 많이 시장하실 샌듸……" 그는 뎐에
게 어서 들라고 손짓했다.

"녜, 원슈님." 그와 쳔영셰가 숟가락을 들기를 기다려, 뎐이 숟
가락을 들었다.

그는 밥을 듬뿍 떠서 맛있게 먹는 뎐을 흐뭇한 마음으로 바라보
았다. 듬직했다. 제도와 기구가 아무리 좋아도, 그것들을 운영하는
요원들이 시원치 않거나 부패하면, 좋은 결과를 기대할 수 없었다.

우역셔는 그의 통치에 중요한 기구였고 잘 움직이고 있었다.

"쳔 대쟝, 우역셔 일이 많아뎠나이다?"

"녜, 원슈님. 요사이 졈……" 쳔이 밥을 급히 삼키고 대답했다. "사람달히 우역셔를 리용하는 것이 묘한 줄 알게 다외안 닷하압나니이다."

그는 웃음을 지으면서 고개를 끄덕였다. "소포랄 브티는 사람달토 이시나니잇가?"

"소포랄 브티는 사람안 아직 많디 아니하압나니이다. 그러나한듸, 뎌번에 원슈님끠셔 말쌈하신 대로이, 경긔도 사람달히 우리 우역셔를 리용하기 시작하얐압나니이다. 직산 셩환역(成歡驛)하고 평택 화쳔역(花川驛)에 경긔도 사람달히 많이 와셔 편지를 브틴다 하압나니이다."

"반가온 소식이니이다. 우역셔도 본은 쟝사하난 곳이니이다. 사람달히 많이 리용하여야, 역리들히 봉록알 받알 수 이시나이다. 아모도 리용하디 아니하면, 므슥으로 우역셔를 운영하고 역리들희 봉록알 주겠나니잇가? 그러하니 경긔도애셔 찾아오난 사람달할 잘 대하여주쇼셔. 우역셔 요원들헤게 자셔히 니르쇼셔."

우역셔 요원들이 우역셔의 성격과 기능에 대해 제대로 알 리는 없었다. 원래 역참 조직은 관아의 하나였고, 10개에서 15개쯤 되는 역들로 이루어지는 역도(驛道)는 종6품인 찰방(察訪)이나 종9품인 역승(驛丞)이 관장했다. 관존민비의 질서가 뿌리를 내린 이곳에서, 이전에는 역리들이었고 지금은 긔병들인 우역셔 요원들은 편지를 부치러 온 고객들에게 관리 행세를 하게 마련이었다. 그는 그 점에 마음을 썼고 기회가 생길 때마다 고객을 존중하라고 강조했지만, 그의 얘기가 이내 효과를 보리라는 환상을 가진 것은 아니었다.

"녜, 원슈님. 이대 알겠압나니이다." 쳔이 대답하자, 두 괴병도 따라서 고개를 숙였다.

"경긔도 사람달히 셩환역과 화쳔역에 편지 브티러 오려면, 먼 길을 걸어야 하난듸, 그 사람달히 쉴 곳이 이시나니잇가?"

"따로 쉴 곳안 없압나니이다." 쳔이 대답하고서 겸연쩍은 웃음을 얼굴에 올렸다.

그는 잠시 생각했다. "쳔 대쟝, 이리 해보쇼셔. 먼 대셔 편지를 브티러 온 사람달한 졈 쉬고 식사도 하여야 하니, 역 근쳐에 가개 갇한 것이 이시면 됴할 새니이다. 손님달한 쉴 대 이셔셔 됴코, 가개 쥬인은 돈알 벌어셔 됴코. 셩환역과 화쳔역에 국슈나 김밥이나 삶안 달개알 갇한 간단한 음식을 파난 가개랄 열어보사이다. 역 근 쳐에 사난 사람달 가온대 가개랄 열고 쟝사할 사람달할 구하쇼셔. 가개랄 여는 대 들어가난 돈안 홍쥬식회셔에셔 빌이다록 하쇼셔."

"녜, 원슈님. 이대 알겠압나니이다."

"그리하면, 모도 됴코 일자리도 삼기나이다. 쳔 대쟝, 언젠가난 쳔 대쟝끠셔 우역셔를 맛다실 샌듸, 우역셔 총재난 이러한 일달토 살펴야 하나이다. 엇디하면 많안 사람달히 우리 우역셔를 리용할 가 늘 생각하여야 하나이다."

"녜, 원슈님. 이대 알겠압나니이다. 원슈님끠셔 말쌈하신 일안 바로 거행하겠압나니이다."

식사가 끝나자, 천영세와 귀병들은 바로 일어섰다. 아이들을 더 있고 싶어 했지만, 배고개댁이 다른 방에서 놀라고 몰아냈다.

'초당이 병으로 물러났구나.' 언오는 눌러두었던 생각을 꺼냈다. 아쉬웠다. 그런 인재가 물러난 것도 아쉬웠고, 믿을 만한 사람이 전라도 관찰사 자리에서 물러난 것은 더 아쉬웠다.

'위로하는 편지라도……' 그러나 그는 이내 고개를 저었다. 그가 허엽에게 편지를 보냈다는 사실이 묘명에 알려지면, 틀림없이 누가 허엽을 모함할 터였다. 그리고 묘명은 그에게 의심의 눈길을 보낼 터였다.

한숨을 내쉬고서, 그는 호국(戶局)에서 올린 징세 보고서를 펼쳤다. 각 고을에서 올린 징세 보고서를 호국이 집계한 것이었다.

호셔인민정부가 다스리는 지역의 량안에 나온 면결(田結)은 15만 6천 결이었다. 이번에 확정된 면결은 18만 4천 결이었다. 2만 8천 결의 은결(隱結)이 자진 신고된 것이었다. 고을의 호방 관리들에게 새로 마련되는 량안이 나중에 토지 소유권의 근거가 된다는 점을 주민들에게 분명히 알리라고 당부하고 량안몀검위원회를 내보내서 각 고을의 읍내 땅을 실제로 점검한 덕분이었다. 주민의 반발도 관리의 부정도 없이, 과세 토대를 15퍼센트나 늘린 것이었다. 복잡한 세들을 모두 폐지하고 소득세 하나만 거두었고 세율도 낮았지만, 거둔 세는 모두 쌀로 환산해서 4만 8천 석이 넘었다. 그는 4만 석을 거두면 큰 성공이라고 보았었다.

'사만 팔천 석이라. 만 석을 묘명에 바치고도 삼만 팔천 석이 남았으니. 이제 한시름 놓았지.' 그는 오래간만에 얼굴에 웃음이 배어 나오는 것을 느꼈다.

물론 저항이 없었던 것은 아니었다. 특히 면세 토지를 소유하거나 경작하는 사람들의 불평이 컸다. 실사해보니, 왕자들이나 옹주들이 소유하는 궁방전(宮房田)과 향교에서 소유하는 토지가 상당히 많았다. 그런 면세전들에 세를 매기면, 당연히 반발이 나올 터였다. 고심한 끝에, 그는 궁방전은 면세하고 향교 소유 토지엔 과세했다. 궁방전에 대한 면세는 모든 소득에 세금을 매긴다는 원칙에 어긋났지만, 지금은 왕실과 세금을 놓고 다툴 때가 아니라고 판단한 것이었다.

방문이 열리면서, 최월매가 들어왔다. "원슈님, 진지난 잘 자셨나니잇가?"

"네. 어셔 오쇼셔." 그는 그녀에게 서안 앞에 앉으라고 손짓했다. "의원 일은 엇더하나니잇가?"

"죽은 병쟈난 오날 화장알 하였압나니이다. 법화사 무넘 스승님 끼셔 독경하셔셔, 이대 다외얐압나니이다."

며칠 전에 행려병자 하나가 홍쥬의원을 찾아왔는데, 어제 죽었다고 했다. 돌볼 사람이 없는 병자가 죽으면, 스님을 모셔 와서 불교식으로 장례를 치르고 화장하라는 지침을 내렸는데, 오늘 그렇게 한 것이었다. 묘지 문제가 심각한 터라, 그는 화장을 권장하는 정책을 펴나갈 셈이었다.

"아, 그러하샸나니잇가? 유골안……?"

"법화사애셔 삼 년 동안 모신 뒤혜, 원슈님 말쌈대로이, 슈목장 알 하기로 하였압나니이다."

"이대 하샸나이다."

"오날 뉘 의원에 와셔 야료하얐압나니이다."

"야료? 뉘……" 그는 의료 사고가 났는가 걱정이 들었지만, 그녀는 미소를 짓고 있었다.

"여긔 홍쥬에 사난 사람인듸, 의원이라 하얐압나니이다. 우리 의원이 자갸 손님알 다 가져간다고……"

"아, 녜에." 그는 소리 내어 웃었다. "그런 일도 다 이시나이다. 그러하야셔 엇디 다외얐나니잇가?"

"김안슌이 나셔셔 '얼우신, 나이 셔울 활인셔에셔 십년간 병쟈랄 보살폈난듸, 손님 앗겼다고 야료하난 의원은 한 사람도 보디 못하얐나이다'라고 말하얐더니, 그 사람이 말문이 막혀셔 그냥 돌아갔압나니이다."

그는 모처럼 유쾌하게 웃었다. 그러나 가만히 생각해보니, 웃고 말 일은 아니었다. 가난한 사람들도 의료 혜택을 받도록 한 일이 의원들의 생계를 위협한다면, 그냥 넘어갈 수는 없었다. 호셔인민 정부의 지원을 받는 홍쥬의원과 민간인 의사들이 경쟁할 수는 없으니, 공정한 경쟁이 아니었다. 의사들이 줄어들면, 장기적으론 의술의 발전을 막을 수도 있었다. 비록 소수였지만, 의원들의 원망을 사는 것도 마음에 걸렸다.

"홍쥬의원으로 병쟈달히 몰여셔 다란 의원들히 불평하면, 그도 쟉안 일안 아닌듸……" 그는 입맛을 다셨다.

병자들이 홍쥬의원으로 몰려들 것은 당연했다. 딕군사 쟝의쥰의 추천을 받아, 텬안에 사는 의원을 임용하고 약재도 많이 구해놓았다. 쌀 한 되 값인 1편문만 내면 치료를 받으니, 여느 의원들은 경쟁하기 어려울 터였다. 소득과 재산을 고려해서 치료비를 받는 것이 현실적 방안일지도 모르겠다는 생각이 들었다.

"앞아로 의원들히 여러히 셜 샌듸…… 곧 덕산 온쳔에 료양원이 셔고 부여에도 의원 터를 잡아놓았고. 이 일안 나이 졈 생각해보겠나이다. 내죵애 그 사람하고 녜아기할 긔회가 삼기면, 이리 말하쇼셔, 우리 홍쥬의원은 가난한 사람달할 위한 의원이니, 일반 의원들히 큰 손해랄 보디 아니하다록 하겠노라고."

"녜, 원슈님. 이대 알겠압나니이다. 그러하야도 의원을 찾아가디 못하던 사람달히 우리 의원에 와셔 치료받고서 얼머나 고마워하난디 그 사람안 모라나이다. 자갸 리문만 생각하디 가난한 사람달히 도음알 받난 것은 생각하디 못하나이다."

그는 고개를 끄덕였다. "엇디 다외얐던 홍쥬의원은 지금히 하던 대로 하쇼셔. 가난한 병쟈달할 보살피는 것이 우션이니."

"녜, 원슈님. 그리하겠압나니이다." 그녀가 방 안을 둘러보았다. "원슈님."

"녜?"

그녀가 잠시 뜸을 들였다. "원슈님 거쳐하시난 방이 너모 격격하압나니이다."

그는 쓸쓸한 웃음을 띠고 고개를 끄덕였다. "졈 그러하디만, 므어……"

"원슈님," 그녀가 그의 낯빛을 살피면서 조심스럽게 말했다. "묘월 아씨랄 부여에셔 모셔 오난 것은 엇더하겠압나니잇가?"

그는 무겁게 고개를 저었다. "나이 그 생각알 안 하야 본 것이 아니외다."

혼자 지내자니 너무 쓸쓸해서, 당장 그녀를 부르고 싶었다. 이제 귀금이의 상도 끝났으니, 묘월을 데려와도 어색할 것은 없었다. 그래도 그는 그녀를 부르는 것이 내키지 않았다. 그녀가 몸이 무겁긴 했다. 얼마 전에 죠담이 그녀가 아이를 가졌다는 소식을 전하면서 4월이 산월이라고 했다. 여기보다는 친정에서 지내고 해산하는 것이 산모와 아기에게 좋을 터였다. 그러나 그런 것들 때문에 그가 그녀를 부르지 않은 것은 아니었다. 그는 그녀를 한적한 은산에서 번다한 홍쥬로 데려오기 싫었다. 사람들의 눈길 앞에 그녀를 그리고 그녀 배 속에서 자라는 자신의 아이를 내놓고 싶지 않았다. 귀금이가 해산하다 죽은 일은 그에게 깊은 충격과 불안을 주었다. 이 세상이, 이 세상의 역사가, 이 세상의 시간 줄기가, 그를 거부하는 것만 같았다. 그래서 묘월과 그녀 배 속에 든 아기는 이 세상의 눈길로부터 되도록 감추고 싶었다.

"그러나 시방 묘월을 이리로 브르는 것은……" 그는 최월매를 잔잔한 눈길로 바라보았다. "사람달희 이목을 너모 끄는 일일 닷하야, 내 마암애 흔쾌하디 아니하나이다. 몇 달만 참으면, 다외얄 새니이다."

9

"믈길흔 엇더하얐나니잇가?" 동헌 안방에 자리 잡자, 언오는 다시 물었다. "날이 추운데, 모도 고생이 많아샸나이다."

"갈 때 올 때 일긔가 됴화셔 힘들디 아니하얐압나니이다." 강슈돌이 밝은 얼굴로 대답했다. "조젼하난 일이야 우리 조졸달히 평생 해온 일인듸, 공셰곳창애셔 경창까장안 갓가온 길이라, 므어 힘들 것 없압나니이다."

"이번이 초행이라 졈…… 앏아로난 졈 나아딜 새니이다."

"녜, 원슈님." 강이 품 안에서 봉투를 꺼냈다. "리형손 공사이 원슈님끠 올이난 보고셔이압나니이다. 항해 일지난 행군참모부에 졔츌하얐압나니이다."

"아, 녜."

조운선단을 이끄는 행선장에겐 항해 일지를 꼭 쓰도록 했다. 어선단의 단장들은 이미 항해 일지를 써서, 행군참모부에 제출하고 있었다. 그동안 관군과의 싸움에 바빠서, 슈군의 제도 개선에 마음을 쓸 새가 없었는데, 이제 슈군의 조직과 제도를 하나씩 다듬고 있었다.

성묵돌이 소반을 들고 들어왔다. 식혜 사발들과 과일이 놓여 있었다.

"졈 드쇼셔."

"녜, 원슈님."

그는 봉투를 열고 편지를 꺼냈다.

원슈님젼 상셔

원슈님 그스이이도 긔톄후 일향 만강ㅎ옵신디 굼굼ㅎ옵ᄂ니이다. 쇼직과 조운션단 요월들토 모도 원슈님 념려지덕에 무스히 일ㅎ고 이시옵ᄂ니이다. 조운션단은 디난 졍월 이십삼일이 여긔 한강 양화도이 무스히 도탹ㅎ얏옵ᄂ니이다. 즉시 창올 짓기 시작ㅎ야 오날 상량ㅎ얏옵ᄂ니이다. 샹량식이는 졍언디 대소끠셔 한셩부 셔윤을 대동ㅎ시고 참예ㅎ옵샷ᄂ니이다. 창과 상관의 부디는 브죡홈이 업숩고 와우산도 내죵애 집을 많이 지을 만ㅎ옵ᄂ니이다. 한셩부에 내는 디대 미 삼백 셕은 래일 룡산창ᄋ로 이관ㅎ기로 합의ㅎ얏옵ᄂ니이다. 원슈님끠셔 지시ㅎ신 대로 조운션 십일 쳑 가온디 이 쳑을 여긔 남기고 남아지 구 쳑은 강슈돌 행션쟝의 인솔하이 공셰곳창ᄋ로 돌아가다록 ㅎ얏옵ᄂ니이다. 원슈님 안녕ㅎ시기롤 긔원ㅎ면셔 글월을 줄이옵ᄂ니이다.

경진 이 월 십일 일

특명젼권공수 겸 양화도쥬둔군 수령 군수 경령 리형손 배샹

셰미를 한강까지 수송하는 일이 작은 일이 아닌데, 양화도에 기
지를 마련하는 일도 있어서, 그는 서둘러 조운선단을 편성했다. 법
성보창 조졸 출신 병사들 330명을 기간 병력으로 삼고 배타기를
자원한 병사들 220명, 공병대 1개 대대에 보급대대 녀군 1개 대대
로 양화도 쥬둔군을 편성했다. 리형손을 쥬둔군 사령으로 삼고 강
슈돌을 조운을 실제로 지휘하는 행션쟝(行船將)으로 삼았다. 리형
손은 원래 법셩보 만호로 조운선단을 호송했었고 우역셔 총재로
경영 능력을 보였다. 그래서 특명젼권공사로 삼아 됴뎡과의 협의
에서 경언디를 돕도록 했고 복잡한 한성부와의 실무 교섭을 맡겼
다. 첫 행선인지라, 계획을 조심스럽게 짜서, 쌀 천 5백 셕을 세 척
에 나누어 싣고 나머지 배들엔 집을 지을 자재들을 실어 보냈다.

"이대 다외얏나이다. 양화도 쥬둔군 모도 슈고랄 많이 하샸나이
다."

"감샤하압나니이다." 강이 허리 굽혀 인사하고 다시 품에서 봉
투를 꺼냈다. "뎌번에 원슈님끠셔 말쌈하신 디도이압나니이다."

"아, 네. 보사이다." 그는 반갑게 지도를 받아서 방바닥에 펼쳐
놓았다.

양화도 조창을 제대로 설계하고 개발하려면, 특히 와우산을 요
새로 만들려면, 당연히 지형을 잘 알아야 했다. 그가 양화도를 찾

아가는 것은 현실적으로 어려웠으므로, 그는 리형손에게 근처 지도를 만들라고 지시했었다. 그저 둘러보고 두드러진 지형이나 사물들을 그리는 것이 아니라, 실제로 거리를 재어 만들어보라고 했었다.

실제로 거리를 재서 그린 지도라는 것이 한눈에 들어왔다. 물줄기와 산줄기가 꼼꼼하게 그려졌고 주요 지점들 사이의 거리가 나와 있었다.

"디도이 이대 맹갈아뎠나이다. 슈고랄 많이 하샸나이다."

"쇼직이 한 일안 별로 없압나니이다. 리형손 사령이 디도 맹갈아난 대 마암알 많이 썼압나니이다."

그는 고개를 끄덕였다. "와우산안 엇더하더니잇가? 산애 남기 많이 이시더니잇가?"

"아니압나니이다." 강이 고개를 저었다. "사람달히 남갈 많이 해가셔, 남간 별로 없압나니이다."

"이제 우리가 와우산알 다사려셔 산이 남가로 덮이게 하사이다. 그 산안 우리에게 여러모로 듕요한 산이니이다. 강군사꺼셔 와우산알 프르게 맹갈 방도랄 마련해보쇼셔."

"녜, 원슈님. 이대 알겠압나니이다."

그는 지도 왼쪽을 짚었다. "여긔 한강 하류의 디도도 맹갈다록 하쇼셔. 앒아로 우리 창과 상관이 커디면, 양화도 쥬둔군도 늘어날 새니이다. 그리다외면, 여긔도 우리 리용하여야 하나이다. 미리 디도랄 맹갈아놓난 것이 됴할 새니이다."

그가 당장 필요하지 않은 양화도 하류의 지도를 만들려는 것은 임진왜란에 대비한 자신의 전략을 가다듬기 위해서였다. 와우산만을 요새로 만들어선 피난민을 모두 수용할 수 없었다. 한성과 경기도에서 올 피난민들은 여러 만 명이 될 터였다. 그리 많은 사람들을 받아들이려면, 너른 평지가 있어야 했고, 자연히 긴 라셩(羅城)을 쌓아야 할 터였다. 그래서 미리 지형을 보고 라셩을 쌓고 지킬 방안을 생각해보려는 것이었다.

"녜, 원슈님. 이대 알겠압나니이다." 강은 그의 얘기를 심상하게 받아들였다. 그가 늘 지도를 놓고 작전 계획을 설명했으므로, 챵의군 지휘관들은 그가 정확한 지도를 만들려고 애쓰는 일을 자연스럽게 여길 터였다.

그러나 열두 해 뒤에 닥칠 재앙을 막으려는 그에겐 양화도에 근거를 마련하고 지도를 만드는 일에 감회가 깊을 수밖에 없었다. 자신이 이 세상에 나온 뒤 줄곧 마음의 먼 지평 위에 걸렸던 검은 구름이 문득 사라진 듯 마음이 밝아졌다. 전략이 섰고 전략을 실행할 근거도 마련되었으니, 이제 꾸준히 준비하면 되었다.

"강 군사."

"녜, 원슈님."

"강 군사끠셔는 경강의 사졍을 잘 아실 새니, 앒아로 우리 배달할 리용해셔 쟝사할 궁리랄 해보쇼셔. 셔울 사람달해게 므슥을 팔면 다외알디, 경강 사람달회 생각알 졈 들어보쇼셔. 조젼은 두어 달 일이니, 조젼만 하야셔는 먹고살기도 밧바나이다. 리문이 삼기난 쟝사랄 하여야, 우리 군사달토 잘살고 다란 사람달토 덕을 입을 새니이다."

"녜, 원슈님."

"나이 듣기에 강원도 산골 사람달히 남갈 버히어서 떼를 맹갈아 한강알 타고 셔울로 와서 떼를 팔고 곡식알 사셔 돌아간다 하더이다. 우리가 시방 배랄 맹갈 나모 많이 이셔야 하니, 한번 그 사람달콰 만나보쇼셔."

"녜, 원슈님. 이대 알겠압나니이다."

"그리하시고, 다암애난 우리 연예참모부 공연단알 양화도로 보낼 생각이니이다. 경강애난 사람달히 많이 모호여서 오래 묵을 샌듸, 볼거리 많디 아니할 닷하나이다. 우리 공연단의 공연을 보면, 모도 됴하할 새니이다."

"녜, 원슈님." 강의 얼굴에 밝은 웃음이 배어 나왔다. "모도 됴하할 새압나니이다.'

"녯날 먼 셔녁 따희 현철한 학자이 말하기랄, 사람이 돈알 벌려 애쓸 때 죄랄 가장 적게 짓는다, 그리 말하얏나이다."

강이 웃었다. "맞난 말쌈이압나니이다."

"우리 군사달해게 니르쇼셔, 사람이 졍딕히 돈알 버는 것보다 더 착하고 됴한 일이 없다고. 모도 렬심히 돈알 벌어서 자식달히 잘 먹고 잘 배호다록 하라고. 우리 호셔 따해션 신분과 직업에 귀쳔이 따로 없나이다. 모도 갇하나이다. 모토디 못할 돈이 없고 올아디 못한 벼슬이 없나이다."

10

겸백이를 끌고 가마고개에 올라서자, 언오는 숨을 돌렸다. 가마고개는 례산 읍내와 대지동을 가르는 고개였다. 산골짜기를 따라 난 길을 내려가면, 대지동 들판이 나왔다. 봄바람에 이마의 땀을 들이면서, 그는 감회 어린 눈길로 봄 들판 풍경을 바라보았다. 농사철이었지만, 들판엔 사람이 거의 보이지 않았다. 오늘 3월 16일이 '례산현텽 싸홈'에서 죽은 127인의 제삿날이어서, 대지동 사람들은 거의 다 향천사에서 열린 재에 참석한 것이었다.

그는 어제 오후에 례산으로 와서 '례산산업회사'의 창립식에 참여했다. 그가 전에 127인의 유족들에게 약속한 대로, 유족들이 지분을 가진 회사를 설립해서 그들의 생계를 지원하려는 것이었다. '례산산업회사'는 읍내에서 려관(旅館)을 운영하고 무한산셩 근처에서 제재소를 운영할 예정이었다. 이미 봉션이 할아버지가 운영하는 벌목 회사에서 나무를 산 다음 켜서 아산에 있는 됴션소(造船

所)에 팔기로 기본 계약을 맺은 터였다.

오늘 아침엔 향천사에서 쇼능 스님의 집전으로 전사자들을 위한 재를 올렸다. 소상(小祥)이었으므로, 재를 성대하게 올렸고, 대지동 사람들과 읍내 사람들로 향천사 골짜기가 넘쳤다. 그는 대지동을 찾으려고 재가 끝나자 먼저 빠져나왔다.

꿩 울음이 났다. 둘레를 한 바퀴 둘러보고서, 그는 한숨을 조용히 내쉬었다. 그동안 아득한 세월이 지난 것처럼 느껴졌다. 작년 이맘때 그는 옥에 갇힌 박우동의 석방을 탄원하러 가는 대지동 사람들을 이끌고 이 고개를 넘었었다. 자신들의 행렬이 이미 모반의 행렬이 된 줄도 모르는 사람들이었고, 군대라야 손에 몽둥이를 든 서른 남짓한 젊은이들뿐이었다. 이제 그는 근위긔병들과 함께 됴명에서 공식적으로 인정한 호셔챵의군 원슈 겸 호셔인민경부 자사라는 신분으로 고개를 되넘고 있었다. 지금까지 이룬 것들에 대한 자부와 앞으로 이룰 것들에 대한 기대로 가슴이 부풀었다. 그러나 이 자리에선 슬픔과 그리움이 속에서 우러나서 그런 자부나 기대를 덮었다. 자꾸 나오는 한숨을 누르고, 그는 고갯길을 내려가기 시작했다.

쟝복실이 가까워지자, 그의 눈길은 저절로 한산댁을 찾았다. 당장이라도 그 낯익은 집의 문을 열고 낡은 치마 아래 종아리 드러난 귀금이가 머리에 무엇을 이고 나올 것만 같았다.

그는 한산댁을 한 바퀴 둘러보고 싶은 마음을 가까스로 눌렀다. 대신, 셩묵돌을 돌아보았다. "셩 대쟝."

"녜, 원슈님."

"셩 대쟝 댁안 어느 집이니잇가?"

"쇼쟝 집안 여괴션 보이디 아니하압나니이다. 뎌긔 산모롱이 뒤헤 이시압나니이다." 셩이 손으로 가리켰다.

"그러하면, 셩 대쟝 댁알 한디위 둘어보고 오쇼셔." 지난 설에도 셩은 휴가를 얻지 못했었다. 그가 고향에 다녀오라고 했어도, 셩은 고개를 저었었다.

"관계티 아니하압나니이다." 셩이 웃으면서 고개를 저었다. "향쳔사애셔 식구들흘 다 만났난듸, 집이야 므어……"

"그러하야도 한번 둘어보고 오쇼셔. 림 대쟝과 김 대쟝도 함끠 가쇼셔."

셩묵돌, 림형복, 그리고 김병달이 자기 집들을 둘러보는 동안, 그는 천천히 골짜기를 올라갔다. 저수지 둑이 우람한 모습으로 그를 맞았다. 그동안 봉선이 할아버지가 마음을 쏟아 일을 추진한 데다 최셩업의 9보병이 투입되어서, 저수지 둑은 올 여름 장마에 맞춰 쌓아진 것이었다. 그가 이 세상에서 처음 시작한 사업이, 그를 모반으로 이끌었던 사업이, 마침내 마무리된 것이었다.

"원슈님, 못이 다 맹갈아뎠압나니이다," 좀처럼 그의 상념을 흔들지 않는 셩묵돌이 감탄했다.

"그러하나이다." 그는 졈백이의 고삐를 셩에게 맡기고 둑으로 올라섰다. 발에 닿는 감촉이 든든했다. 논농사가 시작되는 철이라 저수지는 물이 말랐지만, 둑에 남은 흔적은 물이 상당히 고여 있었음을 말해주었다. 가뭄이 심한 올봄에 저수지 물이 적잖은 도움이 되었단 얘기였다.

'올해는 물꼬 싸움이 없었겠지.' 자신에게 농담을 던지고, 그는 흐뭇한 마음으로 저수지 둘레를 살폈다. 그의 집은 기억 속에서보다 좀 작고 초라했다. 그래도 둑을 쌓는 사람들의 손길과 발길에 닳은 모습이 대견스러웠다.

처음 자신의 손으로 지은 그 집에 그는 천천히 고개를 끄덕여 보였다. 그리고 자신의 고갯짓이 그 시절에 대한 작별이라는 것을 뒤늦게 깨달았다. 자신이 아는 지식으로 이 세상 사람들을 돕겠다는 꿈을 품은, 그런 꿈을 추구하는 길 앞에 놓인 것들을 아직 모르는, 꿈에는 책임이 따르고 그 책임을 지다 보면 어쩔 수 없이 손에 피를 묻혀야 한다는 것을 생각지 못한, 순진한 시절에 대한 작별이었다.

'내가 저 마당에 엎어놓은 절구통 위에 올라서서 사람들을 선동하는 연설을 한 순간, 순진한 시절은 끝났지. 그 연설이 이 모든 것들의 시작이었지.' 그는 다시 천천히 고개를 끄덕였다. 자신의 앞날에 놓인 것들을 받아들이겠다는 고갯짓임을 그는 뒤늦게 깨달았다.

광시댁엔 슈쳔이가 집을 지키고 있었다. 그를 알아보자, 슈쳔이가 반가워하면서 달려나왔다. "스승니임."

"슈쳔 도령님, 잘 디내샸나니잇가?" 그는 슈쳔이의 억센 손을 잡았다.

"네, 스승님. 쇼인네야 므어……" 슈쳔이가 환한 웃음을 지었다. 슈쳔이는 그대로였다. 그동안 봉선네 집안에서 일어난 크고 작은 일들이 슈쳔이를 비켜 지나간 듯했다.

이어 쟝복실 사람들인 세 근위병들이 슈쳔이와 반갑게 인사를 나누었다. 슈쳔이가 군복을 입은 세 사람을 부러운 눈길로 살폈다.

"슈쳔 도령, 나이 시방 봉션이 어마님 산소애 가난듸, 슈쳔 도령 끠셔 길알 겸⋯⋯"

"녜. 스승님."

봉션이 엄마의 무덤은 봉슈산 서쪽 기슭에 있었다. 무덤 자리는 괜찮아 보였는데, 봉분에 입힌 떼가 아직 덜 자라서, 무덤은 좀 꺼칠했다. 상석도 없이, '金海金氏之墓'라고 음각한 비목만 서 있었다.

셩묵돌이 림형복과 김병달을 지휘해서 돗자리를 깔고 가져온 제물을 차렸다.

그는 잔을 올리고 절했다. 이어 고인을 생전에 알았던 세 근위병들이 잔을 올렸다.

"슈쳔 도령끠셔도 잔알 올이쇼셔," 그가 권하자, 슈쳔이가 머뭇거렸다.

"슈쳔이, 잔알 올이게나," 셩이 권하자, 슈쳔이가 짚신을 벗고 돗자리로 올라섰다. 잔을 올리는 슈쳔이의 손이 가늘게 떨리는 것을 보고, 그는 눈길을 돌렸다.

포근한 봄날 햇살을 받은 산은 아름다웠다. 숯을 굽는 골짜기라 참나무가 많아서, 이곳의 신록은 유난히 아름다웠다. 꿩 울음이 포근한 느낌을 더해주었다. 그래서 무덤은 오히려 쓸쓸해 보였다.

'저세상에 갈 때 이름도 못 갖고 갔구나,' 비목을 보노라니, 탄식이 나왔다. 안쓰러움과 그리움으로 누이 같던 그녀 모습을 떠올리면서, 그는 조용히 뇌었다.

"쳥초 우거진 골에 자난다 누엇난다
홍안을 어듸 두고 백골만 무쳣난이
잔 자바 권하리 업스니 그를 슬허하노라."

흰나비 두 마리가 앞서거니 뒤서거니 날아오더니, 풀꽃 한 송이
없는 무덤을 그냥 지나쳤다. 산비탈의 신록 속에선 다시 짝을 부르
는 꿩 울음이 났다.

오형데고개에 올라서자, 언오는 돌아서서 대지동 골짜기를 내
려다보았다. 박우동이 례산현령으로 붙잡혀 간 날, 그는 이 고개를
넘었었다. 명디고리 방진사 댁에 그가 엮은 『언해 슈호뎐』 셋째 권
을 팔고서 받은 쌀 한 말을 지고 올라오느라 힘들었었다. 다시 슬
픔과 아쉬움이 가슴을 시리게 씻었다.
그는 작별의 아쉬움을 담은 눈길로 대지동 골짜기를 살폈다. 사
람 일은 모른다 하지만, 이제 그가 이곳을 다시 찾을 일은 없을 터
였다. 깊은 인연들과 소중한 기억들이 깃든 이곳으로 그의 넋은 늘
향하겠지만, 그의 발걸음은 이제 새 인연들을 찾아서 다른 길로 향
할 터였다.
오형데고개에서 온양 읍내는 20리 걸음이어서, 그의 일행은 아
직 해가 많이 남았을 때 온양 읍내에 닿았다. 그가 군텽으로 향하
려는데, 서북쪽 온궁(溫宮) 가는 길에서 사람들 몇이 걸어왔다. 그
들의 모습에서 무엇이 그의 눈길을 끌어서, 그는 잠시 눈여겨 살펴

보았다. 한 가족으로 보였는데, 짐이 많았다. 단순한 여행이 아니라 이사를 가는 행색이었다.

"셩 대쟝."

"녜, 원슈님."

"뎌긔 오난 사람들끠 가셔 물어보쇼셔, 어듸셔 와셔 어듸로 가난디."

여섯 사람이었다. 가장으로 보이는 삼십대의 사내와 부인에 아이들 셋, 그리고 여종으로 보이는 열서너 살 된 소녀였다. 차림을 보니, 양반 가족이었다.

"면천 사난 사람인듸, 쳥쥬로 가난 길이라 하압나니이다. 이사랄 간다 하압나니이다." 셩이 돌아와 보고했다.

그는 무겁게 고개를 끄덕였다. 사정을 알 듯했다. 이곳에선 멀리 이사하는 경우가 드물었다. 여러 대가 함께 사는 데다 혈연과 문중이 중요하므로, 특별한 경우가 아니면, 누구도 낯선 곳으로 옮겨 살려 하지 않았다. 화폐가 유통되지 않았고 부동산 시장도 형성되지 않아서, 땅이나 집을 팔기 어려웠고 사기는 더욱 어려웠다. 그런 상황에서 면천에 살던 가족이 쳥쥬로 이사 간다면, 아마도 그의 통치 아래 호셔 지방의 사회 구조가 급격히 바뀐 사정 때문일 터였다.

"셩 대쟝, 한 번 더 가셔셔 자셔히 물어보쇼셔. 쳥쥬로 이사랄 가는 젼차이 므슥인디 물어보쇼셔."

"녜, 원슈님." 셩이 가더니 한참 동안 그 사내와 얘기했다.

그는 그 가족을 살폈다. 다섯 살쯤 된 사내 아이, 세 살쯤 된 계집애, 그리고 부인이 등에 업은 젖먹이였다. 말 탄 근위병들의 모습이 두려우면서도 신기한 듯, 아이들은 엄마 치맛자락을 잡고서 빤히 쳐다보고 있었다.

"면천애셔 살기 어려워뎌셔 쳥쥬 처가로 간다 하압나니이다. 냥반 가문이라 하압나니이다." 셩이 돌아와서 보고했다.

"아, 녜. 알겠나이다." 그는 고개를 끄덕였다. 그 사람도 언오가 누구인지 알 터인데, 셩에게 대놓고 이곳에서 벌어지는 꼴이 보기 싫어서 멀리 간다고 말할 리야 없었다.

지금 호셔의 양반들은 속이 끓을 터였다. 갑자기 세상이 바뀌어, 사람으로 여기지 않았던 천인들이 자신들을 대접을 하지 않고 심지어 챵의군 대쟝이 되어 위세를 부리니, 마음이 편할 리 없었다. 양반은 샹민들을 마음대로 부리고 천인들을 재산으로 여기는 것이 고래의 법도라고 믿는 사람들에겐 지금의 호셔는 사람이 살 만한 곳으로 보이지 않을 터였다.

두려움에 옹송그린 채 그의 일행을 살피는 그 가족을 보면서, 그는 한숨을 쉬었다. 도울 길이 없었다. 이곳에선 작은 개혁이라도, 필연적으로 양반 계급의 특권을 허물 수밖에 없었다. 신분제와 남녀차별을 아예 없애려는 근본적 개혁이야 말할 필요도 없었다.

"셩 대쟝, 앗가 봉션이 어마님끠 올인 졔물이 졈 남았나이다?"

"녜, 원슈님."

"그 졔물을 뎌긔 부인끠 가져다주쇼셔. 아해달히 먼 길을 가난 듸, 아해달헤게 졈 주라 하쇼셔."

"녜, 원슈님."

군령으로 가는 길로 접어들고서 돌아보니, 아이들은 열심히 과일을 먹고 있었다. 그는 녀석들에게 손을 흔들었다. 먹는 일에 마음을 쏟느라, 녀석들은 아는 척도 하지 않았다.

11

"원슈님, 그러하오면, 쇼쟝안 츌행하겠압나니이다." 걍슈돌이
말했다.

"그리 하쇼셔. 잘 닫녀오쇼셔." 언오는 웃음 띤 얼굴로 손을 내
밀었다.

그의 손을 두 손으로 잡았다 놓고서, 강이 바로 섰다. "챵의."

"챵의."

걍슈돌은 이곳 공셰곳창에서 올해 마지막으로 떠나는 조운션단
을 이끄는 것이었다. 그동안 세 차례 조운으로 호셔인민졍부가 됴
뎡에 바치는 올해 셰미는 대부분 경강으로 올라갔고, 이번에 나르
는 3천 셕으로 셰미 1만 셕을 다 바치는 것이었다. 셰미는 이곳에
가까운 텬안, 직산, 평택, 아산, 온양, 신챵, 례산, 대홍의 셰미로 충
당했고 경강까지 항로도 짧아서, 조운은 순조롭게 진행되었다. 양
화도 기지를 건설하고 유지하는 데 필요한 인원과 물자를 나른 까

닭에, 네 번이나 오간 터였다. 조운을 통해 새로 배를 탄 병사들을 훈련시킨다는 뜻도 있었는데, 이제는 모두 훌륭한 뱃사람들이 되었다.

밀물에 떠서 흔들리는 배들마다 깃발이 재촉하는 듯 나부꼈다. 봄바람이 뒤에서 밀어줄 터이니, 뱃길은 빠를 터였다. 군악대는 벌써 선단을 환송하는 노래들을 연주하고 있었다. 날라리 소리에 실린 「닻을 올리고」 가락이 솟구쳤다.

"원슈님, 쇼쟝도……" 옆에 선 김강선이 나오지 않는 소리를 억지로 냈다.

그녀를 돌아보면서, 그는 고개를 끄덕였다. "김 부쟝."

"녜, 원슈님." 바닷바람에 쏠려 얼굴을 가리는 머리를 손으로 빗어 넘기면서, 그녀가 한 걸음 그에게 다가섰다.

그는 서글픔이 잔잔히 고인 눈길로 그녀 눈을 들여다보았다. "우리 연예참모부 요원들히 공연을 잘 하면, 우리 호셔챵의군과 호셔인민졍부가 너비 알외야딀 새니이다. 김 부쟝안 이제 홍보공사고 우리 요원들혼 모도 홍보 요원들히니이다."

양화도 기지에 상관이 세워져서 공연장이 마련되었으므로, 그는 공연단을 보내기로 했다. 사람들이 공연을 통해서 호셔의 모습을 볼 터이므로, 그는 아예 연예참모부에 홍보 임무를 맡기고 김강선을 홍보공사로 임명했다. 그런 직함이 있으면, 그녀가 활동하는 데 여러모로 좋을 것이었다.

"녜, 원슈님. 명심하겠압나니이다."

가슴이 저려왔다. 사랑을 얻지 못하는 것은 더할 나위 없는 슬픔이지만, 사랑을 받아들이지 못하는 것도 마음이 저린 일이었다.

"김 부쟝안 예인이오. 그저 노래랄 브르는 것이 아니라 사람달회 마암애 닿난 노래랄 브르는 예인이오."

아직 노래를 예술로 여기지 않고 실은 예술가라는 말도 존재하지 않는 세상에서, 예인(藝人)이라 불러준다고 해서 그녀가 그의 말뜻을 제대로 알아들을 것 같진 않았다. 그래도 그는 그녀에게 예술가가 되라는 얘기를 해주고 싶었다. 하긴 그 말밖엔 할 말도 없었다.

"녜, 원슈님." 그녀 목소리엔 자신의 갈 길을 찾은 예술가의 굳은 마음이 배어 있었다. 그가 그녀에게 노래를 가르치면서 해준 얘기들이, 자신의 예술을 위해 많은 것들을 희생한 예술가들의 일화들이, 마침내 그녀 마음에서 무엇을 일깨운 것이었다. 어쩌면 그녀가 이 됴션 땅에서 처음으로 자신이 예술가라는 것을 깨달은 가수일지도 몰랐다.

"김 부쟝," 그녀가 너무 귀엽고 너무 안쓰러워서, 그는 그녀 손을 잡았다.

"녜, 원슈님." 마음을 담은 눈길로 그녀가 그를 올려다보았다.

"나이 하고 식븐 말안," 그는 탁해진 목소리로 말했다. "경강애 가면, 사람달회 넋을 울리는 놀애랄 브르시오. 예인에게는 자갸 슬픔도 깃븜도 모도 노래랄 브르는 힘이 다외나이다. 자갸 마암알 담안 놀애랄 브르시오."

"녜, 원슈님. 원슈님 말쌈 가삼애 새기겠압나니이다," 그녀가 결연하게 말했다. "그러하시면, 원슈님, 쇼쟝안 가보겠압나니이다.

414

부대 평안하압쇼셔."

"그리하시오."

그녀가 한 걸음 물러서더니 바로 섰다. 그리고 손을 들어 쪽빛 군모에 댔다. "챵의."

흐릿해진 눈으로 그도 답례했다, "챵의."

아산현텽을 향해 동쪽으로 난 길을 가다가, 언오는 말 위에서 몸을 돌려 바다를 바라보았다. 이제 배들은 가물가물했다. 한 줄로 늘어선 배들이 뒤에서 미는 봄바람을 받고 서북쪽 뱃길을 가고 있었다. 햇살 받은 흰 돛들이 그림처럼 고왔다.

이름만 남았던 그의 고향 포구 공셰곶(貢稅串)에서 셰미 실은 돛배들이 실제로 경강으로 향하고 있었다. 그에게 마음을 준 여인을 싣고 그 마음을 받아들이지 못한 애틋함이 담긴 그의 눈길을 받으며, 배들은 멈춘 듯 가고 있었다.

"나는 보았노라
사람들이 아직 티루스라고 부르는 마을 너머로
옛날 배들이
잠든 백조들처럼 떠가는 것을."

오래전에 즐겨 낭송했던 시구가 저절로 입에서 나왔다. 제임스 엘로이 플레커가 읊은 고대 지중해의 티루스에 비교할 수는 없었지만, 바다는 멀리 물러나고 공업 지구가 들어선 땅에 아무도 눈여

겨보지 않는 이름을 지녔던 곳에 그가 거둔 셰미를 싣고 경강으로
향하는 배들을 보내는 것은 정말로 벅찬 경험이었다.

마냥 바라보고 싶은 마음을 다잡고, 그는 다시 움직이기 시작했
다. 할 일이 많았다. 너무 많았다. 지금 호셔에서 꿈틀거리는 변혁
과 발전의 기운이 자라나도록 하려면, 챵의군의 승리로 얻은 동력
이 사그라지지 않도록 해야 했다. 그렇게 하려면, 그가 바쁘게 다
니면서 나아갈 방향을 가리키고 필요한 지식을 알려주고 필요한
자금을 대주어야 했다. 다행히, 그의 경제발전 계획은 그럭저럭 실
행되고 있었다. 무엇보다도, 사람들이 무지와 게으름에서 깨어나
서 스스로 무엇을 하려는 모습을 보이고 있었다.

'초당 션생의 긔대에 어긋나디 아니하개 하겠압나니이다. 부대
뎌생애서 디키여 보아주쇼셔,' 그는 눈앞에 떠오른 허엽의 모습에
게 다짐했다.

허엽이 지난 3월 중순에 젼라도 부안에서 죽었다고 얼마 전에
졍언디가 알려왔다. 졍의 편지를 받고 며칠 지나서, 허엽의 편지
를 받았다. 죽음이 가까워졌음을 알고서 그에게 쓴 편지였다. 편지
에 런산 평쳔역(平川驛)의 접슈인이 찍힌 것으로 보아, 인편에 부
친 편지가 젼쥬와 런산을 거쳐 뒤늦게 닿은 듯했다. 허엽은 편지에
서 병이 깊어 관찰사를 사직했고 얼마 남지 않은 여생을 부안의 객
사에서 보내고 있으며, 언오의 배려 덕분에 오명을 남기지 않고 삶
을 마감할 수 있게 되었다고 감사했다. 허엽의 편지에서 그의 마음
에 깊이 닿은 것은 그가 다스리는 호셔가 어떻게 변하는지 보지 못
하는 것이 아쉽다는 얘기였다. 허엽은 그가 졍체된 됴션 사회를 근

본적으로 바꾸고 있다는 것을 알아차렸고 그런 혁명이 어떻게 진행되고 어떤 결과를 낳는가 보고 싶어 했던 것이었다. 그런 통찰과 지적 호기심은 아직 다른 사람들에게서 보지 못한 터였다. 그래서 그는 허엽의 죽음이 더욱 아쉬웠다.

그가 쟝시역(長時驛) 가까이 갔을 때, 긔병 둘이 달려왔다. 가슴이 문득 아프도록 졸아들었다. 그들이 그에게 무슨 소식을 전하려고 달려온다는 것과 그 소식이 묘월과 관련되었다는 것이 확신으로 가슴에 자리 잡았다.

"챵의." 앞선 긔병이 경례했다. 6긔병의 단대쟝이었다. 쟝시역에서 근무하는 듯했다.

"챵의."

"원슈님끠 올이난 편지 막 도탹하얏압나니이다."

"아, 그러하나니잇가? 슈고하샸나이다." 말에서 내린 긔병들을 따라, 그도 말에서 내렸다. "보사이다."

봉투에 '쌀어음관리부쟝 죠담'이라고 썩어 있었다. 묘월에 관한 소식이었다. 가슴이 더욱 거세게 뛰었다. 떨리는 손을 근위병들에게 보이지 않으려고, 그는 숨을 깊이 쉬면서 마음을 가라앉히려 애썼다.

원슈님견 샹셔

계번ᄒᆞ옵고, 은산 원슈님 쳐가이셔 령부인끠셔 그젓긔 즈시이 옥동자룰 슌산ᄒᆞ샸다고 긔별이 왔압ᄂᆞ니이다. 깃븐 쇼식을……

문득 천지에 「환희의 송가」가 가득 울렸다. 숨을 깊이 쉬고, 다시 읽었다. 오늘 아침 일찍 부친 편지였다. 둘레 풍경이 문득 산뜻해진 듯했다. 봄날 햇살이 가슴의 깊은 구석들까지 비추는 듯, 가슴이 밝고 따스했다.

　'드디어…… 드디어 내 자식이 태어났다. 드디어 내가 이 세상 사람이 됐다. 드디어……'

　목을 젖히고 크게 소리 내어 웃고 싶은 충동이 온몸을 가득 채웠다. 그제야 그는 자신이 저 세상의 시간 줄기에 대해 전혀 생각하지 않았다는 것을 깨달았다. 지금까지 이런 적은 없었다. 저 세상의 시간 줄기에 영향을 미칠 만한 일을 할 때마다, 그는 마음 한구석으론 저 세상 사람들에게 내밀 변명을 찾았었다. 이번엔 달랐다. 저 세상의 시간 줄기에 영향을 확실히 미칠 일이 생겼는데도, 그는 저 세상 생각을 전혀 하지 않은 것이었다.

　'내가 마침내 저 세상을 버렸구나. 내게 "시간 줄기의 수호자"라는 이름을 붙여준 저 세상 사람들을 마음으로도 배신했구나.' 그는 천천히 고개를 끄덕였다. 과거의 껍질을 깨고 새로운 시간 속으로 나오는 과정이므로, 삶은 끊임없는 배신의 과정이었다. 이제 자신의 배신과 거기 따르는 책임을 기꺼이 안고 살아가야 할 터였다.

　"배신자," 그는 나직이 뇌었다. 천지를 가득 채운 「환희의 송가」는 이어지고 있었다.